JOHANN SCHEERER

UNHEIMLICH NAH

Roman

PIPER

Mehr über unsere Autorinnen, Autoren und Bücher:
www.piper.de/literatur

Von Johann Scheerer liegt im Piper Verlag vor:
Wir sind dann wohl die Angehörigen

ISBN 978-3-492-05915-2
© Piper Verlag GmbH, München 2021
Gesetzt aus der TheAntiqua B
Satz: Kösel Media GmbH, Krugzell
Druck und Bindung: GGP Media GmbH
Printed in Germany

Für die, die wissen, wie es war.

PROLOG

»Das macht 2459,70 Euro.«

Ich sah den Typ im verdreckten Blaumann an. Das gefaltete Papier zog eine Schneise in den dunklen Staub, als er mir die Rechnung über den Tresen schob.

»Das sind dann ja ...«, ich überschlug die Zahl und setzte neu an: »Sind das 5000 Mark?«

Ich blickte ungläubig durch die Seitenscheiben des hellblauen Volvos meiner Mutter, der neben uns auf der heruntergefahrenen Hebebühne stand. Die Stelle an der Rückseite der Kopfstütze des Fahrersitzes, die ich bei einem kindlichen Anfall von Wut und Langeweile, weil irgendwas nicht so schnell gegangen war, wie ich es gern gehabt hätte, von der Rückbank aus herausgebissen hatte, war gut zu erkennen. Der Schaumstoff hatte sich über die Jahre gelb verfärbt und bröselte in den Fußraum. Diese Kopfstütze, dachte ich, hatten sie offensichtlich nicht repariert.

»Allein 800 Euro für die Kabel«, der Mechaniker hinter dem Schreibtisch zeigte mit seinen öligen Fingern auf die einzelnen Positionen der Rechnung, »1443 Euro für die Arbeitsstunden«, er betonte das Wort *Euro* so deutlich und doch so beiläufig, als wäre die Währung schon immer da gewesen und nicht erst wenige Tage alt. »Wir mussten ja die ganze Verkleidung abnehmen, um von der zusätzlichen Batterie von vorne ganz nach hinten durchzukommen.«

Ich wusste überhaupt nicht, wovon er sprach.

»Zwei Knöpfe, eine Birne und Fassung, Ölwechsel, alles einmal durchgecheckt.« Er zuckte mit den Schultern und deutete auf die Gesamtsumme. »EC oder bar?« Mein Herz schlug mir bis zum Hals. Ich hatte den Volvo meiner Mutter in die Werkstatt gebracht, weil ich übermorgen, wenige Monate nach dem Ende des Zivildienstes, den ich direkt nach meinem Abitur im Jahr 2002 angetreten hatte, von Hamburg nach München fahren wollte und von dort mit der Bahn weiter nach Italien. Mit meinem noch frischen Führerschein wollte ich das erste Mal 1000 Kilometer am Stück fahren. Den endlosen Diskussionen mit meiner Freundin Svenja entkommen und allein, nur in Begleitung eines Stapels CDs, einfach mal weg. *Testament der Angst* von Blumfeld, *Bleed American* von Jimmy Eat World, Das *grüne Album* von Weezer, The Strokes' *Is This It, White Blood Cells* von den White Stripes, *Runter mit den Spendierhosen, Unsichtbarer!* von Die Ärzte und natürlich *Toxicity* von System Of A Down. Und auch wenn ich das Stück *Neue Zähne für meinen Bruder und für mich* immer skippte, hatte ich noch *Wasser marsch!* von Superpunk eingepackt.

Ich wollte, begleitet von diesem phänomenalen Soundtrack, im Frühjahr 2003 die Freiheit genießen. Nichts muss, aber alles kann. Meine Mutter fuhr nur noch selten selbst. Seit ein paar Jahren musste sie gefahren werden, und so hatte sie mir erlaubt, ihren Volvo, der die meiste Zeit in der Garage stand, für ein paar Wochen auszuleihen. Sie hatte allerdings darauf bestanden, dass ich ihn vorher durchchecken ließ. Damit er auch bremst, wenn er soll, hatte sie gesagt. Und nun sollte ich 5000 Mark für diesen Check bezahlen? Ich bekam kein Taschengeld mehr. Aber ich konnte von den früheren Einkünften unserer Band ganz gut leben. Trotzdem waren 5000 Mark, ich meine 2459,70 Euro, deutlich mehr, als ich eingeplant hatte.

Ich holte Luft. »Eigentlich wollte ich doch nur die Bremsen checken lassen«, sagte ich vorsichtig und blickte erneut, diesmal aber leicht nach vorn gebeugt, zum Auto, als könnte ich so erkennen, ob die Bremsen neu wären.

»Yo. Steht hier auch: ›Test Bremsbeläge‹ – war alles gut. EC oder bar?«

Langsam richtete ich mich wieder auf und schaute den Mechaniker an. »Wieso mussten Sie dafür die gesamte Verkleidung des Innenraums rausnehmen?«

Er wirkte genervt. »Mensch, Junge, Markus hatte angerufen und gesacht, dass wir die Knöppe hier auch noch machen sollen. Wie bei den anderen Fahrzeugen.«

Ich stand auf dem Schlauch. »Wer ist Markus?«, fragte ich.

»Markus!« Er sagte den Namen etwas lauter, wohl in der Annahme, er würde den Groschen mittels Schalldruck zum Fallen bringen.

Ich zuckte mit den Schultern.

»Markus – Mensch, wie heißt der noch mit Nachnamen?«

»Ich weiß es nicht«, antwortete ich wahrheitsgemäß.

Der Mann blätterte in seinen Unterlagen und seufzte. »Da. Markus ... Kramer!«

»Ach so. Eine Sekunde bitte.« Ich zog mein Nokia 3310 aus der Hosentasche. Mit zwei Tastendrücken kam ich zum Adressbucheintrag »aaaaaaaaaaaaa« und wählte. Mit dem Handy am Ohr ging ich vor die Tür. Es meldete sich sofort jemand. »Zentrale, hallo?«

»Moin, hier ist Johann, ist Herr Kramer da?«

»Der müsste eigentlich direkt bei dir vor der Werkstatt sein.«

Ich blickte mich um. Kramer kam auf mich zu. Er war nur noch wenige Meter von mir weg. »Alles klar. Danke«, sagte ich in den Hörer und legte auf.

»Moin!«, grüßte ich ihn.

»Alles okay hier bei dir?«, fragte er mich freundlich. Seine schwarze Funktionsjacke, die gerade so seine Hüften bedeckte, trug er offen, obwohl es nur wenige Grad plus hatte. Darunter ein ebenfalls offenes, dickes Karoflanell-hemd und darunter eine Schicht, die ich als Skiunter-wäsche identifizierte. Das perfekt-unauffällige Outfit, mit dem er für alle Witterungsverhältnisse gewappnet war.

»Ja, alles okay«, antwortete ich beiläufig, »haben *Sie* mit der Werkstatt irgendwas besprochen?«

Kurz sah er mich an, als wüsste er nicht, was er sagen sollte, doch dann legte er umso schneller los. Seine militä-risch gedrillte Sprache, die es schaffte, sogar den unbeton-ten Wörtern im Satz eine abgehackte Betonung zu geben, schoss auf mich ein. »Du fährst die Woche auf deine Tour, und da wollten wir nur sichergehen, dass wir quasi mit an Bord sind. Wir haben noch zwei Features installiert.« Er sagte *wir*, als hätte er die Arbeiten selbst durchgeführt. *Deine Tour,* hallte es in meinem Kopf nach. Ein Teil meines Privatlebens, ein simples Vorhaben, stand vermutlich schon irgendwo auf einem Plan als übergeordneter Punkt einer langen Liste von kryptischen Unterpunkten. Wäh-rend er sprach, bewegte er sich zum Eingang der Auto-werkstatt. Ich würde es nicht verhindern können, dass wir gemeinsam den Raum betraten und der Mechaniker den-ken müsste, dass ich mir Hilfe geholt hatte. Peinlich. Lei-der entsprach es noch dazu der Wahrheit.

Kaum war der Satz gesprochen, waren wir auch schon drin, und Kramer winkte dem Mechaniker freundschaft-lich zu. »Moin, Frank, alles im Lack?«

»Klar«, antwortete der Mechaniker, der offenbar Frank hieß, »ich schnurr wie geschmiert. Normalzustand.«

Kramer grinste ihn an und sagte: »Zeig mir doch mal deinen Bierdeckel.«

Mit einem Kopfnicken zeigte Mechaniker-Frank Richtung Tisch, und Kramer nahm die Rechnung. Er fuhr mit seinem Zeigefinger über die aufgelisteten Positionen. »Ach so, ja, genau: Wir dachten, es macht Sinn, wenn wir vorne 'nen Überfalltaster einbauen.« Ich atmete tief ein, doch mein Magen zog sich trotzdem unangenehm zusammen. »Da kannste dann im Fall der Fälle direkt mit dem Knie gegendrücken. Müsste von der Höhe her hoffentlich passen.« *Hoffentlich?*, dachte ich kurz, konnte aber keinen klaren Gedanken fassen. Verstohlen blickte ich mich in der Werkstatt um. Ich hatte das Gefühl, dass Kramer wahnsinnig laut redete. »Und dann dachten wir, es wäre irgendwie am falschen Ende gespart ...« Auf einmal wirkte es so, als würden die Wände der Werkstatt über mich hinauswachsen. Hoch in den Himmel. Ich fühlte, wie ich immer kleiner wurde und nur noch mein pochendes Herz, groß wie ein aufgeblasener Airbag, zwischen den kilometerhohen schmutzigen Autowerkstattwänden immer stärker und lauter schlug, während die Stimme von Kramer in ohrenbetäubender Lautstärke fortfuhr, als er lachend sagte: »... sozusagen buchstäblich am falschen Ende gespart, wenn du verstehst, was ich meine, wenn wir im Kofferraum nicht auch einen Notfalltaster anbringen.« Er nickte aufmunternd mit dem Kopf, während er diese letzten Worte sprach, als wollte er mich zum Mitlachen auffordern. Als wäre das alles ein großer Spaß. Ein tolles gemeinsames Hobby, das aber mein Leben war.

Ich sah ihn an. Kniff einmal die Augen zusammen und wischte heimlich meine mittlerweile schweißnassen Handflächen an meiner Jeans ab. Ich blickte hinüber zum hellblauen Volvo. Mein Blick fiel auf den Kofferraum.

Kramer, der meinem Blick folgte, ging ein paar Schritte zum Auto und öffnete die Heckklappe. »Hier.« Er deutete auf einen schwarzen Knopf in der Verkleidung des Kofferraums und dann zu einem weiteren Schalter. »Und hier haben wir 'ne kleine Lampe eingebaut. Die hat 'ne extra Batterie, dass man die anmachen kann, wenn das Auto nicht läuft. Der Schalter dafür ist hier.« Er zeigte auf einen weiteren Knopf und schlug dann die Klappe zu. »Kann losgehen, oder? Mensch, ich erinner mich noch dran, als ich jung war. Direkt nach der Schule bin ich auch erst mal weg. Das wird bestimmt ein super Trip. Mit dem Fahrzeug gleitest du jetzt direkt in die Freiheit.«

Ich sah ihn an. Er blickte auf die Tüte von WOM mit den CDs in meiner Hand. »Soll ich die mal in den Wechsler laden, während du zahlst? Ich kann dich echt gut verstehen. Endlich mal richtig weit weg nach dem ganzen Stress. Würd ich genauso machen. Na ja ...«, er lachte, »ich komm ja auch irgendwie mit.« *Das Fahrzeug. In die Freiheit gleiten. Der Stress im Zivildienst.* Der war vorbei. Da hatte er recht.

Wortlos reichte ich ihm die Plastiktüte. Mechaniker-Frank, der die ganze Zeit in Hörweite von uns gestanden hatte, kam, als hätte er das Stichwort für seinen Auftritt gehört, wieder zum Tisch. »Bar oder EC?«

1.

Wir waren direkt nach der Freilassung meines Vaters im April 1996 nach New York geflüchtet. Amerika bot uns Anonymität und die Gewissheit, nicht verfolgt zu werden. Weder von Verbrechern noch Trittbrettfahrern noch Journalisten. In Hamburg-Blankenese wurden unsere beiden Häuser, die Gärten und die Straße, die diese verband und in der ich aufgewachsen war, auf der ich Fahrrad und später Skateboard fahren gelernt hatte, auf unsere Rückkehr vorbereitet. Ich wusste nicht, was sich verändern würde, geschweige denn wie genau. Meine Eltern hatten von mir gänzlich unbemerkt Pläne gemacht, die in unserer Abwesenheit umgesetzt wurden. Mir war klar, ich fühlte es ja, dass wir alle drei ein, wie es im Fachjargon hieß, *erhöhtes Sicherheitsbedürfnis* hatten. Mir war nicht klar, wie die Veränderung von Äußerlichkeiten zu einer inneren Ruhe führen sollte. Ich vertraute meinen Eltern und den Menschen, denen sie vertrauten, und war froh, dass ich mich selbst um gar nichts kümmern musste.

»Wir werden erst mal für einige Zeit Sicherheitsleute haben müssen.« Diesen Satz meiner Eltern, wie nebenbei während einer Taxifahrt in Manhattan geäußert, wälzte ich erst mal in meinem Kopf herum. Meinten sie wirklich Bodyguards? Bruchstückweise erinnerte ich mich an das *private Sicherheitsunternehmen,* das in den letzten Wochen der Entführung die Geldübergabe erfolgreich an der

Polizei vorbei organisiert hatte. »Sind das die Geldüberga-
beleute?«, fragte ich meine Mutter, während ich weiterhin aus dem Seitenfenster sah, in dem sich verschwommen ihr Gesicht spiegelte. Sie nickte. »Ja, die werden bei
uns zu Hause ein paar Kameras und wohl auch einen Zaun
aufstellen«, sie holte tief Luft, »müssen. Und dann werden
die uns wohl auch erst mal begleiten, wenn wir irgendwo
hingehen.« Meine Mutter atmete hörbar und kontrolliert
aus. Ein Seufzer, der keiner werden durfte.

Wie sollte das denn funktionieren? Welche Frage stellte
ich jetzt am besten? Ich war hin und her gerissen zwischen
Panik und einer sich unangemessen anfühlenden Vorfreude. Eine sich in meinen Magen fressende brennende
Unsicherheit wich einer aufgeregten Mischung aus Angst
und unterdrückter Hysterie. Ich würde jemand mit Bodyguards sein.

Ich schaute aus dem Fenster des Taxis auf die langsam
grün werdenden Bäume des Central Park. »Was haben die
denn dann an?«, fragte ich in die Stille. »Und wie ...?« Ich
brach die Frage ab, weil ich vergessen hatte, wie sie weitergehen sollte. Aus den Augenwinkeln erkannte ich meine
Eltern. Wir saßen alle drei auf der Rückbank. Sie sahen sich
an. Dann sah meine Mutter zu mir, und ich drehte den
Kopf auch in ihre Richtung. Sie sagte nichts. Schüttelte
fast unmerklich den Kopf und zuckte kurz mit den Schultern. »Ich glaub, ganz normal.«

2.

Vom Flughafen in Hamburg holten uns einige Wochen später zwei fremde Männer ab. Daraus, dass sich die Männer und meine Eltern vor dem Flughafen zielsicher aufeinander zubewegten, schloss ich, dass sie sich schon mal gesehen hatten. Die beiden Männer nickten mir zu, und ich streckte ihnen die Hand hin. »Moin, Johann.« Sie kannten also meinen Namen. »Moin«, nuschelte ich. Soweit ich das beurteilen konnte, sahen sie wirklich *ganz normal* aus. Um nicht zu sagen *unauffällig*. Der eine trug einen Anzug ohne Krawatte mit einer leichten schwarzen Jacke darüber und stellte sich als Herr Jürgens vor. Den Namen des anderen hatte ich nicht verstanden und traute mich nicht nachzufragen.

Als wir in unsere Straße einbogen, waren die Autos mit den Journalisten verschwunden. Stattdessen standen hier, Stoßstange an Stoßstange, Autos von Objekt- und Personenschützern.

Im Auto hatte ich dem Gespräch von Jürgens mit meinen Eltern gelauscht, während ich so tat, als ob mich das alles gar nichts anginge. »Der Umbau des Gästehauses ist in vollem Gange. Die Kameras sind großteilig gestellt, und der Zaun ist auch in Arbeit. Bis die Einsatzzentrale fertiggestellt ist, wird es allerdings noch ein paar Wochen oder schlimmstenfalls Monate dauern. Bis dahin stehen die Herren mit ihren Privatwagen an der Straße.«

»Haben Sie eigentlich mit den Nachbarn gesprochen?«, fragte meine Mutter, während mein Vater nervös an seinem Daumennagel kaute.

»Nein, Frau Scheerer. Wir wollten niemanden aufschrecken. Ich dachte, es ist angemessener, wenn Sie das übernehmen.«

Meine Mutter nickte. Ich blickte zu meinem Vater und wartete, dass dieser Jürgens fragte, ob jemand schon mit dem Sohn gesprochen habe. Aber den wollte vermutlich auch *niemand aufschrecken.* Er blickte nur nach vorn. Für den Rest der Fahrt wurde kein Wort gesprochen. Weder wusste ich, welche Fragen zu stellen waren, noch hätte ich sie stellen wollen, während jemand Fremdes dabei zuhörte.

Ich wusste, wie sehr meinen Vater der Anblick dieser vielen Autos in unserer Straße schmerzte. Ich blickte auf die Einfahrt zu unserem Grundstück. Seinen Volvo hatte er bis vor Kurzem immer in die Garage gestellt. Nicht, um ihn zu schonen, sondern um ihn nicht sehen zu müssen.

Als wir aus dem Auto ausstiegen, sagte Jürgens schnell: »Vielleicht ist es eine gute Idee, einen Teil Ihres Gartens, Herr Reemtsma, um einen Carport zu ergänzen. Die Kollegen haben mir berichtet, dass ein Nachbar in den letzten Tagen Schwierigkeiten hatte, aus seiner Ausfahrt herauszukommen.«

»Einen *Carport?*« Mein Vater betonte das Wort, als würde es sich um einen eiternden Abszess handeln, den man nicht *ergänzen,* sondern ganz sicher entfernen sollte. »Sie meinen einen Parkplatz, oder was? In meinem Garten?«

Jürgens schien das Problem nicht sofort zu erkennen. »Wir würden diesen Hang hier«, er zeigte auf einen verwilderten Abhang, ein paar Meter von uns entfernt, hinter dem Gartentor, »begradigen, diese Bäume wegnehmen und ein Gitter auf Stahlstelzen in den Hang bauen. Ein einfaches Dach sollte ausreichen. Dann wäre da Platz für sechs Pkw. Die Stahlkonstruktion hält ewig. Da muss man dann nie wieder ran. Nicht in den nächsten hundert Jahren zumindest.«

Er lachte. Ich erinnerte mich an den Satz meiner Mutter. »Wir werden für einige Zeit erst mal Sicherheitsleute haben müssen.« *Einige Zeit.* Hatte sie den Zeitrahmen unbewusst offen gelassen, oder kannte sie ihn nicht? Bestand die Möglichkeit, dass das hier für immer würde bleiben müssen? Dass man auch an diese Konstruktion nie wieder ranmüsste?

Als mein Vater nichts weiter erwiderte als ein gequältes, aber gerade noch freundliches Lächeln, reagierte Jürgens sofort: »Aber kommen Sie erst mal an. Die Kollegen sind darauf eingestellt, hier bis auf Weiteres am Straßenrand zu sitzen. Das ist kein Problem. Die haben alle schon Schlimmeres erlebt.« Wieder lachte er.

Dadurch erschien er mir ganz sympathisch. Er schaute mich an und zwinkerte mir zu. Dann schloss er die Tür auf und bedeutete uns hereinzukommen. Woher hatte er den Schlüssel? Wir waren Gäste im eigenen Haus.

»Wieso sollte man sich ein Auto in den Garten stellen?« Mein Vater hatte die Tür hinter uns geschlossen und blickte meine Mutter an, als könnte sie darauf eine Antwort geben. »Wozu hat man denn eine Straße?« Sie schmunzelte. »Vielleicht gehört das irgendwie zu deren Job? Nicht nur auf Menschen, sondern auch auf deren Sachen aufzupassen?« Aus ihrem Schmunzeln formte sich ein vorsichtiges Lächeln, das mein Vater nicht erwiderte. »Die wollen das für *deren* Autos bauen! *Ich* besitze nur ein einziges Auto, und das passt wunderbar auf den

Parkplatz vor dem Tor oder ganz profan in die dafür vorgesehene Autogarage. Und jetzt sollen wir einen Zaun bauen lassen, damit deren Autos sicher in meinem Garten stehen können?« Ich seufzte hörbar, und meine Eltern blickten mich sofort beide an. »Meint ihr nicht, die wissen, was sie tun?«, fragte ich vorsichtig. Das Lächeln verschwand aus dem Gesicht meiner Mutter, und vorsichtig griff sie die Hand meines Vaters, der sie fest drückte. »Vielleicht muss man die jetzt einfach mal ihr Ding machen lassen?« Ich versuchte, meine Meinung als Frage zu betonen, und fast lautlos ergänzte ich: »Hat doch schon mal ganz gut geklappt.«

Am nächsten Morgen wurde ich von einem fremden Mann zur Schule gefahren. Wir wechselten kein Wort miteinander. Er aus Professionalität, das reimte ich mir zusammen. Ich aus Unsicherheit. Die fast schon freudige Aufregung der ersten Stunden wich einem seltsamen Unbehagen. Kein Gefühl, das einer Angst oder gar Panik ähnelte, mehr ein Gefühl, das meinen Körper in eine ständige angespannte Alarmbereitschaft versetzte. Mein Bauch war immer hart. Meine Kiefermuskeln immer zusammengepresst. Hier im Auto fühlte es sich an, als hätte ich Hemmungen, etwas anzufangen, für das es keinen Abschluss gab. Wenn ich jetzt begann, mit dem Mann, den ich nicht kannte, zu reden, was würde er mir mitteilen? Was könnte ich machen, wenn ich ihn nicht mögen würde? Hätte ich die Möglichkeit, ihn abzuwählen? Und selbst wenn ich die Möglichkeit hätte, würde ich es mich trauen? Ich hatte Angst vor der neuen, unheimlichen Nähe zu diesen Fremden. Würde ich dieser Sicherheit jemals wieder entkommen können?

Ein paar Tage später saßen meine Eltern, Jürgens und ich in der Küche meiner Mutter, die noch vor ein paar Monaten eine verkabelte Einsatzzentrale gewesen war, und sprachen darüber, wie wir nun leben sollten. Immer wenn ich in die Ecken der Wohnküche schaute, erinnerte ich mich an die provisorischen Schlaflager der Angehörigenbetreuer.

»Ich weiß noch, wie ich einmal die schwarze Sporttasche mit dem Lösegeld versehentlich unter der Küchenbank hervorgezogen hab, weil ich dachte, es wäre mein Ranzen.« Ich versuchte, die Stille vor dem anstehenden Gespräch zu durchbrechen, und zeigte auf die Aktentasche von Jürgens, die jetzt an der gleichen Stelle stand. »Ich dachte grad, die steht da noch. Voll das optische Déjàvu.« – »Na ja!«, fiel mir mein Vater fast ins Wort. Und etwas zu laut fuhr er fort: »Die ist jetzt ja eindeutig weg. Dafür bin ich hier.« Unter seinem Bart, der ihm in den 33 Tagen gewachsen war, zeichneten sich seine Kieferknochen ab, die fest aufeinanderbissen. Keiner lachte. Keiner sagte ein Wort. Würden wir ihm jemals von den manchmal heiteren, nahezu albernen Abenden, die sich auf bizarre Weise mit den scheußlichen, angsteinflößenden, grauenerregenden Abenden und Nächten abgewechselt hatten, erzählen können? Wie unplanbar, spontan und unerwartet immer alles gewesen war?

Nun war es wieder so schnell gegangen, wie es damals über uns hereingebrochen war. Wie wir mit Jürgens am Tisch saßen, fühlte sich das Haus schreiend leer an. Nur der zynische Satz meines Vaters hallte noch nach. Immer wieder fragte ich mich, ob mein Vater eigentlich wusste, wie es uns hier ergangen war, während er im Keller gefangen gehalten worden war. Ich wusste bislang kaum etwas über seine Situation. Es schien, als ob keiner von uns wüsste, wie man den Anfang machen könnte. Ich hoffte nur, dass Jürgens irgendeinen Plan hatte.

Als einer der beiden Chefs der *privaten Sicherheitsfirma,* wie es immer im Fernsehen hieß, stellte er uns anhand von Fotos die neuen Mitarbeiter vor und erzählte ein bisschen was über ihren Werdegang: Bundeswehr, Schießausbilder, Bombenkommando, Rettungssanitäter, Sonderkommando, Mossad, Auslandseinsatz, Personenschützer bei Familie XY. Seine Worte vermischten sich mit den Geräuschen der Baustelle um das Haus meiner Mutter.

»Das ist Herr Kramer. 34 Jahre alt. War lange bei der Bundeswehr.« Ta-ta-ta-ta-ta-ta!!! Mit Presslufthämmern wurden tiefe Löcher in den Boden gerammt, um den neuen zweieinhalb Meter hohen engmaschigen Zaun zu befestigen. »Herr Schmitt hier«, er tippte auf ein weiteres Foto, »war lange Zeit beim MEK. Danach Sonderkommando für ...« Rattattattatta!! Die Straße und der Garten wurden aufgebrochen, um Kabel für die Kameras zu verlegen. »Die Herren werden zukünftig immer auch da sein, wo Sie sind. Bestenfalls teilen Sie ihnen vorher mit, was Sie vorhaben, damit sie sich darauf einstellen und entsprechende Maßnahmen ergreifen können.« Ich konnte dem Vortrag nicht mehr folgen. Ich hoffte, dass meine Eltern fragen würden, was für Maßnahmen das wohl sein würden, aber sie schwiegen, genau wie ich. Die Typen auf den Fotos sahen für mich alle gleich aus. Kurze Haare, ernster Blick. Ich konnte mich nicht mehr konzentrieren. Am Rande bekam ich ein paar Wortfetzen mit, die ich mir in den kommenden Tagen zusammenreimte.

Die Bewachungsmaßnahmen folgten einem ausgeklügelten und ineinandergreifenden System von etwa einem Dutzend Sicherheitsleuten, die abwechselnd für die Vor- und Nachaufklärung sowie die Begleitung von uns dreien zuständig waren. Das System basierte auf der Annahme, dass ein Entführer vor einer potenziellen Entführung das Opfer auskundschaften musste, um seine Gewohnheiten herauszufinden, so wie es die Entführer meines Vaters mit unserer Familie über Monate gemacht hatten. Man folgerte, es wäre nicht völlig unwahrscheinlich, dass wir beispielsweise morgens auf dem Weg zu meiner Schule in einen Hinterhalt geraten könnten. Diese Gefahr sollte mit der Voraufklärung – einer Person, die schon eine gewisse Zeit vorher »guckte, ob einer guckte« – und der Nachaufklärung, die sicherstellte, dass uns keiner hinterherfuhr, ausgeschlossen werden.

Es dröhnte in meinem Kopf. Ich dachte an die vielen Bandproben, die ich verpasst hatte. Kurz vor der Entführung hatte Daniel mich gefragt, ob ich nicht als Sänger und Gitarrist in die Band einsteigen wolle, die er mit Lenny und Dennis gegründet hatte. Das war fast ein Vierteljahr her. Ein Vierteljahr, in dem die drei wahrscheinlich schon zwanzig Mal geprobt hatten und ich meine Versuche, Gitarre zu üben, an einer Hand abzählen konnte. In den fünf Wochen der Entführung meines Vaters hatte ich natürlich nicht zur Bandprobe kommen können. Hatte sagen müssen, dass ich krank war. Hatten sie mich überhaupt vermisst? Danach flohen wir nach Amerika, und als ich wiederkam, war es schwierig, dort anzusetzen, wo ich meine Freundschaften verlassen hatte. Wie sollte ich ein Gespräch beginnen? Unsere Gemeinsamkeiten schienen angesichts der Unterschiedlichkeiten, die uns nun ausmachten, zu verblassen.

Es war Daniel, der schließlich den Kontakt suchte. »Ey, Digga. Wir wollen bald das erste Mal ins Studio gehen. Der Kumpel von Lenny, dieser Bela, hat doch so ein Studio in Langenhorn.«

»Bela?« Ich war gleich hellwach gewesen. »Bela von ...«

»Jetzt flipp nicht gleich aus. Nein, natürlich nicht Bela B. von Die Ärzte, sondern Bela, der Freund von Lenny aus Langenhorn. Der heißt halt einfach Bela. So wie du *Mongo* heißt.«

Es war mir ein bisschen peinlich. Die anderen Jungs ritten immer wieder darauf herum, dass ich ausschließlich Die Ärzte hörte und nicht wie sie Tool, Pearl Jam, Rage Against The Machine oder zumindest Tocotronic. »Wenn wir das durchziehen wollen«, fuhr Daniel fort, »brauchen wir noch ein paar Songs. Bist du eigentlich noch am Start?«

Das war die Frage, die mich selbst umtrieb: War ich eigentlich noch am Start?

Wie sollte ich in all diesem Gedröhne eigentlich Songs schreiben?

»Hast du noch Fragen?«, durchbrach die Stimme von Jürgens das Wummern in meinem Kopf.

Ich blickte zu meinen Eltern und dann zu ihm. »Nö. Ich glaube nicht. Ist alles klar, glaube ich.«

»Okay«, erwiderte er freundlich lächelnd, »ansonsten habe ich dir meine Telefonnummer in das Handy eingespeichert.«

Als ich an das graublaue Nokia 1630 dachte, das er mir gestern gegeben hatte, und versuchte, mir ein Gespräch mit ihm vorzustellen, merkte ich, dass ich seinen Namen vergessen hatte. Ich nickte. »Alles klar. Ich ruf Sie an, wenn was ist.«

3.

Von diesem Tag an verwandelte sich jede bekannte Situation in eine völlig neue Erfahrung.

Sobald ich das Haus verließ, fuhr ein Auto vor. Als es das erste Mal passierte, erschrak ich noch über das schnell heranfahrende Auto in unserer sonst so ruhigen Straße. Aufgeregt öffnete ich die Beifahrertür. Der Mann am Steuer des schwarzen BMWs stellte sich mir vor: »Moin, Johann, ich bin Herr Schmitt. Nicht etwa Schmitts, wie manche denken.« Damit überreichte er mir eine Visitenkarte, auf der »Schmitts Sicherheit« stand. »Die Leute rufen mich immer an und begrüßen mich mit ›Hallo, Herr Schmitts‹, weil die nicht verstehen, dass der deutsche Genitiv keinen Apostroph hat. Die denken, ich heiße *Schmitts*. Dann erkläre ich denen immer ganz geduldig, dass *Schmitts Sicherheit* die Kurzform ist für *Schmitt seine Sicherheit*. Dann fällt der Groschen.« Ich blickte auf die Karte. Meine Aufregung war verflogen. Schmitt fuhr fort: »Kannst auch Holger sagen.«

»Guten Morgen, Herr Schmitts«, sagte ich und grinste ihn an. Ich wusste nicht, was ich mit der Karte machen sollte. Ich war vierzehn Jahre alt und hielt das erste Mal eine Visitenkarte in der Hand. Ich stellte mir vor, wie Schmitt in einem dunklen Büro für Privatdetektive sitzt und Anrufe entgegennimmt. »Schmitt seine Sicherheit« steht auf der Milchglasscheibe seiner Bürotür.

Ich reichte ihm die Visitenkarte unsicher zurück, er nahm sie und steckte sie wieder in sein Portemonnaie. »Das ist meine alte Firma. Ich arbeite jetzt ja für eure.« Ich erinnerte mich dunkel an eines der Fotos, das Jürgens uns gezeigt hatte. *Schmitt. Selbstständig im Sicherheitsgewerbe.* Ja, da war doch was. Aber ging es hier nicht um unsere Sicherheit und nicht um Schmitt seine? Ich war verwirrt.

Wenn ich mich nachmittags mit Freunden traf, gab ich vorher an, wo das passieren würde, und verbrachte die Zeit vorwiegend damit, mich regelmäßig umzuschauen, ob die Personenschützer nicht zu auffällig irgendwo rumstanden und meine Freunde mitbekamen, dass nun auf mich aufgepasst werden musste. Wir wollten möglichst wenig mit unseren Eltern zu tun haben, obwohl wir alle noch zu Hause wohnten. Und sowenig die Personenschützer meine Eltern waren, so sehr waren sie Erwachsene. Überall, sei es im Kino, im Block House am Othmarschener Bahnhof, wo wir uns nach der Schule regelmäßig Pommes und Knoblauchbrot holten, im Park oder nachts in den Straßen von Klein Flottbek, an all den Orten, an denen wir waren, weil unsere Eltern dort nicht waren, waren nun wieder Erwachsene bei mir. *Superuncool.*

Ich beschloss, es erst mal nicht anzusprechen. Es war mir unangenehm. Keiner von uns kam aus irgendwie prekären Familienverhältnissen. Wir wohnten mehr oder weniger in Hamburgs reicherem Westen. Trotzdem wurde Lenny regelmäßig von uns aufgezogen, weil er als Einziger in unserer Band Seglerschuhe trug. Es gab auf unserer Schule diese Gruppe von Jungs und vereinzelt auch ein paar Mädchen, die in einer Art Uniform von kurzer blauer Polohose, roséfarbenem Poloshirt und Seglerschuhen ohne Socken auftraten. Und zwar so ziemlich zu jeder Jahreszeit. Sie spielten Polo, so wie Lenny auch, und segelten vermutlich. Ich wusste es nicht, weil ich nur an Lennys Schlagzeugspiel interessiert war. Das war erstaunlicherweise ganz phänomenal. Lennys Vorbild war Dave Lombardo, der Drummer von Slayer. Er hatte sich sogar eine Doppelfußmaschine für sein Drumset gekauft, um extra schnelle Doublebass-Figuren spielen zu können. Die passten zwar nicht zu unserem Stil, machten aber trotzdem ziemlichen Eindruck im Proberaum. Er gehörte nicht zu den Trommlern, die ständig mit ihren Fingern irgendwo drauftippten und mit diesen angedeuteten komplizierten Rhythmen alle in den Wahnsinn trieben. Er war eher ruhig, und ich hatte ihn im Verdacht, dass sein eigentliches Hobby das Polospielen war. Dennis und Daniel spielten ihre Instrumente – Dennis Bass und Daniel Gitarre – beide länger und besser als ich. Dennis machte zu Hause laut Eigenaussage nichts anderes als Daddeln und Zocken. Was so viel hieß wie Videospiele und Bass spielen. Ich war also der schlechteste Musiker unserer Band, was bei Proben sehr stressig wurde. Ich verbrachte viel Zeit damit, meinen Verstärker einzustellen, weil er nicht so klingen wollte, wie ich es mir vorstellte, und weil ich versuchte, von meiner Unzulänglichkeit abzulenken. Noch dazu hatte ich die Befürchtung, dass der einzige Grund, warum sie mich nicht rauswarfen, der war, dass sie nach dieser ganzen Entführungsgeschichte schlicht Mitleid mit mir hatten. Entsprechend souverän versuchte ich mich täglich zu geben. Ich traute mich auch nicht, über Lennys Seglerschuhe zu lachen, hatte ich doch das Gefühl, dass ich selbst viel mehr Angriffsfläche bot als irgendwelche geschmacklosen Schuhe. Immerhin erledigten Dennis und Daniel das für mich, und ich fummelte einfach endlos an meinem neuen Marshall JTM 60 Röhren-Combo-Amp herum.

»Digga, lass mal spielen. Hast du's gleich mal?«

»Yo, gleich. Vielleicht brauch ich auch 'n anderes Kabel.«

»Was du brauchst, ist 'ne andere Technik. Die gibt's nicht im Laden.«

»Ach, halt's Maul und spiel!«

Nach den Bandproben gingen wir meistens noch rüber ins Block House. Wir bestellten immer ein paar Block-House-Brote und viel Sour Creme zum Mitnehmen und aßen sie auf irgendeinem Mauervorsprung. Doch die Unbeschwertheit meiner Freunde fühlte ich nur oberflächlich. Ich alberte mit und suchte gleichzeitig mit den Augen die Männer, die irgendwo in unserer Nähe herumliefen und uns beobachteten. Sobald wir aus dem Keller von Lennys Eltern ans Tageslicht kamen, schrieb ich schnell eine SMS. Manchmal gab ich vor, noch pinkeln zu müssen, um das heimlich auf der Toilette zu machen, manchmal ging ich einfach als Letzter aus dem Haus. »Gehen zum Block House.«

Immer bevor ich das Haus verließ, musste ich eine SMS schreiben, dass ich gleich das Haus verlassen würde. Nach einigen Wochen wurde ich gebeten, den Personenschützern doch bitte mindestens drei Minuten Zeit zu lassen, bevor ich die Tür öffnete. Diese Zeit bräuchten sie, um sich vorzubereiten und den Weg von der Zentrale bis zu unserer Haustür zu schaffen. Wenn meine Eltern mich mal wieder zwingen wollten, mit unseren Hunden spazieren zu gehen, und ich nach zähen Verhandlungen nachgegeben hatte, zückte ich mein Telefon und schrieb eine SMS oder rief, wenn mir das zu umständlich war, einfach kurz drüben an. »Zentrale, hallo?« – »Moin. Ich geh mal mit den Hunden raus.« Dann wartete ich. Irgendwann fingen die Hunde an, jaulend und japsend vor Vorfreude an mir raufzuspringen, sobald ich nur den Hörer vom Telefon anhob oder mein Handy zückte. Diese Pfoten-auf-Parkett-klackernde Nerverei ließ die drei Minuten wie eine Unendlichkeit wirken. Jeder Vorgang meines neuen Lebens, jede Idee musste nun vorbereitet, mitgeteilt und *gemeinsam* erlebt werden. Meine gerade aufkeimende Freiheit als vierzehnjähriger Jugendlicher fühlte sich erdrückend an. Jeder Hundespaziergang, jeder Nachmittag mit meinen Freunden war eine Aufgabe mit Anleitung. Und dieses neue Leben beängstigte mich. Sollte ich mich nicht eigentlich sicher fühlen? Dass ich überhaupt ein bewusstes Gefühl zu meinem Leben hatte, nervte mich. Meine Freunde waren alle so wahnsinnig gedankenlos und übermütig, dass ich mir immer vorkam wie der Bedenkenträger. Gleichzeitig versuchte ich in der Art und Weise, wie ich mich ihnen gegenüber verhielt, besonders krass zu sein, um sie meine innere Verkrampftheit bloß nicht spüren zu lassen.

Die Kellner und Kellnerinnen im Block House waren oft extrem genervt von uns. Nie setzten wir uns rein, immer wollten wir irgendwelche Extrawünsche, und jedes Mal sammelten wir all unser Kleingeld zusammen, bis es genug war für die gewünschte Mahlzeit oder zumindest einen Kompromiss. Allerdings wollte ab und zu einer von uns doch nur sein eigenes Essen bezahlen, und somit musste die Bedienung diverse Miniaturrechnungen ausstellen, während wir ihr die Mark- und Pfennigmünzen in die Hand rieseln ließen. Draußen vor der Tür schmissen wir dann gern mal die Überreste hinter die Hecke und rannten weg. Ab und zu schrie uns jemand vom Personal hinterher, und wenn wir Pech hatten, schimpfte bei unserem nächsten Besuch jemand mit uns. Wir ließen uns nicht beirren und fragten sogar dreimal nach einer weiteren Extraportion Eis für unsere Apfelschorle.

Sichtlich genervt machte uns einmal ein älterer Gast im Block House an: »Ihr Bengel habt wohl keine Erziehung genossen. Wenn ich euch das nächste Mal mit euren Eltern hier sehe, dann könnt ihr aber was erleben.«

Wir grinsten ihn nur an. »Oooohhhhhh«, sagte Daniel und tat so, als ob er sich alle Fingernägel gleichzeitig abkaute.

»Pass bloß auf!«, schrie der Alte, »so einer wie du wär früher ins Umerziehungslager gekommen!«

»Uuuhhh.« Daniel wackelte mit den Händen, als würde er vor Angst zittern. »Komm, Digga«, sagte Dennis, »lass mal abhauen. Der Nazi soll mal chillen.« Aufgekratzt verließen wir mit einem Becher Eiswürfel das Restaurant. Lenny war nicht dabei, weil er noch Hockey oder Polo oder irgendwas spielen wollte. »Alter, voll der Nazi!«, rief ich Daniel und Dennis zu.

»Ja, echt ey. Voll krass.«

»Ey«, sagte ich, »ich hab 'ne Idee.« Wir liefen um die nächste Ecke, und ich bedeutete Daniel und Dennis, sich mit mir hinter einer Hecke zu verstecken. »Gib mal deine Apfelschorle«, sagte ich zu Dennis.

»Digga – meine Apfelschorle? Bist du behindert? Die hab ich extra für mich gekauft.«

»Alter, trink sie halt aus. Ich brauch nur den Becher.« Dennis sah mich an. »Ex mal«, forderte ich ihn auf.

»Ex ex ex!«, stimmte Daniel an. Dennis ließ sich nicht lange bitten und trank die Schorle in wenigen Schlucken aus.

»Dreht euch mal um.« Dann nahm ich den Becher, öffnete meinen Hosenstall und pinkelte ihn bis drei Finger breit unter den Rand voll. »Gib mal die Eiswürfel.« Ich füllte die Eiswürfel in den Becher und wartete, bis er abgekühlt war. Der gelbe Urin mit dem weißen Schaum sah ziemlich genau aus wie das Getränk, das Dennis gerade geext hatte. »Lass mal zurück.«

Dennis und Daniel grinsten mich an. »Auf jeden, Digga!«

Als wir wenige Minuten später beim Block House ankamen, saß der ältere Herr immer noch in Begleitung einer Frau direkt am Eingang des Restaurants. Wir atmeten kurz durch, dann gingen wir rein.

»Entschuldigung«, sagte Daniel und tippte dem Mann auf die Schulter.

»Mein Freund wollte sich bei Ihnen entschuldigen«, ergänzte ich, ohne dass wir uns vorher abgesprochen hatten.

»Ja, es tut mir leid, dass ich vorhin so laut und ungezogen war, und deshalb«, jetzt stellte ich dem Mann den Becher neben seinen Teller, »möchte ich Ihnen als Wiedergutmachung meine Apfelschorle schenken. Ich habe auch noch nichts davon getrunken.«

Das stimmte sogar, denn Dennis war es ja, der alles geext hatte. Wir konnten uns kaum noch zusammenreißen.

Der ältere Mann schaute uns skeptisch an, aber die Frau legte ihre Hand auf seine. »Komm, Harald, sag was Nettes.«

»Ja, sagen Sie bitte was Nettes«, überspannte ich vorsichtig den Bogen. Harald wusste nicht so recht, wie ihm geschah, und so langsam kriegte ich Angst. Ich hatte den Plan nicht zu Ende gedacht und wollte nicht unbedingt dabei sein, wenn Harald den ersten Schluck nahm.

»Jetzt sag schon was Nettes, Digga!«, rief auf einmal Dennis, der etwas abseits stand, und rannte dann weg. Daniel und ich sahen uns an.

»Egal. Guten Appetit noch«, sagte Daniel und drehte

sich um. Er zog mich am Ärmel, und ich bewegte mich auch gen Ausgang.

»Warten Sie nicht so lange mit dem Trinken«, sagte ich, »sonst wird der Apfelsaft warm.«

»Wieder!«, ergänzte Daniel noch, und wir rannten beide prustend bis in den nahe gelegenen Park und schmissen uns dort auf die Wiese.

»Digga, was für 'ne heftige Aktion«, keuchte Dennis.

»Geschieht ihm doch recht, dem Nazi«, prustete ich. Dann erinnerte ich mich, dass ich gar nicht mehr auf mein Handy geschaut hatte. Heimlich fummelte ich es aus der Tasche. Eine neue Nachricht. Ich öffnete sie. »Alles klar. Sehen euch schon. Bleiben in der Nähe.«

4.

»Was fällt dir auf?«, fragte mich einer der Herren, die links und rechts neben mir standen und die ich jeden Tag sah, ohne sie bisher kennengelernt zu haben. Er drückte mir ein Paket in die Hand. Es war Mitte Juni, ein schöner Frühsommertag im Jahr 1996. In diesen Wochen lernte ich nach und nach die neuen Männer kennen. Sie alle waren freundlich. Alle boten mir das Du an, nachdem wir uns zur Begrüßung morgens im Auto die Hand gegeben hatten, doch ich lehnte jedes Mal ab. Wie unterschiedlich diese Männer waren: Manche sahen aus wie Zivilpolizisten, manche eher wie eine Freizeitversion von James Bond. Es waren die kleinen Dinge, die sie gemeinsam hatten. Kaum einer trug einen Ring, ein Armband oder eine Kette. Ich dachte mir, dass es wohl ein zu großes Verletzungsrisiko darstellte. Das kannte ich aus Filmen, wenn die Agenten vor Einsätzen ihre Ringe abnahmen, um während einer drohenden Folter nicht mit ihrer Familie erpressbar zu sein. Sie trugen stabile Schuhe und Jacken, die die im Gürtel- oder Schulterholster steckende Pistole verbargen. Sie besaßen eine Sonnenbrille, auch wenn sie sie nur selten trugen. Manche von ihnen redeten locker, wie ein Automechaniker, manche mit fast militärischem Drill. Keiner aber schien so viel Wert auf Sprache und Aussprache zu legen wie mein Vater, was sie mir gleich näherbrachte. In einer Situation, die komplett neu und durchweg kompliziert war, waren sie die Unkomplizierten. Das gefiel mir sofort.

Ich schaute auf das Paket in meinen Händen. Es war an mich adressiert. »Mein Name ist falsch geschrieben«, erwiderte ich.

»Richtig. Gut. Was noch?«

Ich drehte und wendete das Paket.

»Mach das nicht! Halt es waagerecht. Wenn du die Unterseite sehen willst, halt es nach oben«, sagte der Mann zu meiner Linken scharf.

Ich hob das Paket über meinen Kopf. Mein Blick fiel auf das Nachbarhaus vor uns. Im zweiten Stock stand jemand und beobachtete uns. Als unsere Blicke sich trafen, trat die Person schnell hinter den Vorhang. »Keine Ahnung. Alles normal.«

»Riech mal dran«, forderte mich der Mann zu meiner Rechten auf. Ich blickte wieder nach oben zum Fenster und meinte, die Umrisse der Person immer noch zu erkennen.

»Können wir vielleicht reingehen?«, fragte ich vorsichtig.

»Nein. Das ist die erste Regel. Wenn du dir unsicher bist, ob die Postsendung harmlos ist, bring sie vorsichtig nach draußen. Niemals im Innenraum öffnen.«

Ich seufzte. Es war eine der seltenen praktischen Einführungen in die Verhaltensweisen unseres neuen Lebens. Das meiste schien ich mir durch bloßes Leben selbst beibringen zu müssen. *Learning by living.* Wie verhalte ich mich, wenn ich eine potenziell gefährliche Postsendung erhalte? Ich verstand gar nicht, was das mit mir zu tun hatte. Wer sollte etwas davon haben, mich in die Luft zu sprengen? Ich traute mich aber nicht zu fragen. Einerseits, weil ich souverän wirken wollte, und andererseits, weil ich Angst vor der Antwort hatte.

Die Personenschützer hatten mir, bevor wir auf die Straße gegangen waren, um vor den Augen der Nachbarn an Paketen zu riechen, ein paar Regeln mit auf den Weg gegeben: *Verdächtig ist es, wenn die Sendung keinen Absender hat, der Empfänger falsch geschrieben oder der Brief ungewöhnlich schwer ist, wenn sich Drähte unter dem Umschlag abzeichnen oder Ölflecken zu sehen sind.* Ich wusste nicht, wozu ich das alles lernen sollte. Unsere Post wurde, seit es die Sicherheitsleute gab, sowieso von denen in Empfang genommen und durchleuchtet. Ich sollte all diese Verhaltensregeln nur lernen, falls mal ein Fehler passierte und ich versehentlich persönlich einen an mich adressierten Brief als Erster in die Hände bekäme. Ich musste ihn also nach dieser Anleitung checken und dann einen der Männer kontaktieren. Sie würden ihn in sicherer Entfernung für mich öffnen. An der frischen Luft natürlich. Das war der Plan. *Ernsthaft!* Ich versuchte, mir vorzustellen, wie das Paket mit einem der Personenschützer in sicherem Abstand von mir explodierte und ihn in Stücke riss. Es schien für mich keine Alternative zu geben, als diesen Plan abzunicken. Selbst wenn er mir, als Laie meines neuen Lebens, irgendwie nicht zu Ende gedacht vorkam.

Ich stand etwa zwanzig Meter vom Tor entfernt neben dem noch nicht ganz fertiggestellten riesigen überdachten Carport – ich glaube, meinen Vater störte besonders, dass es dafür kein deutsches Wort gab –, der die schulterhohe Steinmauer überragte. Ich hob das Paket vorsichtig an und führte es zu meinem Gesicht. »Es riecht nach Benzin.«

Zufrieden nickten sich die Männer zu. Sie hatten mir erfolgreich erklärt, wie ich vorerst nicht von einer Paketbombe zerfetzt werden würde. Der eine nahm mir das stinkende Paket aus der Hand. »Das ist sehr verdächtig!

Im Normalfall würde ich das Paket jetzt fachgerecht hinter der Mauer öffnen«, er zeigte auf die ehemalige Grundstücksbegrenzung des Gartens, hinter der gerade der letzte vier Meter hohe Kameramast hochgezogen wurde, »und entschärfen.« Er blickte mich ernst an. Ich blickte skeptisch zurück. »Hoffentlich«, ergänzte sein Kollege laut lachend. Ich verzog das Gesicht und schaute wieder nach oben. Es hatte sich eine zweite Person zu der ersten gesellt. Als ich meinen Blick hob, traten beide schnell zurück in den Schatten ihrer Wohnung.

5.

An manchen Wochenenden flog ich nun zu meiner Cousine Julia nach Bergisch Gladbach. Meine Eltern und ich dachten, es wäre gut, ab und zu mal den Kopf frei zu kriegen und Hamburg zu verlassen. Keiner hatte bedacht, dass der belastende Teil Hamburgs immer mit dabei war. Herr Wassmann, ehemaliger Schießausbilder bei der Bundeswehr, der danach in die Privatwirtschaft gegangen war, war ein äußerst sympathischer, sogar in meinen Augen relativ jung aussehender Mann, mit dem ich gern zu tun gehabt hätte, wären die Umstände einfacher gewesen. Für einen kurzen Moment auf einem der Flüge erwischte ich mich sogar bei dem Gedanken, ob es nicht eine Option wäre, eine Schießausbildung bei der Bundeswehr zu machen. Die Aussicht, mit so lockeren Typen zu tun zu haben, war nicht die schlechteste. Doch Julias Blick, als ich ihr von dieser Option erzählte, holte mich wieder zurück in die Realität.

»Cousin!«, sagte sie eindringlich. Sie nannte mich niemals beim Vornamen, sondern immer nur *Cousin,* was mir gefiel. Wir hatten beide keine Geschwister, und unser tatsächlich existierendes Verwandtschaftsverhältnis immer wieder zu betonen hatte etwas Beruhigendes. »Cousin. Sag mal, hat man dir ins Hirn geschissen? Du gehst ganz bestimmt nicht zum Bund. Geht's noch?!«

Sofort wurde mir klar, dass sie natürlich recht hatte.

Doch es war und blieb schwierig, mich immer wieder aufs Neue abzugrenzen und abzuwägen, was nun *ging* und was nicht.

Sobald mich Julia vom Bahnhof in Bergisch Gladbach abholte, verschwand Wassmann aus unserem Blickfeld. Er nickte uns immer noch einmal zu, machte ein Handzeichen mit abgespreiztem Daumen und kleinem Finger, das ich aus dem hawaiianischen Surferkontext als *Hang Loose* kannte, in diesem Fall aber nur bedeutete, dass ich ihn anrufen sollte, wenn *was ist*. Dann stieg er in ein Auto, das uns künftig in sicherem Abstand umkreiste. Wo er schlief, wusste ich nicht. Die Vorstellung, er würde in dem Auto vielleicht sogar schlafen, war mir unangenehm. Ich dachte daran, wie er, betont locker vermutlich, erklären würde, dass er zusammengekauert auf der Rückbank, so bundeswehrmäßig, auf dem Parkplatz vor Julias Haus schlafen würde. Ich wusste, dass ich ihm dann eigentlich anbieten müsste, dass er auch bei Julia schlafen könnte, was ich aber natürlich weder verfügen konnte noch wirklich wollte. Ich entschied mich also dafür, es nie zur Sprache zu bringen. Vielleicht, redete ich mir ein, brauchte er tatsächlich nur sehr wenig Schlaf. Vielleicht war er so ausgebildet worden, dass er die zwei Nächte, die ich meistens bei Julia war, einfach wach blieb. Vielleicht war das für ihn kein Problem. Ehrlich gesagt fragte ich mich sowieso, wer eigentlich aufpasste, wenn er schlief.

Julia und ich hatten als Kinder oft zusammen gespielt, wir waren gemeinsam mit unseren Eltern zusammen weggefahren, und spätestens seit meinem Kurzbesuch bei ihr während der Entführung verstanden wir uns wortlos. Wortlose Freundschaften waren etwas, das mir sehr gefiel. Ich war froh über Julia, die nie Fragen stellte und mit der ich lange Ausflüge zum Haus unserer verstorbenen Großmutter mütterlicherseits machte. Heimlich schlichen wir um das Haus, das uns noch so vertraut war, doch in dem jetzt andere Menschen wohnten. Trotz der Verfolgung durch Wassmann fühlte es sich an wie früher, als wir noch zu zweit durch den anliegenden Wald streifen konnten, um uns vor Räubern und Dieben zu gruseln. Als diese unheimlich aufregende Bedrohung nur eine gruselige Idee war.

»Ey, Cousin!«, rief Julia bei einem unserer Streifzüge, als sie ein paar Meter weiter im Unterholz Wassmann entdeckte. Mit gedämpfter Stimme fuhr sie fort: »Wie nervig ist das eigentlich für dich?« Sie deutete mit dem Kopf in seine Richtung. »So auf 'ner Skala von 9 bis 10.«

Ich lachte und zuckte mit den Schultern. »Keine Ahnung. Darüber kann ich mir keine Gedanken machen. Ich kann's ja eh nicht ändern. Die sind eigentlich ganz nett.«

»Klar sind die *eigentlich ganz nett*«, antwortete sie und schaute mich an, als wäre ich irgendwie schwer von Begriff. »Ich bin auch *eigentlich ganz nett*. Trotzdem würdest du nicht 24/7 mit mir abhängen wollen.«

»Na ja, würde ich vielleicht schon«, antwortete ich, »wenn ich müsste.«

Julia blickte mich an. »Was ich damit sagen will, Cousin: Wenn du jemanden zum Reden brauchst, du weißt schon: Wer hat zwei Daumen, ein Auge und ist 'n geiler Typ zum Reden?«

Ich schmunzelte. Julia kniff ein Auge zu und zeigte mit ihren beiden Daumen auf sich. Mir gefiel es, dass sie sich als *Typ* bezeichnete, obwohl sie ein Mädchen war. Und obwohl sie ein Jahr jünger war als ich, hatte sie diese unglaubliche Souveränität und etwas an sich, das mich beruhigte. Sie war die Person, mit der man reden konnte, es aber nicht musste. Optimal für mich.

Diese Reisen gaben mir ein ganz neues Gefühl der begleiteten Selbstständigkeit. Da ich es nicht gewohnt war, alleine zu fliegen, war die Begleitung ganz komfortabel. Meine Eltern waren nicht dabei, aber ich war trotzdem nicht allein. Hier, wo ich niemanden kannte und mich selbst erst zurechtfinden musste, wirkte die Anwesenheit von Wassmann nicht wie ein Schutz vor etwas unkalkulierbar Übermächtigem, sondern mehr wie eine angemessene Hilfestellung. Die personifizierte Meld-dich-wenn-was-ist-Option, ohne sich bei den Eltern melden zu müssen. Wassmanns Art zu reden erinnerte mich an meinen Erdkundelehrer Herrn Röder, der auch auf eine lange Karriere als Berufssoldat zurückblicken konnte. Sobald es in der Klasse lauter wurde, drückte er den Rücken durch, die Brust heraus und schrie in einem scharfen und kurzen Ton, bei dem sich sein Bauch ruckartig einzog, der Rest seines Körpers aber eingefroren zu sein schien: »Achtung! Ruhe!« Wir fanden das natürlich unheimlich hilflos.

Wassmann hatte nichts von dieser Hilflosigkeit, auch wenn seine aufrechte Haltung und seine kehlige und knappe Art, die Worte zu betonen, mich an Röder erinnerten. Seine dunkelgrüne Jacke mit den vielen Taschen, die ihm bis über den Po ging und knapp das Holster seiner Waffe und den Leatherman, die er am Gürtel trug, verdeckte, passte gut zu seiner hellen Cargohose und den schwarzen Stiefeln. Er schien lässig und gleichzeitig auf alles vorbereitet zu sein. Wenn er mit mir sprach, tippte er mit der Fußspitze seines rechten Fußes auf den Boden. Ich dachte, es könnte davon kommen, dass er nicht mehr marschieren durfte, sein Körper aber Schwierigkeiten hatte, sich damit abzufinden. Das Tappen war noch dazu absolut unrhythmisch, was mich immer total nervös werden ließ, wenn ich ihm zuhörte.

Auf dem Weg zum Hamburger Flughafen erzählte er mir einmal, dass es eine relativ große bürokratische Anstrengung sei, die Waffen seiner Kollegen und seine eigene innerhalb Deutschlands per Flugzeug zu transportieren. Formulare mussten ausgefüllt und Personendaten mit Scheinen und Ausweisen belegt werden. »Die Waffe geht am Flughafen durch so viele Hände, die ist nachher übersät mit Fingerabdrücken«, erzählte er mir, »eigentlich die perfekte Vorbereitung für einen Mord.« Wassmann sah mich grinsend an. »Die Waffe wird in einem versiegelten Umschlag direkt dem Piloten übergeben, und der muss sie unter seinen Sitz legen. Nach dem Landen wandert sie an speziell autorisiertes Bodenpersonal, das das Eisen dann direkt vor dem ersten Passagier rausholt. Dann wird sie der Flughafenpolizei übergeben, und ich hol sie bei den Kollegen am Schalter ab.« *Kollegen.* Das Wort hallte in meinem Kopf nach. Er konnte also backstage beim Flughafen. Ich staunte.

Bei der Ankunft am Kölner Flughafen stand ich dann am Gepäckband direkt neben der Luke mit dem schwarzen Vorhang aus dicken Gummistreifen, die sekündlich neue Gepäckstücke hervorbrachte, und versuchte, einen Blick auf die Menschen zu erhaschen, die die Koffer so unsanft auf das Band beförderten.

»Niemals«, so hatte mir ein Pilot gesagt, als ich als Kind während eines Fluges das Cockpit besuchen durfte, »solltest du diese knallroten *Priority*-Anhänger nutzen. Die heben nicht gerade die Laune der Gepäckverlader, wenn du verstehst, was ich meine. Das tut deinem Gepäck nicht gut.« Seitdem riss ich, wenn meine Eltern das Gepäck aufgaben, heimlich den Anhänger wieder von meinem Koffer ab. Einmal erwischte mich mein Vater dabei, schaute mich aber nur verwirrt an und sagte nichts weiter dazu. Es war schließlich nicht sein Koffer.

Ich analysierte die Heftigkeit des Aufdotzens der Koffer und Taschen hinter dem schwarzen Vorhang, um Zusammenhänge zwischen Geräusch, Grad der Verbeulung und *Priority*-Anhängern herzustellen. Ein leises Scheuern auf dem Band versprach eine Reisetasche, fast lautlos kündigte sich ein Rucksack an. Metallkoffer klangen ein kleines bisschen heller als Hartschalenkoffer aus Plastik. Ich hätte bei »Wetten, dass ...?« auftreten können.

Plötzlich hörte ich ein ungewöhnlich lautes und helles Knallen. Als hätte jemand einen recht kleinen, aber dafür sehr schweren Koffer unsanft auf das Band geschmissen. Ich versuchte, mir vorzustellen, was mich nun erwartete. Der Gummivorhang bewegte sich kaum, als unter ihm ein orangener Umschlag herausfuhr. Irritiert ließ ich ihn an mir vorüberziehen und wusste den Klang des Aufpralls erst zu deuten, als Wassmann mit ein paar schnellen Schritten zum Band hechtete, um den orange leuchtenden Paketbeutel mit der Aufschrift »CAUTION! FIREARM!« und darunter »Sealed by Pilot« hochzunehmen und in seinem Rucksack verschwinden zu lassen. Ich fragte mich, welchen absonderlichen Weg diese Waffe auf dem Flughafen zurückgelegt hatte. Durch wie viele Hände war sie wohl diesmal gegangen? Der enorme Sicherheitsaufwand in Hamburg im Kontrast zur lapidaren Aushändigung am Zielflughafen drängte die Frage auf, ob die Polizei an deutschen Flughäfen eigentlich mal zentralisiert Fragen zur Sicherheit abgesprochen hatte. Wassmanns Erzählung fiel in sich zusammen. Mich beunruhigten solche Vorgänge mittlerweile, und ich erwischte mich bei den Gedanken, dass all diese Sicherheitsleute, Polizisten und Soldaten auch einfach nur irgendwelche normalen Typen waren.

Dennoch war das Reisen mit den bewaffneten Männern aufregend. Es war alles neu und irgendwie spannend. Ich hatte viele Fragen, stellte aber kaum eine. Ich versuchte, mir die Antworten durch genaue Beobachtung selbst zu geben, und wurde so selbst zu einer Art Aufklärer meines eigenen Daseins. Jeden Tag sog ich wie ein trockener Tafelschwamm gierig jedes Detail meines neuen Lebens auf. Es war mir nur recht, dass ich keine Zeit mehr hatte, an die Vergangenheit zu denken. Mein Kopf war voll mit Neuigkeiten und beschäftigt damit, einen eigenen Weg in meinen Alltag zu finden.

Nach allem, was in letzter Zeit passiert war, langweilte mich die Schule ungemein. Die paar Wochen, in denen ich jetzt wieder den Unterricht besucht hatte, waren fast surreal gewesen. In Mathe verstand ich nichts mehr, und ernsthaft in Ethik unterrichtet zu werden fühlte sich an wie ein schlechter Scherz. Ich war froh, dass die Sommerferien begannen.

Diesmal flog ich nicht allein in Begleitung, sondern gemeinsam mit meinen Eltern.

6.

Nach einem dreieinhalbstündigen Flug kamen wir auf dem Aeroporto Francisco Sá Carneiro in Porto an. Während das Ferienhaus meiner Eltern renoviert wurde, waren wir immer wieder in den Ferien in das nahe gelegene Hotel gefahren, um den Fortschritt zu begutachten. Es war ein altes Bauernhaus hinter einem großen Holztor, das auf einen Hof führte, und lag nur wenige Minuten von der nordwestlichen Steilküste des Atlantiks entfernt. Nach hinten raus hatte es einen tollen Garten, in dem wilde und teildomestizierte Hunde lebten, mit denen ich durch die langen, verschlungenen Wege rennen konnte. In großer Aufregung jagten wir einander. Wenn ich sie vor mir hertrieb, hatten manche ihren Schwanz so weit eingekniffen, dass es aussah, als würden ihre Hinterbeine versuchen, die Vorderpfoten zu überholen. Ihre ohnehin schon räudigen Rücken wurden noch buckliger, bis sie sich vor Angst jaulend, ohne dass ich sie eingeholt hätte, umdrehten, die Ohren anlegten und die Zähne fletschten. Ich blieb ruckartig stehen, drehte um und rannte in die Richtung zurück, aus der wir gekommen waren, und sie mir nun wieder mit wedelndem Schwanz hinterher.

Liese, so hatte ich einen der Hunde getauft, sprang an mir hoch, um die zu langen Ärmel meines roten Schlabberpullis noch weiter zu zerreißen, während ich versuchte, sie, halb anfeuernd, halb erschrocken, mit schnellen Wendungen und Drehungen hinter Bäumen und Büschen abzuhängen. Gleichzeitig hoffte ich, dass ich es nicht schaffen würde und mit vollends zerrissenen Klamotten zu meinen Eltern zurückkehren müsste. Achselzuckend natürlich. Ich hatte nichts dagegen tun können. Darauf freute ich mich.

Die Baugrube des entstehenden Pools im Garten hatte vor zwei Jahren schon einen kleinen Hund, den wir später auf den Namen Franz tauften, erst verschluckt und dann mit meiner Hilfe wieder hervorgebracht. Wir hatten ihn mit nach Hamburg genommen, wo wir ihn jetzt bei unserer Abreise zurückgelassen hatten. Die Objektschützer würden mit ihm spazieren gehen, hatten sie gesagt. Oder hatten wir es ihnen gesagt? In welche Richtungen die unterschiedlichen Kommunikationswege führten, war mir noch überhaupt nicht klar. Wer befehligte hier eigentlich wen?

Der tägliche Spaziergang mit den Hunden in Hamburg war mir immer lästiger geworden. Vor allem Franz war unberechenbar, wenn er auf andere Hunde traf. Manchmal rannte er jaulend weg, manchmal aber ging er auch auf sie los. Mein Vater liebte seinen *schlechten Charakter,* sein Wadenbeißen, sein buchstäbliches Beißen-der-Hand-die-ihn-füttert. Ich wusste nicht, was es war, das ihn einen solchen Narren an Franz hatte fressen lassen. Vielleicht war Franz einer der wenigen Typen, die meinem Vater Kontra gaben. Vielleicht forderte ihn Franz' Unberechenbarkeit auch heraus, zwang ihn täglich, sich mit ihm auseinanderzusetzen. Manchmal fühlte es sich so an, als wäre Franz der Einzige von uns, der mit meinem Vater kommunikativ vielleicht nicht vollends auf Augenhöhe, aber irgendwie auf der gleichen Wellenlänge war. Trotz seiner kleinen, sehnigen Statur war Franz mutig, eher sogar hals-

43

brecherisch übermütig. Voller Selbstüberschätzung. Meinen Vater schien das so zu faszinieren, dass er mit Franz sprach, wenn sie vermeintlich unbeobachtet waren. Manchmal hatte ich es früher durch die noch geschlossene Tür gehört, wenn mein Vater mit ihm vom Spazierengehen zurückkam. »Sag mal, Franz, du spinnst ja wohl! Jetzt reiß dich doch mal zusammen, Franz. Du bist wirklich unmöglich, Franz, du fieser Charakter.« Immer gefolgt von einem Lachen, vermischt mit einem Knurren und Bellen von Franz. Doch nach der Entführung schienen auch meinem Vater die Spaziergänge oder deren Begleitumstände genauso lästig geworden zu sein wie mir, und so war ich derjenige, der mit Franz und der genügsamen Benni, die in allen Charakterzügen das genaue Gegenteil von Franz war, rausgehen musste. Ständig musste ich mich bei anderen Blankeneser Hundehalterinnen und Hundehaltern entschuldigen. An Musikhören mit meinem Minidiscman war nicht zu denken. Vor mir die unberechenbaren Hunde und hinter mir die Personenschützer. Es war Stress pur. Franz' Attacken waren mir vor den Sicherheitsleuten peinlich, und vor den Spaziergängern schämte ich mich für die Männer, die mich begleiteten. Ein *walk of shame,* lange bevor ich den Ausdruck zum ersten Mal gehört hatte. Zumal ich wusste, dass die Objektschützer ohnehin täglich mehrmals ihre Runden drehen mussten. Ich wurde den Eindruck nicht los, dass ich bei diesen Spaziergängen denkbar überflüssig war, traute mich aber nicht, es meinen Eltern auch so zu erklären. *Hört mal, wenn die eh gehen, warum muss ich dann eigentlich ...?* Ich sparte mir die Diskussion. Ich hatte das Gefühl, dass ich phasenweise aus meinem eigenen Leben abgeschafft worden war. Alles war auf einmal so durchorganisiert, es schien gar nicht mehr nötig zu sein, dass ich noch mitlebte.

Das versprengte Rudel halbwilder Hunde, das in Portugal auf mich wartete, würde mir helfen, so hoffte ich, die sechs Wochen langen und endlos langweiligen Sommerferien ohne nervige Verpflichtungen spielerisch herumzubekommen. Nun aber ahnte ich, dass es anders werden würde.

Am Gepäckband warteten nicht mehr nur meine Mutter, mein Vater und ich, sondern in unmittelbarer Nähe noch drei Personenschützer. Nach den Bücherkoffern meines Vaters Ausschau haltend, erwartete ich den mir gut bekannten lauten Rumms, der das gesamte Gepäckband vibrieren lassen würde. Einen lauten Knall der Pistole im Paketbeutel würde es nicht geben, denn das Mitnehmen von Waffen außerhalb der deutschen Grenzen war nicht erlaubt. Die Personenschützer waren, abgesehen von ihren Händen, Füßen und ihrem ernsten Blick, unbewaffnet, und ich war in freudiger Erwartung auf den ersten Sommerurlaub mit fertiggestelltem Pool. Sosehr ich auch meinen Eltern vermittelte, dass ich diesem öden Urlaub nichts abgewinnen konnte, so sehr sehnte ich mich nach altbekannter Langeweile. Zwar wartete in Hamburg meine Band auf mich, aber eigentlich war ich unsicher, ob sie wirklich wartete. Gewartet hatte. Und noch unangenehmer war, dass ich jemand geworden war, auf den gewartet werden musste. Sosehr ich auch hoffte, dass die Langeweile mich zum Songschreiben animieren würde, so sehr befürchtete ich, dass ich nichts auf die Reihe kriegen würde, die sechs Wochen verstrichen und ich mit leeren Händen und ohne Anschluss an die Band zurückkehren würde.

Am Flughafen patrouillierten portugiesische Polizisten mit Maschinengewehren im Anschlag an uns vorbei. »RNG« stand groß auf ihren schusssicheren Westen. Wenn sie an mir vorbeigingen, schaute ich reflexartig zu Boden. Ich hatte das Gefühl, dass sie mich genauestens musterten. Vielleicht war ich es aber auch, der irritiert starrte, weil mich die Aufschrift auf den Westen an eines meiner Lieblings-T-Shirts erinnerte. Ein lachender Totenkopf, umrankt mit Rosen, zwei gekreuzten Pistolen und der großen Überschrift »GNR – Guns N' Roses«. Ob diese Herren auch darüber schmunzeln würden? Ein Insiderwitz rockaffiner portugiesischer Polizisten? Oder waren Witze nicht so ihr Ding? Waren die Polizisten hier eigentlich auf unserer Seite? Waren sie die Guten? Hätte man mit ihnen scherzen können?

Nachdem meine Mutter die Polizei während der letzten Woche der Entführung rausgeworfen hatte, um die Geldübergabe selbst zu organisieren, hatte ich Polizisten und Soldaten gegenüber ein mulmiges Gefühl. Dennoch waren wir nun ständig von ihnen umgeben. Egal, dass es Ex-Soldaten und Ex-Polizisten waren, sahen doch ein paar von ihnen für mich einfach aus wie Zivilbullen. Mein Freund Markus hatte auf seinem Armeerucksack, den er als Schultasche benutzte, einen Aufnäher, auf dem vier Tiere abgebildet waren. Darunter stand jeweils der Name des Tieres. »Pferde, Hühner, Bullen, Schweine«. Ich hatte ihn mal gefragt, ob er mir so einen besorgen könne. Nach der Entführung hatte ich ihn nicht wieder darauf angesprochen. Ich hatte das Bedürfnis, die Polizei direkt zu beleidigen, verloren. Ich wusste, dass es im echten Leben kompliziert war. Dennoch war es ja die *private Sicherheitsfirma* gewesen, die letztendlich an der Polizei vorbei gearbeitet und so meinen Vater befreit hatte. Ich war verwirrt. Freund und Feind glichen einander auf unheimliche Art und Weise. So schön es sich anfühlte, in ein »Wir woll'n keine Bullenschweine!« einzustimmen, so nachdenklich stimmte es mich. Was würde denn passieren, wenn es keine »Bullenschweine« mehr gäbe? Gingen wir dann über zur Selbstjustiz und müssten alle private Sicherheitsfirmen beschäftigen oder den Waffenschein machen? So wie in Amerika. Das Massaker an der Columbine Highschool war ja gerade erst gewesen. Dort schien es also auch nicht einfacher zu sein.

Mein Vater erspähte einen seiner großen Koffer, der wie immer an einer Ecke aufgerissen war. Ein speckiger Buchrücken quoll heraus. *Wie Eingeweide oder ein offener Bruch,* dachte ich. Mein Vater atmete genervt aus, als er den Zustand des Buches bemerkte, und verzog das Gesicht, als ein Personenschützer versuchte, ihm dabei zu helfen, den Koffer vom Band zu wuchten. Schulter an Schulter bemühten sie sich, einander den Koffer aus der Hand zu nehmen, ohne sich dabei zu berühren. Ein wechselseitiges Bemühen, dem anderen die Last abzunehmen, ohne ihm dabei zur Last zu fallen.

Dann waren alle Koffer angekommen, und wir zogen zu sechst in den Eingangsbereich des Flughafens. Warme Luft schlug uns entgegen. Ich sog das unvergleichliche Gefühl eines bevorstehenden Urlaubs in Form des stickigen Hauchs von sonnendurchtränkter Portoer Abgasluft durch die Nase und freute mich auf meinen ersten Sprung ins kühle Wasser des neuen Pools. Vielleicht würde Liese ja mit baden kommen? Ich stellte mir vor, wie ich sie, mit den Ärmeln meines Schlabberpullis wedelnd, aufstachelte. Wie sie sich auf den Hinterpfoten um die eigene Achse drehte und ich mich immer weiter dem Rand des Schwimmbeckens näherte, bis sie sich im Ärmel festbiss und ich sie mit in den Pool zog. Überrascht würde sie loslassen, um dann mit mir um die Wette im Schwimmbecken Stöckchen zu holen. Ich atmete tief ein und spürte schon die Freude in meinem Bauch aufsteigen. Ich lächelte und ließ meine langen roten Pulliärmel gedankenverloren kreisen.

Wie in den Vorjahren steuerten wir auf den Taxistand zu, um erstaunt festzustellen, dass es keine Taxis mehr gab. Auf dem Parkstreifen, auf dem sie sich sonst aneinandergereiht hatten, standen dicht hintereinander fünf Fahrzeuge der Guarda Nacional Republicana.

Mehrere Männer, die nicht zu einem Fanclub der amerikanischen Rockband gehörten, sondern zur portugiesischen Sicherheitspolizei, öffneten gleichzeitig sämtliche Türen der Wagen und schalteten das Blaulicht an. Ich blickte mich kurz um, weil ich erwartete, dass hinter uns irgendjemand erschien, auf den diese bizarre Kolonne wartete. Dann wurden die Koffer meinem Vater aus den vor Überraschung widerstandsfrei geöffneten Händen genommen und verschwanden. Ich hatte nicht darauf geachtet, wohin sie gebracht wurden, denn das Licht der Polizeiautos hatte meine, und auch die Aufmerksamkeit aller anderen Menschen um uns herum, auf sich gezogen. Ich zog die Schultern hoch und hielt mich an den Riemen meines Rucksacks fest. Die Personenschützer hinter uns bildeten eine Mauer, die mir klarmachte, dass dort niemand mehr kommen würde. Ohne einen klaren Gedanken fassen zu können, folgte ich meinen Eltern in eines der Autos. Die Türen knallten zu, und augenblicklich setzte sich die Kolonne in Bewegung. Als wären die Autos mit unsichtbaren Stangen aneinander befestigt, fuhren sie in konstantem Abstand los. Starr vor Schreck saß ich neben meinen stocksteifen Eltern auf der Rückbank eines Autos der portugiesischen Streitkräfte und erkannte, wie sich im Wagen vor uns das Fenster auf der Beifahrerseite öffnete und eine blinkende Kelle herauskam.

Die Fahrzeuge vor uns wurden mittels Signalhorn, Blaulicht, Hupen und Kelle aus dem Weg gezwungen, und wir rasten in einer Wahnsinnsgeschwindigkeit über die portugiesischen Schnellstraßen Richtung Urlaub.

Die Strecke hatte sich mit dem Taxi oft dahingezogen. Ich hatte gelangweilt mit Kopf und Armen bei heruntergekurbelter Scheibe in den Abgasen der Autobahn gehangen, um der noch stickigeren Luft im Auto zu entkommen. Darauf wartend, dass das Anfahren des Taxis bei der nächsten Bewegung im Stau wenigstens einen kühlen Hauch um meine Haare wehte. Nun wagte ich nicht mal, das Fenster auch nur einen Spalt weit zu öffnen, da ich Angst hatte, hinausgesaugt zu werden. Eigentlich sollte ich mich sicher fühlen. Wo sonst, wenn nicht in einem Polizeiwagen, umringt von anderen Polizeiwagen, konnte die Gefahr abwesender sein? Alles passierte schließlich einzig und allein zu unserem Schutz. Doch plötzlich schoss mir ein Gedanke in den Kopf, der mich nie wieder loslassen würde: Wie übermächtig musste die Gefahr sein, wenn schon der Schutz so beklemmend war?

Ich saß in diesem Auto, ohne etwas tun zu können. Ausgeliefert an Fremde. Beschützt und doch angegriffen. Niemand sprach ein Wort.

Nach einer Viertelstunde im Wagen gewöhnte ich mich allmählich an den Ritt. Ich schaute nach draußen und versuchte, meine Eltern zu vergessen. Es war kühl, schnell und irgendwie aufregend. Axl Rose und Slash wurden sicherlich in ähnlicher Weise vom Flughafen zur Konzerthalle gefahren. Mir gefiel die Analogie des Rockstars, der so wichtig war, dass er nicht mehr in normalem Tempo auf reguläre Art und Weise zum Zielort gebracht werden konnte. Seine Mission war zu bedeutend. Doch leider, das erkannte ich deprimierend schnell, hatte ich keine Mission zu erfüllen. Ich wurde nicht gebraucht. In Wirklichkeit hatte ich noch nicht mal ein selbst gewähltes Ziel.

Ich saß unnütz in einem Auto, das ich nicht bestellt hatte, wurde zu einem Ort gefahren, den ich nicht ausgesucht hatte und an dem ich nichts tun konnte, außer die Zeit herumzubringen. Wenn man jetzt in das Auto hineinschauen könnte, was würde man erkennen? Drei uncoole, verängstigte Menschen, die weder auf einer dringenden Mission noch irgendwie aufregend oder wichtig waren. Es wirkte wohl eher wie ein Gefangenen- oder Behindertentransport als wie die Wagenkolonne einer Rockband.

Ich weiß nicht, wie sie es gemacht hatten, aber als wir die gewundene, enge Straße hinaufkamen, stand das Tor zu unserem Ferienhaus schon offen. Es schien eine geheime Kommunikation um uns herum stattzufinden. Als wir kaum verlangsamt auf den Hof bretterten, leuchteten am Wagen vor uns das erste Mal auf der gesamten Strecke die Bremslichter auf. Ich reckte den Hals, drehte den Kopf an dem meiner Mutter vorbei und hoffte, dass Liese den rasanten Auftritt der Fahrzeugkolonne unversehrt überstanden hatte. Obwohl ich in der Luft der Klimaanlage fror, bemerkte ich, als sich mein Rücken vom Sitzpolster löste, dass ich nass geschwitzt war. Noch bevor das Auto stand, griff mein Vater zittrig nach dem kühlen metallenen Türgriff. Meine Mutter tat es ihm auf ihrer Seite gleich. Ich hatte Gänsehaut und sehnte mich nach der warmen Sonne, nach dem Geruch von Staub, Sommer und Hund auf dem Hof. Das Ruckeln meines Vaters am Türgriff lenkte meinen Blick wieder ins Innere des Wagens.

Nervös, fast panisch versuchte er, die Tür zu öffnen. Er riss mit drei Fingern am Türöffner und klopfte mit seinem Knie lautstark gegen die Innenverkleidung. Beide Hintertüren waren verriegelt. Meine Mutter hatte nach einem lautlosen Versuch aufgegeben, aber mein Vater rüttelte immer weiter. Das Auto kam mit einem Ruck zum Stehen, und einen Sekundenbruchteil später wurde die Tür aufgerissen. Männer, die wir nicht kannten, standen zu beiden Seiten des Fahrzeugs, aus dem mein Vater, vor Wut schnaubend, ausstieg. Die Kiefer aufeinandergebissen, drehte er sich um und hielt mit wilden Augen Ausschau nach den Koffern. Er sah, dass meine Mutter sie an sich nahm, und floh, auf sonderbare Art stocksteif stolpernd, ins Haus. Ein zweites Mal sah er sich nicht um.

Meine Mutter und ich schleppten die drei Koffer über den sandigen Hof so schnell wie möglich meinem Vater hinterher. Die in den Sand gezogenen Furchen der blockierenden Kofferrollen führten wie Bahnschienen hinter uns zum Eingang des frisch renovierten Hauses. Ich hoffte nur, wir würden die Weichen so stellen können, dass uns niemand hinein folgte.

Mein unterer Rücken schmerzte von der Fahrt, ich griff meinen Pulli und wedelte mir mit dem Saum Luft an den Bauch. Für einen Moment dachte ich an Sterntaler, wie sie mit ihrem Leinenhemdchen die Silbermünzen auffing. Dann fielen meine Blicke auf die Menschen auf dem Hof, die von dort aus zumindest meine Umrisse erkennen konnten. Wie einen Sterntaler-Scherenschnitt. Mein Bauch krampfte sich zusammen. Die dauerhaft angespannte Nervosität, die ich schon aus Hamburg so gut kannte, hatte mich also bis hierher verfolgt. Ich spürte ihre kalten Finger sich in meinen Bauch krallen. Dann stoppte ich meine Bewegung und zog meinen Pulli über

den Kopf, pfefferte ihn in die Ecke und trat ein paar
Schritte zurück hinter den Vorhang. Ich würde aufpassen
müssen, wie ich mich hier benahm. Meine Mutter hatte
die Koffer im Eingang stehen gelassen und war sofort in
die Richtung, in die mein Vater verschwunden war, gegangen.

Sonst waren wir immer als Erstes in die Speisekammer
gegangen, um zu kontrollieren, was wir an Essen vorrätig
hatten und was wir würden einkaufen müssen. Es gab
einen kleinen Gemüsegarten, in dem die Hausmeisterfamilie Kartoffeln, Karotten, Tomaten, Salat und Rosma-
rin anbaute. Meine Mutter war immer mit einem Korb in
den Garten gegangen und hatte den Kühlschrank mit frischem Gemüse aufgefüllt. Wie würden wir uns ab jetzt
versorgen? In dieser neuen Situation erschien es völlig
unmöglich, das Haus zu verlassen. Weder zum Gemüsegarten, geschweige denn zum Supermarkt im nächsten
Dorf. *Wir werden verhungern,* schoss es mir durch den
Kopf. Besser allerdings, als noch mal so einen Ritt überste-
hen zu müssen.

Etwa ein halbes Dutzend Polizisten und die drei Personenschützer sammelten sich auf dem Hof und begrüßten
den Hausmeister, der ihnen verunsichert die behand-
schuhten Hände schüttelte. Seine Frau sah ich im gegenüberliegenden Haus ebenfalls hinter einer Gardine her-
vorlugen. Ich war ganz froh darüber, ihr noch nicht
begegnen zu müssen, denn die Küsse, die ich sonst hätte
austauschen müssen, ohne zu wissen, welche Wange zuerst – und immer landete ich dann fast auf ihrem Mund –,
waren mir ohnehin peinlich. Ich sprach kein einziges Wort
Portugiesisch und nur schlecht Englisch. Latein und Alt-
griechisch, die ersten beiden Fremdsprachen in meiner
Schule, halfen mir hier nicht weiter. Das ohnehin schon

sehr zurückhaltende Hausmeisterehepaar war offensichtlich noch verschüchterter. Ich wagte mir gar nicht vorzustellen, wie unangenehm die nächste Begegnung mit
ihnen werden würde. Schon auf Deutsch hatte ich keine
Worte für unsere Situation.

»Ich rufe da jetzt an«, hörte ich meinen Vater in der Küche
sagen. »Ja«, bestätigte meine Mutter, immer noch außer
Atem. »Ich sag denen, wenn das noch einmal passiert,
werden wir dieses Land nie wieder betreten!« Er ging
schwer atmend die Holztreppen zu seiner Bibliothek hoch.
Trotz seiner Abneigung gegen Telefongespräche stand
ausgerechnet dort unser einziges Telefon. Wem gegenüber würde er diese sonderbare Drohung aussprechen?
  Ohne weiter darüber nachzudenken, schaute ich wieder
aus dem Fenster. Einer der Polizisten öffnete den Kofferraum eines Polizeifahrzeugs und beugte sich so tief hinein, dass es aussah, als wollte auch er der Situation ent-
schwinden, kam aber wieder hervor und reichte dem
Polizisten neben sich mit der linken Hand eine Maschinenpistole. Noch bevor sein Kollege diese entgegenge-
nommen hatte, sie baumelte noch an seinem ausgestreckten Arm, griff er mit der rechten Hand wieder in den
Kofferraum und holte eine weitere Uzi heraus. Wie bei
einer Eimerkette wanderten die automatischen Waffen
von Hand zu Hand. Der Kofferraum leerte sich, bis alle
Personen versorgt, ausgestattet, bewaffnet waren. *Wie
viele Maschinenpistolen in so einen Kofferraum passen*,
dachte ich fasziniert. Der Hausmeister stand als Einziger
unbewaffnet ebenso staunend daneben. Seine Frau stand,
wie auch ich, immer noch hinter der Gardine und beobachtete die Szene.

Da kam endlich Liese aus dem Garten angelaufen. Übermütig wedelnd, rannte sie auf den Hof. Wie sie so durch den Staub lief, reflektierten einzelne Sandkörner die Sonnenstrahlen, die durch die Blätter der Bäume fielen. Ihr stumpfes, staubig-beiges Fell glitzerte in der Sonne. Einer der Personenschützer kniete sich hin, schnalzte dreimal mit der Zunge, und Liese rannte, noch freudiger als eben schon, auf ihn zu. *Verrat!,* dachte ich. Er zog sich die Maschinenpistole wie eine Schultasche lässig über die Schulter, bückte sich und strubbelte ihr den Sand aus dem Fell. Dann griff er nach einem Stock, der auf dem Boden lag. Liese versuchte, ihm in seinen Hemdsärmel zu beißen. Ich konnte ihre spitzen Zähne an meinen Handgelenken spüren und die Spucke ihrer feucht-sandigen Lefzen an meiner Haut. Er stand auf, spuckte zweimal kräftig auf den Stock und warf ihn quer über den Hof. Liese tobte los. Die von ihr aufgewirbelte Staubwolke senkte sich langsam auf die schwarzen Schnürstiefel der herumstehenden Männer. Ich blickte ihr hinterher und lächelte.

»And now shoot«, hörte ich einen der Polizisten sagen, »living target!« Die Männer brachen in Gelächter aus. Liese kam zurückgerannt, der Mann krempelte seine feuchten Hemdsärmel hoch, griff nach dem Stock, auf dem sich sein Speichel mit dem von Liese vermischt hatte, und das Spiel begann von vorn. Ich stand hinter dem Vorhang und schaute noch eine Weile zu, bis ich mich in mein Kinderzimmer zurückzog, um meine Teenage-Mutant-Ninja-Turtles-Station aufzubauen. Ein Relikt aus einer fernen Kindheit.

Nachdem die Rückleuchten der Wagen der GNR am späteren Abend wie ein rotes Rinnsal aus dem verletzten Hof geblutet waren und der Hausmeister das Tor wie einen

Druckverband zugepresst hatte, traute ich mich das erste Mal nach draußen. Ich hatte das Haus schon mehrmals durchquert, meine Turtles-Station umgebaut, die Zinnsoldaten, die ich von unseren Londonbesuchen mitgebracht hatte, in Reih und Glied aufgestellt, die kleinen Kanonen auf anderes Militärspielzeug, die Maschinengewehre der Plastiksoldaten auf die Pferde der Indianer gerichtet, und überließ die martialische Situation nun sich selbst, um mich in den wieder befriedeten Hof zu begeben.

Liese lag völlig geschafft im Staub. Ich kniete mich im Schlafanzug neben sie und legte meinen Kopf auf ihren sich rhythmisch hebenden und senkenden Brustkorb. Sie schreckte auf und verdrehte den Kopf ruckartig zu mir. Sie erkannte mich, schlief dann aber völlig erschöpft weiter. Die Sonne ging gerade unter, doch der Sand war immer noch warm. Ich streichelte Lieses Fell, spürte die Sandkörner zwischen ihren stumpfen Haaren. Sie blutete leicht an den Lefzen. Sie war zu übermütig gewesen und hatte sich in eine Vertiefung gelegt, die ein anfahrender Reifen in den Grund gefurcht hatte. Dort war der Boden etwas kühler.

Eine Tür öffnete sich, und Schmitt winkte zu mir herüber. Ich hatte mich schon gefragt, was das weiße Muster auf seinem schwarzen Shirt wohl darstellte, als ich es in Hamburg ab und zu unter seinem kurzärmeligen karierten Hemd hindurchblitzen sah. Nun erkannte ich es endlich in Gänze. Gut gelaunt kam er aus dem Anbau des Hauses, wo die Hausmeisterfamilie lebte. Ihr neuer Untermieter schlenderte auf Liese und mich zu. Ich stand auf und wischte mir den Sand von der Pyjamahose. *Hätte ich mir doch etwas Richtiges angezogen,* dachte ich und log: »Ich wollte noch kurz schwimmen gehen«, um deutlich zu machen, dass ich natürlich nicht nur wegen des Hundes herausgekommen war. Gefühle, so fühlte ich, waren hier fehl am Platz. »Wollen Sie mitkommen?«, improvisierte ich.

Ich stand auf, und wir gingen nebeneinander die paar Meter durch den Garten, vorbei an dem Platz, wo mein Vater tagsüber schrieb. Obwohl der Garten überall geharkt war, formten sich hier Linien alter Blätter, die Kreise um den Schreibplatz meines Vaters zu ziehen schienen. Wie Schallwellen oder sich im Wasser ausbreitende Ringe, nachdem man einen Stein hineingeworfen hatte, waren die Blätter vom Zentrum, in dem mein Vater normalerweise saß, angeordnet. Schmitt bemerkte meinen Blick schneller, als ich ein Wort sagen konnte. »Alter Indianertrick. Dann muss ich deinem Vater nicht immer auf dem Schoß sitzen. Wenn sich jemand anschleicht, höre ich das Rascheln und Knistern auch von weiter weg!«

Ich blickte ihn an, er schaute ernst. *Indianertrick.* Ich überlegte. Schmitt eine »edle Rothaut«? War er wie Winnetou? War er ein Apache? Verstohlen musterte ich ihn aus den Augenwinkeln. Seine kurze Hose in Tarnfarben war ausgewaschen. An ein paar Stellen des Hosenbundes zeichneten sich die Umrisse von irgendeinem Equipment ab, das da normalerweise befestigt war. Der Stoff war dort wie neu. Mindestens drei dieser durch martialische Gegenstände geschonten Stellen konnte ich ausmachen. Trotz der kurzen Hose trug er feste schwarze Stiefel und ein kurzes kariertes Hemd offen über seinem T-Shirt. Er kam mir, wenn überhaupt, eher wie ein Cowboy vor.

Am Pool angekommen, zog ich mich schnell um und sprang hinein. Das kalte Wasser umspülte meinen Körper, wusch die Gedanken ab. Ich öffnete die Augen unter Wasser, sah den blau gestrichenen Zement, die kleinen Steine auf dem Boden und tauchte tiefer. Entlang der letzten

Sonnenstrahlen, die sich in mattem Gelb im Poolwasser spiegelten. Ich griff einen der Kiesel, ließ ein bisschen Luft aus der Lunge und tauchte zwei Züge lang parallel zum Boden, sah die funkelnden Reflexionen des Lichts auf meinen Handrücken, stieß mich mit den Füßen ab und schnellte dann hinauf zur Oberfläche. Schmitt saß auf einem der Gartenstühle, ein Kollege hatte sich zu ihm gesellt. Er musste uns den gesamten Weg über gefolgt sein. Ich hatte es nicht gemerkt. Sie unterhielten sich leise und wendeten die Köpfe zum Pool, als sie mich auftauchen hörten. Ich spuckte ein bisschen Wasser in hohem Bogen gen Rand und hielt den Stein stolz in die Höhe. Das kalte Wasser ließ mich die surreale Reise vergessen. Die beiden Männer verzogen keine Miene.

War dies der Moment, auf den ich mich gefreut hatte? War dies die Unbeschwertheit, die ich vermisste? Ich schob den Gedanken beiseite. Ihre Gleichgültigkeit ignorierend, schmiss ich mein Fundstück zu den sitzenden Herren. Schmitt fing den Stein und warf ihn im hohen Bogen zurück ins Wasser. Ich grinste, tauchte ab, fand den Stein und stieß mich sofort wieder nach oben. In meinem Brustkorb stach es, da ich in der Aufregung zu wenig Luft geholt hatte. Kurz bevor ich die Wasseroberfläche erreichte, nahm ich den Stein in den Mund und ließ ihn nach ein paar Zügen zum Beckenrand wie ein Hund auf den Boden fallen. Schmitt stand auf. Als er den Beckenrand erreichte und sich nach dem Stein bückte, sah ich die weiße technische Zeichnung der Glock 17, der Dienstwaffe der Hamburger Polizei, auf seinem schwarzen T-Shirt ganz deutlich.

»Los, kleiner Negerjunge! Hol die Goldmünzen!«, rief er lachend und schmiss den Stein wieder ins kalte Wasser. Auf dem Weg zum Grund dachte ich über das T-Shirt nach.

Waffen schienen Schmitt wichtig zu sein. Wie lustig würde es aussehen, hätte mein Vater tagein, tagaus ein T-Shirt mit einem Buch drauf an.

Ein paarmal noch tauchte ich so auf und ab. Dann konnte ich nicht mehr. Ich zog meinen Bauch ein und stieg aus dem Becken. Die Sonne war untergegangen, es war schnell schattig und kühl geworden. In der Hoffnung, die Männer würden meinen Körper in der beginnenden Dunkelheit nicht genau erkennen können, drückte ich meine Brust raus und versuchte, auf den wenigen Metern zur Umkleide so durchtrainiert wie möglich zu wirken. Dann gingen wir gemeinsam hinauf und verabschiedeten uns.

»Bis morgen. Schönen Abend noch!«

Die beiden Herren lächelten mich an. »Dir auch, Johann.« Immer noch außer Atem, lächelte ich zurück. Als sie in ihrem Haus verschwunden waren, atmete ich einmal tief aus und entspannte meinen Bauch wieder.

Beim Zähneputzen merkte ich, dass meine Lippe leicht blutete. Ich war zu übermütig gewesen. Ein wenig stolz auf die Verletzung und hoffend, sie werde bis zum Morgen ein bisschen angeschwollen sein, zog ich die Vorhänge zu. Mein Blick fiel auf Liese, die immer noch, dem Tode gleich, schlafend auf dem Hof lag.

Müde legte ich mich ins Bett und schlief sofort, und ebenso tief, ein.

7.

Ich hatte schon einige Zeit aus dem Fenster gesehen, bevor
ich das Haus durchquerte. Morgens lag das Grundstück
für einige Stunden im Nebel. Es war mir zu kalt, um
schwimmen zu gehen, meine Eltern schliefen noch, und
ich hatte keine Ahnung, was ich mit mir anfangen sollte.
Ich ging in mein Spielzimmer, stellte die Zinnsoldaten
in eine andere Reihenfolge und stupste die Ninja Turtles
mit dem nackten Fuß in eine Pfütze Slimey, das ich als
radioaktives Ooze verwendete – die Flüssigkeit, die die
Schildkröten in Teenage Mutant Ninja Turtles verwandelt
hatte. Der Versuch, meine Akustikgitarre zu stimmen,
scheiterte, da sie sich über Nacht durch den Wechsel von
trockener Wärme zu nebelfeuchter Kühle nicht nur ver-
stimmt, sondern ganz und gar verzogen hatte. Der Hals
hatte sich so ungesund verbogen, dass ich die Saiten gar
nicht mehr richtig aufs Griffbrett drücken konnte. Ich
presste mit all meiner Kraft die Kupfer umwickelten
Drähte in Höhe des fünften Bundes, nah an dem Bund-
stäbchen, auf das dunkle Holz, doch als ich sie anschlug,
ließen Klangkörper und Hals nur ein röchelndes Schnar-
ren vernehmen. Am Boden zerstört, lehnte ich das fragile
Holzinstrument wieder an die Heizung und ging ins Badezimmer. Ich würde eine neue besorgen müssen. Doch wie?
Deprimiert rieb ich mir die schmerzenden Fingerspitzen.
Mir fehlte die Kraft. Stattdessen fühlte ich mich ausge-

laugt und schlapp. Meine Idee, diese Sommerferien in ein Songwriter-Camp zu transformieren, rückte in unerreichbare Ferne. Ich stellte mir Lenny, Dennis und Daniel vor, wie sie jeden Ferientag zum Üben nutzten, und mich, wie ich hier in unproduktiver Langeweile verging.

Aus alter Gewohnheit machte ich ein paar Sit-ups, wie in den frustrierend zähen Tagen der Entführung. Ich klemmte die Beine unter den Abfluss des Bidets und versuchte, mich hochzukrampfen. Ich bildete mir ein, dass ich durch die Schmerzen besonders gestählt aus diesen Trainingseinheiten herauskommen würde. Wie ein Ninja, der an einer Holzpuppe trainiert. Doch schnell taten mein Rücken und kurz darauf meine Schienbeine so extrem weh, dass ich es bleiben ließ. Der Gedanke an die harten Männer, gegen die ich mit meinem schlaffen Körper nichts ausrichten konnte, demotivierte mich. Ich putzte mir die Zähne und zog mich an.

Dann tigerte ich an den Fenstern zum Hof vorbei. Hinter dem Glas war schon Hochbetrieb. Die Fenster, deren Scheiben durch dünne Sprossen geteilt waren, erinnerten an vergitterte Zellen, die ich aus Filmen kannte. Ich dachte darüber nach, ob mein Vater wohl den Anruf getätigt hatte, den er tags zuvor so wütend angedroht hatte. Ich zweifelte stark daran. Mein Vater hasste es zu telefonieren. Wenn er jemandem etwas mitzuteilen hatte, schrieb er einen Brief. Wenn jemand bei uns zu Hause anrief, einer meiner Freunde zum Beispiel, schlimmstenfalls zur Mittags- oder Abendbrotzeit, schaute mein Vater erst auf das Telefon, das in der Ecke des Wohnzimmers auf einem Tischchen stand und klingelte, und dann mich und meine Mutter an, als wäre das Klingeln das widerlichste Geräusch, das er jemals gehört hatte. Es schien für ihn auf unerklärliche Art und Weise in unser Leben eingedrungen und dies allein unsere Schuld zu sein. Nicht nur das Klingeln, nein, der ganze Apparat schien in ihm eine Abscheu hervorzurufen, die ihn das Gesicht verziehen ließ, sobald er einen Telefonhörer nur in der Hand hielt. Ihn ans Ohr zu halten schien ihm gar körperliche Schmerzen zu bereiten, die er nur dadurch lindern konnte, dass er möglichst einsilbig und tendenziell unfreundlich sprach, um das grässliche Gespräch auf ein Minimum an Informationsaustausch zu beschränken. Angewidert reichte er meist den Hörer an meine Mutter weiter, immer noch mit einem Gesichtsausdruck, als machte er sie persönlich für diese Erfindung verantwortlich. Doch meine Mutter begegnete jedem sich anbahnenden Konflikt mit einer unumstößlichen Ruhe, die zumindest mich beruhigte. Wie es um das Verhältnis meiner Eltern bestellt war, interessierte mich nicht wirklich. Sie schienen gut miteinander zu funktionieren. Als wäre niemals etwas aus dem Tritt geraten. Die Launen meines Vaters waren vielleicht noch ein wenig unberechenbarer als früher geworden, dafür war die Art meiner Mutter, diese abzupuffern, ebenso verlässlich wie immer.

»Was für ein widerliches Scheißgeräusch«, brach es aus meinem Vater heraus.

»So viele Emotionen«, schmunzelte meine Mutter erst mich und dann ihn an. »Und das einem Telefon gegenüber. Das Gegenteil von Liebe ist ja nicht Hass, sondern Gleichgültigkeit. Das Ding freut sich bestimmt über deine Gefühlsregung.«

Ein Schmunzeln huschte über das Gesicht meines Vaters. Es beruhigte mich, dass diese Art der ironischen Kommunikation noch immer ganz gut funktionierte.

Mein Vater schaffte es manchmal sogar, den Hörer abzuheben, ihn sich ans Ohr zu halten und für eine halbe

Ewigkeit nichts zu sagen, um ihn dann achselzuckend an mich weiterzugeben. Immerhin schien er die Technik noch mehr zu verachten als die meisten Menschen. Das Schlimmste, so ließ er es deutlich werden, waren Menschen, die sich für Technik interessierten.

Und nun war mein Vater seit der Entführung täglich von Männern umgeben, deren Jobbeschreibung, deren gesamte Lebensauffassung irgendwie technisch war. Alles, was natürlich gewesen war, wurde technisch. Die Spaziergänge und Unterhaltungen. Die Autofahrten und Urlaubsplanungen. Wo vorher ein ruhiger Garten gewesen war, standen jetzt Kameras und Zäune, die Geräusche machten. Der verwilderte Hang war einem Carport gewichen. Früher hatte mein Vater auf dem Fahrersitz gesessen und während der Fahrt Hörbücher gehört, jetzt wurde die Stille von einem handytelefonierenden Mann durchbrochen, der einem anderen Technikmann die Ankunft meines Vaters, der auf der Rückbank sitzen musste, ankündigte. Kein Wunder, dass mein Vater eigentlich ständig schlechte Laune hatte und schrecklich gereizt war.

Nein, wenn hier im Urlaub jemand telefoniert hatte, war es sicherlich meine Mutter gewesen. Noch dazu nährten mehrere Männer in Uniform, die ich im Nebel draußen schemenhaft erkannte, meine Vermutung, dass gestern Abend erst mal alles dabei belassen worden war. Wie viele Tasten man auf einem der Telefone hier in welchem Abstand voneinander drücken musste, um von einem bestimmten Piepton bestätigt zu bekommen, dass es einem gelungen war, einen Gesprächskanal nach »extern« aufzumachen, wusste außer dem Hausmeister sowieso niemand.

Darüber hinaus war die interne Kommunikation momentan schwierig genug. Ich hatte schlicht keinen Bock, mich mit meinen Eltern zu unterhalten. Ich war mit mir, mit Musik und mit den neuen Männern beschäftigt. Mein Vater schrieb sowieso den ganzen Tag, und die Versuche meiner Mutter, die interne Kommunikation aufrechtzuerhalten, blockte ich ab. Die Wochen der Entführung waren verwirrend gewesen. So verwirrend, dass es schien, als würde ich sie niemals entflechten können. Was hatte die Polizei verbockt? Hatte sie überhaupt etwas verbockt, oder war es normal, dass alles so gelaufen war? Wie ging es den Angehörigenbetreuern, die ich drei Wochen jeden Tag gesehen hatte und die dann so unvermittelt, ohne sich zu verabschieden, gegangen waren? Und wo waren die Entführer eigentlich jetzt? War es für uns besonders sicher geworden oder besonders unsicher? Keine dieser Fragen wollte ich wirklich beantwortet haben. Schon gar nicht von meinen Eltern.

»Ey, Cousin, wie geht's denn?« Ich bekam gleich gute Laune, als ich die Stimme von Julia am anderen Ende der Leitung hörte.

»Ganz gut. Und dir? Ist krass langweilig hier. Und jetzt ist auch noch meine Gitarre kaputt. Voll ätzend. Also eigentlich geht's wohl eher so mittel.«

»Oh weh.« Ihre Stimme klang ironischer, als ich es mir gewünscht hatte. »Jetzt musst du dich langweilen, während alle anderen 'ne gute Zeit haben?« Sie war ganz schön angriffslustig dafür, dass ich gerade versuchte, ihr mein Herz auszuschütten.

»Na ja – ich bin hier allein mit meinen Eltern. Hallo? Und draußen sind die Typen und beobachten mich. Das stresst auf 'ner Skala von 9 bis 10 ungefähr 11,5. Ich hab hier keinen entspannten Urlaub wie du«, ging ich in den Verteidigungsmodus.

»Jetzt hör mal, Cousin.« Ihre Stimme klang ernst, aber wieder freundlich. »Einen *entspannten Urlaub*«, sie überbetonte die Worte so, dass es sich richtig albern anhörte, »hat man, wenn man *sich* entspannt. Nicht den Urlaub. Und das muss man nicht können, sondern lernen. Und damit haben nicht irgendwelche anderen Leute zu tun, sondern nur du selbst.«

Ich war wieder mal beeindruckt von Julias Souveränität. »Ey, wieso weißt du so was? Das ist doch voll krass. Du bist doch sogar jünger als ich.« Ich sprach einfach aus, was ich dachte.

»Ach, weißt du, Cousin. Mein Vater hat meine Mutter und mich verlassen, ohne sich persönlich zu verabschieden. Das ist jetzt sieben Jahre her. Seit sieben Jahren frage ich mich täglich, warum. Was war falsch mit *mir*? Was war falsch mit *uns*? Was hätte *ich* machen können, dass er bleibt? Und je länger ich darüber nachgedacht habe, je öfter ich die Schuld bei mir gesucht habe, je mehr habe ich verstanden, dass *er* es ist, mit dem was falsch ist. Und das Einzige, was ich tun kann, ist, mich um *mich* zu kümmern.«

Auf einmal kam ich mir total bescheuert vor. Was waren eigentlich meine Problemchen gegen ihre Familiengeschichte? Mein Vater saß schließlich im Raum nebenan. Ihrer war fort. »Tut mir leid, Julia«, begann ich kleinlaut.

»Alter! Dir muss gar nichts leidtun. Das versuch ich dir ja gerade zu verklickern. Kümmer dich um dich, egal, was irgendwelche Typen denken. Glück entsteht nur aus dir selbst heraus.« Sie machte eine Pause, in der wir beide nichts mehr sagten. Dann fuhr sie lachend fort: »Das stand auf jeden Fall gestern in meinem Glückskeks, dass das Konfuzius gesagt hat. Stimmt aber trotzdem. Und weißt du, was vorgestern drinstand?«

»Nein. Ich hab eh grad das Gefühl, dass ich gar nichts weiß«, antwortete ich.

»*Nur langweiligen Menschen ist langweilig,* stand da drin. Und jetzt schreib doch mal ein Lied. Dafür brauchst du doch keine Gitarre.«

Ich atmete tief und hörbar ins Telefon. »Hey, Cousine – danke dir.«

»Kein Problem. Ich leg mich wieder hin.« Wir lachten beide.

»Und iss nicht zu viele Kekse. Ist nicht gut für die Zähne«, sagte ich noch schnell.

»Aber gut fürs Gemüt«, sagte Julia noch schneller und legte auf.

Langsam verzog sich der Nebel, und aus den unscharfen Lichtpunkten wurden nach und nach glimmende Zigaretten. Ich blieb am Fenster stehen und blickte hinaus. Wie ferngesteuert führten die martialisch anmutenden Männer sie an ihre Münder. In den frühen Morgenstunden mussten sie eingetroffen sein. Die Wunde hatte wieder zu bluten begonnen, die müden Krieger schienen aufzuwachen. In ihren dunkelblauen Uniformen mit den hohen Reiterstiefeln sahen sie bedrohlich gleichförmig aus und erinnerten mich an die FootSoldiers, die blind gehorchenden Gefolgsleute des Shredder.

Einer unterhielt sich gerade mit Schmitt und stach aus der Gruppe hervor. Er trug einen schwarzen Anzug, ein weißes Hemd mit Krawatte und normale Schuhe. Nur eine Anstecknadel an der Krawatte ließ erahnen, dass er eine offizielle Funktion innehatte. Als er sich lachend vorbeugte, um die Zigarette an seiner Schuhsohle auszudrücken, öffnete sich sein Jackett, und ich erkannte ein Schulterholster aus braunem Leder, das sich um seinen muskulösen Brustkorb spannte. In ihm steckte eine silberne Pistole, die gefährlich locker unterhalb seiner linken Achsel baumelte. Mein Herz begann schneller zu schlagen. Wie sollte ich Julias Rat folgen? Wie sollte etwas *aus mir heraus* entstehen, wenn überall diese Typen waren? Wie sollte ich mich denn in dieser Situation hier entspannen können?

Er richtete sich wieder auf, und unsere Blicke trafen sich. Als würde ihn ein elektrischer Schlag durchzucken, streckte er sich und schlug die Hacken zusammen. Den Zigarettenstummel drückte er mit Daumen und Zeigefinger aus und ließ ihn in seiner Hosentasche verschwinden. Das musste wehgetan haben. Ich erinnerte mich an Peter O'Toole in *Lawrence von Arabien,* der ein Streichholz mit den Fingern ausmacht. Als ihn ein anderer Soldat fragt, ob das nicht wehtut, antwortet er: »The trick is not minding that it hurts.« Immer wieder hatte mein Vater diese Filmszene zitiert und wiederholt, man solle sich einfach nicht darum kümmern, dass es wehtue, bis wir irgendwann gemeinsam den Film schauten. Die Länge von dreieinhalb Stunden hatte mich zuerst abgeschreckt. Doch nachdem wir die Vierstundenversion von *Ben Hur* gesehen und er mir nur bei der Szene, wo sich jemand von der sinkenden Galeere bloß noch retten kann, indem er sich den Fuß mithilfe seiner eisernen Fußfessel abscheuert, die Augen zugehalten hatte, war ich bereit für das nächste Epos. Ich war nachhaltig beeindruckt von der gelassenen Souveränität und dem zähen Durchhaltevermögen dieser Männer.

Und nun ahnte ich, warum mein Vater den Satz immer und immer wieder zitiert hatte. Weil es für mich und für ihn, für uns beide so unmöglich war, sich um den Schmerz einfach nicht zu kümmern. Es war also vielmehr sein eigener Wunsch als eine Belehrung.

Die Sicherheitsleute hatten die Kippen gedankenlos auf den Hof geschnipst. Das Geräusch der Hacken des Mannes im Anzug ließ alle sofort in meine Richtung blicken. Ich widerstand der Versuchung, in die Knie zu gehen und unterhalb des Fensters abzutauchen, und suchte den Blick von Schmitt.

Er schaute mich an und lächelte. Dann winkte er und formte die Lippen zu einem unhörbaren »Moin!«. Seine Lockerheit schien den Mann im Anzug sofort zu entspannen. Auch die anderen Männer in ihren gewichsten Stiefeln und den bedrohlichen Uniformen schienen ihre krampfartige Starre zu verlieren. Ich hob die Hand, lächelte und grüßte mit den beiden einzigen portugiesischen Wörtern, die ich kannte, unhörbar zurück: »Bom dia!«

Der Mann im Anzug lächelte und hob ebenfalls die Hand. Ich ging aus meinem Spielzimmer in die Eingangshalle, öffnete die Tür und trat auf den Hof. Ich fror unter meinem orangeweiß gebatikten T-Shirt. Trotzdem war ich froh über den erfrischenden Lufthauch, der meinen roten Kopf etwas abkühlte, und ging zielstrebig auf die Männergruppe zu, um die westernartige Duellsituation auf dem staubigen Hof nicht noch mehr in die Länge zu ziehen. Ich steckte mir das T-Shirt in meine kurze orangene Hose und blickte an meinen Beinen hinunter auf die ebenfalls orangenen Converse. Im Vergleich zu den geschniegelten Polizisten und dem Mann im Anzug sah ich absolut lächerlich aus. Warum war mir das vorher nicht aufgefallen? Erst im Kontrast zu diesen Gestalten erkannte ich, wie wenig bedrohlich, wie unerwachsen, wie kindlich bunt ich gekleidet war. Ich beschloss in dieser Sekunde, dass ich das ändern musste.

»Bom dia«, sagte der Mann im Anzug, und die anderen Männer stimmten wie ein Begrüßungschor mit ein. »Boom diiiaaa.«

»Salvete discipuli«, wurden wir von unserem Lateinlehrer Herrn Eisler begrüßt. Er kam immer einige Minuten vorm Klingeln zu unserem Klassenraum und stellte sich millimetergenau vor die Türschwelle. Er kontrollierte penibel den Abstand zwischen seinen Schuhspitzen und der Schwelle, stand wie erstarrt da und blickte ins Leere. Sobald es klingelte, durchzuckte ihn ein stromschlagartiger Impuls, der ihn das Kinn unnatürlich hochrecken ließ, während er seine Aktentasche unter die Achsel klemmte, um mit einem übertrieben langen Schritt, der an einen patrouillierenden Londoner Palastwächter erinnerte, die Schwelle zu übertreten. Mit nur zwei weiteren langen Schritten erreichte er das Pult und begrüßte uns mit dem Satz, den wir schon am ersten Schultag hatten lernen müssen. Immer laut und dennoch lustlos lang gezogen folgten wir mit: »Saaaaalve maagiiiisssteer.«

»Bom dia!«, erwiderte ich.

Schmitt zeigte auf den Mann neben sich: »Er ist hier der Cheffe!« Er blickte ihn an und fuhr in ungelenkem Englisch fort: »Big Boss.«

Der Mann reichte mir seine Hand: »Luis Fernando Morais«, stellte er sich vor. »Johann«, erwiderte ich, »Scheerer.«

Er sah mich irritiert an. Um irgendwas zu sagen, nuschelte ich noch ein »Bom dia« hinterher und machte einen halbherzigen Diener, wie ich ihn mir von einem Fernsehinterview mit Farin Urlaub abgeschaut hatte. Er quittierte es mit einem irritierten Schmunzeln. *War es unangemessen, dass ich mich verbeugte?*, schoss es mir in den Kopf. Hätte er sich verbeugen müssen, und hatte ich ihm die Möglichkeit dazu mit meiner gespielten Lockerheit genommen? Ich bekam einen Schreck. Hatte ich die Situation vor ein paar Minuten zu unkonventionell angehen lassen? Dachte er, ich hätte ihn extra auf eine falsche Fährte gelockt, um ihm jetzt vorzuführen, dass er sich nicht regelkonform verhielt? Ich wusste nicht, ob ich eben zu wenig oder jetzt zu viel dachte.

»All good?«, schoss es mir aus dem Mund, und ich blickte mich mit hochgezogenen Augenbrauen um, um zu verdeutlichen, dass ich die Umgebung meinte und nicht sein persönliches Wohlbefinden.

»Yes, all safe!«, antwortete er, räusperte sich und wirkte ebenso erleichtert.

»Ich wollte den Männern mal das Grundstück zeigen. Außerdem hatten die den Wunsch geäußert, hier in der Nähe mal etwas ...«, Schmitt krümmte den Zeigefinger seiner rechten Hand, als läge er am Abzug einer Waffe, und drückte mehrfach schnell hintereinander ab, »... lauter sein zu dürfen.«

Ich hatte, wenn ich mit meiner Hand eine Pistole imitierte, immer den Zeigefinger nach vorn gestreckt und den Daumen als Hahn abgespreizt, der auf den Zeigefinger knallte, während der Rückstoß Hand und Unterarm im Neunzig-Grad-Winkel zum Oberarm katapultierte. Schmitts Darstellung hatte etwas viel Erschreckenderes. Es war faszinierend brutal. Seine souverän rückstoßfreie Imitation des Abdrückens, diese Mischung aus hexenartigem Herwinken mit krummem Zeigefinger und gleichzeitigem Klarstellen, dass zwischen dieser Hand und jeder sich nähernden Person nur noch ein Bleigeschoss Platz hatte, beeindruckte mich zutiefst.

»Wenn du nichts anderes vorhast, kannst du gern mitkommen.«

Ich hatte, da musste ich nicht lange nachdenken, nichts

anderes vor. Sechs lange Sommerferienwochen lagen vor mir. Wochen, in denen mein Vater schrieb, meine Mutter schrieb, las oder kochte und ich mich langweilte. Die Zinnsoldaten hatte ich schon mehrfach lustlos umsortiert, die Gitarre war verbogen, Liese hatte andere Spielkameraden gefunden. Ich hatte keinen Fernseher in meinem Zimmer. Um fernzusehen, hätte ich ins Wohnzimmer meiner Eltern gehen müssen, doch das Klappern der Computertastatur meines Vaters nervte mich, und gleichzeitig hatte ich Angst, ihn zu nerven. Also tigerte ich auf der Suche nach einer Beschäftigung herum. Nun hatte sie mich gefunden.

»Okay – gern! Wann denn?« Ich versuchte, meine Aufregung und ein aufblitzendes Lächeln, so gut es ging, unter Kontrolle zu halten.

»Wir wollten hier noch zwei Runden mit den Jungs drehen. So in drei Stunden ungefähr. Gegen Mittag. Ich sag dir einfach Bescheid.«

Ich wusste nicht, wie Schmitt mir Bescheid sagen wollte. Mein Handy funktionierte nur in Deutschland, und irgendwie fühlte es sich nicht gut an, dass er ins Haus käme. Nicht nur war mir die Geborgenheit des Hauses, in dem wir vor dem Sicherheitspersonal sicher waren, plötzlich wichtig geworden, außerdem würde er dort meine Spielsachen vorfinden.

»Nee, ich sehe ja, wenn Sie losgehen. Ich komme dann einfach raus.«

»Okay. Bis nachher dann«, antwortete Schmitt, wandte sich Luis Fernando Morais zu und ergänzte in brüchigem Englisch: »He is join.« Als er merkte, dass sein Englisch kaum ausreichte, krümmte er wieder schnell den Zeigefinger seiner rechten Hand und fügte dem Mann neben sich ein paar üble Bauchschüsse zu.

»Não tem problema! No problem!«, antwortete der Mann im Anzug und nickte mir freundlich zu.

Schmitt öffnete die Hände, als wollte er mich noch mal herzlich begrüßen. »Não problão!«, sagte er in verballhorntem Portugiesisch und grinste in die Runde.

»Cool, não problão!«, erwiderte ich und bekam sofort wieder einen roten Kopf. Ich drehte mich um, senkte beschämt den Blick und ging zügig über den Hof in Richtung Eingangstür. Mich beschlich das Gefühl, mich innerhalb kürzester Zeit mehrfach lächerlich gemacht zu haben und auch noch beleidigend gewesen zu sein. Ich stellte mir vor, wie der Mann im schwarzen Anzug geräuschlos seine Pistole aus dem Schulterholster zog und, aus der Hüfte zielend, auf mich schoss. Wie auf dem VHS-Cover von *Spiel mir das Lied vom Tod*, das ich in der Videosammlung meines Vaters gesehen hatte, falle ich mit einer halben Drehung und ausladender Geste auf den Rücken in den Staub. Während ich in einer immer größer werdenden Lache frischen Blutes im trockenen Sand liege, erscheint das Gesicht des Mannes im schwarzen Anzug über mir. Der Rauch seines Colts vermischt sich mit den letzten Schwaden des abziehenden Morgennebels. »Não problão, Kanaille«, sagt er kühl und öffnet dabei kaum die Lippen. Er richtet sich auf, knöpft sein Jackett zu und geht zu der lachenden Gruppe von Männern. Schmitt steht am Rand der Gruppe und tut so, als hätte er nichts gesehen.

Ich öffnete die Tür und ging hinein. Nun galt es, die kommenden drei Stunden zu überbrücken.

Ich setzte mich an den Küchentisch, nahm mir ein Blatt Papier und einen Stift, die im Haus überall herumlagen, und begann, eine Liste zu schreiben.

Ich brauchte eine neue Gitarre, einen passenden Koffer

und ein Stimmgerät. Außerdem benötigte ich neue Kleidung, möglichst schwarz. Stiefel, lange Hose, schwarzes Longsleeve, Kapuzenpulli. Dazu einen Gürtel mit großer Schnalle, damit ich irgendwelche Utensilien, die ich auch noch würde besorgen müssen, daran befestigen konnte. Ein Multifunktionswerkzeug oder, wenn ich das nicht bekäme, eine lederne Tasche für mein Nokia-Handy. Besser noch: beides. Außerdem neue Sonnenbrille, neue Jacke. Ich lehnte mich zurück, las die Liste durch und stellte mir mich vor. Das könnte cool werden. Ich könnte cool werden. Dann nahm ich den Stift und notierte darunter, was mir weniger wichtig und dennoch unabdingbar erschien: »Nahrung«.

Endlich regte sich etwas. Die letzte halbe Stunde der zähen Wartezeit hatte ich ein paar Meter hinter dem Fenster verbracht. Gerade weit genug weg, um von außen nur schemenhaft erkannt zu werden, den Hof aber im Blick zu haben. Als der Vorplatz leer gewesen war, weil die Männer »eine Runde gedreht« hatten, war ich nach draußen gegangen, um herauszufinden, wie weit man von dort durch die Fenster ins Haus blicken konnte. Mich beschlich ein merkwürdiges Gefühl, wenn ich daran dachte, dass die Männer in mein Spielzimmer sehen konnten. *Uncool.* Ein paarmal stellte ich einen großen Steiff-Bären auf den Teppich vors Fenster, rannte raus und blickte nach innen. Immer wenn ich das Haus verließ, kribbelte mein ganzer Körper. Ich sah kurz an mir herunter, ob ich nicht aus Versehen irgendwelche peinlichen Utensilien mitgenommen hatte. Wie in diesen Komödien, wo einer aus dem Klo kommt und noch Toilettenpapier am Schuh hängen hat. Spielzeug hatte hier, in der Erwachsenenwelt, nichts zu suchen. Erkannte ich die Umrisse des Teddybären als mein

Kinderzimmer-Double klar und deutlich, rannte ich wieder rein, stellte ihn ein Stück tiefer in den Raum und versuchte es erneut. Als der Bär vor meinem Bett in der Mitte des Zimmers stand, war er von draußen nicht mehr zu erkennen. Ich schmiss den Teddy hinters Bett und nahm seinen Platz ein. Hier saß ich nun und versuchte zu ermitteln, wann die Bewegungen der Männer auf dem Hof bedeuten könnten, dass es losging. Unter keinen Umständen wollte ich zu früh kommen und so den Eindruck erwecken, dass ich es nicht erwarten könne. Wenn ich dann gleich auf sie treffen würde, wie würde ich den neuen portugiesischen Sicherheitsmann ansprechen? Luis? Mr Morais? Die Personenschützer siezte ich, auch wenn sie mich aufgrund meines Alters duzten. Einerseits fühlte ich mich nicht wohl dabei, gesiezt zu werden. Ich war es nicht gewohnt, und es kam mir albern vor. Natürlich sehnten wir den Tag unseres sechzehnten Geburtstags herbei, denn ab der zehnten Klasse, so hieß es, dürften uns die Lehrer nicht mehr duzen. Sie müssten uns der Reihe nach fragen, ob wir weiterhin ein *Du* akzeptieren oder auf das gesetzlich vorgeschriebene *Sie* bestehen würden. Egal, für was wir uns entscheiden würden, ein Triumph war es jetzt schon. Doch dieses *Sie* war anders. Es war kein rein respektvolles *Sie.* Es war ein hierarchisches. Ein *Sie,* das ich mir nicht nehmen konnte, das ich nicht verdient hatte, sondern eines, das mir zugefallen war.

Vor nicht allzu langer Zeit war mein Vater mithilfe einer Kalaschnikow und einer Handgranate von unserem Grundstück weggeschnappt worden. Wie wäre es ausgegangen, wenn die Personenschützer hätten eingreifen können? Im Ernstfall, der ja eingetreten war und den es von nun an zu vermeiden galt, würden sie sogar eine Kugel für mich abfangen müssen. Ich verbrachte nun jede

Minute meines Lebens in Begleitung dieser Männer. Wir unterhielten uns, scherzten, und ich begann mich mit ihnen anzufreunden. Sie waren das Gegenteil meiner Eltern und somit Menschen, die mich extrem faszinierten. Auf den ersten Blick schienen sie die perfekte Hilfestellung für die Abnabelung von meinen Eltern zu sein, auf den zweiten Blick wurde es aber gleich unerträglich kompliziert.

Der immerzu drohende Verlust dieser neuen Menschen ließ in mir die Idee reifen, dass ich einen Abstand zu ihnen konstruieren müsste. Wenigstens das *Sie* anstelle des *Du* sollte zwischen uns stehen. So, legte ich mir zurecht, würde ich einen Verlust besser verkraften können. Andersherum bestand ich aber darauf, dass sie mich duzten. Dies schien mir die richtige Hierarchie zu sein. Könnte ich mich irgendwann an sie gewöhnen oder mich mit den Männern sogar anfreunden, obwohl es diese komische, potenziell tödliche Hierarchie gab? Eine Hierarchie, entstanden durch Geld. Und da hört die Freundschaft ja bekanntermaßen auf.

Endlich betrat Schmitt, wieder in kurzen Hosen, schwarzen Stiefeln und kariertem Hemd, den Hof. Bei seinem Baseball-Cap hatte er den Schirm so extrem gebogen, dass man von der Seite seine Augen nicht mehr sehen konnte. Als wäre der Schatten auf seinen Augen nicht ausreichend, trug er zusätzlich eine Sonnenbrille. *Ganz klar,* dachte ich, *definitiv kein Indianer.* An seiner Kopfbewegung erkannte ich, dass er sich umsah. Ich sprang von der Bettkante auf, rannte los, stoppte kurz vor der Tür, atmete tief ein, langsam wieder aus und öffnete gelassen die Tür zum Hof.

Für einen Moment sahen alle zu mir, doch ich hatte den Eindruck, dass es etwas weniger verkrampft war als heute Morgen. Wir schienen uns aneinander gewöhnt zu haben.

Gleichzeitig setzte sich jeder in Bewegung, und der Mann im Anzug bewegte sich zielstrebig auf mich zu. Seine gespannte Körperhaltung signalisierte mir, dass er tatsächlich eine Art Anführer dieser Gruppe war.

»Hello!«, sagte ich und merkte, während ich es aussprach, dass mir ein »Mr Morais« nicht über die Lippen ging. Ich würde es beim englischen »You« belassen. »Hello, Mr Johann«, sagte er und lächelte mich an.

Ich lächelte zurück, und mein Bauch kribbelte ein bisschen. Wir setzten uns in Bewegung. Das Wort *Sicherheitsabstand* bekam für mich eine ganz neue Bedeutung. War dieser Abstand nun für mich besonders groß oder besonders klein? Wie groß wäre *Schmitt sein Sicherheitsabstand*? Schulter an Schulter?

Wir waren eine Weile durch den Wald am Fuße des Grundstücks gegangen, als sich vor uns eine Art Kiesgrube auftat. Eine zehn Meter hoch aufragende Wand aus hartem Sand, auf deren Ausläufern wir jetzt standen. Am Rande der steinbruchartigen Grube stiegen wir hinunter. Jetzt erst registrierte ich die schwarze Sporttasche, die einer der bestiefelten Männer, mittlerweile schwitzend und keuchend, den steilen Hang hinunterschleppte.

Die schwarzen Sporttaschen schienen mich zu verfolgen, und es befand sich immer irgendetwas Wichtiges in ihnen. Waffen, Sprengstoffattrappen, getarnt als vermeintlich harmlose Pakete, Kampfsportutensilien, 20 Millionen D-Mark und 10 Millionen Schweizer Franken. Meine Eltern hatten Akten- oder Handtaschen, vielleicht mal einen Koffer. Aber lässige schwarze Sporttaschen benutzten sie nie. Nicht nur hier im Urlaub würde ich eine benötigen. Wie cool wäre eine schwarze Sporttasche für meine Schulsachen. Kein Zweifel: »Schwarze Sporttasche« musste auch auf meine Einkaufsliste.

Unten angekommen, setzte der Mann die Tasche mit einem klackenden Rumms auf den trockenen Waldboden und zog den Reißverschluss auf. Das Geräusch der sich öffnenden Verzahnung, gemischt mit seinem harschen Ausatmen, bei dem sich seine Stimme überschlug, erinnerte mich an den Schrei von Godzilla. Mit einem Ruck, so stark, als wollte er den Frust über den anstrengenden Weg an der Tasche auslassen, zog er die Seiten der Reißverschlüsse auseinander, und zum Vorschein kam ein Haufen unterschiedlicher Waffen. Wie schon am Tag zuvor gab er den Männern, die ihn umringten, je eine. Ich stand mit etwas Abstand zur Gruppe. Noch nie hatte ich eine echte berührt. Ich hatte Angst, etwas falsch zu machen. Weniger Angst, dass etwas Gefährliches passieren könnte, mehr Angst davor, dass mir niemand erklären würde, wie diese Waffen funktionierten, und ich mich blamierte.

Rohrkrepierer. Dieses Wort hatte ich auf einmal im Kopf. Nicht nur, was die potenzielle Freundschaft zu diesen Herren betraf. *Rohrkrepierer.*

Plötzlich berührte mich eine Hand an der Schulter. »Wait«, hörte ich Luis Fernando Morais sagen, »let them shoot. I will show you.«

Und als wäre dies eine Veranstaltung für Kinder und wir die beiden einzigen Erwachsenen, führte er mich etwas abseits, legte eine der Maschinenpistolen, die er bis eben locker in seiner Hand gehalten hatte, behutsam auf den Waldboden und zog lächelnd seine silbern glänzende Pistole aus dem hellbraunen Lederholster.

»Look«, sagte er. Er hielt mir die Pistole hin, ohne sie wirklich festzuhalten. Er zeigte sie mir eher wie ein seltenes und fragiles Lebewesen und nicht wie ein tödliches Werkzeug, das er Tag für Tag mit sich herumtrug. Nur der kleine, der Ring- und der Mittelfinger legten sich vorsichtig um den braunen Holzgriff, um zu verhindern, dass sie ihm aus der Hand sprang.

»They are basically all the same«, begann er, »if you know this one, you know 'em all. This is the safety«, und er zeigte auf einen kleinen Hebel zwischen Griff und Lauf, der einen roten Punkt hatte. »Like this you cannot shoot. It's safe«, fuhr er fort. Nun umschloss er den Griff der Pistole etwas fester mit den drei Fingern und seinem Daumen, nur der Zeigefinger war noch gerade abgespreizt, und klickte den kleinen rot gepunkteten Hebel mit seinem Daumen in Schussrichtung. »Now«, sagte er und blickte mich eindringlich an, »it's very dangerous! You pull the trigger and you kill. It's very easy. Made for guys like us.«

Er lachte mich an, ließ mit einer schnellen kontrollierten Bewegung das silberne Tier herumwirbeln, hielt auf einmal den Lauf in seiner Hand und richtete den Griff auf mich. »Take it. First you check.«

Ich umfasste mit gestrecktem Zeigefinger den Griff der Pistole. Sie war viel schwerer, als ich erwartet hatte. Mein Herz raste, ich hörte und spürte das Blut in meinem Körper rauschen und pochen. Ich drehte sie ein wenig, sodass ich an der Seite den Hebel sehen konnte, und kontrollierte seine Stellung. In der wirbelnden Bewegung musste Morais ihn wieder gesichert haben.

»It's safe«, sagte ich und schaute Morais an. Die Wärme seiner Hand war noch nicht aus dem Holz des Griffs gewichen. Es schmiegte sich in meine Handfläche. Ich spürte das kühle Metall des Laufs an meinem Zeigefinger. Mein Blut pumpte so stark, dass es sich anfühlte, als hätte die Waffe einen eigenen Herzschlag, der mir den Takt vorgab. Ich wollte sie am liebsten nie mehr loslassen. *Happiness is a warm gun. Bang, bang, shoot, shoot.* Plötzlich fühlte ich mich nicht mehr so lächerlich in meinen orangenen Klamotten. Wie der Joker in den Batman-Comics, die ich gerne las. Lächerlich, aber sehr gefährlich.

Die Männer hatten begonnen, Schießscheiben aus dunkelgelber Recyclingpappe am Sandhang zu befestigen. Ich hielt die Pistole mit dem Zeigefinger parallel zum gen Boden gerichteten Lauf. Schmitt kam zu mir. »Pass auf, wenn wir gleich schießen, dann kannst du auf alles zielen, was in dieser Richtung ist.« Er zeigte auf den Sandhügel. »Du musst nicht unbedingt treffen. Bekomm erst mal ein Gefühl dafür. Aber bitte nicht auf die Steine zielen!«

Ich erkannte ein paar vereinzelt aus dem Sand herausragende Felsbrocken.

»Dann kann es Querschläger geben«, ergänzte Schmitt. Er sah mich an, als erwartete er eine zustimmende Reaktion. Es war ernst.

Also nickte ich ernst.

Die Männer reihten sich nebeneinander auf, entsicherten die Maschinenpistolen und kontrollierten die Magazine. Klack klack ratsch ratsch ratsch. Die Geräusche waren viel leiser, als ich es aus Filmen kannte. Einer, der in der Mitte stand und mit den Vorbereitungsmaßnahmen als Erster fertig war, hob die Waffe an und zielte.

»STOP!«, rief Morais in einer Lautstärke, die nicht nur mich, sondern auch den Mann erstarren ließ. Es hätte mich nicht gewundert, wenn sich in diesem Moment ein paar Sandklumpen vom Hang gelöst hätten. Dies war ein kurzer, durchdringender Schrei, der sogar unseren Erdkundelehrer hätte strammstehen lassen. Mein Herz schlug noch kräftiger, als es das ohnehin schon tat, mein Gesicht wurde diesmal allerdings nicht rot. Das kalte Metall der Waffe gab mir eine nie gekannte kühle Ruhe.

Wir traten zwei Schritte vor, bis wir auf einer Höhe mit allen anderen waren, die in der Reihe etwas Platz gemacht hatten. Ich sah aus dem Augenwinkel, wie der Polizist seine Waffe senkte. Seine Augen waren von einer Sonnenbrille verdeckt, aber in den wenigen Sekunden, in denen ich ihn beobachtete, meinte ich eine Enttäuschung in seiner Körpersprache zu erkennen.

»Check. Point. Shoot«, flüsterte mir Luis Fernando Morais zu. Wir waren Verschworene. Niemand hatte mitbekommen, dass ich alles gerade eben erst beigebracht bekommen hatte. Ich war ein Profi wie sie. Ich hob die Waffe. Sie kam mir jetzt noch schwerer vor. In meiner Schulter zog es schon ein bisschen. Meine Hand war deutlich kleiner als die von Morais, und ich hatte Mühe, den Sicherheitshebel zu lösen. Mit der Spitze meines Daumens presste ich den Hebel in Laufrichtung, es klickte leise, ich beugte den Zeigefinger um den Abzug, als gälte es, mit ihm Finger zu hakeln, visierte die Zielscheibe mit zugedrücktem Auge an und drückte sofort ab.

Ein ohrenbetäubender, kurzer und heller Knall erfüllte die Luft und hallte nahezu gleichzeitig stumpf und mit ebenso viel Wucht vom Sand wider. *Pack-ack*.

Ich senkte die Pistole und versuchte herauszufinden, wo ich getroffen hatte. Die Scheibe war heil. Es bewegte sich nichts. Plötzlich hörte ich über mir ein Knacksen. Ein Ast fiel von einem der Nadelbäume den Sandhang herunter. Erstaunt folgte ich seinem Fall mit den Augen. Ich hörte ein leises Lachen der umstehenden Männer und blickte fragend und mit hochgezogenen Schultern erst zu Morais und dann zu Schmitt.

»Den Vogel da oben hab ich gar nicht gesehen«, sagte Schmitt lachend. »Meinst du wirklich, er wollte uns angreifen?«

Ich verzog den Mundwinkel zu einem misslungenen Lächeln. Wieder spürte ich eine Hand auf meiner Schulter. Morais stand neben mir.

»Use only this«, sagte er ernst, doch ein freundliches Lächeln umspielte leise seine Mundwinkel. Er zeigte auf die Zeigefingerspitze seiner rechten Hand. »Not like this«, fuhr er fort und beugte seinen Zeigefinger so hexenartig, wie Schmitt es am Morgen vorgemacht hatte. »Breathe out. Quiet. Let the bullet surprise you! Two eyes.«

Kurz war ich erstaunt, dass *ich* von der Kugel überrascht werden sollte und nicht derjenige, für den sie bestimmt war. Trotzdem hob ich den Arm, legte diesmal nur die Fingerkuppe an den Abzug und atmete tief ein. Vorsichtig atmete ich gepresst durch die Lippen aus und erhöhte den Druck auf den Abzug. Ich ließ beide Augen geöffnet, schaute Richtung Ziel und wartete auf den Knall. Er kam schneller als erwartet. Die Pistole wurde wieder gen Himmel gerissen, diesmal knickten allerdings nur meine Handgelenke ab. Meine Arme blieben einigermaßen ruhig. Sofort sah ich Sand aufspritzen, und die Zielscheibe flatterte etwas. Diesmal waren die Männer still. Als ich den Arm gerade sinken lassen wollte, flüsterte Morais: »Again. Both Hands.«

Ich schloss die linke Hand um die rechte Faust und schoss. Der Knall war nicht mehr so laut, das Gefühl des Rückstoßes fast vertraut. Der Sand spritzte. Ruhig atmete ich die staubige Luft ein und schoss wieder und wieder. Jeder Knall schien mir die Berechtigung zu geben, dieser Gruppe anzugehören. Jedes Aufspritzen im Sand ließ meine Wertschätzung bei den gestiefelten Männern steigen. Ich drückte ein weiteres Mal ab und fühlte, wie allen um mich herum klar wurde, dass uns diese Schüsse zusammenbrachten. Wie eine Mutprobe, ein geheimes gemeinsames Besäufnis, ein Kampf, Schulter an Schulter auf derselben Seite. Diesmal knallte es aber nicht. Der Schlitten der Pistole blieb, arretiert nach hinten geschoben, stehen. Aus der offenen Patronenkammer rauchte es.

Meine Umgebung, die ich während des Gemetzels nur noch schemenhaft wahrgenommen hatte, klarte wieder auf. Ich atmete schnell, meine Schulter schmerzte ein wenig, und mein rechter Arm vibrierte. Bevor ich mich umsehen konnte, um in die vermeintlich bewundernden Gesichter der Männer zu blicken, knallte es direkt neben mir zweimal kurz nacheinander. *Tack, tack*. Und wieder. *Tack, tack. Tack tack, Tack tack*.

Der Polizist neben mir feuerte mit schnellen Schüssen auf die Zielscheiben. Zwei Schuss pro Scheibe. Sein Körper rührte sich nicht. Nur die Maschinenpistole wippte auf und ab.

Als er fertig war, sprintete der Mann neben ihm zu den Scheiben und kontrollierte die Löcher. »Dois. Dois. Dois. Dois!«, rief er, während er die Scheiben gegen unversehrte austauschte. Der Polizist, reimte ich mir zusammen, hatte tatsächlich mit jedem Schuss getroffen. Als er sich einreihte, ging es sofort wieder los. *Tack, tack. Tack, tack. Tack, tack. Tack, tack*. Kein Sand spritzte, nur die Papierscheiben zitterten, als die Kugeln sie durchlöcherten. Langsam blickte ich mich um. Niemand beachtete mich. Mein trüber Tunnelblick klarte mit jedem Schuss mehr auf. Die schmerzhafte Erkenntnis, dass ich hier nicht bewundert, sondern geduldet wurde, hielt Einzug in mein Sichtfeld.

Auf dem Weg zurück zum Haus ging ich schnell vor. Ich tat so, als hätte ich noch etwas Wichtiges zu tun. Mein Arm vibrierte von den Schüssen, in meinem Kopf hallten die präzisen Dubletten, wie Schmitt sie nannte, nach. Ich versuchte, meine Schritte dem Rhythmus der Dubletten-

echos in meinem Kopf anzupassen. *Tack, tack. Tack, tack.*
Ich stolperte.

Vor der Haustür auf dem Hof drehte ich mich im Laufschritt noch einmal um und hob die Hand. »Bye! Thank you!«

Bevor irgendwer die Gelegenheit hatte, etwas zu erwidern, war ich schon im sicheren, kühlen Haus verschwunden.

Ich überlegte kurz, meine Cousine anzurufen. Doch ich hatte keine Lust auf noch jemanden, der mir irgendetwas erklärte. Was wusste ich eigentlich überhaupt noch?

8.

Ich hatte das Gefühl dafür verloren, welcher Wochentag
war. Der Urlaub kroch dahin. Was ich mir als Heilung
erhofft hatte, als heilende Langeweile, wurde zum zehren-
den, zähen Nichts. Die erhoffte Kur wurde zur Tortur.
Meine Armbanduhr zeigte zwar Minuten und Sekunden
an, aber kein Datum, und somit war ich gefangen im Lim-
bus der Sommerferien. Meine Eltern wollten die Zeit hier
nutzen. Egal in welchem Jahr. Ich wusste gar nicht, wie
das gehen sollte, »die Zeit nutzen«. Für meinen Vater, das
war klar, war »nutzen« gleichbedeutend mit Schreiben
und Lesen. Er war also kaum ansprechbar für mich. Die
mit Intarsien verzierte schwere Holztür zu seinem Arbeitszimmer war zwar meistens offen, dennoch traute ich mich
nicht hinein. Wenn ich mich doch mal heranwagte, bekam
er es oft gar nicht mit. Er starrte konzentriert auf den Bildschirm seines klobigen Computers oder Projektors, auf
den er etliche Bände Referenzliteratur von Mikrofilm-
größe projizierte. Wie eingeweckte Geister in einem Zau-
berlabor lagerten die unzähligen Seiten eingeschrumpft
in Karteikästen im Regal. Ich kannte die Aufschrift auswendig und sagte sie zwanghaft lautlos in wechselnden
Rhythmen vor mich hin, wenn ich den Raum betrat. *»Bibliothek der deutschen Literatur. Mikrofiche-Gesamtaus-
gabe nach Angaben des Taschengoedeke.«* 50 Kisten,
A bis – definitiv Z.

Erst wenn ich den Raum betrat, um ihn zu fragen, ob ich mir eine VHS-Kassette oder DVD aus seiner Sammlung nehmen durfte, blickte mein Vater auf. Sein Mund immer verkniffen. Eine konzentrierte Strenge. Immer ernst, doch selten unfreundlich. Es war, als würde sein Gesicht nicht wissen, wie es seine Laune darstellen sollte. Die Muskeln, die den Ausdruck der Gesichtshaut eigentlich seiner Gemütsverfassung anpassen sollten, schienen nach einem anderen Konzept zu funktionieren. Ich hatte mich schon lange daran gewöhnt, dass Menschen meinem Vater sehr vorsichtig begegneten. Immer leicht ehrfürchtig. Und ich wusste, dass ihn das bedrückte. Vielleicht sogar verärgerte, auf jeden Fall ernster machte. Dies hatte wiederum zur Folge, dass sein jeweiliges Gegenüber noch stärker eingeschüchtert wurde. Ich versuchte diesen Teufelskreis zu durchbrechen, indem ich ihm mit einer gewissen, vielleicht sogar französelnden, Flapsigkeit entgegentrat, die mal funktionierte und ihm ein Lächeln entlockte, doch oft einfach nur mit einem scharfen »Na, na, na!« retourniert wurde.

»Hey – was sind eigentlich Mikrofische? Soll ich die mal wieder draußen in den Teich setzen?« – »Knallkopp«, würde er vielleicht erwidern. Oder einfach nur »ts, ts, ts« mit der Zunge schnalzen.

Heute hatte ich keine Lust auf diese Begegnung. Meine Mutter kochte, las, und manchmal spielten wir ein Gesellschaftsspiel. Tabu oder Rommé. Die Nähe zu ihr machte mir zu schaffen. Die Wochen der Entführung hatten uns in einer Zeit so eng zueinander gebracht, in der ich viel lieber den Abstand gesucht hätte. Wir verstanden einander, kommunizierten wortlos, doch diese Nähe war für mich auch eine Belastung, die ich nun versuchte abzuschütteln. Meistens winkte ich also ab, wenn sie mir anbot, etwas mit mir zu unternehmen. So verzweifelt war ich nun doch nicht.

Immer wieder dachte ich an meine Liste und wie ich die Einkäufe umsetzen könnte. Ich hatte weder portugiesisches Geld noch eine Ahnung, wo man die Dinge besorgen könnte. Ich wollte auf keinen Fall mit meiner Mutter einkaufen fahren, ging aber zu ihr und sprach sie auf meinen Plan an.

»Du, ich brauch ein paar Sachen«, sagte ich so beiläufig wie möglich, als sie gerade aus dem Garten wiedergekommen war, um das Mittagessen vorzubereiten.

»Du brauchst ein paar Sachen?«, wiederholte sie. »Und was sind das für Sachen, die du brauchst?«

Ich hatte keine Lust, um den heißen Brei herumzureden. Außerdem war ich so frustriert, dass ich eine ziemliche Wut in mir spürte. »Ich brauch neue Klamotten, weil ich aussehe wie 'n Depp.«

Sie drehte sich vom Herd um zu mir und musterte mich. »Ich find, du siehst super aus. Außerdem sieht dich doch hier keiner. Ist doch Urlaub.«

Ich sah sie mit hochgezogenen Augenbrauen an. »Ernsthaft?« Sie wusste offenbar wirklich überhaupt nicht, was ich meinte. Wie konnte das sein? Wir waren doch zusammen hier. *Ich stehe hier von morgens bis abends unter sehr unangenehmer und sehr genauer Beobachtung. Und falls es dir noch nicht aufgefallen ist: du auch! Vielleicht ist es dir egal, mir ist es, ehrlich gesagt, überhaupt nicht egal, dass ich aussehe wie ein Depp und dass alle das den ganzen Tag über begutachten können. Außerdem merke ich langsam, dass ich noch dazu der Chef von den Leuten bin. Vielleicht nicht der wirkliche Chef, aber auf jeden Fall nicht der Freund von denen, und deshalb brauch ich ein Outfit, in dem die mich ernst nehmen. Ein Outfit, in dem ich nicht aussehe wie ein Depp, obwohl Urlaub ist. Das ist doch nicht so schwer – sorry, schwierig – zu verstehen. Ich brauche noch dazu eine Gitarre, weil meine kaputt ist, ohne dass ich was dafürkann. So wie eigentlich alles kaputt ist, ohne dass ich was dafürkann, und ich hätte es gern wieder neu. Beziehungsweise einfach so, wie es vorher war.*

Stattdessen sah ich sie an und sagte: »Kannst du mir bitte, bitte ein bisschen Geld geben, damit ich mir Klamotten kaufen gehen kann? Ich hab das Gefühl, meine Hose und T-Shirt passen nicht mehr. Ich esse hier einfach so viel, weil dein Essen so gut schmeckt.« Ich ekelte mich ein bisschen vor mir selbst, aber es funktionierte. »Na ja, du bist ja wohl eher ein bisschen zu dünn. Aber du hast recht. Vielleicht ist es eine gute Zeit, mal frischen Wind in deine Klamotten zu bringen. Reichen dir 5000 Escudos?«

»Kannst du mir vielleicht eher so was wie 300 Mark geben? Was auch immer das in Escudos ist. 30 000, oder? Ich wollte auch noch nach 'ner neuen Gitarre gucken.«

Meine Mutter schaute mich skeptisch an. »Wozu brauchst du denn schon wieder eine neue Gitarre?«

Darauf war ich vorbereitet. Ich hatte die verbogene Akustikgitarre vor der Küche drapiert und vorsorglich noch eine Saite durchgeschnitten, die sich jämmerlich abwickelte. »Die ist total kaputt. Ich kann nichts dafür. Das ist das Klima hier im Haus. Da bleibt nichts heil. Alles verzieht sich durch diesen heftigen Druck oder so.« Ich war richtig in Fahrt, aber meine Mutter nahm mir den Wind aus den Segeln.

»Ist schon okay. Mach das mal. Ich glaub dir ja.«

Wir gingen gemeinsam ins Wohnzimmer, sie kramte in ihrem Portemonnaie und gab mir ein dickes Bündel Escudos. »Und du willst wirklich nicht, dass wir zusammen fahren?«

Ich nahm das Geld und schüttelte lächelnd den Kopf. »Ich frag einen von den Typen, ob sie mich fahren können.«

»Okay. Viel Spaß. Macht euch 'nen schönen Tag. Du bist zum Abendessen zurück, ja?«

»Klar. Auf jeden Fall. Vielleicht fahr ich auf dem Rückweg noch für zwanzig Minuten zum Strand. 'ne Badehose kauf ich mir auch.«

Sie nickte, lächelte überrascht und ging dann zurück in die Küche.

Ich begann mich auf den Ausflug zu freuen. Neben der Haustür hing die Wildlederjacke meines Vaters, in deren Tasche sein Portemonnaie steckte. Es war nicht zu übersehen, denn es quoll über von Karten, Visitenkarten, Zetteln, Quittungen und Geldscheinen. Es war ungefähr so dick wie breit. Wie ein quadratischer Klops war es in die äußere Jackentasche gequetscht. Ich sah mich kurz um. Niemals würde mein Vater registrieren, dass irgendetwas aus dem Portemonnaie fehlte. Ich fummelte es aus der Tasche, es war unwahrscheinlich schwer und speckig. Das schwarze Leder war an allen Ecken aufgerissen. Kurz zählte ich die Scheine. Dann nahm ich mir zwei Zehntausender und zwei Fünftausender heraus und stopfte das immer noch prall gefüllte Portemonnaie zurück. Ich hatte mein Budget verdoppelt. Guten Mutes öffnete ich die Tür und trat auf den Hof.

»Morning!«, schallte es mir entgegen. Wir waren mittlerweile alle zu Englisch übergegangen.

Ich ging auf Schmitt zu, der neben Morais stand. »Könnten Sie mich bitte in die Stadt fahren? Ich muss da mal in dieses große Einkaufszentrum. Da ist so ein Musikladen und so einer für Outdoorkram. Wissen Sie, welchen ich meine? Und danach vielleicht noch kurz zum Strand.«

»Klar!«, antwortete Schmitt wie aus der Pistole geschossen, und auch Morais blickte interessiert. Mein Englisch reichte für einen so langen Satz nicht, aber er hatte anscheinend ein paar Brocken verstanden, denn er öffnete die Autotür. Die beiden Herren nahmen Platz, und ich setzte mich auf die Rückbank.

Als ich mich erst mal an die Stille während der Fahrt gewöhnt hatte, kam ich mir angenehm erwachsen vor.

Schmitt parkte ein, und Morais und er stiegen aus dem Auto aus. Blitzschnell öffnete Morais meine Tür, und ich stieg ebenfalls aus.

»See you!«, rief ich den beiden zu und war schon über die Straße.

Aus den Augenwinkeln sah ich, wie Schmitt mir hinterherkam und Morais begann, vor dem Gebäudekomplex auf und ab zu gehen. Drinnen ging ich zielstrebig auf das Musikgeschäft zu und sofort in die entsprechende Abteilung. Schmitt, immer drei Schritte hinter mir, kam sogar mit zu den Gitarren. Ich blickte mich kurz nach ihm um. Er drehte sich schnell zur Seite und tat so, als würde er etwas anderes anschauen als meinen Rücken. Er war so nah an mir dran, dass er jede einzelne Note hören würde, die ich auf der Gitarre anspielen müsste, um sie zu testen.

Ein Verkäufer kam auf mich zu und fragte mich etwas auf Portugiesisch, das ich nicht verstand.

»I don't ...«, begann ich, blickte zu Schmitt, der irgendein technisches Gerät in der Hand hielt und immer wieder unauffällig aus den Augenwinkeln zu mir rüberblickte. Ich verstummte. Alles war mir hier peinlich. Jedes Wort. Jeder Ton.

»Do you speak english?«

Ich nickte.

»What are you looking for?«, fragte mich der Verkäufer in fabelhaftem, akzentfreiem Englisch.

Ich blickte auf die Gitarren an der Wand, scannte die Preise, schaute kurz auf die Maserung der Hölzer und zeigte dann auf das Instrument, das von den drei Gitarren unter umgerechnet 500 Mark am besten aussah. Es war eine Gretsch Rancher Jumbo in Orange. *Ausgerechnet Orange,* dachte ich, zögerte allerdings nicht und zeigte direkt auf die Gitarre. »This one«, sagte ich bestimmt.

»You wanna try it first? They all sound different«, ermutigte mich der Verkäufer.

»No. I take it.« Der Verkäufer sah mich überrascht an, und ich wiederholte meinen Satz: »I take it, please. I have to go.«

Er nahm das Instrument von der Wand und legte es in den Koffer. Wir gingen gemeinsam zur Kasse, ich zahlte, und er wandte sich Schmitt zu: »May I help you, sir?«

Schmitt blickte kurz auf, schüttelte den Kopf und verließ überstürzt den Laden.

Der Verkäufer gab mir die Quittung und drückte mir den Griff des Gitarrenkoffers in die Hand. »Weird«, sagte er mit einem Kopfnicken zu Schmitt, der mit dem Rücken zum Laden vor der Tür stand. »Have fun with it.«

»With him, you mean?«, versuchte ich einen Witz und nickte ebenfalls zu Schmitts Rücken.

»Oh, is he your dad?«, fragte der Verkäufer peinlich berührt.

»My dad? Oh no. I don't know him. Bye!« Ich wurde rot, griff die Gitarre und den Beleg, stopfte ihn in meine Tasche und verließ den Laden. Kaum war ich draußen, setzte sich Schmitt langsam in Gang. Den Blick des Verkäufers wagte ich nicht noch einmal zu suchen.

Mit der Gitarre in der Hand steuerte ich leicht verschwitzt auf den Outdoorklamottenladen zu. Ich betrat ihn, kurz darauf mein Schatten, stellte den Koffer ab und blickte mich um. Links hingen ein paar Hosen, rechts T-Shirts und Jacken, alles in gedeckten Farben. An der Kasse gab es Sonnenbrillen, und hinten hingen ein paar Badehosen. Ich stellte mir vor, wie ich von der Kleiderstange zur Umkleidekabine ging, mich umzog und vor dem Spiegel begutachtete. Dann müsste ich womöglich eine neue Größe von der Stange holen und das Ganze noch mal machen. Und das für jedes Kleidungsstück und unter ständiger Beobachtung von Schmitt. Mir wurde heiß. Dies war ja viel schlimmer als die Idee, mit meiner Mutter einkaufen zu fahren. Der konnte ich ja wenigstens noch sagen, dass sie mal weggehen sollte.

»May I help you?« Eine gut aussehende Verkäuferin sprach mich an. Sie lächelte. Ich blickte mich um. Schmitt war sie auch schon aufgefallen, und er blickte relativ auffällig zu uns herüber, wobei er sie musterte und weniger auf mich zu achten schien. Immerhin. Trotzdem musste ich hier raus.

»No. Thank you. I need to go«, sagte ich schnell, griff meine Gitarre und ging an dem überrascht schauenden Schmitt vorbei aus dem Laden. Als er wieder hinter mir war, drehte ich mich um: »Lassen Sie uns mal zurückfahren. Ich brauch doch nichts mehr.«

Er nickte, und wir gingen gemeinsam zum Auto. Morais patrouillierte immer noch vor dem Einkaufszentrum. Er hatte uns schon von Weitem kommen sehen und die Autotür geöffnet. Als wir im Auto saßen, fragte mich Schmitt: »Und? Willst du noch zum Strand?«

Ich sah mich in der Badehose, die ich gar nicht gekauft hatte. Dachte an die beiden Männer in voller Montur am

Strand, ein paar Meter abseits. Versuchte mir vorzustellen, wie viel gelösten Spaß ich haben würde, dort im Wasser zu planschen, während die beiden Herren mich, die Bikinimädchen und den Strand überwachten. Diese Miniaturreisegruppe würde ein sehr merkwürdiges Bild abgeben, das den Einheimischen sicherlich im Gedächtnis bleiben würde. Ich schob den Gedanken beiseite. »Nee. Gleich nach Hause bitte«, sagte ich und schob hinterher: »Ich muss noch üben.« Dabei klopfte ich auf den Gitarrenkoffer, der auf meinen Beinen lag.

»No problem«, sagte Schmitt knapp, startete den Motor, und wir machten uns wieder auf den Heimweg. Im Auto begann ich über den Ausflug nachzudenken. Ich erinnerte mich an die vergangenen Wochenenden in Bergisch Gladbach bei meiner Cousine und die Ausflüge zum Haus unserer verstorbenen Oma. Wieso war das so entspannt gewesen, obwohl da auch die Männer dabei gewesen waren? Warum war Schmitt heute so nah dran, so anstrengend? *Es sind einfach normale Typen. Und die sind natürlich unterschiedlich.* Der Gedanke kam mir zum ersten Mal. Die Männer schienen keine allgemeingültigen Verhaltensweisen zu kennen, sondern machten den Job einfach so, wie sie dachten, dass es sein müsse, und das war von Person zu Person unterschiedlich. Außerdem gab es irgendeine Dynamik zwischen Morais und Schmitt, die Schmitt dazu antrieb, zu vermeintlicher Hochform aufzulaufen.

Im Haus angekommen, brachte ich die Gitarre in mein Zimmer, öffnete den Koffer und spielte ein paar Akkorde. Ich hatte vergessen, ein Stimmgerät zu kaufen, also stimmte ich nach meinem Gehör. Es dauerte ewig, aber irgendwann hörte es sich gar nicht so schlecht an. Die

Gretsch klang super, rund und warm. Die Saiten waren noch so neu, dass meine Finger auf dem Griffbrett bei jeder Bewegung quietschten, aber es machte mir nichts aus. Die Gitarre spielte sich im Vergleich zu meiner alten fast wie von selbst. Ich begann zu singen. Ein Glücksgefühl machte sich in mir breit.

Weißt du noch, wie's früher war?
Früher war alles schlecht
Der Himmel grau, die Menschen mies
Die Welt war furchtbar ungerecht
Doch dann, dann kam die Wende, unser Leid war zu Ende

Hipp, hipp, hurra
Alles ist super, alles ist wunderbar
Hipp, hipp, hurra
Alles ist besser, als es damals war

Mein Bauch entspannte sich. Langsam vergaß ich den stressigen Vormittag. Ich blickte nach draußen und sang und spielte.

Früher waren wir alle traurig, wir weinten jeden Tag
Es nieselte, wir waren oft krank, jetzt ist alles total stark
Jetzt lachen immer alle und reißen ständig Witze
Wir sind nur noch am Badegehen wejen die Hitze
Und ich find es wirklich scharf, dass ich das noch erleben darf

Hipp, hipp, hurra
Alles ist super, alles ist wunderbar
Hipp, hipp, hurra
Alles ist besser, als es gestern war

Ich hörte erst auf zu spielen, als meine Mutter mich zum Abendessen rief.

»Zeig mir doch mal deine neuen Klamotten«, sagte sie, als wir zu dritt am Tisch saßen. Wir hatten die Fensterläden geschlossen, damit niemand reinschauen konnte. Nur ein paar Sonnenstrahlen fielen durch die Holzspalte der verzogenen alten Läden und erhellten den ansonsten schummrigen Raum.

»Was für neue Klamotten? Wir sind doch im Urlaub«, erwiderte mein Vater.

Ich sah ihn genervt an. »Ich dachte nur ...«, begann ich, war aber durch den Blick meines Vaters gleich verunsichert.

»Du sollst nicht denken!«, fiel er mir ins Wort.

»Mann!«, nahm ich einen neuen Anlauf. Ich hatte schon vergessen, was ich sagen wollte. »Ich wollte einfach nur ...«

»Was *wolltest* du? Kinder mit 'nem Willen kriegen was auf die Brillen.«

Meine Mutter sah kurz zu ihm hinüber, sagte aber nichts dazu. Ich atmete durch. Dann gab ich auf und schaute meine Mutter an.

»Ich hab nichts gefunden. Können wir die Tage noch mal zusammen einkaufen fahren?« Es fühlte sich an, als würde ich auf allen vieren den weiten Weg vom Erwachsensein zum Kindsein zurückkrabbeln.

Sie lächelte. »Machen wir die Tage mal.«

»*Die Tage*«, mein Vater sah wieder von seinem Teller auf. »Du meinst wohl *im Laufe der kommenden Tage. Die Tage* ist überhaupt kein Ausdruck außer Plural von *der Tag*.«

Am Abend telefonierte ich mit Julia.

»Boah, mein Vater nervt so hart«, fing ich sofort an. Ich

93

dachte mir, dass sie gleich einstimmen würde. Wer, wenn nicht sie, würde meinen Frust verstehen.

»Ich sag's mal so, Cousin.« Sie machte eine kleine Pause, und ich ahnte, dass sie mir den Gefallen nicht tun würde. »Jeder Vater, den man hat, nervt. Ein Vater, den man nicht hat ...«

»Ja, okay okay – ich hab's geschnallt«, fiel ich ihr ins Wort. »Stand das etwa heute in deinem Keks?«

»Nee«, antwortete sie abrupt. »Da stand: *Lebe bewusst und nicht emotional.* Aber das passt auch gut. Bis bald, großer Cousin.«

Die Tage vergingen gewohnt langsam. Immer wieder ging ich auf den Hof. Manchmal, um mich mit den Herren zu unterhalten, oft aber schneller als normal, irgendein Ziel vorgebend, um den Blicken der Männer zu entkommen.

Etwas weiter weg war eine Ansammlung von riesigen Findlingen, die an einem Abhang aufeinandergetürmt waren. Hier kletterte ich ab und zu mit den Seilen, die ich aus Hamburg mitgebracht hatte, doch heute setzte ich mich nur auf einen der Steine. Die letzten Tage hatte ich damit verbracht, sämtliche Bambusstäbe im Garten abzuholzen und zu diesen Steinen zu schleppen. Immer in der Angst, meine Eltern könnten etwas merken und es mir verbieten. Seit ich das Geld von meinem Vater geklaut hatte, fürchtete ich auch, dass er es merken und mich darauf ansprechen würde. Doch es geschah nie. Trotzdem hatte ich einen latenten Verfolgungswahn, sah mich ständig um, wenn ich im Garten umherwanderte. Morais, der gesehen hatte, wie ich mit einem kleinen Küchenmesser mit rotem Plastikgriff versuchte, die teilweise unterarmdicken Bambusstöcke zu fällen, war zu mir gekommen und hatte mir sein Spyderco-Taschenmesser gegeben. Ein

94

Klappmesser mit unwahrscheinlich scharfer geschwungener Klinge, die aus einem flachen schwarzen Plastikgriff ausklappte. Dieses ermöglichte mir, die Bambusstöcke wie der Fallen bauende John Rambo in *First Blood* anzuspitzen und mit wenigen Handgriffen in tödliche Waffen zu verwandeln. Ich wusste nicht, ob das Messer ein Geschenk war oder eine Leihgabe, benutzte es aber, als würde es danach niemand anders mehr brauchen. Nach und nach hatte ich die zwei bis drei Meter langen Bambusstäbe aufgereiht und etwa die Hälfte senkrecht in den Boden gerammt. Die Vertiefungen hatte ich mit einem Löffel aus unserer Küche gegraben. Die dünnen Enden der Stämme hatte ich nebeneinander in die Risse der Felsen geklemmt und die andere Hälfte mühsam waagerecht angeordnet.

Als ich gerade versuchte, eine Seite eines besonders schweren und dicken Stabes waagerecht mit Bindfaden an einem senkrechten zu befestigen, schlenderte Morais in meine Richtung.

»Wait a minute!«, rief er. »I can hold it.«

Er zog sein Jackett aus. Sein durchtrainierter Körper wurde durch sein Schulterholster noch mehr betont, seine Brustmuskulatur eingerahmt von den eng anliegenden Lederriemen. Sein weißes Hemd umspannte seine Oberarme, als er die Ärmel hochkrempelte und entschlossen die andere Seite des Bambus packte. »Now tie.«

Ich zog den Bindfaden aus der Tasche und knotete die Stäbe an den Verstrebungen aneinander, bis etwa zwei Dutzend quadratische Bambusrahmen entstanden waren. Es sah aus wie eine Mischung aus Vietkong-Gefängnis und Guerillafalle.

Einige Zeit später gesellte sich Herr Brohm zu uns. Er war ein sehr schlanker, sehnig kräftiger junger Mann, der erst vor ein paar Tagen angereist war, um jemand anderen abzulösen. Ich kannte ihn flüchtig aus Hamburg. Auch er trug diese Armeestiefel aus synthetischem Material, allerdings als Einziger in sandfarbenem Beige. Am Handgelenk hatte er eine knallgelbe Casio G-Shock. Anders als Morais oder Schmitt wirkte er unbedarft und lustig. Ich mochte ihn sofort. Er sprach ein wenig Portugiesisch und half so, den Austausch über unser architektonisches Vorhaben noch effizienter zu gestalten.

Es dauerte nicht lange, und wir waren ein eingespieltes Team. Mal hielten die Herren die quer verlaufenden Bambusstangen, und ich knotete, mal versuchte ich in einer Mischung aus Handzeichen, Englisch und Deutsch, gemischt mit Brohms Dolmetscherfähigkeiten, den Bau eines Fensters oder einer Tür umzusetzen. Brohm hatte aus der Garage des Hausmeisters eine Säge geholt und in seinem Rucksack Reste ihres Mittagessens vom Vortag mitgebracht. Wir setzten uns auf die Steine und aßen genüsslich das kalte Huhn, zerschnitten die Knorpel mit den Messern, die alle immer bei sich trugen. Ich blickte auf das Spyderco, das mir überlassen worden war. Der Griff war verschrammt und die Klinge matt von der Erde. Ich blickte zu den Herren und sie auf das Messer. Kurz dachte ich, dass es mir unangenehm sein müsste, dass ich das Werkzeug so grob benutzt hatte. Doch Brohm lächelte, nahm mir das Messer aus der Hand und wischte es an seiner Hose ab. Kurz unterhalb eines Reißverschlusses, der sich auf der Mitte seines Oberschenkels befand. Mit ein paar Handgriffen konnte er die Beine seiner Hose abtrennen, wenn es ihm zu warm wurde. Er wischte den dreckigen Streifen von seiner multifunktionalen Hose und gab mir das saubere Messer mit dem Griff voran zurück. Brohm und die anderen Sicherheitsleute schienen jede Bewegung so selbstverständlich und routiniert auszuführen, als gäbe es zu jedem auch noch so kleinen Handgriff eine Dienstanweisung, die über Jahre gewissenhaften Ausführens vollends ins Muskelgedächtnis eingegangen war. Sei es das Ziehen einer Pistole, das Öffnen einer Autotür oder das Abwischen eines Messers. Für mich war es, als würde ich einer perfekten Filmszene zuschauen. Ich nahm das Messer an mich, schnitt mir ein Stück vom kalten Huhn und eine Scheibe von dem Laib Brot ab, den meine Mutter am Vorabend für die Personenschützer gebacken hatte, und verschlang beides gierig. *Darum steht sie so viel in der Küche,* schoss es mir in den Kopf. *Sie versorgt auf einmal eine Großfamilie.*

Nach ein paar Stunden war das Gittergerüst fertig. Morais öffnete die Tür und gebot mir mit einer Handbewegung einzutreten. Ich betrat die vergitterte Höhle und setzte mich auf den Stein, der uns vor ein paar Stunden schon als Tisch gedient hatte. Morais schloss die Bambustür und verriegelte den Rahmen mit einem Stock, den er so weit oben einklemmte, dass ich nicht dran kam. Mir schossen die Szenen aus den Rambo-Filmen durch den Kopf, in denen Gefangene des Vietcongs im Dschungel eingesperrt und gequält wurden. Sylvester Stallone, der einsame Wolf, der sich durch Körperkraft, gepaart mit eisernem Willen, aus jeder Situation herauszukämpfen vermochte. Die Herren neben mir hatten sogar ansatzweise Rambos Körperbau, und hier waren sie nun wirklich: die Indianertricks in Kombination mit Cowboypistolen. Indianisch-cowboyanischer Abstammung. *Best of both worlds.*

Brohm und Morais grinsten mich an. »Eingesperrt. Du bist jetzt unsere Geisel für ein weiteres gebratenes Huhn!«, lachte Brohm.

Da erkannte ich Schmitt, der in unsere Richtung kam.

Sofort war mir die Situation unangenehm. Wie aus dem Nichts überkam mich eine unbändige Wut. Ich spürte sie von meinen Eingeweiden in meinen Kopf aufsteigen. Mein Mund wurde trocken, und mir war schlagartig übel. Ich biss die Zähne aufeinander, sah ein paar Krümel der Brotzeit von heute Mittag auf dem Stein und wischte sie weg. Ich wusste nicht, was ich tun sollte. Es fühlte sich so an, als würde ich nie wieder etwas essen können. Mein Magen zog sich so heftig zusammen, dass ich etwas Erbrochenes in meinem Mund schmeckte. Ich wurde vorgeführt. War gefangen in meinem eigenen Garten.

»Oder hundert Schachteln Zigaretten!«, lachte mich Brohm wieder an. Schmitt kam immer näher. Gleich würde er wieder einen Spruch über irgendein Negerkind machen, und ich würde darüber lachen müssen.

»Let me out!«, rief ich mit mehr Nachdruck, als wohl angemessen war.

»No worries, I have good contacts to the Portuguese Police!«, lachte Morais. Woher kam diese Wut? War es dieses Gefühl, das meinen Vater überkam, wenn seine Laune so schlagartig umschlug? Das Gefühl, die Kontrolle über irgendetwas zu verlieren? Sich gefangen zu fühlen? Wieder?

Über Morais' Satz, er habe gute Kontakte zur Polizei, konnte ich nicht mehr lachen. Es war ja schlicht die Wahrheit. Was meinte Brohm mit »hundert Schachteln Zigaretten«? War es eine Anspielung auf die Familiengeschichte meines Vaters oder meinte er einfach nur die Gefängniswährung Zigaretten? Es war, als würde die Wut – oder war es Angst? – sämtliche Muskeln in meinem Gesicht bis hin zu meinem Bauch kontrollieren. Hatte ich jetzt auch das erstarrte Gesicht meines Vaters? Ich fühlte mich beengt und wollte nur noch nach draußen. Raus aus diesem Käfig.

Besser noch: raus aus diesem Körper oder mit dem Körper raus aus diesem Leben. Ich atmete flach und hektisch ein und aus. Etwas Sand rieselte von einem der Felsen auf meinen verschwitzten Nacken. Ich erinnerte mich an einen Urlaub in London mit meinen Eltern vor ein paar Jahren. Auf dem Trafalgar Square hatte mein Vater mir Taubenfutter gekauft und es mir in meine Hände gekippt. Tauben waren sofort auf mich geflogen, woraufhin mein Vater mehr Futter auf meine ausgestreckten Hände und dann auch noch auf meine Schultern und meinen Kopf streute. Tauben, überall Tauben auf meinem Kopf, die versuchten sich festzukrallen, hinunterfielen und wieder versuchten hinaufzuflattern. Die Vögel pickten auf meinen Kopf, auf meine Hände und Schultern. Sie flatterten, gurrten und hackten einander. Ich stellte mir vor, wie sie mich packen und mit mir wegfliegen würden. Mindestens bis hoch auf die einarmige Lord-Nelson-Statue.

Jetzt schienen diese Vögel direkt neben meinem Kopf zu flattern. Meine Ohren rauschten, meine Augen begangen zu tränen. Panisch schaute ich mich in meinem Verlies um. Plötzlich hatte ich das Spyderco-Messer in der Hand. Hatte ich es die ganze Zeit schon gehalten? Ich ging mit gezogenem Messer auf Morais und Brohm zu und malte mir aus, wie ich damit erst die Bindfäden zerschneiden und es ihnen dann in den Bauch rammen würde.

»Lass mich ...« Weiter kam ich nicht, denn Brohm hatte den Stock schon aus der Verkeilung gelöst, und die fragile Tür schwang zur Seite. Ich blickte auf das Messer. Meine Knöchel waren weiß vor Anspannung. Schmitt stand nun neben ihnen, und alle drei sahen mich verwundert an. »Hey«, rief ich und zwang mich zu lächeln, »lass mich mal versuchen, selber rauszukommen«, beendete ich den Satz und dachte gar nicht mehr darüber nach, in welcher

Sprache ich ihn wohl am verständlichsten hätte aussprechen müssen. Ich zog die Bambustür wieder ein wenig zu
und versuchte, das Beste aus der verunglückten Situation
zu machen. Dann blickte ich zu den drei Männern. Meine
Übelkeit verflog. Ich ließ das Messer mit einem satten Kli-
cken zuschnappen, drehte es in der Handfläche und hielt
Morais den Griff hin. Da meine Hände sehr verschwitzt
waren, glitt mir das Messer aus der Hand und fiel in den
Sand. Ich hatte nichts von Morais' filmreifer Souveränität.
Die Bambuspforte schwang langsam hin und her.

Er bückte sich, hob es auf und gab es mir zurück. »It's
yours!«

Ich nahm es an mich, steckte es in meine Hosentasche,
und sein erschrockener Gesichtsausdruck wich einem
Lächeln.

9.

Nach den sechs Wochen Sommerferien hatte sich alles verändert. Ich wollte selbstständig sein. Coolere Klamotten tragen. Schwarze Sporttasche. Stiefel und feste Jacke mit viel Stauraum. Selbst bestimmen, wie ich aussehen und auf andere wirken würde. Doch wie sollte ich das anstellen? Ich konnte doch nicht ewig Scheine aus dem Portemonnaie meines Vaters stehlen. Im Laufe der langen Sommerferien hatte ich das komplette Sicherheitsteam kennengelernt. Im Grunde waren sie mir alle sympathisch, und wir hatten einen lockeren Umgang miteinander gefunden. Hatte ich mit zwölf Jahren noch, um mein dürftiges Taschengeld aufzubessern, den Volvo meiner Mutter für 5 Mark gewaschen, bot ich es, sobald wir wieder in Hamburg waren, einem von den Personenschützern, Herrn Hollmann, an. »Moin. Bock auf 'ne Autowäsche? Mach ich für fünf Mark.«

Ich saugte den Innenraum seines Toyota-Jeeps aus und wusch mit Schwamm und Tuch die Felgen, polierte sogar mit einem Küchenhandtuch meiner Eltern den dunkelblauen Lack. Sein anfängliches Erstaunen über mein Angebot wich schnell einer fröhlichen Belustigung über mein eifriges Tun. Ich wollte meinen Job so gut und gewissenhaft wie möglich ausführen. Auf keinen Fall wollte ich das Risiko eingehen, dass später behauptet würde, ich hätte nicht gut gearbeitet. Sei vielleicht sogar überbezahlt oder faul.

Doch als ich nach einer Stunde fertig war, kam Hollmann lächelnd auf mich zu. Er schien beeindruckt, als er mir die 5 Mark in die Hand drückte. »Ich bin vermutlich der einzige Personenschützer, dem seine Schutzperson das Auto wäscht.«

Ich sah ihn irritiert an. So hatte ich es noch gar nicht betrachtet. Ich hatte völlig vergessen, dass er ja für mich arbeitete und diese Umkehrung irgendwie unangemessen war. Bis eben war sein Auto einfach eine Möglichkeit gewesen, Geld zu verdienen. Die einzige, die ich momentan hatte. Als ich ihn fragte, ahnte ich nicht, dass es viel komplizierter war. Und dann noch dieses neue Wort: *Schutzperson*. Im Klang dieses Wortes schwang so viel mit: Geborgenheit, Gefahr, Anonymität. *Personenschutz* und *Schutzperson*. Das war ja schon fast ein Kalauer. Fehlte nur noch *Patronenschutz* und *Schutzpatron*. In sauberen Jeans, festen Stiefeln und Jackett stand Hollmann vor mir. Meine Klamotten und Hände waren nass und dreckig nach der Autowäsche. *Schmutzperson*.

Er lächelte mich an. Verwirrt lächelte ich zurück, dann drehte ich mich um und ging auf das Gartentor meines Vaters zu. Ich wusste, ich würde mir eine neue Arbeit suchen müssen.

Der Carport war mittlerweile fertiggestellt, und es parkten dort die Wagen der Sicherheitsleute. Ein dunkelgrüner Mercedes SLK, ein Jeep, ein metallic-schwarzes BMW Cabrio, ein neuerer Ford Mustang und zwei Autos einer amerikanischen Marke, die ich nicht kannte. Alle sahen teurer aus als unsere Volvos. Was mein Vater wohl denken würde, wenn er sähe, dass ich den Lack der Personenschützerautos auf seinem Grundstück wichste. Mich um ein Auto mehr kümmerte als um meine Hausaufgaben.

Als ich mich einen Schritt weiter auf das Gartentor zube-

wegte, öffnete es sich wie von Geisterhand. Ich stellte mir
vor, ich könnte wie Darth Vader oder Professor X mit der
Kraft meiner Gedanken das Tor zur Seite rollen lassen. Ich
wusste, dass ich beobachtet wurde, und behielt die Hände
unauffällig in den Jackentaschen, als ich mit gespreizten
Fingern der Bewegung des Tors folgte und mir vorstellte,
es würde meinen Gedanken gehorchen. Doch die »Macht«
war nicht mit mir. Die Macht war mit den Männern. Sie lag
auf dem Armaturenbrett eines der Autos der Objektschützer, die das Tor nach eigenem Ermessen bedienten.

Die ehemalige Gästewohnung meiner Eltern war noch
nicht vollends zur Einsatzzentrale, zum Knotenpunkt der
Kameras und Überstiegsalarme der Umzäunungen, kurz:
Zentrale, geworden. Die Herren saßen immer noch Tag
und Nacht in ihren Autos. Obwohl ich sie nicht mehr
waschen würde, zogen mich die Wagen magisch an. Einer
ganz besonders.

Herr Lundgreen kam zum Schichtbeginn in seinem dun-
kelroten 1975er Cadillac Fleetwood. Das nahezu sechs
Meter lange Auto glänzte sogar, wenn die Sonne nicht
schien. Es funkelte abends im Licht der gelben Straßenlaternen majestätisch. Seine Polsterung in dunkelblauem
Samt schimmerte durch die Scheiben, wenn innen das
Licht an war. Lundgreen trug im Nacken ausrasierte Haare,
die oben zu einer dezenten, aber nicht weniger perfekten
Tolle gekämmt waren. Enge Jeans, Bomberjacke, Militär-
stiefel und kariertes Hemd ließen ihn aussehen wie eine
1996er Version von Elvis beim Militär. Ab und zu setzte
ich mich neben ihn auf den Beifahrersitz des Achtzylin-
ders, und wir hörten die Musik der A-cappella-Gruppe, in
der er hobbymäßig sang. Wir sprachen über unsere Lieb-
lingsmusik, Sport und Mädchen. Bei den letzten beiden

Themen hatte er einen gravierenden Wissensvorsprung, was den Innenraum des Cadillacs für mich noch anziehender machte. Manchmal zeigte er mir ein paar Selbstverteidigungstricks auf der Straße oder sogar im Auto. Schmerzhafte Akupressurpunkte an Händen, Armen und Hals sowie Hebel und Griffe. Er erzählte mir aus seiner Zeit bei der Bundeswehr und als Gruppenführer der S-Bahn-Wache. Wir hörten Die Ärzte, Guns N' Roses, Bad Religion, Georg Kreisler, Elvis Presley und A cappella. Eine krude Mischung aus Krieg und Kultur fand in diesem Auto statt. Wackelelvis und Kubotan, Tonfa und Trompeten. Auch wenn der Wagen vor unserer Haustür für mich alles andere als eine kuschelige Höhle war, ließen die breiten Sitze und das noch breitere Auto viel Raum für Geschichten.

Lundgreen erzählte mir einmal, wie er einen neuen Kollegen bei der S-Bahn-Wache begrüßte. Er stellte sich vor und überreichte ihm den obligatorischen Teleskopschlagstock und Pfefferspray. Der neue Kollege nickte ihm vielsagend zu und deutete auf sein rechtes Bein. »Fass mal an«, raunte er Lundgreen zu. Ich musste schon lachen, als ich sah, wie er, um seine Verwunderung zu verdeutlichen, Augen und Mund bizarr verzog. »Ich soll dein Bein anfassen? Nee, klar. Mach ich natürlich sofort.« Lundgreen machte mir vor, wie er seinen ausgestreckten Zeigefinger gen Bein des Neuen bewegte, als würde ihn da irgendetwas sehr Ekliges erwarten. Als der sein Hosenbein hochzog, kam eine Waffe zum Vorschein. Allerdings nicht in einem Wadenholster, wie man es hätte erwarten können. Lundgreen sah mich völlig entgeistert an. »Der hat kein Holster benutzt, sondern Klebeband.« Ich gluckste. »Wie willst du die denn von deinem Bein abkriegen, wenn's mal rundgeht?«, hatte er den Neuen gefragt. »Der Kollege hat mich angesehen, als wär ich total bescheuert«, erzählte

Lundgreen weiter. »Und jetzt kommt's: ›Die ist ja gar nicht echt‹, raunte mir der Kollege zu, als hätten wir jetzt so 'ne Art verbindendes Geheimnis. Du glaubst es nicht. Der neue Kollege hatte sich echt 'ne Spielzeugknarre mit Gaffa Tape ans Bein gebappt.« Ich kringelte mich vor Lachen. »Das war dann natürlich gleich schon sein letzter Tag«, fuhr er fort. »Der hat mich tatsächlich gefragt, ob er den Tag jetzt noch bezahlt bekommt.« Ich lachte ihn an, ohne zu verstehen, was an der Anfrage besonders bizarr war. Ich hatte noch nie einen richtigen Job gehabt und war einfach nur froh, dass im Auto jemand saß, der es besser wusste und dem solche Fehler nie passieren würden. Was für ein Glück, dass für uns nur die Guten, gut Ausgebildeten, arbeiteten.

Auch andere Sicherheitsleute aus dem Team waren ab und zu Thema. So erzählte Lundgreen von einem ehemaligen MEK-Leiter, der jetzt Teil des Personenschutzteams war. Er hockte bei einem MEK-Einsatz in einem schwarzen Bus mit verdunkelten Scheiben. Sechs Mann in voller Einsatzmontur mit Helm, Funkgeräten, Knieschonern, Handschuhen und Waffen. Sie waren bereit für den Zugriff, irgendeine lang geplante Razzia oder ein Einsatz gegen einen hochgefährlichen Verbrecherring. Die präzisen Sturmgewehre im Anschlag, Sturmhaube unter dem Helm. Der vorderste Mann hatte die Hand schon am Türgriff, um jeden Moment die Schiebetür aufzureißen. Der eingebaute Bremsmechanismus der Tür war bei den MEK-Wagen entfernt worden, damit die Tür mit einem Ruck aufgerissen werden konnte. Plötzlich bewegte sich ein unscheinbarer Mann, der niemandem aufgefallen war, auf den Bus zu. Er schlenderte langsam auf eine der Heckscheiben zu. Sein Versuch hineinzublicken scheiterte an der Spezialfolie, die nur von innen durchsichtig war. Die

Männer waren in Alarmbereitschaft. Die Waffen wurden leise entsichert. Ihre Körper waren gespannt, die Visiere der Helme wurden lautlos hinuntergeklappt. Der Mann kramte in seinen Taschen, und schneller, als die Männer des Sondereinsatzkommandos einordnen konnten, was er da an ihrem Versteck tat, sahen sie den Draht. Langsam ruckelte er sich an der Dichtung der Scheibe der Seitenschiebetür vorbei Richtung Türöffner. Mit einem in den Draht gebogenen Haken versuchte er die Zentralverriegelung zu öffnen. Lundgreen lachte nun selbst laut, als er mir die Geschichte erzählte. Er griff zu seinem Funkgerät, das auf dem überdimensionierten Armaturenbrett des Cadillacs lag, und ahmte flüsternd und mit Tränen in den Augen den Funkspruch des Einsatzteams nach: »Abbruch! Abbruch!« Die MEK-Männer sicherten ihre Gewehre, klappten die Visiere wieder hoch und öffneten mit einem Ruck die Schiebetür des schwarzen Vans. Nun liefen mir ebenfalls die Tränen über die Wangen, als Lundgreen das Gesicht des unglücklichen Autoknackers beschrieb, dem, vom Ruck der Schiebetür zur Seite taumelnd, auf einmal ein halbes Dutzend Männer in schwarzer Kampfmontur mit Sturmhauben und Helmen gegenüberstand. »Dem ist wirklich jeder einzelne Muskel im Gesicht gleichzeitig entgleist. Der hat sich richtiggehend an dem Draht festgeklammert, um nicht hintenüberzufallen«, prustete er. »Der steckte ja noch zur Hälfte in der Scheibe. Wenn man mal über Resozialisierung nachdenkt, ist so ein Schreck wahrscheinlich effektiver als Knast.« Immer wenn ich in den nächsten Minuten Lundgreen anschaute, verzog er sein Gesicht so bizarr, wie es wohl der klägliche Autoknacker getan hatte, dass wir wieder beide zu lachen anfingen.

Manchmal durfte ich auch auf dem Fahrersitz sitzen, obwohl meine Füße kaum die beiden Pedale berührten. Im
Winter blubberte der V8-Motor, sich stotternd aufbäu-
mend, vor sich hin. Der dunkle Klang des Motors vermischte sich mit dem Sound des Radios, über das Lundgreen mittels einer Adapterkassette Musik von seinem
CD-Player abspielen konnte, während sich der Schnee hinter dem Auspuff langsam grau färbte.

Ich kannte die Dienstpläne nicht, und Lundgreen war
nicht jeden Tag da. Aber sobald ich den Cadillac morgens
vor unserem Haus stehen sah, konnte ich das Ende der
Schule noch weniger erwarten. Die abenteuerlichen
Lebensläufe faszinierten mich. Manchmal stellte ich mir
vor, wie wir, wenn ich mal erwachsen war, gemeinsam auf
irgendeine Mission gehen würden, in der auch ich mich
von einem Hausdach abseilen konnte, um in voller Kampfmontur durch eine Glasscheibe im fünften Stock zu springen. Bunte Kleidung, so viel war sicher, würde ich nie
wieder tragen. Mittlerweile hatte meine Mutter auch ge-
schaltet und mich mit etwas Geld allein zum Shoppen
in Hamburg gelassen. In der Marktstraße gab es alles, was
ich brauchte. Eine schwarze Hose mit seitlichen großen
Taschen an den Oberschenkeln. Wenn auch keine große
Cowboy-Gürtelschnalle, dann doch wenigstens einen
dunkelgrünen Carhartt-Gürtel mit silbernem Verschluss.
Aus dem EMP-Katalog hatte ich mir ein schwarzes »Die
Ärzte«-Longsleeve mit Flammen auf den Armen und
einen schwarzen »Fruit of the Loom«-Hoodie bestellt.
Dazu schwarze Vans.

Nicht nur mein Blick auf mich selbst und meine Kleidung
veränderte sich. Dadurch, dass ich ständig darüber nachdachte, wie ich für andere aussah, begann ich auch immer

mehr, andere Mitschüler und vor allem Mitschülerinnen genauer zu begutachten. Besonders Laura fand ich interessant. Wie sie in ihren schwarzen Leggins, der superknappen ausgewaschenen Jeansjacke, die Füße in schwarzen Buffalos, umringt von anderen Mädchen, auf dem Schulhof herumlief, zog sie mich Tag für Tag immer mehr in ihren Bann. Die Jungs, die mich ab und zu ansprachen, »Ey, Johann, sag mal, gehst du zu deiner eigenen Beerdigung, oder warum bist du jeden Tag ganz in Schwarz?«, ignorierte ich. Laura schien mein Outfit nicht zu stören.

»Hey«, sagte ich irgendwann mit klopfendem Herzen, als wir zufällig gleichzeitig das Schulgebäude verließen. Sie blickte mich an. Alle Mädchen um sie herum begannen augenblicklich zu kichern und zu tuscheln.

»Hey!«, erwiderte sie cool und lächelte mich auffordernd an. »Hab mich schon gefragt, wann du mal 'nen Ton sagst. Wir gehen doch fast den gleichen Weg, aber du bist immer so schnell raus. Ich seh dich immer nur von hinten.«

Die Mädchen kicherten noch lauter. Es stimmte. Ich verließ die Schule immer so schnell wie möglich. Das Auto, das mich abholen sollte, ein schwarzer BMW, ließ ich meist stehen und ging bis zur Bahn zu Fuß. Ich genoss den Weg, um den Kopf frei zu kriegen, und hatte keine Lust, vor den Augen der anderen Schülerinnen und Schüler in das Auto einzusteigen. Der BMW rollte mir dann hinterher, während ich Musik hörte oder, das kam seltener vor, mit einem Freund zur Bahn ging. Ich versuchte die gemeinsamen Wege zu vermeiden, weil ich keine Lust hatte, auf den schwarzen BMW angesprochen zu werden, der für mein Gefühl viel zu auffällig den Weg zur Bahn von Ecke zu Ecke und von Parklücke zu Parklücke rollte. Ich wusste nicht, was meine Mitschüler wussten, legte aber auch keinen

Wert auf ein klärendes Gespräch, das ich noch nie mit irgendjemandem geführt hatte.

»Ja, ich will immer so schnell wie möglich weg von der Schule.« Ich lachte verlegen.

Sie lachte zurück. »Versteh ich. Gehen wir heute zusammen?«

Wow. Das ging schnell, dachte ich und blickte mich zu ihren Freundinnen um, die mich grinsend musterten. Laura fasste mich am Arm, und wir gingen los. Aus der Ferne hörte ich die Zündung des BMWs, der etwas hinter uns parkte. Der Trupp ihrer Freundinnen, deren albernes Getuschel sich mit dem brummenden Motorgeräusch des BMWs vermischte, folgte uns. Beobachtet zu werden war ich gewohnt und hatte keine Mühe, wenigstens die Freundinnen auszublenden, um mich darauf zu konzentrieren, was ich mit Laura würde reden können. Ich hatte keine Ahnung, was für Themen bei Mädchen gerade am Start waren. Ich hatte in meiner Freizeit, die sich mittlerweile eher wie ein Job anfühlte, ausschließlich mit Männern zu tun, und meine Cousine Julia war für mich ein optimaler Kumpeltyp. Ich versuchte es also einfach mit den unverfänglichen Themen, die ich so kannte. »Ich hab mir grad die neue Weezer gekauft. Gab's bei WOM vorne im Display. Kennste die schon?«

Laura sah mich entsetzt an. »Weezer? Ernsthaft? *Pinkerton* ist so krass viel schlechter als das blaue Album. Ohne Scheiß, Johann. Wenn du 'n fettes Album hören willst, kauf dir *Car Button Cloth* von The Lemonheads. Evan Dando ist einfach ein krasser Gott. Ganz im Gegensatz zu den Rich Kids von Weezer. *Buddy Holly* war fett, aber ich sag dir: Danach kommt nix mehr.«

Uff. Ich verstummte. *Die Rich Kids von Weezer,* hallte es in meinem Kopf wider. *Scheiße,* dachte ich.

Laura durchbrach mein Gedankenkarussell: »In diesem Moment ... Johann, halt mal kurz an.« Laura blieb stehen, packte mich fest an meinen Oberarmen und drehte mich zu ihr um. Durch die Gruppe von Mädchen hinter uns ging ein Raunen. Laura blickte sich um und drückte meine Oberarme noch fester an meinen Körper. Es war das erste Mal, dass mich ein Mädchen berührte, und es ging mir durch und durch. Ich atmete tief ein und traute mich nicht auszuatmen, weil mir Laura so nahe kam. »In diesem Moment«, fuhr Laura fort, »hält Evan Dando die Welt in seiner Hand. Merkst du das nicht?! Er ist einfach ein krasser Gott. Schnall es mal! Da kann Rivers Cuomo echt einpacken mit seinen Möchtegern-Lovesongs. Allein das Cover ist schon derbe schwul. Echt ey. Weezer? Digga ...«

Sie ließ mich los.

»Okay, hab ich verstanden«, sagte ich nur und schaute verstohlen zu der Gruppe ihrer Freundinnen hinüber, die sich im Schneckentempo auf uns zubewegten. »Aber für die The Lemonheads ...« Immerhin wusste ich, dass es wie bei DIE Ärzte wichtig war, den Artikel mitzusprechen, auch wenn es im Kontext schon einen Artikel gab. Das *The* war ja Teil des Namens. Nur Idioten dachten, man könne es weglassen. »Für die The Lemonheads ist es das siebte Album. Für Weezer das zweite.« Laura sah mich mitleidig an. »Also erstens waren *It's A Shame About Ray* und *Come On Feel The Lemonheads* auch schon geil und das zweite Album *Creator* auch schon besser oder zumindest kredibiler als die öden Rockspießer von Weezer.«

Sie hatte mich am Wickel. »Okay, sonst noch was, das ich wissen muss?« Ich versuchte ein bisschen beleidigt zu tun, um vom Thema abzulenken, aber Laura blieb fokussiert.

»Ja, *This Is A Long Drive For Someone With Nothing To*

Think About von Modest Mouse ist nicht nur der beste Albumtitel seit Langem, sondern auch sehr nah dran an dem besten Album seit Langem.«

»Und was hältst du von The Cardigans?«, versuchte ich zu scherzen. The Cardigans hatten gerade mit *Lovefool* einen unerträglichen Ohrwurm, der überall dudelte, auf dem Soundtrack zu der Neuverfilmung von *Romeo + Julia*.

»Kannste natürlich vergessen. Kommerzieller Scheiß. Wenn du Folk willst, hör dir Cat Power an. Grad neu auf Matador. Ist von Steve Shelley, dem Sonic-Youth-Drummer, produziert. Schockt.«

Plötzlich stand die Gruppe Mädchen direkt neben uns, und Lauras Freundin Nina ergriff das Wort. »Ey, apropos Romeo und Julia. Geht ihr jetzt miteinander?«

Die anderen prusteten los. Laura sah sie nur an, und ich wurde rot. »Ja klar gehen wir jetzt zusammen. Und zwar alle zusammen zur Bahn.« Sie drehte sich um und bedeutete mir mit einem Kopfnicken mitzukommen.

Ich versuchte noch einen coolen Blick in Richtung Mädchengruppe und beeilte mich dann, Laura einzuholen. »Also wenn Modest Mouse gerade deiner Meinung nach fast das beste Album gemacht haben, dann sag ich dir jetzt, welches noch besser ist.« Sie sah mich an, ohne ihre Schritte zu verlangsamen. »*The Gray Race* von Bad Religion.« Ich sah sie herausfordernd an und nuschelte noch hinterher: »Und *Planet Punk* von Die Ärzte. Eh klar.« Laura wandte ihren Blick wieder geradeaus. »Du machst da echt 'nen heftigen musikalischen Spagat, Johann«, sagte sie, »aber diesmal gebe ich dir recht.«

Laura und ich gingen immer öfter von der Schule zur Bahn und fuhren ein paar Stationen gemeinsam. Mittlerweile umarmten wir einander bei der Verabschiedung vor allen.

Manchmal, je nach Tagesform, küssten wir einander sogar auf die Wange.

Als ich an einem Herbsttag 1996 direkt nach der Schule meine Tasche nur kurz hinter der Haustür abgestellt und dann gleich an die Beifahrerscheibe des Autos geklopft hatte und im Cadillac Platz nahm, grinste mich Lundgreen an. Er kam gleich zur Sache: »Sicher ist sicher. Weißt du ja. Aber die hier sind supersafe!«

In seiner Hand lagen zwei Kondome, die er mir grinsend entgegenstreckte. »Die benutzen die Nutten aufm Kiez auch. Da bleibt alles dicht.«

Peinlich berührt und ebenso fasziniert nahm ich die Gummis an mich. Wenn es um Sicherheit ging, wussten diese Männer anscheinend einfach alles. Trotzdem konnte ich nicht umhin, darüber nachzudenken, was wohl im Hintergrund geredet worden war. Es war das erste Mal, dass ich die Bezeichnung *Nutten* so ganz beiläufig aus dem Mund eines Erwachsenen hörte. Mich irritierte das. Und mich irritierte, dass Lundgreen überhaupt von Laura zu wissen schien, obwohl er laut seiner Berufsbezeichnung doch nur *Objekte* beschützen sollte und keine *Personen*. Es schien also über mich geredet zu werden. Das gehörte vermutlich einfach dazu. *Macht ja auch Sinn,* redete ich mir ein und schob den Gedanken schnell zur Seite. Ich blickte auf die Kondome, dann auf Lundgreen. Wusste er nicht, dass Laura und ich uns noch nicht mal geküsst hatten? Die ganze Situation war mir auf einmal viel zu intim. Meine Freundschaft zu Laura, mehr war es leider noch nicht, wollte ich nicht mit irgendwem teilen. Ich wollte nicht, dass irgendein Erwachsener mir in irgendeiner Form gut zuredete. Es war kompliziert genug.

Ich spürte, wie ich langsam rot wurde. Lundgreen sah mich an und schien zu verstehen. »Steck die mal ein. Für jetzt oder später.« Er lächelte mich an. »Ich geh mal eine rauchen. Kannst dich gern auf den Fahrersitz setzen, wenn du möchtest.«

Ich nickte. Lundgreen öffnete die Tür, und ich rutschte auf der samtenen Sitzbank nach links rüber und versank in den ausgeleierten Polstern des Fahrersitzes, sodass ich noch nicht mal mehr über die Motorhaube blicken konnte. Wie gern wäre ich losgefahren. Weg von den Peinlichkeiten. Weg von den komplizierten Hierarchien und Beziehungen. Mit Lundgreen auf dem Beifahrersitz. Einfach über die Autobahn in die nächste Stadt. Und noch weiter. Lundgreen stand zwischen Auto und unserem Haus und rauchte. Dann schnipste er die Zigarette in die Büsche, öffnete die Beifahrertür und setzte sich neben mich. Aus dem Radio schallte *Sh' Bop a Sing a Zoom Zoom*, als ich gedankenverloren die Hand auf die Lenkradschaltung legte und der Hebel hinunterklackte. Das Auto machte einen ruckartigen Satz nach vorn, als der Hebel die Arretierung wechselte. Schnell versuchte ich mit dem Fuß auf die Bremse zu treten, doch das Pedal war zu weit weg, und ich versank unter dem Lenkrad. Das Auto soff zum Glück gleich ab. »Ey!!«, schrie Lundgreen und griff reflexartig mit der einen Hand nach der Lenkradschaltung und mit der anderen nach dem Zündschlüssel. In Sekundenbruchteilen legte er den Schalter um und zog den Schlüssel aus dem Schloss. Das Radio verstummte, nur die CD im CD-Player kratzte noch vor sich hin. Das Auto schaukelte für ein paar Sekunden gemächlich hin und her, als wollte es mich beruhigen, und sackte dann wie eine zusammenfallende Hüpfburg endgültig in sich zusammen.

»Pass doch auf!«, schrie Lundgreen mich an. »Was wäre gewesen, wenn da einer von uns gestanden hätte?!« Im Auto roch es nach kaltem Rauch. Ich hielt den Atem an und wurde noch röter, als ich es schon war. Langsam richtete ich mich auf, verrenkt, als würde ich mich an meinen eigenen Schultern nach oben ziehen, stützte ich mich auf den weichen Stoff der Armlehne. »Entschuldigung.« Mehr brachte ich nicht heraus. Sein Satz hallte in meinem Kopf wider. Mir war völlig klar, dass »uns« mich nicht mit einschloss. »Uns«. Das waren er und eine Gruppe Erwachsener, die hier einen Job erledigten. »Uns« war nicht ich. Wir in diesem Auto, das wurde mir schlagartig klar, war eine Situation, die *ich* hergestellt hatte. *Ich* war hier falsch, doch er konnte nichts dagegen tun. Meine Gedanken fingen an zu rasen. Was hätte er auch sagen sollen, als ich das erste Mal an seine Scheibe geklopft hatte? »Zutritt nur für Mitglieder«? Oder »Sieh zu, dass du abhaust und mit deinesgleichen spielst. Ich muss arbeiten«? Hatte er es überhaupt gemocht, mit mir hier im Auto zu sitzen, oder hatte er es über sich ergehen lassen? Waren die Geschichten, die er erzählte, einfach nur seine Art, die Zeit mit mir so angenehm wie möglich totzuschlagen? Meine Idee des gemeinsamen Roadtrips kam mir in den Kopf, und mir wurde sofort übel.

»Ich muss los«, murmelte ich schnell und stieg aus.

»Warte«, sagte Lundgreen, »ich zeig dir noch schnell, wie man den Hebel wieder in die richtige Position bringt.« Er wollte wohl nicht, dass die Stimmung weiter kippte. Ich erkannte, dass er fürchtete, sich im Ton vergriffen zu haben. Doch ich war der Fehler im System, nicht er. Der aufdringliche Teenager, der die Männer am Arbeiten hinderte. Der die Hierarchien nutzte, um seine Langeweile zu vertreiben.

Lundgreen streckte sein langes Bein zu mir rüber, seine Jeans rutschte ein wenig hoch, und ich erkannte den Schaft eines Messers aus seinem Stiefel ragen. Er trat auf die Bremse und griff nach dem Hebel. Er kam mir dabei so nah, dass ich seinen nach Zigaretten und Kaugummi riechenden Atem an meiner Wange spüren konnte. Ich hielt die Luft an. »Sorry noch mal«, murmelte ich.

»Kein Problem. So haben wir ja alle mal angefangen«, sagte er und lächelte mich übertrieben an. »*D* steht für *Drive*. Und ...«

»Schon gut, ich muss eh los. Ich habe ganz vergessen, dass ich noch verabredet bin.«

»Alles klar! Wieder mit der Kleinen, mit der du immer Bahn fährst? Die ist echt süß. Gratuliere.« Woher wusste er, dass Laura *süß* war? Durfte er so was überhaupt sagen? Ich wollte der Einzige sein, der Laura *süß* fand. *Süß* war ohnehin eher ein Wort, dass die Mädchen in meiner Schule über Jungs sagten. Wir sprachen eigentlich nicht so direkt über Mädchen. Umso unangenehmer machte es diese Situation mit Lundgreen, der jetzt versuchte, den Moment zu retten, indem er immer mehr redete: »Die Gummis sind bestimmt bald alle, was? Ich sag den Jungs Bescheid, dass einer kommt und dich abholt. Willste gleich los? Triffste dich wieder mit der Süßen?«

»Neenee. Ich muss erst telefonieren«, wehrte ich ab.

»Telefonieren? Ja klar – sicher ist sicher! Nicht, dass sie sich vor Schreck ins Höschen macht, wenn du unangekündigt vorbeikommst.« Lundgreen war ganz aufgekratzt. »Obwohl – so gesehen kannst du dir dann vielleicht das Vorspiel sparen!« Er lachte laut.

»Nee, ich ... ich ...«, ich stotterte, »ich geh mal rein zum Telefonieren und melde mich gleich«, erwiderte ich überfordert.

Lundgreen verstummte, und verzog sein Gesicht zu einem gezwungenen Lachen.

Dann stieg ich ein letztes Mal aus seinem Auto, schloss leise die Beifahrertür und lächelte gezwungen zurück.

10.

Sosehr die Anwesenheit der starken Gestalten mein Selbstbild beeinflusste, so hilflos fühlte ich mich immer wieder. Ich verwendete viel Energie darauf, mich optisch anzupassen und dem Bild des eigenständigen und möglichst unabhängigen Jugendlichen zu entsprechen, wurde aber täglich damit konfrontiert, dass Eigenständigkeit in diesem Lebenssystem nicht vorgesehen war. Meine Streifzüge durch den Garten meines Vaters hatte ich mir abgewöhnt. Er war für Verstecke nicht mehr geeignet, da jede Ecke überwacht und ausgeleuchtet war. Noch nicht mal mehr das Gartentor konnten wir eigenständig öffnen.

Das Rolltor zum Grundstück meines Vaters wurde aus der Zentrale gesteuert. Wie die Kameras und die Verwaltung der unterschiedlichen Alarmsysteme war die ehemalige Gästewohnung nun zum Knotenpunkt der Sicherheitstechnik geworden. Gesteuert und überwacht von den Objektschützern.

Der Cadillac war mittlerweile leer, Lundgreen und seine Kollegen waren in feste vier Wände umgezogen, und auch die anderen Autos standen verlassen herum. Der Umbau hatte nicht wie angepeilt einige Wochen, sondern fast ein Jahr gedauert. Meine Streifzüge wurden nun das Erkunden der Zentrale. Mehrmals wöchentlich klingelte ich, immer ein bisschen aufgeregt, an der Tür und wartete gespannt, welcher Herr mir öffnen würde. Mir dämmerte mittlerweile, dass mein Besuch auch hier bloß geduldet und nicht unbedingt erwünscht war. Allerdings konnte ich darauf keine Rücksicht mehr nehmen, denn ich musste unbedingt wissen, was in diesen Räumen vor sich ging. Und so überlegte ich mir jedes Mal, bevor ich eintrat, einen Grund, der meinen Besuch rechtfertigte. Mal hatte ich eine Frage zu meinem Handy oder Quix. Mal kam ich mit organisatorischen Dingen, die ich unbedingt klären musste. Mal hatte ich Fragen zu bestimmten selbstverteidigungstechnischen Hebeln und Griffen, die ich mir wieder ins Gedächtnis rufen musste. Welcher Mundschutz war fürs Boxtraining am besten geeignet? Wo bekam man in Deutschland richtige Nunchakus? *Da gibt es doch welche mit Kugellager, oder?* Waren Softair-Pistolen eigentlich wirklich erst ab sechzehn Jahren erlaubt? Die technischen Gegebenheiten unseres Zusammenlebens waren der Schlüssel zu einer potenziellen Gemeinsamkeit. Verstohlen schaute ich auf die Bildschirme der Überwachungskameras, hörte den Überstiegsalarm, der ausgelöst wurde, wenn ein Ast auf den Zaun fiel oder ein dickes Eichhörnchen darauf sprang, und verfolgte die automatischen Kamerabewegungen, die jeden Quadratzentimeter der Grundstücke scannten.

Früher hatte mein Vater die Fernbedienung für sein Gartentor selbst in der Tasche gehabt. Aus seiner ausgebeulten Wildlederjacke, die im Gegensatz zu den Jacken der Personenschützer nur zwei Taschen besaß, in die er alles Mögliche hineinstopfte, hatte ich die Funksteuerung aus seiner Tasche gefummelt, wenn wir gemeinsam von einem Haus zum anderen gegangen waren. Die Pistazienschalen, die dabei herausgefallen waren, hatte ich mit dem Fuß zur Seite gekickt und war vorgelaufen, um auf den Knopf drücken zu können und das Tor, das meinem

Vater bis zur Brust und mir bis zum Kinn ragte, auffahren zu lassen. Ich probierte auch, es auf halber Strecke wieder zu schließen, um mich dann durch die letzten Zentimeter der zufahrenden Öffnung zu quetschen und geradeso dem nahen Tod zu entkommen. Meine Liebe zu diesem Fernsteuerungsvorgang ließ das Tor immer mal wieder aus den Schienen springen. Da es meinem Vater lästig war, Dinge reparieren zu lassen, war es früher eigentlich die meiste Zeit über kaputt gewesen und hatte offen gestanden. Jetzt wurde es regelmäßig von einem Wartungsdienst überprüft. Wie meine Eltern mir früher die Chipstüte aus der Hand genommen und oben auf den Schrank gelegt hatten, wenn sie der Meinung gewesen waren, dass es genug war, lag die Fernbedienung nun sicher verstaut auf dem Schreibtisch der Objektschützer vor den Monitoren in der Zentrale. Unerreichbar für uns. Manchmal, wenn einer der Herren eingenickt war oder gerade nicht aufgepasst hatte, stand mein Vater winkend vor seinem eigenen Grundstück und gestikulierte um Einlass.

Einmal hatte ich das selbst mitbekommen. Ich saß in der Zentrale mit Herrn Collins, der seine silberne italienische Beretta-Handfeuerwaffe reinigte. Ab und zu hatte ich in Portugal schon damit geschossen, hatte sie hier in Hamburg aber nur in seinem Schulterholster gesehen. Collins war Ire, hatte einen sympathischen Akzent und sah mit seinen langen blonden Haaren sehr verwegen aus. Er hielt sie mir hin.

»Willst du sie mal laden?«, fragte er.

Ich bekam große Augen. Natürlich wollte ich.

Er drückte sie mir in die Hand. »Erst musst du checken, ob noch eine Patrone im Lauf ist. Zieh den Schlitten zurück, dann springt sie raus. Oder die Kammer ist leer.«

Ich zog. Doch der Schlitten wollte sich nicht bewegen.

Collins lachte: »Power!«

Ich wurde sofort rot, und mein Herz pochte mir bis in den Kopf. Ich verkrampfte meine Zehen in den Schuhen, versuchte aber äußerlich ruhig zu bleiben.

Er nahm mir die Beretta ab, ließ den Schlitten zurückschnellen und arretierte ihn. »Look!«, sagte er. »Die Kammer ist leer.« Er betätigte einen kleinen Schalter oder Knopf, ich konnte es nicht genau sehen, und der Schlitten knallte wieder zurück. Da war es wieder: das Filmgeräusch. »Bei der Irish Army«, sagte Collins, »haben sie uns die Augen verbunden, und wir mussten die Pistole auf Zeit laden. Look – so.« Er schloss die Augen, ließ das leere Magazin in seine Hand fallen, griff in seine Bauchtasche, in die er vorher eine Handvoll 9-mm-Patronen gelegt hatte, und lud das Magazin innerhalb von wenigen Sekunden. Dann ließ er es in den Griff rutschen und zog in einer einzigen flüssigen Bewegung den Schlitten zurück. So schnell, dass die unterschiedlichen Geräusche zu ein und demselben verschmolzen. Einem zwanzigsekündigen metallenen Schrubben.

Mich erinnerte der satte, harte Klang des geölten Metalls, das lückenlos gegeneinander verschoben wurde, an das Geräusch, das Transformer machten, wenn sie sich von einem Auto in einen Roboter ausklappten.

»Your turn.« Collins legte sich mit einem Finger die schulterlangen, glatten blonden Haare hinter die Ohren und leerte die Kammer, als wäre es ebenso eine Nebensächlichkeit. Er überreichte mir die Beretta mit arretiertem Schlitten und ein leeres Magazin, das er am Gürtel getragen hatte.

Mein Blick wanderte vom Magazinholster zu seiner großen silbernen Gürtelschnalle, die perfekt zu den silbernen

Applikationen seiner schwarzen Harley-Davidson-Motor-
radstiefel passte. Auf der Schnalle war ein Mungo abgebildet, der mit einer Schlange kämpfte.

»Mach die Augen zu«, sagte er mir so klar und deutlich, dass ich wusste, dass ich keine Wahl hatte. Sein wei-
cher irischer Akzent war kaum noch zu hören. Ich schloss
die Augen, und er drückte mir das Magazin in die linke
Hand, drehte meine rechte mit der Handfläche nach oben
und ließ ein paar Patronen hineinfallen. »Go! Zeit läuft!«,
sagte er.

Ich fummelte mir eine Patrone zwischen Daumen und
Zeigefinger und versuchte, die restlichen, die kalt in meiner Handfläche aneinanderstießen, nicht zu verlieren. Ich
nahm das Magazin, drückte wahllos gegen das Metall.
Welches Ende der Patrone musste denn jetzt in die Öffnung? Und wie? Ich bekam Angst, dass eine losgehen
könnte, wenn ich zu stark am falschen Ende drückte.
Könnte sie mir meine Finger zerfetzen wie ein Böller, den
man zu lange festhält?

Ich erinnerte mich an die Silvesterfeiern mit meinen
Eltern. Mein Vater erklärte mir immer mit großem Nachdruck, dass man Böller, vor allem die besonders starken
Bienenkörbe, schnell wegschmeißen musste, wenn die
Lunte brannte. Ich hatte ihn endlos mit Fragen gelöchert,
was denn passieren würde, wenn ein Böller in der Hand
oder ein Feuerzeug aus Versehen explodieren würde, als
er mir das Feuerzeug plötzlich aus der Hand nahm.

»Geh mal zurück«, sagte er. Dann warf er das Feuerzeug
ins Kaminfeuer und machte ruhig einen Schritt zurück.
Sanft drückte er mich mit seinem Arm ein paar Zentimeter zur Seite. Im Gegensatz zu mir, der die Augen vor Entsetzen aufriss, kniff mein Vater cool die Augen zusammen. Seine Hand war immer noch vor mir, bereit, mich

vor der Explosion zu schützen. Ein paar Sekunden später gab es einen lauten Knall, der Funken und Glut aus dem Kamin aufs Parkett spritzen ließ.

Mein Vater lachte laut. »Wow! Das war noch doller als ich dachte! Siehste? Immer schön vorsichtig sein.« Behutsam trat er die Funken aus, sodass nur wenige Spuren im Holz blieben, und bedeutete meiner Mutter, die erschrocken zu uns herüberschaute, mit einer beschwichtigenden Handbewegung, ruhig zu bleiben. »Hilft nichts. So was muss man sehen, um es zu verstehen«, sagte er verschmitzt und grinste, als wäre er das Kind. Meine Mutter schüttelte den Kopf, und ich strahlte ihn an. *Cool.*

Meine Hände wurden schwitzig. Ich verlor ein paar Patronen, die lautlos auf den beigen Teppichboden fielen. Eine spürte ich auf meinem Schuh. Ich wagte nicht, meine Zehen zu entkrampfen. Kurz öffnete ich die Augen, um sie aufzuheben und mir dabei nicht meinen Fuß wegzusprengen.

»Augen zu!«, rief Collins im typischen Militärton. Die anwesenden Objektschützer lachten.

Ich schwitzte nun auch auf der Stirn. Mein Kopf, dachte ich, würde platzen wie eine der Patronen, wenn ich sie aus Versehen mit dem falschen Ende an irgendeine Kante presste. Endlich klickte es, und die erste Patrone war im Magazin. Mit zittrigen, nasskalten Fingern fummelte ich die zweite Patrone wieder zwischen Daumen und Zeigefinger.

»That's it. Time's over. Twenty seconds. You're dead.«

Ich öffnete die Augen und blinzelte in das Sonnenlicht, das durch die Lamellen der Jalousien schien.

»Nach zwanzig Sekunden ist Schluss. Mehr Zeit hat man nicht. Game over, you know?!«

Alle im Raum lachten.

Ich reichte Collins das Magazin. Das Metall glänzte an den Stellen, an denen ich es in meinen schwitzigen Händen gehalten hatte. Ich blickte in die Gesichter der Männer, die nicht zu merken schienen, wie unangenehm mir das alles war. *20 Sekunden waren krass wenig Zeit.* Auf welchem Teil dieser Erde, in welcher Situation hat man denn wirklich nur 20 Sekunden Zeit, um eine Pistole zu laden? Und, wenn es das wirklich geben sollte, was macht dieser Ort mit einem Menschen?

In diesem Moment bekam ich fast ein wenig Angst vor Collins. Angst vor seinen Fähigkeiten. Angst davor, dass er hier nur einen Job machte. Einen Job, der ihn vielleicht langweilte, weil er schon Situationen erlebt hatte, die ich mir noch nicht mal vorstellen konnte. Würde ihn die Langeweile auf komische Gedanken kommen lassen? Ich beugte mich nach unten, um die Patronen aufzuheben. Ein halbes Dutzend war mir runtergefallen, ohne dass ich es gemerkt hatte. Was hielt Collins davon ab, mich jetzt mit einem Handkantenschlag außer Gefecht zu setzen und dann Lösegeld zu erpressen?

Da sah ich etwas auf einem der Bildschirme und bedeutete dem Objektschützer, der mir beim Aufheben helfen wollte, er solle auch mal darauf schauen. Mein Vater stand vor dem Tor, mit beiden Armen über dem Kopf winkend, als wäre er in Seenot geraten. Einer der Männer sprang auf, die Fernbedienung rutschte vom Tisch und fiel zu den Patronen. Ich hob sie schnell auf. Sie hatte einen zweiten Knopf bekommen. Wofür der wohl war? Er war rot. Ich traute mich nicht, es auszuprobieren, und überreichte sie dem Herrn. Er nahm sie mit einem etwas zu festen Ruck entgegen, drückte auf den schwarzen Knopf, und das Tor fuhr auf. Er hastete nach draußen.

»Herr Reemtsma, das Tor muss dringend mal wieder

gewartet werden! Die Fernbedienung ist in letzter Zeit sehr unzuverlässig.«, hörte ich ihn durchs offene Fenster sagen.

Ich stand auf, wischte mir die Hände an meiner Hose ab und bedankte mich bei Collins für die Lehrstunde. Er nickte mir nur freundlich zu. Dann, als ich sicher sein konnte, dass mein Vater mich nicht würde herauskommen sehen, verließ ich die Zentrale und sog erleichtert die frische Frühlingsluft in meine Lunge.

11.

Es war fünf vor acht, und ich mäanderte schon dreißig Minuten durch das Schulgebäude. Es funktionierte gut für mich, eine halbe bis Dreiviertelstunde vor allen anderen anzukommen. So lief ich nicht Gefahr, dass irgendjemand den schwarzen BMW sehen und sich etwas denken würde. Zwei Jahre waren seit der Entführung vergangen, und in der Schule wurde nur noch wenig über mich getuschelt. Trotzdem wollte ich niemandem mehr Stoff für Geschichten geben, wie ich täglich zur Schule gefahren wurde. Manchmal schlief ich noch zwanzig Minuten im Klassenraum, manchmal wanderte ich einfach durch die Gänge. Dass ich früh ankam, wunderte keinen. Meist ging ich morgens um kurz vor acht auf den Schulhof, wo langsam alle eintrudelten.

Als ich heute aus dem Gebäude kam, stand Laura, wie immer rauchend im Mittelpunkt ihrer Freundinnen, im Schuleingang. Normalerweise sah ich sie nicht vor der ersten Stunde, doch heute war sie ausnahmsweise pünktlich. Zielstrebig ging ich auf sie zu: »Moinsen, na?«

Sie lächelte mich an, hielt die Zigarette rücksichtsvoll hinter ihren Rücken und mir ihre Wange hin.

Ich hob die Hand und tat so, als hätte ich es als Aufforderung für eine Ohrfeige verstanden. »Duuusccchhhhh«, unterlegte ich die Zeitlupenbewegung meiner flachen Hand in Richtung ihres Gesichts.

»Ey!«, übertöne sie mich, ließ die Zigarette fallen, wehrte meine Hand scherzhaft ab und gab mir vor allen unseren Freunden einen Kuss auf den Mund.

Ich tat cool, obwohl mein Bauch kribbelte wie verrückt. Es war so ein Ding zwischen den Mädchen in unserer Stufe, sich zur Begrüßung auf den Mund zu küssen. Auch manche Jungs gehörten in den elitären Kreis der Begrüßungs-Mundküsser. Ich war bislang nicht dabei gewesen, wurde aber anscheinend gerade aufgenommen. »Sophia macht heute 'ne Party«, sagte Laura, ihr Gesicht noch so nah an meinem, dass sich der Rauch aus ihrer Lunge mit dem Geruch ihres Erdbeer-Lipgloss vermischte, »kommste auch?«

»Klar!«, antwortete ich und schaute mich um. »Wer kommt denn noch?«

»Na, alle!«, lachte Laura, und die gesamte Gruppe nickte ihr zustimmend zu. Ich blickte auf ihren Erdbeer-Lipgloss-Mund und dann zu Till, der neben mir stand. »Ich hab richtig Bock!«

Till, der Neue in unserer Klasse, und ich waren die Einzigen, die keinen Alkohol tranken. Till war Straight Edger, wobei ich ahnte, dass nur der Alkohol- und Drogenverzicht freiwillig war. Und ich hatte Bedenken, im Alkoholrausch nicht mehr in der Lage zu sein, die Sicherheitsleute über meine Schritte zu informieren.

Also tranken wir beide Red Bull, während Laura mit Sophia vor lauter Lebensfreude am Abend die gesamte Kellergemeinschaft umtanzte. Jedem Jungen, der es mit sich machen ließ, also allen außer Till und mir, kippte sie einen Shot Kleiner Feigling in den Mund. Wenn etwas danebenging, war sie sich nicht zu schade, die herunterrinnenden Tropfen am jeweiligen Mundwinkel abzulecken.

Ich war etwas eifersüchtig, versuchte es mir aber nicht anmerken zu lassen. Es lief eine wilde Mischung aus Nirvana und den Backstreet Boys, und irgendwann lag Sophia draußen im Blumenbeet in ihrem Erbrochenen und schlief, während Laura und ich zu *Don't Speak* von No Doubt tanzten. Ich ahnte, dass der Grund für diesen Tanz einzig und allein der war, dass sonst kein Junge mehr stehen konnte und Till draußen bei Sophia kniete und darüber nachdachte, ob er einen Krankenwagen rufen sollte.

Ich roch an Lauras zerzausten Haaren, die mit etlichen Haarklammern und Spangen zu einer Art punkigem Dutt gestylt waren. Sie trug eine fast durchsichtige Bluse und einen Spitzen-BH darunter. Um ihren Hals trug sie ein ledernes Halsband. Jeder Junge in unserer Schule war mindestens einmal schon in sie verliebt gewesen. Nun hatte es mich endgültig erwischt.

»No Doubt sind eigentlich voll schwul«, sagte Laura leise, die Arme um meinen Hals gelegt.

Ich nickte. »'n bisschen siehst du aber aus wie Gwen Stefani«, sagte ich. »Zumindest deine Klamotten und so ...«

Laura lächelte. »Gibt Schlimmeres, oder?«

Ich nickte und öffnete den Mund, um irgendetwas Schlaues über die Musik zu sagen, doch Laura formte wortlos mit ihren Lippen die erste Zeile des Refrains. *Don't speak. I know what you're thinkin'.* Dann küssten wir uns. Zigarettenrauch, Erdbeergeschmack und Kleiner Feigling vermischten sich mit dem hereinziehenden Geruch von Erbrochenem, während unsere Schuhsohlen quietschend auf dem von verschütteten Getränken klebenden Linoleumboden des Kellers hin und her tapsten. Ich dachte an das Auto vor der Tür, das mich nach Hause bringen musste. Ich dachte daran, wie Laura wohl plante, nach Hause zu kommen. Ich dachte daran, dass ich sie eigentlich nach

Hause bringen wollte, und überlegte, wie ich das anstellen könnte. Wie ich unbemerkt den Keller verlassen und den Sicherheitsleuten klarmachen müsste, dass ich nicht gefahren werden wollte. In Gedanken ging ich den Weg von der Party zu Laura ab, die etwa zehn Kilometer vom Haus meiner Eltern entfernt wohnte.

Erst als Laura mich darauf hinwies, bemerkte ich, dass ich ganz vergessen hatte, meinen Mund zu bewegen. Scheiße. Ich hatte meinen ersten Kuss nicht mitbekommen.

Don't speak. I know just what you're saying.

So please stop explaining.

Don't tell me 'cause it hurts.

Als ein paar Minuten später die Mix-CD von Sophia zu Ende war, sah Laura mich an. »Ich hab Sophia versprochen, dass ich hier übernachte und morgen früh mit aufräume. Willst du nicht auch hierbleiben?«

Problem, Problem!, tönte die Alarmglocke in meinem Kopf. Ohne nachzudenken, schüttelte ich den Kopf. Es würde nicht funktionieren. »Ich habe Till versprochen, dass ich mit ihm nach Hause gehe. Der wohnt ja noch nicht so lange in Hamburg.«

Sie sah mich an, als wäre ich die langweiligste Person auf diesem Planeten. Ich atmete tief, meine Gedanken rasten. Was konnte ich sagen? *Du, sorry, ich* bin *leider die langweiligste Person auf diesem Planeten!?*

Oder: *Du, ich habe da ein Auto mit einem Bodyguard vor der Tür. Der muss mich nachher nach Hause fahren, weil alle in meiner Familie Angst haben, dass ich entführt werde, wenn ich alleine nach Hause gehe. Irgendwie auch zu Recht, glaube ich. Auf jeden Fall darf ich nicht zu spät kommen, weil meine Eltern sonst 'nen Anfall kriegen würden. Kann ich – ehrlich gesagt – auch total gut verstehen. Für mich ist* es also leider total kompliziert, meinen ursprünglichen Plan, in dem du noch nicht vorkamst, zu ändern. Ich müsste meine Eltern und die Sicherheitsleute anrufen, und irgendwie habe ich das Gefühl, dass die Stimmung zwischen uns beiden spätestens nach dem zweiten Telefonat nicht mehr die wäre, die sie sein sollte. Ich bin übrigens nicht langweilig, ängstlich oder spießig. Ich bin da einfach in so was reingeraten, was Spontaneität wahnsinnig kompliziert macht.

Ich kniff die Lippen zusammen, wischte mir den Lipgloss vorsichtig ab und sagte: »Morgen ist ja auch noch ein Tag. Ich komm zum Frühstück vorbei, okay?« Ich redete wie mein eigener Opa. Und der war sogar tot.

Laura zuckte mit den Schultern. »Whatever! Hilfst du mir noch dabei, die Leute rauszuschmeißen?«

Ich blickte auf die Alkoholleichen, die überall verteilt an der Wand lehnten. »Logo.«

Ich spürte noch unseren Abschiedskuss auf den Lippen, als ich eine halbe Stunde später im Auto saß.

»Das ist aber nicht dein Parfum, was ich da rieche!«, sagte Brohm, als wir über die Elbchaussee Richtung Blankenese fuhren.

Ich seufzte unhörbar. »Nee. Ich bin da in so was reingeraten ...«, antwortete ich. Dann schloss ich die Augen in der Hoffnung, er würde verstehen, wie es gemeint war.

Don't speak.
I know what you're thinking.
I don't need your reasons.
Don't tell me 'cause it hurts.

12.

»Du bist ja süß. Willst du mir jetzt ein Geständnis machen? Das weiß ich doch alles längst. Jeder in der Schule weiß das, aber für mich ist das egal.«

Laura sah mir direkt in die Augen. Wir gingen jetzt miteinander. So richtig offiziell. Ich hatte mir ein paar Tage nach der Party ein Herz gefasst und beschlossen, ihr von den Sicherheitsleuten zu erzählen. Die Heimlichtuerei war einfach zu anstrengend. Außerdem wollte ich vor ihr am liebsten überhaupt keine Geheimnisse haben. Vielleicht könnte sie meine Vertraute sein. Jemand, der immer da war. Nicht halb virtuell wie meine Cousine Julia, die ich immer anrufen musste. Nein, eine richtige Gefährtin. Eine, es hörte sich schon fast zu erwachsen und lahm an, *Partnerin*.

»Du, dir ist ja bestimmt aufgefallen, dass mir immer so ein Auto hinterherfährt ...«, hatte ich begonnen, groß auszuholen, doch Laura hatte mich sofort unterbrochen.

»Über das Auto zerreißen sich doch alle in der Schule schon immer das Maul, aber das hat ja mit dir und uns nichts zu tun«, fuhr sie fort. »Lass die Arschlöcher doch reden. Vergiss die. Mir ist das egal. Lass mal über was anderes reden.«

Ich war erleichtert, und ohne dass ich einwilligen musste, sprachen wir nicht mehr darüber.

Obwohl es immer mal wieder vermeintlich unausweichliche Situationen gab, in denen wir gemeinsam in den BMW steigen mussten, versuchte ich, es im Alltag vor ihr zu verbergen. Waren wir verabredet, schlich ich mich heimlich durch die untere Gartenpforte des Grundstücks meiner Mutter und rannte los. Der Bewegungsmelder meldete zwar, dass jemand durch das Tor gegangen war, die Zentrale war aber zu weit weg, als dass mich noch jemand hätte einholen können. So hatten Laura und ich ab und zu ein paar ungestörte Momente. Doch den Umkreis um unseren und Lauras Wohnort kannten die Personenschützer natürlich wie ihre vielen Westentaschen, und so tauchte nach kurzer Zeit immer einer der Herren irgendwo auf und nickte mir ernst zu. Das peinliche Gefühl Laura gegenüber tauschte ich gegen ein schlechtes Gewissen den Personenschützern gegenüber ein. Es fühlte sich an wie ein amateurhafter Seiltanz über dem Abgrund der Peinlichkeiten.

Nach ein paar Wochen fragte mich Laura, ob ich nicht mal bei ihr übernachten wolle. Reflexartig malte ich mir wieder sofort die organisatorische Schwierigkeit aus, die das bedeuten würde, fragte mich, ob die Typen diesmal wirklich die Nacht über im Auto sitzen würden, schob die Gedanken aber schnell beiseite und sagte aufgeregt Ja.

Die Aufregung gefror mir allerdings im Magen, als Laura am Abend ihre Zimmertür öffnete und ich das erblickte, was später zwischen mir und meinen Freunden als *Kuhzimmer* zum geflügelten Wort werden würde.

Alles in ihrem Jugendzimmer war schwarz-weiß. Und nicht nur das, überall standen Kühe herum. Kuhfiguren, Kuhbilder, Kuhhausschuhe und ein Kuhfell auf dem Boden. Ein weiteres Kuhfell auf dem Stuhl. Selbst das Bett war weiß und die Matratze schwarz bezogen. Das Kissen sogar schwarz-weiß gefleckt. Ein Kuhschlüsselanhänger, eine Kuhmaske, die über der Stuhllehne hing, und diverse Badeenten in Kuhform. Nur ein einziger Gegenstand fiel mir auf, der nicht schwarz-weiß, sondern lila war: eine Stoff-Milka-Kuh.

»Wow«, entfuhr es mir. »Kuhl ...«, ich grinste sie verstört an und versuchte, ihren Blick zu deuten.

Doch sie kam mir zuvor. »Das ist noch von früher. Also ich war da auf 'nem ziemlichen Kuhtrip.«

»Das sehe ich ...«

»Ich hatte sogar 'ne Jeansjacke mit Kuhfell und 'ne Kuhhose und weiße Converse, auf die ich schwarze Flecken gemalt hatte.«

Ich stand mit offenem Mund vor ihr. Wenn man freiwillig in so einem Zimmer wohnte, dann konnte man nicht cool sein. Ich musterte sie, als sähe ich sie das erste Mal. Jedes Detail ihres Outfits, ihres gesamten Erscheinungsbildes musste ich mit dem Wissen über dieses Kuhzimmer neu bewerten. Wie konnte sie in diesem Zimmer nur ... sein ... und Musik hören?

»Jeder hat offenbar so seine Geheimnisse«, sagte ich plötzlich, obwohl ich es lieber nur gedacht hätte.

»Was du nicht sagst!«, erwiderte sie.

Ich bin wohl der Letzte, der sich dabei etwas denken sollte. Mein Kuhzimmer fährt mir ja täglich in 'nem schwarzen BMW hinterher, dachte ich weiter. *Vielleicht ist sie da über die Jahre ja einfach in so etwas reingeraten.*

Lauras Worte beendeten meine Gedanken: »Ich muss hier dringend mal renovieren.«

»Ich helfe dir gern«, sagte ich schnell.

Mit ein paar Schritten war Laura am Fenster. »Bis dahin machen wir einfach das Licht aus«, sagte sie und zog die Vorhänge zu.

Übernachtete ich bei Laura, schrieb ich nachts, wenn sie im Badezimmer war, noch eine SMS. »Bin bei L. Bis 7.15 Uhr. Gute Nacht.«

Auf keinen Fall wollte ich morgens mit ihr zusammen in den BMW steigen müssen und zur Schule chauffiert werden. Ebenso wenig wollte ich, dass uns das Auto auf dem Weg im Schneckentempo hinterherfuhr. Also gab ich vor, am Morgen noch mal nach Hause zu müssen, und verließ das Haus ihrer Eltern, während sie noch schlief. Dann stieg ich, von Laura unbemerkt, ins Auto, das mich zur Schule fuhr.

Ohne jemals eine Absprache getroffen zu haben, machte ich den Sicherheitsleuten klar, dass es mir unangenehm war, direkt vor die Schule gefahren zu werden. Noch unangenehmer wäre es mir gewesen, es auszusprechen. Auf keinen Fall wollte ich das Risiko eingehen, sie vor den Kopf zu stoßen und das Gefühl bei ihnen zu erwecken, dass sie mir peinlich seien. An Morgen, an denen sich die Abfahrt verzögerte, bat ich darum, an der Ecke vor der Schule rausgelassen zu werden, damit ich nicht direkt vor die Füße meiner Freunde oder in das neugierige Blickfeld von mir unbekannten Mitschülern chauffiert wurde. Meine Abfahrtszeit verlegte ich Minute für Minute nach vorn. Wie erleichtert war ich, wenn ich schon um zwanzig nach sieben an der Ecke aussteigen und entspannt, ohne eine Menschenseele sehen zu müssen, das Schulgelände betreten konnte.

Aus »Ich steig hier aus« wurde mit der Zeit »Willst du hier schon aussteigen?«. Der Respekt, den die Personenschützer meiner Privatsphäre gegenüber hatten, erschwerte mir die heimlichen Fluchtversuche, die ich immer noch ab und zu unternahm, emotional ungemein. Ich wollte sie nicht in Schwierigkeiten bringen, sollten sie keine Antwort wissen, wenn meine Eltern mal nachfragten, wo ich gerade sei. So bestand mein Leben immer mehr aus Lügen und Halbwahrheiten, die einfach so aus meinem Mund fielen.

Ich war müde.

Am Abend hatte ich noch lange mit Laura telefoniert. Wir hatten uns gestritten. Sie hatte die Angewohnheit, seit einigen Wochen mit irgendwelchen Freunden auszugehen und mich nicht darüber zu informieren, mit wem sie den Abend verbrachte oder wohin sie gingen. Dass ich sie nicht erreichen konnte, machte mich wahnsinnig nervös, aber es war mir nicht möglich, ihr das verständlich zu machen. Für sie war ich einfach nur eifersüchtig, während ich dachte, dass ihr doch klar sein müsse, dass man sich bei seinem Freund, seinem Partner, abmeldet, wenn man irgendwo hingeht, weil der sich ja sonst Sorgen machen würde. Wir beide wollten frei sein, doch wir hatten völlig unterschiedliche Auffassungen von Freiheit.

Laura wollte nicht kontrolliert werden. Ihre Eltern waren Lehrer, und dementsprechend wenig wollte sie von mir darüber belehrt werden, was sie zu tun hatte. Für mich war Freiheit aber eben auch mit Sicherheit verbunden und mit der Gewissheit, dass ich wusste, wo sie war. Ohne ihr dies vermitteln zu können, hatten wir stundenlang am Telefon darüber diskutiert, wie eingeengt wir uns fühlten, bis wir uns, lange nach Mitternacht, wieder vertragen und aufgelegt hatten, ohne wirklich etwas geklärt zu haben.

Laura hatte mir vorgeschlagen, ich könnte doch heimlich nachts mit dem Fahrrad zu ihr kommen und bis zum frühen Morgen übernachten. Wir könnten uns versöhnen. Ich war den Plan in Gedanken durchgegangen. Es würde sein wie die letzten Male, als ich bei Laura übernachtet hatte. Immer mit dem Gedanken, dass draußen jemand auf mich wartete. Immer irgendwie unter Druck. Es erschwerte mir ungemein, Lauras Erwartungen an eine gelöste, romantische Nacht erfüllen zu können. Seit unserem ersten Kuss war ich irgendwie abwesend. Obwohl unser gemeinsames Leben gerade erst begann, fühlte ich mich schon alt und träge. Es war so kompliziert.

Automatisch fielen mir die Worte aus dem Mund: »Ach, das wäre super. Aber leider ist mein Fahrrad kaputt.«

»Dann komm ich halt zu dir. Meine Eltern kriegen hier eh nichts mit«, schlug sie vor.

»Ich habe morgen erste Stunde Russisch. Ich muss echt schlafen.« 8 Uhr Unterrichtsstart, vorher noch Russisch abschreiben, bedeutete für mich, 7:30 Uhr, spätestens 7:40 Uhr an der Schule zu sein, um unbemerkt anzukommen und zu hoffen, dass Friedrich, wie so oft, auch zu früh kam und die Russisch-Hausaufgaben gemacht hatte.

»Na gut. Bis denn.«

»Gute Nacht.«

Dann legten wir auf. Die Realität hatte uns am Wickel. Es war komisch geworden.

13.

Am Morgen ließ ich mich auf den Beifahrersitz des BMWs fallen. Meine Schultasche auf den Oberschenkeln, schloss ich sofort wieder die Augen. Mein Kopf tat mir weh, als Herr Pohl anfuhr. Kurz vor der Schule weckte er mich mit einem lauten und lang gezogenen »Soooo!«.

Ich öffnete die Augen, realisierte sofort, dass ich eingeschlafen war und wir schon vor dem Haupteingang standen. Pohl war neu. Ich hatte vergessen, ihn einzuweisen, wo er mich rauslassen sollte. Ich schaute auf die Uhr und war blitzwach. Ich hatte den Absprung verpasst. Es war schon kurz vor acht, und Dutzende Fahrräder fuhren in die Einfahrt der Schule und auf den Haupteingang zu. Der Eingang war eine Art Rampe. Links die Fahrradständer und geradeaus die grüne Tür des Haupteingangs.

Wir standen inmitten der Fahrradschneise mit laufendem Motor, als Pohl sagte: »Heute stellt sich dir ein neuer Mitarbeiter vor. Herr Stramm. Er hat die Voraufklärung an der Schule gemacht.«

An diesem Dienstagmorgen sollte er unauffällig um das Gebäude und durch die Zufahrtsstraßen schleichen, um herauszufinden, ob jemand auffällig lange in einem Auto saß, mehrmals die Straße auf und ab ging oder im Gebüsch hockte. Mein Fahrer fuhr jeden Morgen, um nicht berechenbar zu sein, einen anderen Weg zur Schule. Ich konnte mich nicht daran gewöhnen, dass der Weg immer unterschiedlich lang dauerte. Den Weg zur Schule für mich so unplanbar in die Länge zu ziehen war eine besondere Art der Quälerei. Jedes zusätzliche Abbiegen auf dem eigentlich relativ geraden Weg von meinen Eltern zur Schule machte mich nervös.

Jetzt schloss ich den Klettverschluss meiner Tasche und blickte aus dem Autofenster Richtung Haupteingang. Mitten auf der Rampe, mitten zwischen den unkontrolliert hereinrasenden Fahrrädern, stand der Neue: Bürstenhaarschnitt, Sonnenbrille in den Haaren, schwarzer Anzug. Die Arme verschränkt. Breitbeinig mit den obligatorischen dicken schwarzen Stiefeln, die zu seinem Anzug allerdings auffällig unpassend waren. Weißes Hemd. Krawatte.

»Meinen Sie ihn da?« Mit Pohls Nicken verschwand mein letzter Funken Hoffnung, es könnte sich bei der Erscheinung vor der Schule doch um einen überambitionierten neuen Hausmeister handeln.

»Nicht sein Ernst?!«, sagte ich, sah Pohl an und versuchte so wenig verzweifelt zu klingen wie möglich. Ich konnte nicht erkennen, ob er verstand, was ich meinte. Nie hatte ich mit einem der Herren über irgendeine Art Dresscode gesprochen. Für mich war es klar, dass die Männer so unauffällig wie möglich aussehen mussten.

Nicht besonders cool, nicht besonders gefährlich und vor allem nicht wie ein *Bodyguard. Ganz normal halt.* Der schwarze BMW war schon auffällig genug. Mir war es wichtig, dass ihn wenigstens ein normal aussehender Mann fuhr. Das gab meinen Mitschülern, so hoffte ich, ein bisschen weniger Grund zu tuscheln, wenn mein Fahrer nach der Schule rauchend am Auto stand. Wenigstens kein Anzug, wenigstens keine Sonnenbrille, wenigstens kein Knopf im Ohr, dachte ich täglich.

Es waren etwa zwanzig Meter vom Auto bis zu Stramm.

Ich hoffte, er würde sich zum Rand der Einfahrt bewegen, sobald er mich aussteigen sah. Doch als ich das Auto verließ, rührte er sich nicht. Als hätte man ihn mitten in die Einfahrt gebeamt. Er stand absolut regungslos da, als würde er mit seiner bloßen Anwesenheit den Strom der Fahrräder in der Mitte teilen wollen. Halb Man In Black, halb Terminator. Kein bisschen Hausmeister. Noch nicht mal Zivilbulle.

Ich atmete tief durch, spannte meinen Bauch an und ging ihm mit Magenkneifen entgegen. Als ich die Hälfte der Strecke hinter mich gebracht hatte, lächelte er mechanisch, bewegte seine Arme aus der Verschränkung, ging einen Schritt auf mich zu und setzte sich die Sonnenbrille auf. Der leichte Windhauch wehte sein Jackett auf und gab den Blick auf seine Dienstwaffe frei.

Wieso setzt der sich die Sonnenbrille gerade jetzt auf?, schoss es mir durch den Kopf. *Normalerweise nimmt man sie zur Begrüßung doch ab.* Ich erinnerte mich an Filme, in denen Bodyguards vorkamen. Die hatten immer Sonnenbrillen auf, wenn sie arbeiteten, um nicht geblendet werden zu können und somit sicherzugehen, kein potenziell gefährliches Detail zu verpassen. Mit dem Aufsetzen der Sonnenbrille schien er mir zeigen zu wollen, dass er nun ganz klar arbeitete, wenn ich in seiner Nähe war. Ich fand das einfach nur total bescheuert. Es war noch nicht mal 8 Uhr morgens! Im grauen Hamburg. Für einen Moment schloss ich die Augen in der Hoffnung, es würden auch alle anderen Schüler tun, die an uns vorbeifuhren. Ich hielt die Luft an und streckte sofort meine Hand aus, als wir uns gegenüberstanden. »Ich bin leider viel zu spät. Ich muss schnell rein«, sagte ich leise und ging einen Schritt weiter.

Er ließ meine Hand nicht los. Ich machte eine erzwungene halbe Drehung zu ihm.

»Guten Morgen, Johann. Michael Stramm. Freut mich sehr!«

Ohne zu wissen, was ich von ihm erwartete, blickte ich mich hilfesuchend nach Pohl um. Irgendwie hatte ich das Gefühl, er sollte mich eigentlich vor diesem Stramm beschützen. Pohl zündete sich gerade eine Zigarette an und schaute auf seine Schuhe. Ich zog meine Hand aus dem kräftigen Griff des neuen Mitarbeiters und die Kapuze meines »Fruit Of The Loom«-Hoodies über den Kopf. »Tschüss. Schönen Tag noch«, murmelte ich.

»Hat mich gefreut. Du kannst mich immer erreichen ...« Die restlichen Worte von Stramm konnte ich nicht mehr hören, als ich den Blick abwandte und mir durch das morgendliche Gewusel vorm Haupteingang den Weg Richtung Klassenraum bahnte.

14.

Langsam öffnete ich die Augen und schaute an meinen Snowboardschuhen vorbei in den rot gefärbten Schnee vor mir, in den es unaufhörlich aus meiner Nase tropfte.

»Du hast dich beim Bremsen überschlagen und bist mit dem Kopf auf den Stein geknallt. Da kommt gleich ein Rettungsfahrer und bringt dich runter«, sagte ein fremder Skifahrer, der sich neben mich gesetzt hatte.

Ich war Lauras Rat gefolgt und hatte Snowboardfahren ausprobiert. Zwei Pisten hatte es gebraucht, bis ich mich traute, eine Strecke in höherem Tempo geradeaus zu fahren. Vor mir Laura auf dem Snowboard und Daniel auf Skiern. Einige Minuten später öffnete ich die Augen und blickte auf meine Stiefel. Ich saß zusammengesackt am Pistenrand. Vor mir hatten die Eiskristalle des Schnees die Blutstropfen, die mir aus der Nase rannen, zu einer erschreckend großen roten Fläche aufgeblasen. Daniel und Laura saßen vor mir und schauten besorgt. Obwohl Daniel so eine tolle Grundaufgeregtheit hatte, die unsere Freundschaft und vor allem unsere Musik täglich befeuerte, nahm er meinen Unfall relativ locker. Ich wusste nicht genau, ob er im Schock war oder nur gelangweilt.

Und auch von Laura hatte ich irgendwie mehr Anteilnahme erwartet. Stattdessen schienen sie sich, wie sie mir da gegenübersaßen, gegenseitig ganz gut beruhigen zu können. Neben mir hielt ein Rettungsfahrer auf Skiern mit einer Trage im Schlepptau und wedelte eine frische Ladung weiße Flocken auf das Schlachtfeld.

Gestützt von dem Fremden, stand ich auf und legte mich auf die Trage. Dann wurde ich festgeschnallt und zur nächsten Gondel gefahren.

Wenigstens ist mir jetzt wirklich mal was passiert, dachte ich kurz. *Was wohl die Aufpasser denken, wenn sie merken, dass ihre Schutzperson kaputtgegangen ist? Ob denen das wohl peinlich ist?*

Der Rettungsfahrer schob mich auf einem Rollgestell in die halb volle Gondel. Als sich die Türen schlossen, tauchte ein Kopf in meinem Gesichtsfeld auf. Ich blickte gen Gondeldecke, aus dem kleinen Dachfenster hinauf in den strahlend blauen Schweizer Frühjahrshimmel. Es war Mitte März. Die Stimmung dieser Jahreszeit mit dem Vogelgezwitscher und der frischen Frühlingsluft war in Hamburg seit der Entführung eine Belastung für mich, und ich war froh, zwei Wochen im Skiurlaub verbringen zu können, wo die Stimmung eine ganz andere war.

Daniel und Laura waren schon ohne mich runtergefahren.

Ich fühlte mich ein bisschen alleingelassen und ahnte, dass der in meinem Gesichtsfeld auftauchende Kopf zu einem der Personenschützer gehören würde. Ich hoffte, dass es nicht Stramm sein und er in dieser Gondel einen seiner unpassenden Auftritte hinlegen würde. Ich malte mir schon sein betretenes Gesicht aus, wie er mich da so verletzt liegen sah, und versuchte, so souverän und cool auszusehen, wie es mir in dieser Lage möglich war. Vor allem, um *ihn* zu schonen. Ich legte mir ein paar Sätze zurecht. *Nicht so schlimm. Keine Sorge. Bin gleich wieder auf den Beinen.* Ich bereitete mich mental darauf vor, dass er den Gondelführer anweisen würde, die Gondel zu beschleunigen, oder irgend so eine irre peinliche Idee. Ihm war alles zuzutrauen.

Doch das Gesicht war nicht Schramms Gesicht. Es gehörte zu einem langhaarigen Jugendlichen. Auch wenn ich ihn und sein dämliches Grinsen in dieser Umgebung nicht erwartet hätte, erkannte ich ihn sofort. Es war der Schlagzeuger der Band Enzyklopedia, mit der wir vor den Ferien einen Auftritt im Literarischen Café meiner Schule, des Christianeums, bei einem Bandabend absolviert hatten. Ich fand ihn damals schon dämlich. Ohne dass jemand nach einer Zugabe verlangt hatte, blieb er nach dem Auftritt hinter seinem Schlagzeug sitzen. Während er mit Bass Drum und Händen den Mitklatsch-Beat von *We Will Rock You* zu imitieren versuchte, schrie er unaufhörlich: »Noch – ein – Lied! Noch – ein – Lied!« Dass niemand einstimmte, schien ihn nicht zu beeindrucken, und erst nachdem ihm jemand aus seiner eigenen Band bedeutet hatte aufzuhören, indem er ihm eine offene Bierflasche in den Schoß warf, verließ er, sich selbst beklatschend, mit Bierfleck im Schritt die Bühne.

»Man sieht sich ja immer zweimal. Geile Zugabe, Reemtsma! Erst so scheiße spielen und dann so 'ne Kacke bauen!« Er grinste, verschwand aus meinem Blickfeld, und ich schloss die Augen. Für diese Situation hatte ich mir keinen Satz zurechtgelegt. Ich dachte an Lundgreen und die Griffe, die er mir im Cadillac gezeigt hatte. *Selbstverteidigung müsste man können,* schoss es mir in den schmerzenden Kopf. *Am besten mit Worten,* denn meine Arme waren ja festgeschnallt.

Der Arzt im Dorf, zu dem mein Vater mich begleitete, diagnostizierte eine gebrochene Nase und eine Gehirnerschütterung. Von der Erschütterung meines Egos und dem angeknacksten Stolz wusste er nichts. Die Nase, sagte er, werde aber an dieser Stelle, wenn sie erst mal verheilt sei, so schnell nicht mehr brechen.

Laura und Daniel waren oben im Ferienhaus geblieben. Sie waren *müde. Kein Bock, okay?*

Mein Vater nahm mich in den Arm und führte mich etwas zu behutsam, ich war ja nicht total kaputt, zum Taxi, das uns nach Hause brachte. Seine sanfte Berührung war mir ein bisschen peinlich, aber ich ließ sie geschehen. Jede Abwehr hätte ohnehin, wie die Unebenheiten auf der Straße, in meinem Kopf geschmerzt. Obwohl wir schon auf die Apotheke zusteuerten, um die Schmerzmittel zu besorgen, die mir der Arzt verschrieben hatte, fummelte mein Vater eine abgegriffene Tablettenpackung aus seiner Jacke und hielt sie mir hin.

»Nimm mal eine davon. Die hab ich noch vom vorletzten Jahr. Haben die mir damals im Bundeswehrkrankenhaus einfach so in die Hand gedrückt. Sind ziemlich effektive Hammerteile. Waren zu schade, um sie wegzuwerfen. Ich denke, du bist jetzt alt genug, um mal so eine zu nehmen.«

Ich schaute ihn an, meine Augen tränten, ohne dass ich etwas dagegen tun konnte. Ich nahm die effektiven Hammerteile in die Hand. Die Szene fühlte sich an, als würde mir mein Vater die Uhr seines Großvaters überreichen. *Jetzt bist du alt genug dafür.* Stattdessen vererbte er mir Schmerztabletten. Auch das Wort *Hammerteile* aus seinem Mund zu hören war komisch.

»Du meinst wohl *Teile des Hammers*!«, entgegnete ich und versuchte ein Lächeln. Er grinste mich an und gab mir einen Kuss auf den versehrten Kopf.

»Aua«, sagte ich und zog den Kopf weg. Zu spät. Bevor ich mir durch die Haare strubbelte und seinen Kuss somit symbolisch abwischte, war es dort, wo seine Lippen meine Haare berührt hatten, für einen Moment lang angenehm warm.

15.

Mittlerweile waren wir alle fünfzehn, und uns war klar, wenn wir nicht bald das erste Mal ins Studio gingen, würde der Karrierezug abgefahren sein. Die Bandgründung war knapp zwei Jahre her, und jetzt konfrontierte uns Lenny mit der Idee, zu seinem Freund Bela nach Langenhorn ins Studio zu fahren. Ins Garage Noise Road Studio.

Als wir das erste Mal dort waren, quollen uns die Augen über. Es handelte sich tatsächlich um ein professionelles Studio. Ein akustisch mit Schaumstoff und akkurat zurechtgeschnittener Pappe ausgekleideter Aufnahmeraum und, etwas erhöht und sogar akustisch getrennt, der Regieraum. Wie im Abbey Road Studio 2 schaute man aus der Regie auf die Musiker herunter. Zugegeben, der Raum war etwas kleiner, so insgesamt vielleicht fünfzehn Quadratmeter, bot aber mehr als genug Platz für unsere Instrumente und ein paar Mikrofonstative, die Bela routiniert aufgestellt hatte. Bei unserem ersten Treffen besprachen wir die technischen Details, und am darauf folgenden Wochenende sollten die Aufnahmen stattfinden.

Allerdings hatte keiner von uns eine Idee, wie man unsere Verstärker und das Schlagzeug von Othmarschen nach Langenhorn transportieren könnte. Auf keinen Fall wollten wir unsere Eltern fragen. Zögerlich bot ich den Jungs an, ich könne ja mal die Sicherheitstypen fragen.

Ohne Einwände fuhren sie unser Equipment in mehreren Ladungen nach Langenhorn. Um den Anschein zu erwecken, wir würden doch ganz schön viel selbst machen und unabhängig sein, wies ich die Herren an, uns eine Straße weiter vorn rauszulassen und das Equipment auszuladen. So schleppten wir es die letzten Meter selbst. Auf Belas Frage, wer denn die Typen seien und warum zum Teufel die nicht bis vor die Studiotür fahren würden, hatten wir uns auf die Formulierung *Freunde von Johanns Eltern, die hier in der Gegend arbeiten müssen und keinen noch größeren Umweg fahren wollen* geeinigt. Die Aufnahmen starteten also schon irgendwie umständlich, und das Wochenende wies uns dann künstlerisch in unsere Schranken.

»Alter, Johann. Du solltest doch deine Parts üben! Das ist doch total kacke, was du da spielst. Man erkennt überhaupt keinen Rhythmus. Und ehrlich gesagt auch keine einzige Note.« Daniel ging hart mit mir ins Gericht. Obwohl ich wusste, dass er recht hatte, entgegnete ich: »Digga, das ist Punk. Schnall das mal. Es interessiert doch keinen Schwanz, ob man da irgendeine Note hören kann. Das muss so richtig aggro klingen!«

Lenny mischte sich ein: »Unseren Fans ist das vielleicht nicht so wichtig, aber den anderen Musikern eben schon. Ich hab keinen Bock, auf 'ner Platte zu spielen, wo du deine Parts nicht im Griff hast.«

»Im Griff! So von wegen Gitarrengriff, ne?« Dennis saß auf seinem Gallien-Krueger Bass Combo und versuchte einen Witz zu machen.

»Ach, halt's Maul, Dennis!«, fuhr ihn Lenny an. »Deinen Bass hört nachher sowieso keiner und deine bescheuerten Gags zum Glück auch nicht.«

»Ey!«, pöbelte Dennis zurück. »Da kümmert sich Bela schon drum, dass mein Bass richtig fett drückt nachher. Mach dir da mal keine Sorgen.«

»Jungs!«, mischte ich mich wieder ein. »Scheiß drauf. Echt! Ich geh einfach zu Bela in die Regie und spiel meine Parts nachher alleine ein. Dann geht's schneller.« Alle sahen mich an. Ohne es geplant zu haben, schien ich einen zielführenden Vorschlag gemacht zu haben. »Gute Idee!«, ertönte Belas Stimme aus den Lautsprechern. »Und wenn du schon auf dem Weg bist, Johann, kannst du mir bitte von der Tanke einen Sixer Holsten mitbringen?«

Am Abend stellte sich heraus, dass wir das Equipment nicht im Studio lassen durften, weil die umgebaute Garage nicht sicher genug war. Endlich, am Montagabend, zwölf Fahrten später, mit den Typen im Auto und dem Equipment auf dem Schoß, das Wochenende über hin und her zwischen Othmarschen und Langenhorn, überreichte uns Bela das fertige Album.

»Hab das Beste rausgeholt«, sagte er, als er uns die Master-CD überreichte. »Wär geil gewesen, wenn die Gitarren besser gestimmt gewesen wären, aber – is halt Punk.« Wir nickten unsicher.

Zu Hause hatten wir schon Dutzende Cover kopiert und gefaltet. *Aufschneider* sollte das Album heißen. Auf dem Cover: ein Messer. Hinten drauf:

Danke an: Bela V. für die Aufnahmen im Garage Noise Road Studio und an Herrn C., B., M., R., P., V., S. und Sch. für den Transport.

Kryptisch genug, um noch Punk zu sein.

16.

Ich hatte eine lange Liste von Klassenfahrten zu verzeichnen, von denen ich abgeholt werden musste. Kindergartenfahrt: gar nicht erst mitgefahren. Klassenfahrt in der Grundschule, irgendwo in der Nähe von Ikea: abgeholt wegen Heimweh. Erste Klassenfahrt im Gymnasium nach Puan Klent in Rantum auf Sylt: abgeholt wegen vorgetäuschter Bauchschmerzen. Chorreise ein Jahr später: nicht abgeholt, aber mir keine Freunde gemacht, da ich meine Zimmergenossen jede Nacht anschrie, sie sollten leise sein, ich müsse schlafen und weinen, da ich *Heimweh* hätte. Ich erinnerte mich auch an den Sportunterricht in der Grundschule. Ich konnte es damals gar nicht aushalten, in ein anderes Gebäude zu gehen, mich umzuziehen und dann dort frei zu bewegen. Ich weinte jedes Mal, bis mich meine Klassenlehrerin zur Seite nahm und erklärte, es gehe nicht, dass ich jeden Tag früher nach Hause ginge. Zerknirscht akzeptierte ich es irgendwann. Es würde schon nichts Schlimmeres passieren. Irgendwann würde sich schon alles normalisieren. *Niemand fällt ins Nirgendwo, und nichts fällt aus der Welt,* redete ich mir damals schon ein. Ohne zu ahnen, wie mich dieser Satz noch verfolgen würde.

Sechs Jahre nach meiner ersten Klassenfahrt im Gymnasium, drei Jahre nach der Entführung meines Vaters, ein Jahr vor der Jahrtausendwende, war ich nirgendwo mehr allein. Ich bewegte mich in einem Ring professionell organisierter Sicherheit, den ich immer weiter zu dehnen versuchte. Wie ein angeschlagener Boxer, der sich in die Seile fallen lässt, versuchte ich, die Unnachgiebigkeit meiner Bewacher aufzuweichen. Doch war ich einmal entwischt, bekam ich Angst. Oder zumindest ein schlechtes Gewissen. Wie ein Hund, der ständig am Zaun kläfft, aber nie durch das Tor rennt, wenn es mal geöffnet wird.

Nach der letzten Chorreise hatte Herr Thiele um die Ecke vom Bahnhof auf mich gewartet. Ich hatte vorgegeben, zu Fuß nach Hause zu gehen, und war bei ihm eingestiegen, sobald ich aus dem Sichtfeld meiner Klassenkameraden verschwunden war. Müde saß ich auf dem Beifahrersitz. Meine Zimmergenossen hatten die gesamte Reise über nachts rumgealbert, und ich hatte unter der Bettdecke versucht, den Lärm und meine Tränen zurückzuhalten. Ich war mir selbst unangenehm, konnte aber nicht aus meiner Haut. Sobald die Dunkelheit kam, überkam mich die Angst. Aber mit sechzehn Jahren unter der Bettdecke heulen, oh Mann. Es fühlte sich an, als ob mein Körper mir Streiche spielte. Bei den Aufnahmen zu unserer ersten CD war es kein Problem gewesen, abends mal allein zur Tanke zu laufen, aber nachts im Bett, umringt von anderen Jugendlichen, überkam mich immer wieder eine plötzliche Panik.

Thiele brach die Stille im Auto: »Da haben euch Uwe und Jan ja ganz schön an der Nase rumgeführt, was?! Du siehst aber nicht so aus, als hättest du ihnen geglaubt.«

Ich öffnete meine halb geschlossenen Augen und blickte ihn fragend an. »Wer sind *Uwe und Jan*?«

»Ach so«, erklärte Thiele schnell, »Herr Holm und – wie heißt er noch mit Nachnamen? Herr Siebert. Herr Holm hat euch doch von dem Testgerät erzählt ...« Ich erinnerte mich natürlich. Noch auf dem Bahnsteig in Hamburg-Altona hatte uns unser Mathelehrer zusammengetrommelt. Wir stellten uns im Kreis auf, und er sprach mit unangenehm lauter Stimme, als wollte er, dass jeder auf dem Bahnhof seine Ansprache hörte: »So, Leute, ich habe gute Nachrichten für euer Wohlbefinden! Der Verlag Klett-Cotta hat mir in weiser Voraussicht auf unsere kleine Fahrt ein Alkoholtestgerät zugeschickt.« Wir machten große Augen. »Dieses Testgerät ist in der Lage, versteckten Alkohol, den ihr natürlich *nicht* mitgebracht habt, durch den Stoff eurer Gepäckstücke zu erkennen.« Wir sahen uns ungläubig an, doch Herr Holm ließ sich nicht beirren. »Sogar durch PVC, im Volksmund auch Plastik genannt, ist dieses Wunderwerk der Technik in der Lage, kleinste Spuren Alkohols aufzuspüren. Ich habe es im Auto und werde es jetzt holen gehen und anschließend im Zug auf seine Funktionsfähigkeit überprüfen.« Er zog die Augenbrauen hoch und schaute in die Runde. »Ihr habt ja alle nichts zu verbergen und könnt nun also gleich einsteigen. Wer sein Gepäck, aus welchen Gründen auch immer, noch ein letztes Mal überprüfen möchte: Hier ist der Müll.« Er zeigte auf einen Mülleimer auf dem Bahnsteig und ging geradewegs Richtung Parkplatz.

Da ich keinen Alkohol trank, schüttelte ich nur den Kopf und machte mich auf Richtung Zugabteil. Ein paar Jungs und Mädchen fummelten verstört an ihrem Gepäck herum. Es war aber nicht die Erinnerung an diese Szene, die mich jetzt verunsicherte.

»Haben Sie sich mit denen unterhalten?«, fragte ich vorsichtig.

»Ja klar, wir sind abends ein paarmal zu Jan und Uwe in die Hütte gegangen, um nach dem Plan für den nächsten Tag zu fragen. Da haben die uns von dem Scherz erzählt. *Zu* geil, die Idee. Ihr habt das aber nicht geglaubt, oder?«

Ich bekam ein mulmiges Gefühl. Was spielte sich da hinter meinem Rücken ab? Die Sicherheitsleute und die Lehrer steckten unter einer Decke? Sie waren per Du und tauschten sich amüsiert über unsere, über meine Dummheit aus? Welche Informationen hatten die Personenschützer von den Lehrern erhalten? Mir grauste es bei der Vorstellung, so gläsern zu sein. Wenn sich die Lehrer mit den Sicherheitsleuten verbündeten, war ich buchstäblich jede Sekunde des Tages unter Beobachtung. Mir wurde schlecht.

»Nee, haben wir natürlich nicht geglaubt. Wir sind ja nicht bescheuert!« Ich lachte steif zurück und schloss die Augen. Mein Herz schlug. Meine Gedanken rasten wieder. Meine Müdigkeit war verschwunden.

Mein abgeklungenes Heimweh vermischte sich mit aufkeimender Verunsicherung über die Sicherheitsmaßnahmen zu meinem eigenen Schutz, der sich gerade eher wie eine Verletzung anfühlte.

17.

Die Idee, weit weg von meinen Eltern zu sein, weit weg von Hamburg-Blankenese und weit weg von den Sicherheitsleuten, gefiel mir gut. Angemessen für einen Sechzehnjährigen, dachte ich. Keine Hamburger, keine Deutschen, keine Menschen, die irgendetwas über mich wussten oder zu wissen meinten. Keine Übergriffigkeiten oder etwas, das sich so anfühlte. Kein Versteckspiel mehr. Weit weg musste es sein. Bestenfalls Amerika. *Land of the Free.* Aber die Umsetzung war hart.

Vier Wochen sollte der Survival-Trip durch die kalifornischen Nationalparks dauern. Meine Eltern hatten einen Veranstalter rausgesucht, und ich hatte mir den Katalog angeschaut. Wie verschwommen kamen mir die Erinnerungen an die bunt bedruckten Seiten der Werbe- und Informationsbroschüre vor, als ich dann in Kalifornien ankam. Ich war unaufmerksam gewesen, als meine Eltern mir den Plan vorgelegt hatten. Ich konnte mich schlecht auf irgendetwas konzentrieren, das mich nicht interessierte. Warum ich einen Monat wegsollte, verstand ich auch nicht wirklich. Es war ein Plan meiner Eltern, dem ich nicht zu widersprechen wagte. Ich *wollte* ja auch selbstständiger sein. Allerdings war unsere Band Am kahlen Aste gerade in richtig guter Form. Wir hatten mehrere Konzerte gespielt, eines davon im SPD-Büro im Hamburger Grindelviertel, was uns für das Finale des Hamburger

SPD-Bandbattles qualifizierte, bei dem wir dann den zweiten Platz machten. Es gab für uns vier kaum noch etwas anderes als die Band. Täglich schrieben wir Songs mit Namen wie *Mama, Honka* oder *Zensiert die Tagesschau*. Mit so schönen Strophen wie

Mama ist tot, jetzt bin ich frei.
Mama ist tot, hoffentlich bleibt sie dabei.

Oder:

Filme werden verboten, ab achtzehn, und zensiert.
Doch was da gezeigt wird, ist nicht das, was hier passiert.
Zensiert die Tagesschau doch nur ein Mal.
Zensiert die Tagesschau, denn sie ist brutal.

Den ersten Platz beim Bandbattle, eine eigene CD-Aufnahme, da waren wir uns sicher, hatten wir nur nicht gewonnen, weil wir keine Trompeten hatten. Allerdings hatte uns jemand angesprochen und gebeten, die Liveaufnahme vom Konzert des Finales in der Hamburger Fabrik an seine »Agentur für große Emotionen« zu schicken.

Große Emotionen. In der Tat. Drei Wochen war ich jetzt schon in den kalifornischen Nationalparks unterwegs. Drei lange Wochen ohne Gitarre, ohne Anbindung nach Hause, ohne jemanden, der auf mich aufpasste oder mir auf die Nerven ging. Alle hier waren so amerikanisch nett und oberflächlich gut gelaunt. Ich konnte es kaum abwarten, unseren Schlagzeuger Lenny anzurufen und mir die Neuigkeiten durchgeben zu lassen. Was war in der Zeit meiner Abwesenheit geschehen?

Ich rief bei seinen Eltern an, deren Nummer ich auswendig konnte, da unser Proberaum in ihrem Keller war und ich jedes Mal, wenn ich zum Proben kam, anrufen musste, weil sie die Klingel nicht hörten, wenn Lenny schon spielte. Er erzählte, dass die Berman Brothers interessiert an uns seien, ein Produzentenduo aus New York, das mit Hanson, Moffats und Caught In The Act arbeitete. »Und wenn die mit uns arbeiten wollen, bedeutet das einen Plattenvertrag bei der Epic!«, schrie Lenny in den Hörer. »Das ist das Label von Rage Against The Machine! Wir treffen uns in der Bar Hamburg beim Atlantik Hotel!«

»It has to start somewhere. It has to start sometime«, begann ich ehrfürchtig, eine Zeile von Zack dela Rocha zu zitieren. »What better place than here. What better time than now!«, beendeten wir den Satz und ein Schauer lief mir den Rücken herunter.

Euphorisch wie noch nie legte ich auf. Ich würde als Rockstar zurück nach Hamburg kommen. Ich musste dringend los.

Meine amerikanische Telefonkarte war fast leer, ich wollte aber noch meine Eltern anrufen. Kurz die Details meiner vorzeitigen Rückkehr durchsprechen. Man brauchte mich, und jetzt hatte ich endlich einen hieb- und stichfesten Grund gefunden, sofort nach Hause zu müssen.

Es war zwei Wochen her, seit ich das letzte Mal die Gelegenheit gehabt hatte, mit meinen Eltern zu sprechen. Davor waren es schon ein paar Tage gewesen, die wir durch den Yosemite National Park gewandert waren. Müsli und Milchpulver, Mückenspray und Sonnencreme im Rucksack. Schlafsack, Sandalen und Isomatte an den Seiten festgeschnürt. Mein Englisch war schlechter, als ich gehofft hatte, und es fiel mir schwer, zu irgendeinem aus der Gruppe Kontakt aufzunehmen. Der abendliche Gesprächskreis, in dem nur derjenige sprechen durfte, dem der *Talking Carabiner* überreicht wurde, nervte mich wahnsinnig. Ich hasste dieses esoterische Gesülze über Freundschaft und Nähe. Ich fühlte mich nicht nur allein, sondern auch verloren und einsam. Ich wählte die Nummer meiner Eltern und bereitete mich darauf vor, ihnen klar und deutlich meinen Plan aufzuzeigen.

Als meine Mutter den Hörer abhob, fing ich augenblicklich an zu weinen. Es war nicht so, dass ich es nicht kommen gesehen hatte, nur die Heftigkeit meines Gefühlsausbruchs überraschte auch mich. »Ich muss nach Hause«, begann ich das Telefonat.

»Johann, das ist alles gebucht. Es wäre ein absolut unangemessener Aufwand, dich jetzt da rauszuholen.«

Ich verstand es nicht. Ich spannte so heftig meinen Bauch an, dass mir ein wenig schwindelig wurde und meine Ohren zu sausen begannen. Sie würden mich doch nicht tatsächlich hierlassen? Gefangen in Amerika! Die endlose Weite der Natur fühlte sich auf einmal an wie die Eiswüste um ein sibirisches Arbeitslager. Ich schrie in den Telefonhörer, den ich eben noch voller Erwartung an mein Ohr gepresst hatte, dass ich weglaufen würde. In den Wald, durch Flüsse und bis zur nächsten Straße. Egal, wie weit oder gefährlich es war. Ich würde es tun, wenn meine Eltern mich nicht zurückholten. Und zwar sofort. Gerade von meiner Mutter hatte ich diese Konsequenz nicht erwartet. »Ich hau ab! Ich hau echt ab!«, heulte ich ein weiteres Mal in die Sprechmuschel des schwarzen Bakelithörers, der durch einen silbernen Metallschlauch mit dem Telefonkasten verbunden war, der an der Rückseite des Dusch- und Toilettenhäuschens hing, in irgendeinem Nationalpark nahe der amerikanischen Westküste. »Und hier gibt es Bären! Haben wir gestern gesehen. Mitten in der Nacht. Kein Witz. Ich lauf weg und mitten in die rein!« Ich registrierte die besorgten und leicht genervten Blicke der anderen Jugendlichen. In einer kantigen Sprache, die sie nicht verstanden, schrie ich in den Hörer. Unmissverständlich machten ihnen die fremden Laute deutlich, dass ich hier kein angenehmes Gespräch führte. *Homesick,* hörte ich eine unserer erwachsenen Begleiterinnen der anderen zuflüstern.

»Nein. Nein, das machst du nicht! Und wir werden dich auch nicht abholen.«

Ich warf meinen Kopf wie ein quengelndes Baby in den Nacken. Ich konnte nicht verstehen, dass meine Eltern darüber entscheiden durften, wo ich bleiben musste. Warum ließen sie mich nicht nach Hause kommen? Ich ließ meine Knie ruckartig einknicken und stieß einen lauten Schluchzer aus in Richtung des hölzernen Vordachs, unter dem ich stand. Mädchen und Jungs, alle etwa in meinem Alter, standen mit den beiden Betreuern um mich herum. Teils hatten sie ihre weniger dramatischen Telefonate schon beendet, einige schon geduscht, und andere waren noch auf dem Weg dahin. Doch sie alle hörten meine Antwort. »Dann hau ich ab! Ich hau echt ab!«

Meine Mutter wurde immer ruhiger und sagte mir, dass sie sich kurz mit meinem Vater beraten werde. Wenige Sekunden später war sie wieder am Apparat. Mein Vater schien keine andere Meinung gehabt zu haben. »Johann, du bist sechzehn Jahre alt. Du wirst da jetzt noch eine Woche bleiben. Das hältst du jetzt einfach aus.« Ich tobte vor Wut und Heimweh. »Das werden wir ja sehen!«, schrie ich und knallte den Hörer auf.

Der helle Knall des Bakelithörers auf der metallenen Telefongabel ließ alle, die beschämt über meine Quengelei zur Seite geschaut hatten, zu mir rüberblicken. Meine Augen waren rot, meine Wangen nass vor Tränen. Ich leckte mir über meine trockenen Lippen, wischte mir die

Tränen aus dem Gesicht und drehte mich zu ihnen um. Ich atmete tief durch, erinnerte mich an das Telefonat mit Lenny, an unseren letzten Auftritt, meinen neuen Song und dachte an das, was kommen würde.

»It looks like I have a record deal!«, sagte ich mit zitternder Stimme.

Ich nahm meinen tragbaren CD-Player aus meiner Survivalwestentasche, wischte meine schwitzigen Hände ab, setzte die Kopfhörer auf und ließ Blink-182 singen:

Don't leave me all alone.
Just drop me off at home.
I'll be fine it's not the first.
Just like last time but a little worse.

18.

Wir hatten es tatsächlich geschafft. Die beiden Produzenten, mit denen wir uns in der Bar Hamburg nach meiner Rückkehr aus Amerika getroffen hatten, hatten uns eingeladen, ein Album in New York aufzunehmen. Gerade heil aus Kalifornien zurückgekehrt, würde ich in ein paar Wochen wieder in die USA fliegen. Sie fanden unsere Lieder *amazing*. Sie fanden uns *amazing*, und wir bewunderten die Brüder, die sich aus der Nähe von Bremen nach New York gearbeitet hatten und jetzt schon sämtliche deutschen Adjektive gegen ein universales Amerikanisch eingetauscht hatten. Aber vor allem waren sie unsere Eintrittskarte zu einem Plattenvertrag bei Sony Music.

Wir trafen uns fast jeden Abend bei Lennys Eltern im Keller, schrieben Songs, probten und malten uns aus, wie es sein würde, berühmt zu sein. Ab und zu kamen die Produzentenbrüder vorbei, einmal brachten sie uns eine Yamaha-Gesangsanlage, weil wir uns bei ihnen beschwert hatten, dass wir unseren Gesang im Proberaum so schlecht üben konnten. Es schien sich alles zu fügen. Die Streits, die Frustration und vor allem das Üben. Spätabends, wenn ich nach Hause gefahren wurde, dachte ich daran, wie sehr ich mich danach sehnte, dass die Leute in meiner Schule aus keinem anderen Grund mir hinterherschauten und über mich tuschelten als dem, dass ich in einer Band spielte.

Bestenfalls so berühmt, dass mein jetziger Lebensstil dazu passte.

In den Herbstferien flogen wir in der Businessclass nach New York und nahmen dort für ein paar Wochen Großteile unseres Debütalbums auf. Die ätzenden, heimwehkranken vier Wochen in Kalifornien wichen einem berauschenden neuen Lebensgefühl, das meinen größten Wunsch verkörperte. New York. Amerika. *Land of the Free.*

Wir wurden von dem Assistenten der Produzenten vom Flughafen abgeholt. Er trug, wie alle angesagten Musikbusiness-Typen 1999, einen lässigen Anzug, mit Turnschuhen und Kapuzenpulli drunter.

Wenn wir mittags im Studio ankamen, hatte der Engineer Jeff oft das eine oder andere Instrument über Nacht selbst noch mal eingespielt. Uns irritierte es zu Anfang, aber er schaffte es, uns glaubhaft zu machen, dass er nur bestimmte Effekte benutzt hatte und es deshalb auf einmal anders klang als noch am Abend zuvor. Eines Tages präsentierte Jeff uns sogar ein komplettes Orchester, das er in der Nacht aufgenommen hatte. Als wir uns darüber aufregten und uns beschwerten, kein Mitspracherecht zu haben, lächelte er uns an, lehnte sich zurück und riet uns: »Boys. Just go with the flow. Or go out.« Wir nahmen uns seinen unmissverständlichen Rat zu Herzen. Zu zerbrechlich erschien uns unsere neue Situation, und vermutlich war sie es auch.

Während wir im Studio chillten, saßen die Sicherheitsleute vor der Tür und aßen und tranken sich von Café zu Café. Auch sie schienen entspannter als in Hamburg zu sein und einfach mit dem Flow zu gehen. Vermutlich hatten sie, wie auch ich, das Gefühl, hier nicht wirklich gebraucht zu werden. Zu schade war es, dass wir irgendwann wieder zurück nach Hamburg mussten. Immerhin Businessclass. Parallel zu uns in einem anderen Flugzeug, auf einem unbemannten Sitz in der Businessclass, flog eine Kopie der Masterbänder. Die Originale hatten wir im Koffer. Aber Sony wollte auf Nummer sicher gehen und hatte der Kopie einen eigenen Flug gebucht. Falls wir abstürzen sollten.

Die Musik nahm mittlerweile meine gesamte Freizeit ein. »Du weißt schon«, sagte Laura eines Tages zu mir, »wenn du dein Hobby zum Beruf machst, hast du irgendwann kein Hobby mehr. Das heißt, dass du dann immer arbeitest. Irgendwie uncool, oder?« Mit einem Seufzen versuchte ich mein Unverständnis deutlich zu machen, aber sie ignorierte es und fuhr fort: »Und wenn du deine gesamte Freizeit zu deinem Hobby machst, hast du irgendwann halt auch keine Freundin mehr. Das ist, wenn's drauf ankommt, sogar noch uncooler.« – »Baby!«, versuchte ich einen Anfang, doch Laura war erbarmungslos. »Nenn mich nicht Baby! Ich bin kein Text von den bescheuerten Die Ärzte. Ich hab nicht umsonst einen Vornamen. Den kannste einfach benutzen.« Mein Traum, Fun-Punk, Freundin und Freizeit unter einen Hut zu kriegen, bekam langsam Risse. Laura hatte recht; gegenüber der Musik verblasste zusehends alles in meinem Leben.

Nur eines wollte ich außerhalb dieses nahezu zum Beruf gewordenen Hobbys noch schaffen. Wir waren in den vergangenen Hamburger Skiferien immer wieder in die Nähe des Matterhorns gefahren, und das Verlangen, diesen Berg zu besteigen, wuchs immer mehr. In den letzten Wochen der Sommerferien war ich es, gemeinsam mit einem befreundeten Bergführer, endlich angegangen. Wir hatten zur Vorbereitung ein paar andere Viertausender bestiegen, das Breithorn, den Pollux und den Monte Rosa. Laura und meine Eltern warteten im Dorf im Tal auf mich. In der Woche unserer Akklimatisierung, in der Laura mit meinen Eltern wandern gegangen war, hatten wir abends ab und zu in der Hütte im Dorf zusammengesessen. Mein Vater hatte Laura irgendwann zugeflüstert, dass er ihr »so viele Süßigkeiten, wie du tragen kannst«, geben würde, wenn sie mich von der Matterhornbesteigung abbringen würde. *Süßigkeiten?* Wir waren knapp sechzehn Jahre alt. Wir hatten Sex. Laura lächelte ihn mitleidig an.

Sie warteten dann alle im Tal auf meine Rückkehr, als auf dem Abstieg am frühen Nachmittag direkt neben uns eine polnische Seilschaft durch den Fehltritt eines Kletterers in den Abgrund gerissen wurde und ein paar Hundert Meter unter uns an der Ostwand zerschellte. Ich ahnte, dass sich meine Eltern unten mit einem Fernglas sorgten. Ich ahnte, dass neben ihnen zwei Sicherheitsleute standen, die dort sehr wenig für mich ausrichten konnten. Ich wusste, dass ich allen Beteiligten etwas zumutete. Behutsam, aber nachdrücklich drehte der Bergführer Tommy meinen Kopf weg von der blutigen Unfallstelle, sah mir in die Augen und sagte deutlich: »Wir vergessen das jetzt und gehen langsam und konzentriert hier runter. Wir sind gleich da.« Mein Herz raste, aber ich tat, was er mir vorgab, und wir schafften so mit wackligen Beinen die letzten Höhenmeter ins Tal.

Noch bevor wir an der Hütte waren, sah ich einen Hubschrauber gen Tal fliegen. An einem langen Seil hing ein mit zertrümmerten Menschenteilen gefüllter Sack.

In Wirklichkeit, schoss es mir durch den Kopf, kann man nicht alles absichern. Ob es jetzt der unbedachte Gang über die Straße oder das Besteigen eines 4000 Meter hohen Berges ist. Irgendwo muss man die Grenze ziehen, welches

Risiko man bereit ist einzugehen. Ich fühlte, wie irre ich mich verhielt. Überall auf Schritt und Tritt beschützt, aber in den wirklich gefährlichen Situationen allein.

Beim Abendessen mit Tommy, Laura und meinen Eltern setzte ich mich das erste Mal mit dem Rücken zum Berg und beschloss, das Klettern an den Nagel zu hängen. Offiziell schob ich es auf meine Finger, die ich zum Gitarrespielen benötigte und die nicht vom Fels ramponiert werden dürften.

Laura wirkte irgendwie abwesend und sagte nicht viel. Als wir auf unser Zimmer kamen, erwartete ich, dass sie mir aus Freude darüber, dass ich noch am Leben war, um den Hals fallen würde. Doch das Gegenteil passierte.

»Hast du jetzt genug? War das jetzt der ultimative Kick für dich, oder darf's noch etwas mehr sein?«

Ich wusste nicht, wie mir geschah.

»Das findest du super, oder was? So richtig geil für dich, dass wir alle hier unten auf dich warten und uns Sorgen machen?«

Ich versuchte etwas zu erwidern, war aber gedanklich nicht schnell genug.

»Geht dir richtig einer ab, dass ich hier unten mit deinen bescheuerten Eltern warte und dann noch mit deinen fucking Bodyguards? Denkst du, ich gehör auch zu deinem Gefolge, oder was? Kannst mich schön hier warten lassen wie deine Angestellte?!«

»Also hör mal«, versuchte ich mich zu verteidigen, »ich dachte, du wolltest mitkommen. Und wieso …«, ich rang nach Worten, »und wieso vergleichst du dich mit den Sicherheitsleuten?«

»Weißt du was, ich habe die Schnauze voll.« Laura war nicht mehr zu bremsen. »Dein Vater bietet mir Süßigkeiten an, damit ich was für ihn mache!? Der ist ja wohl nicht ganz dicht. Der denkt auch, dass er sich jeden irgendwie kaufen kann.«

»Was?« Ich wurde langsam auch sauer. »Jetzt mach mal 'nen Punkt. Das war doch nur ein Witz.«

»Ihr denkt echt, dass alle einfach springen und machen, was ihr wollt. Hauptsache, ihr habt euern Spaß und könnt mit Bonbons werfen. Weißt du was, du kannst mich mal! In der ersten Reihe soll ich bei deinen Konzerten auch noch stehen, oder was?«

Ich biss mir auf die Unterlippe, während Laura, ohne Luft zu holen, weitermachte. Ihre Stimme klang schon gepresst. »Gleich neben deinen Angestellten? Das fändest du geil, ne?« Ich hatte mich mittlerweile aufs Sofa gesetzt und wusste überhaupt nicht mehr, was ich sagen sollte.

»Weißt du, was ich dir schon immer mal sagen wollte? Mich kotzt es an, wenn du mich auf dem Rücksitz von eurem scheiß Auto küsst. Ich komm mir vor wie 'ne Nutte. Der Spasti, der fährt, tut immer so, als wäre nichts, aber in Wirklichkeit geht dem voll einer ab. Und dir auch. Kannst du mir nichts erzählen. Wie so ein beschissener Porno. Und du bist mittendrin der König. Wie so ein Ficker vor fucking Publikum!«

Ich wusste, was sie meinte. Ab und zu stiegen Laura und ich in den schwarzen BMW ein. Meistens, wenn wir angetrunken waren, und abhängig davon, wen ich durch die Seitenscheibe als Fahrer ausmachen konnte. Die Personenschützer reagierten sehr unterschiedlich darauf, wenn wir einstiegen. Die Reaktion von Collins gefiel mir am besten. Er sagte nichts und klappte einfach nur den Rückspiegel nach oben, damit er uns nicht sehen konnte. Redeten wir und sprachen ihn an, dann tat er völlig überrascht, und wir mussten ihm alles noch mal erklären. Ich war mir unsicher, ob er wirklich gar nicht zuhörte oder nur so tat.

Auf jeden Fall stand seine Verhaltensweise in krassem Gegensatz zu der von anderen, die vorne über die Witze mitlachten, die wir uns auf der Rückbank erzählten. Wie auch immer man es drehte, war das gemeinsame Autofahren eine heikle Angelegenheit. Da musste ich Laura schon recht geben. Aber die Art und Weise, wie sie es darstellte, verletzte mich sehr. Vor allem, weil sie so tat, als hätten *wir* uns gegen *sie* verbündet. Ich ahnte, dass diese neue Konstellation unserer Familie noch komplizierter war, als ich schon wusste.

»Jetzt weißt du auch nicht mehr, was du sagen sollst, was?« Lauras Stimme war ruhiger geworden. »Wenn wir zu Hause sind, brauch ich echt mal 'ne Pause. Ich hab keinen Bock mehr auf deinen kack Egofilm. Alles wird von dir immer geplant, und dann muss es so passieren. Alter! Ich bin doch nicht achtzig! Oder deine beschissene Angestellte. Ich gehör nicht zu den Idioten, die nach deiner Pfeife tanzen.«

Ich schwieg.

Keinem von uns gelang es, diese Unterhaltung zu beruhigen. Es schien mir, dass das Thema für zwei Sechzehnjährige einfach zu kompliziert war. Und so scheiterten wir. Das Klettern war vorbei. Unsere Beziehung war vorbei, und in mir wuchs die Gewissheit, dass mich meine neue Lebenssituation wahrlich nicht vor allem beschützen konnte. Ganz im Gegenteil.

19.

Desillusioniert kam ich nach Hamburg zurück. Laura hatte sogar einen früheren Zug genommen, und ich war allein mit meinen Eltern und den Typen zurückgefahren. Zu Hause wuchs mein innerer Drang, mich unabhängig zu machen.

Ich beschloss, mich *bis auf Weiteres*, denn so vorsichtig war ich schon mit vermeintlich unumstößlichen Entscheidungen geworden, nicht mehr fahren zu lassen, und stieg auf Fahrradfahren um. Um Kontakt zu den Personenschützern halten zu können, denn wie sollte mich der Voraufklärer sonst vor einem Hinterhalt warnen, bekam ich ein Funkgerät. Damit ich während der Fahrt nicht die Hände vom Lenker nehmen musste, gab es dazu noch ein Headset mit Kabel und ein separates Mikrofon, das ich mir an die Jacke klemmen musste.

Jeden Morgen verkabelte ich mich. Headset ins Ohr, Mikrofon an die Jacke und den Knopf zum Drücken durch den Ärmel gefummelt. Ich stopfte den Kabelbaum an meinem Rücken entlang unten in meine Tasche und verband ihn mit dem Funkgerät. Den Ersatzakku wechselte ich jeden Morgen und stellte den alten ins Ladegerät.

»Check. One, two. Johann spricht.« – »Zentrale hört.«

Ich fuhr los. Ich fühlte mich wie ein Geheimagent auf einer rasenden Mission. Mit meinem Mountainbike fuhr ich, so schnell ich konnte, durch Hamburg-Blankenese, Nienstedten, Klein Flottbek bis nach Othmarschen, wo sich das Christianeum befand. Aufgrund der Funkdisziplin und der Tatsache, dass nie etwas passierte, nie eine Gefahr drohte, blieb das Funkgerät immer still.

Ich fuhr schnell. Blickte mich dauernd um. Nicht nur wenn ich abbog. Ich hielt nach jedem potenziell verdächtigen Wagen Ausschau. Aus jeder Einfahrt konnte zu jeder Zeit ein Lieferwagen mit offenen Türen schießen und mir den Weg abschneiden. Ich erinnerte mich an die Geschichte von Lundgreen im Cadillac, wie einmal jemand versucht hatte, in den MEK-Einsatzwagen einzubrechen. Auch wenn es damals die Guten gewesen waren, die aus dem verdunkelten Fahrzeug nach draußen geschaut hatten, wähnte ich nicht erst seit dieser Geschichte in jedem Auto potenziell observierende Gestalten. Bei jedem zweiten Wagen, an dem ich vorbeifuhr, rechnete ich damit, dass die Seitentür aufgerissen würde und Männer mit Gesichtsmasken herausgesprungen kämen, um mich zu überfallen. Mit angespanntem Bauch krallte ich mich an den Lenker meines Fahrrads. Hinter mir spürte ich den warmen Motor des schwarzen BMWs.

An manchen Tagen, wenn ich besonders schnell die steilen Straßen des Blankeneser Treppenviertels hinunterraste, hoffte ich geradezu, dass etwas passieren würde. Ich befand mich in einer bizarren Situation zwischen Verfolgtwerden und dem Bemühen meiner Verfolger, sicherzustellen, dass man mich nicht verfolgte. Der Fahrer, der den BMW so weit unter seinen motorisierten Möglichkeiten hielt, musste sich doch albern vorkommen. Jeden Tag die gleiche ereignislose Routine. Wie konnte sich der Mann hinter mir jeden Tag aufs Neue motivieren? Bedurfte es nicht zumindest einer einzigen ernsten Situation?

Wie wahrscheinlich war es denn, dass noch einmal so etwas passierte? Extrem unwahrscheinlich. Aber war es das nicht auch schon vorher gewesen? War also irgendetwas anders als vorher? Immer wieder geisterten Fragmente aus Unterhaltungen mit meinen Eltern durch meinen Kopf. »Meint ihr, dass das alles wirklich nötig ist?«, »Mir hat mal ein Polizist erzählt, dass es da Statistiken gibt ...«, »Wie lange machen wir das denn noch so weiter?«, »Ach, lass uns einfach beschließen, dass es so ist, und nicht weiter drüber nachdenken«. Es gab Statistiken, die belegten, dass die Wahrscheinlichkeit einer Entführung in einer Familie stieg, wenn schon mal jemand entführt worden war. Die Polizei hatte von Trittbrettfahrern gesprochen. Tätern, die aufgrund einer medial präsenten Tat versuchten, diese nachzuahmen. Lange konnte ich diesen Unterhaltungen nie folgen, und so blieben nur Versatzstücke, Teilinformationen und nebulöse, beängstigende Vokabeln in meinem Kopf zurück.

Länger als ein paar Wochen hielt ich dieses verkabelte Fahren nicht durch. Wenn die Kette raussprang oder ich einen Platten hatte, schloss ich mein Fahrrad entweder auf dem Weg an oder schob es nach Hause. Im Schritttempo verfolgte mich der schwarze Wagen. »Willst du nicht doch einsteigen?«, raunte es mir aus dem Fenster zu. »Kann ich dir irgendwie helfen?«, »Brauchst du Hilfe?«, »Alles okay?«. Ich blieb stehen und blickte mich um. Wenn ich das Fahrrad hier stehen ließ, müsste ich zur Bandprobe heute Abend wieder gefahren werden. »Dein Fahrrad hol ich dann gleich ab«, fuhr der Mann durchs Seitenfenster fort, als könnte er Gedanken lesen. Zwei Jahre später noch erinnerte mich eine Textzeile von Samy Deluxe an diese Situation:

Es ist nich zu fassen, so viel Flaschen, alle ohne Rückgrat
Immer wird's euch leicht gemacht und irgendwie bedrückt
das
Im Gegensatz zu euch hab ich mir alles selber beigebracht
Ihr ruft doch eure Hausfrauen an, wenn euch einmal der
Reifen platzt

Ich gab auf, lehnte mein Fahrrad an irgendeinen Zaun und
stieg ein: »Nach Hause bitte.«

Frustriert über meine Unfähigkeit, mich unabhängig zu
machen, beschloss ich, dass ich einen Motor brauchte. Mit
sechzehn Jahren war ich längst alt genug für einen Mofa-
Führerschein. Mofafahren bedeutete nicht nur, dass ich
meine Fortbewegungsgeschwindigkeit erhöhen und
einen Motorradhelm an meinen Tisch in der Schule hängen konnte. Es hieß auch, dass ich sehr viel schneller als
mit einem Fahrrad Apothekendienst machen konnte.

Für acht Mark die Stunde musste ich Medikamente bei
der Apotheke abholen und sie zu verschiedenen Patienten
in Krankenhäusern, Altersheimen und Privatwohnungen
bringen. Je schneller man war, umso schneller konnte
man eine neue Ladung abholen und auf Trinkgeld hoffen,
das oft höher war als die offizielle Bezahlung.

Ich hatte von Motoren leider keine Ahnung. Aber ich
wusste, dass einer der Sicherheitsleute Panzergrenadier
gewesen war, und erkannte sehr schnell, dass er genau
mein richtiger Ansprechpartner war. Brohm verstand
mein Anliegen, ohne dass ich es groß hätte erklären müssen. Er habe sich schon lange gefragt, sagte er zu mir, wie
ich es aushalten könne, so langsam auf der Möhre zu fahren. Er fragte mich nach meinem Budget, ich dachte an
200 Mark, meinen monatlichen Erlös beim Apotheken-

dienst, und er sagte, dass er dafür schon was machen könne. Am darauffolgenden Wochenende knieten wir zusammen in der Garage meines Vaters.

»Wenn du damit fährst und erwischt wirst«, ich sah auf seine öligen Hände, seine hochgekrempelten Hemdsärmel und auf die Pistole, die er im Holster auf dem Boden abgelegt hatte, »bist du deinen Führerschein los. Du fährst da praktisch ohne Fahrerlaubnis. Das ist jetzt kein Mofa mehr, sondern eine Rakete. Dafür hast du meines Wissens keinen Führerschein.«

Ich lachte laut.

»Und«, er wurde wieder ernst, »es wäre wichtig für mich, wenn du deinem Vater nichts von dieser Aktion erzählst.«

Ich sah ihn beruhigend an: »Sobald ich irgendwas von meinem Mofa erzähle, schaltet der sowieso automatisch ab.«

Wir grinsten uns an. »Ich habe auch eine Bitte an Sie.« Nun war ich es, der ernst wurde. »Wenn ich damit erwischt werde und einer von Ihnen das mitbekommt: Versuchen Sie bitte nicht, da irgendwas mit der Polizei zu regeln oder so.«

Es gab schon eine Absprache zwischen den Sicherheitsleuten und mir, dass sie nicht in Prügeleien eingriffen, wenn ich mal in eine geraten sollte. Natürlich sollten sie mich retten, bevor ich totgeschlagen würde, aber zuvor, hatte ich sie gebeten, wollte ich gern versuchen damit selbst fertigzuwerden. So wollte ich es auch mit der neuen Rakete halten. Brohm ballte seine schmutzige Hand zur Faust, und ich boxte mit meiner dagegen.

Ich fuhr also zwei- bis dreimal die Woche mit dem Mofa nach der Schule zur Apotheke in Blankenese, lud mir die

Medikamente in meine Tasche und verließ sie im Laufschritt. Von meinem aufgemotzten Mofa abgestiegen, betrat ich gut gelaunt die Krankenhäuser, Altersheime, Hospize und Wohnanstalten.

Die Alten und Kranken freuten sich, mich zu sehen, und ich war froh, derjenige sein zu können, auf den sie gewartet hatten. Immer bekam ich Trinkgeld zugesteckt. Mal eine Mark, manchmal sogar ein 5-Mark-Stück. *Hier haste 'nen Heiermann.* Doch jedes Mal, wenn ich mir die Geldstücke in meine Jackentasche stopfte, beschlich mich ein komisches Gefühl, das ich zu Anfang nicht einordnen konnte, das aber mit der Zeit immer klarer wurde.

Wenn ich das Altersheim betrat, war ich der nette junge Mann, der in seiner Freizeit den Bedürftigen gegen einen kleinen finanziellen Ausgleich einen kurzen Blick in die Außenwelt ermöglichte. Dem ans Bett gefesselten Opa, der immer Krümel in den Mundwinkeln und auf dem Hemd hatte, die ihm niemand abwischte. Der Oma, die immer schon an ihrer Zimmertür wartete und jede Woche ein paar Schritte weiter hervorkam, um mir, als ich den Gang betrat, schon von Weitem zuzuwinken. All diesen Menschen, so dachte ich, konnte ich für einen kurzen Moment die Erinnerung an ihre eigene Jugend zurückgeben. Es freute mich, dass sie sich freuten, mich zu sehen.

Nach ein paar Wochen des Kurierfahrens wartete die freundliche alte Dame nicht mehr vor ihrem Zimmer. Und auch nicht mehr auf dem Flur. An diesem Tag hatte sie sich weiter vorgewagt und stand, als ich rasant in die Einfahrt des Ohlsdorfer Altersheims einbog, vor der gläsernen Schiebetür des Haupteingangs. Sie winkte mir lachend zu. Ich hob Zeige- und Mittelfinger der rechten Hand, wie ich es mir von Motorradfahrern, die mich allerdings nie zurückgrüßten, abgeschaut hatte. Sofort blickte ich in den

Rückspiegel. War mein Verfolger auch schon da? Wenige Sekunden später bog der Wagen hinter mir in die Einfahrt. So hochmotorisiert mein Mofa jetzt auch war, der BMW fuhr weiterhin im zweiten Gang. Wie das wohl für die alte Dame aussah? Ich auf dem Mofa, mit einer etwas übertrieben gepolsterten Motorradjacke, von der ich meine Mutter überzeugt hatte, sie mir zu kaufen. Dazu einen schwarzen Nolan-Motorradhelm, die Fahrradkuriertasche quer über die Brust geschnallt. Ich wollte eigentlich aussehen wie ein irrer Steampunk in *Mad Max,* aber meine Klamotten waren zu teuer und wurden auf den Touren durch Hamburg auch nie dreckig genug. So sah ich einfach nur aus wie ein übertrieben stark gepolsterter Junge auf einem kreischend gepimpten Zweirad vor einer schwarzen Limousine, die im Schneckentempo gen Altersheim rollte.

Ich hoffte, dass die alte Dame die beiden Fahrzeuge nicht miteinander in Verbindung bringen würde, aber ich ahnte, dass es nur noch eine Frage der Zeit war, bis sie es tat. Sie hatte sich bis hierhin vorgearbeitet. In die Zone meines Lebens, in der ich nicht der unbedarfte Teenager war, der kam, um zu helfen. Hier draußen war ich der, dem geholfen werden musste. Auf einmal hatte ich das Bedürfnis, das Mofa auf den Gehweg kippen zu lassen, meine Tasche und meine Jacke abzustreifen und wegzulaufen. Mein Job kam mir auf einmal absurd vor. Jede Mark Trinkgeld, die ich bekommen hatte, wog ich in meinem Kopf nicht nur gegen den Spritverbrauch vom Mofa, sondern auch gegen den von dem BMW auf.

Ich fuhr am Eingang vorbei, tat so, als müsste ich noch zu einem anderen Ort auf dem Gelände. Der BMW fuhr hinter mir her, an der Schiebetür vorbei. Ich schaute nicht mehr in den Rückspiegel. Ich wähnte den Kühlergrill fast an meinem Nummernschild. Das Gehalt des Fahrers addierte ich in Gedanken auch noch dazu. Mit einer scharfen Rechtskurve fuhr ich zum Hintereingang des Gebäudes und parkte. Der BMW rollte an mir vorbei und hielt zwanzig Meter die Straße runter. Ich stieg ab und hängte den Helm an den Lenker. *Stehlen wird ihn wohl keiner,* schoss es mir in den Kopf. Auch das Mofa schloss ich nicht ab, ließ den Schlüssel stecken und ging durch den Hintereingang ins Haus. Ich folgte den verschlungenen Gängen im Laufschritt zum Haupteingang, vor dem die Frau immer noch wartete, den Kopf in die Richtung gewendet, in die ich weitergefahren war, um sie zu täuschen. Die Türen öffneten sich, und sie drehte sich um.

Ich lächelte sie an. »Entschuldigung. Ich musste noch ein Notfallpaket da hinten abliefern«, fiel mir eine weitere der vielen Lügen aus dem Mund, und dann kramte ich die Medikamente in der weißen Papiertüte, auf der ihr Name stand, heraus, zog meinen Stift und wollte mir die Lieferung quittieren lassen. Bevor sie den Stift nahm, steckte die alte Dame ihre faltige Hand aus und hielt mir einen 10-Mark-Schein hin. Ich wich ein paar Zentimeter zurück: »Nein, das kann ich nicht annehmen!« Entschieden nahm sie meine Hand in die ihre, drückte mir erstaunlich kräftig den 10-Mark-Schein in die Hand und sagte: »Doch doch, junger Mann! Ich weiß doch, wie es ist, wenn man jung ist! Man will so viel, und doch ist von allem immer zu wenig da.« Schweiß bildete sich auf meiner Stirn. »Und plötzlich ist man alt und braucht nichts mehr. Nehmen Sie nur, junger Mann. Das wahre Glück kann man sich sowieso nicht kaufen. Das werden Sie auch noch lernen. Aber manchmal macht eben ein bisschen Geld den entscheidenden Unterschied.«

»Vielen herzlichen Dank«, sagte ich beschämt. »Ich

glaube, ich weiß, was Sie meinen«, ergänzte ich noch und nahm den Schein an mich.

Mit einem überdeutlichen Zwinkern presste sie beide Augen zu, nahm noch einmal meine Hand und drückte sie. Dann ging sie rein. Ich schmiss den Stift in den Mülleimer vorm Eingang und stopfte den 10-Mark-Schein in meine Hosentasche. Als ich auf mein Mofa stieg und nach Hause fuhr, spürte ich den leichten Druck an meinem Oberschenkel, als versuchte Carl Friedrich Gauß, mich darauf hinzuweisen, dass ich nicht sein rechtmäßiger Besitzer war.

Der schwarze BMW wartete mit laufendem Motor einige Meter die Straße runter, er hatte schon umgeparkt und sich in Position gebracht und fing an zu rollen, sobald ich mich auf den Sattel schwang. Es dauerte nicht lange, bis mich das Gefühl beschlich, meine Idee von *indie* würde so auch nicht funktionieren. Die Unabhängigkeit, die ich mir erträumt hatte und der ich für mein Alter fast optimal motorisiert entgegenfuhr, endete, bevor sie richtig beginnen konnte. Wie an einem unsichtbaren Gummiband schien mich das Auto in meinem Rücken zurückzuhalten. Ob Fahrrad oder Mofa, ob fünfzehn oder dreißig Stundenkilometer, im Vergleich zu meinen rasenden Gedanken kam mir meine neue motorisierte Geschwindigkeit richtig lahmarschig und albern vor.

Meine Rechnung ging weder auf, noch konnte ich sie zu Ende bringen. Ich wusste nichts über das Geld, das meine Eltern den Personenschützern bezahlten, nichts über den Wert von Autos, Gehältern oder Zusatzzahlungen für gefahrene Kilometer. Was ich ahnte, war das krasse Missverhältnis zwischen den Herren im Auto hinter mir und dem Druck in meiner Hosentasche.

20.

Auch in diesem Jahr stand ein Skiurlaub an. Daniel und ich hatten schon im letzten Jahr verabredet, wieder gemeinsam mit meinen Eltern zu fahren. Auch Laura hatte zugestimmt, doch die Lage hatte sich geändert. Seit Laura und ich nicht mehr zusammen waren, hatte sich Daniel weiterhin mit ihr getroffen. Betont lässig argumentierte er, dass ich mal chillen solle. Mein Streit sei schließlich nicht seiner. Äußerlich noch lässiger zuckte ich mit den Schultern und stimmte ihm zu. Trotzdem blieb ich den Verabredungen meistens fern. Umso unangenehmer war die Situation, als Daniel mich fragte, ob nicht Laura wieder mit in den Urlaub kommen könnte. »Digga. Chill mal deine Basis. Laura und ich sind einfach Bros. Ist das ein Problem für dich? Kann nicht sein, oder?«

Ich stellte mir vor, wie ich vierzehn Tage mit Laura und Daniel im Urlaub verbringen würde. Stellte mir vor, wieder auf meine Eltern zurückgeworfen zu sein, weil Daniel nur mit Laura chillte. Auf gar keinen Fall wollte ich das. Aber noch weniger wollte ich derjenige sein, der vermeintlich komplizierte oder gar irgendwie anmaßende Ansprüche hatte. »Hä?«, antwortete ich also und schaute Daniel dabei so an, als wäre er total irre. »Natürlich nicht. Was für ein Problem sollte ich damit haben? Kannst dich selber mal chillen!«

Und so fuhren wir in dieser ehemals bewährten und

jetzt komplett neuen Konstellation in den Skiurlaub. Nach der Hinfahrt, die mit dem Zug etwas länger als zehn Stunden dauerte, waren Laura und ich wieder in der Lage, einander in die Augen zu sehen. Etwa einmal pro Stunde gingen wir ins Bordrestaurant, um ein Bier zu trinken. Ich war das erste Mal wirklich froh darüber, dass ich kürzlich angefangen hatte, Alkohol zu trinken. Es erleichterte unsere Gespräche, und leicht angetrunken kamen wir im Schweizer Skiort an, brachten schnell unsere Sachen ins Ferienhaus und beschlossen in diesem Urlaub, das Nachtleben kennenzulernen.

An den Abenden war Laura ganz darauf versessen, ihre, wie sie immer wieder betonte, *total unvorteilhafte* Skimontur gegen Winterstiefel, Leggins und bauchfreies Trägertop zu tauschen. Ich fand das nervig und sie irgendwie zu nackt, zumal Daniel und ich kein Bedürfnis hatten, uns umzuziehen. Unsere dicken Jacken gaben uns einen guten Grund, in der Disco nicht tanzen zu müssen. *Zu unbequem. Zu warm. Zu nervig. Noch ein Bier bitte.*

Am ersten Wochenende des Urlaubs waren wir, ohne meinen Eltern Bescheid zu sagen, aus dem Haus entwischt. Auch den Sicherheitsleuten hatte ich nichts gesagt. Es war mir ohnehin wahnsinnig peinlich, von den Typen in dieser neuen Konstellation beobachtet zu werden. Ich vermutete, dass sie denken würden, Daniel habe mir Laura ausgespannt. Vermutlich war ich in ihren Augen sogar zu unfähig, meine Freundin daran zu hindern, mit meinem besten Freund rumzumachen. Und dann gab ich mir auch noch die Blöße, weiterhin mit beiden in den Urlaub zu fahren.

In der Disco angekommen, dauerte es nicht lange, und Laura hatte die Aufmerksamkeit einiger ortsansässiger

Saisonarbeiter auf sich gezogen. Sie tanzte wild und enger, als es unsere Daunenjacken jemals zugelassen hätten, mit ihnen. Schwitzend und genervt betrachtete ich die Szene.

»Kommste mal mit raus? Die Luft hier drin ist super-ätzend. Megaheiß.«, schlug ich Daniel vor. Vielleicht würde Laura ja denken, dass wir gingen, und sich uns anschließen. Einfach schnell nach Hause in der Hoffnung, der Rest des Urlaubs würde schnell vorübergehen.

Auf der Treppe zum Ausgang der Diskothek eilte mir ein Mann, den die Kantonspolizei später nur *den Kroaten* nannte, hinterher und hielt mich fest. Im Rausgehen hatte ich ihm den Mittelfinger gezeigt, weil er ziemlich unge-niert versucht hatte, auf Lauras Flirtversuche einzuge-hen. Was für ein Arschloch. Augenblicklich versuchte *der Kroate,* mir Kopfnüsse zu geben, was aufgrund seiner Größe nicht klappte und mich schmunzeln ließ, da er immer wieder gegen meine Brust stieß. Ich lachte ihn aus und ging zwei Stufen nach oben. Die Treppe war zu eng, um dort meine Judogriffe anzuwenden, die ich als Kind in ein paar Stunden in einer Judogruppe erlernt hatte. Außer-dem hatte er nicht den weißen Anzug an, den ich benö-tigte, um ihn für einen Osotogari zu packen und über meine Schulter zu werfen. Es sollte also keine Flucht wer-den, sondern einfach ein *Weggehen.* Ein Weggehen, das Laura zeigen sollte, dass mir alles gar nicht egaler sein könnte. Oben allerdings wartete sein deutlich größerer Freund, der in den später angelegten Polizeiakten *der Albaner* genannt wurde. Auch er nahm mir den Mittelfin-ger, der seinem Freund gegolten hatte, sehr übel. Er packte mich, drehte mich um, als wäre ich eine Puppe, und ver-bog mir meine Arme hinter dem Rücken. *Der Kroate* hech-tete die paar Stufen zu uns empor und begann, auf mich einzuschlagen. Ohne Pause drosch er auf mein Gesicht. Aus dem Augenwinkel sah ich Laura und Daniel erschrocken am Fuße der Treppe stehen. Blut schoss aus meinem Mund auf das Hemd *des Kroaten*. Ich konnte nichts mehr sehen, kniff die Augen zu und versuchte, mich aus dem Griff *des Albaners* zu winden. Irgendwann ließen *der Kroate* und *der Albaner* von mir ab, und ich taumelte hinaus. Wieder blutete ich in den frisch gefallenen Schnee. Diesmal sah ich, wie die Tropfen ein rotes Mosaik formten.

Laura und Daniel kamen aus der Tür gestürzt und beugten sich zu mir. Vorsichtig klopften sie mir auf den Rücken, Daniel irgendwie unbeholfen kumpelmäßig und Laura ... keine Ahnung, wie Laura klopfte, aber auf jeden Fall konnte ich drauf verzichten. Dann versuchte Laura, mich zu umarmen, nicht ohne darauf achtzugeben, dass mein Blut nicht an ihre Jacke kam, und Daniel ließ sich zu einem »Digga. Alter. Heftig. Was für Mongos, ey. Alles okay?« hinreißen.

Es war nicht alles okay. Es war scheiße. Ich konnte mich nicht wehren. Ich war gedemütigt und verdroschen worden. Ich konnte mich körperlich nicht gegen Übergriffe wehren, konnte mich emotional nicht gegen Übergriffe wehren und konnte, so fühlte ich mich gerade, überhaupt gar nichts. Ich fing an zu schluchzen, wischte mir das Blut aus dem Gesicht, das nicht aufhörte zu tropfen. Auf meine Jacke, meine Hose und meine Schuhe.

»Fuck. Lass mal nach Hause«, sagte ich und schaute dabei weder Laura noch Daniel an. Betreten auf den Boden starrend, gingen wir nebeneinanderher. Am Anfang der Blutspur, die sich tröpfelnd hinter uns her schlängelte, kamen *der Albaner* und *der Kroate* aus dem Club und zündeten sich lachend eine Zigarette an.

Als ich das erste Mal den Blick hob, sah ich, wie uns mein Vater entgegenkam. Ein paar Meter hinter ihm, in ebenso schnellem Schritt, Herr Raymond. Es war weit nach Mitternacht. Vermutlich hatten meine Eltern mitbekommen, dass wir noch einmal das Haus verlassen hatten, sich aber wohl keine weiteren Gedanken gemacht, da wir alle über sechzehn waren. Außerdem waren wir ja eigentlich nie allein. Sofort wusste ich, dass ihn die Sorge nach unten ins Dorf getrieben hatte. Als er mich sah, schlug sie in Wut um: »Was glaubst du, was du hier machst? Es ist weit nach Mitternacht!«

Dann erst sah er im fahlen Schein der Laternen, dass mir Blut übers Gesicht lief. Ich fing an zu weinen. Schlug meine blutverschmierten Hände vor das schmerzende Gesicht und schluchzte. »Es tut mir leid.«

Er schnaufte, noch außer Atem von seinem strammen Gang ins Dorf runter, und nahm mich fest in den Arm. Blut, Spucke und Tränen schmierten auf seinen Skianzug. Ich weinte weiter. Er zitterte. War es Wut oder Angst? »Was ist passiert, Johann?« Seine Stimme klang jetzt weder wütend noch ängstlich.

Ich schaute an ihm hoch. Er war nur noch einen halben Kopf größer als ich, und doch fühlte es sich an, als müsste ich kilometerweit zu ihm hinaufblicken. Unter seinem Skianzug schaute der Kragen seines Schlafanzugs hervor. Ich begann zu erzählen, als wir langsam Arm in Arm den Berg hinaufgingen. Laura, Daniel und Raymond blieben ein paar Meter hinter uns.

»Wie zum Teufel ist das passiert?«, fragte mich mein Vater.

»Ich weiß es nicht«, log ich. »Da waren so zwei Typen, die hatten einfach Bock auf Stress.« Als ich vorsichtig zu meinem Vater hinaufblickte, sah ich, wie sich seine Kiefermuskeln anspannten. Hörbar wütend schnaubte er durch die Nase aus.

»Wir gehen gleich morgen früh zur Polizei.«

»Okay«, schluchzte ich, ohne weiter darüber nachzudenken, was die jetzt noch ausrichten sollte. Es war doch schon alles passiert. Wie so oft: schlecht angefangen, schlecht ausgegangen. Trotzdem war ich erleichtert über diese Ansage.

Den Rest des Weges schwiegen wir. Ich war froh, dass er nicht mehr sauer war. Ich hatte ein schlechtes Gewissen und war, so fand ich, ohnehin gestraft genug.

Gerade in dieser Nacht, als ich mich hinausgeschlichen hatte, um unbeobachtet einen Abend mit Freunden zu verbringen, kam ich blutverschmiert nach Hause und rang den Personenschützern gleich am nächsten Tag das Versprechen ab, mich von nun an in Selbstverteidigung zu unterrichten. Ein *Nein* zu meinem Wunsch war schon aufgrund des kollektiven schlechten Gewissens der Personenschutztruppe nicht drin. Ich ahnte, dass sie jede Sekunde damit rechneten, von meinem Vater gefragt zu werden, warum sie eigentlich nicht in der Nähe gewesen waren. Von der Abmachung zwischen den Herren und mir wusste er ohnehin nichts.

Nachdem mein Vater und ich am nächsten Morgen bei der Kantonspolizei eine Anzeige aufgegeben hatten, saß ich mit Laura und Daniel ein paar Tage später wieder in der Disco, diesmal aber tagsüber in der Bar im Obergeschoss. Die Täter waren in dem kleinen Dorf bekannt, schnell gefasst und ebenso schnell wieder auf freien Fuß gesetzt worden. Raymond hatte mir erzählt, dass es eine richtige kleine Jagd zwischen den alten Holzhäusern gegeben hatte. Er war zwar nicht daran beteiligt gewesen, hatte es sich aber von der Polizei berichten lassen. *Der Kroate* sollte mir in zwölf Monaten einen Brief schreiben, in dem er formulieren musste, was er aus der Gerichtsverhandlung, die offenbar irgendwann ohne mich stattgefunden hatte, gelernt hatte. Würden die dem dann meine Adresse geben, fragte ich mich, schob aber den Gedanken schnell zur Seite. Und wenn schon. Den Brief würde ich eh abtasten und sicherheitshalber an der kurzen Seite öffnen. Normal.

Nun saßen wir zu viert in der Bar. Daniel, Laura und ich am Tresen, Raymond etwas abseits, als sich die Tür öffnete und *der Kroate* hereinkam. Der Richtung meines erschrockenen Blickes folgend, drehte Raymond reflexartig seinen Kopf und blickte sofort wieder ernst zu mir. Ich versuchte, mich hinter meinem großen Glas zu verstecken und auf unsere Unterhaltung darüber zu konzentrieren, welcher der Cocktails wohl am meisten *knallte.* Um in der Bar nicht weiter aufzufallen, hatte Raymond ein Bier bestellt, an dem er immer mal wieder vorsichtig nippte. Nun aber nahm er einen großen Schluck und schaute *dem Kroaten* nach, bis dieser sich allein an einen der Tische gesetzt hatte. Ich rutschte tiefer in meinen Barhocker und hielt mir die Karte vors Gesicht. Raymond begann *dem Kroaten* provozierend zuzunicken. Die Augenbrauen zusammengekniffen, forderte ihn seine zuckende Kopfbewegung zum Zweikampf auf. Das Bier in der linken Hand, den rechten Arm locker auf den Tresen gelehnt, blickte er auffordernd in die Richtung *des Kroaten,* der auf einmal gar nicht mehr so bedrohlich für mich aussah. Raymond nahm noch einen großen Schluck von seinem Bier, krempelte sich die Ärmel hoch und pfiff in die Richtung des Saisonarbeiters, der mir im Angesicht des professionell durchtrainierten Sicherheitsmannes schon fast leidtat.

»Lass mal los«, sagte ich zu Laura und Daniel.

»Kneifst du, oder was?«, erwiderte Daniel, und Laura schaute mich ganz enttäuscht an. »Was'n los? Ich hab meinen Tropical Beach noch gar nicht zu Ende.«

Ich nahm ihr langes Glas mit dem blauen Getränk und trank es in einem Zug aus. »Mit meiner geschwollenen Nase schmeck ich die ganze Zeit eh nichts«, argumentierte ich. »Die Runde geht auf mich. Lass mal nach Hause.«

Ambitionslos ließ Laura mich gewähren. Mich beschlich das Gefühl, dass sie wieder genervt war von meinen Ansagen, was unseren Tagesablauf anging. Ihren Vorwurf, dass man mit mir keinen *spontanen Spaß* haben konnte, hatte ich nicht vergessen. Trotzdem zahlte ich, und wir verließen die Bar.

Draußen versuchte ich, so gut es ging, die frische Luft einzuatmen. Es hatte gerade geschneit. Das Dorf war bezaubernd ruhig. Laura und Daniel lachten leicht angetrunken über einen Witz und gingen, ohne sich weiter um mich zu kümmern, die Straße hoch. Von der Situation in der Bar hatten sie nichts mitbekommen. Sie kannten die uns begleitenden Personenschützer alle. Es war für die beiden nicht weiter auffällig gewesen, dass einer der Herren auch in der Bar saß. Für sie waren die Männer einfach irgendein Begleitpersonal. Das Inventar unseres gemeinsamen Lebens, vergleichbar eher mit einer Art Nanny, die sie vielleicht aus ihrer Kinderzeit kannten. Manchmal spürte ich fast so etwas wie Neid in mir aufsteigen, wenn ich sah, wie unbedarft sie sich mit ihnen unterhielten. War ich doch selbst so hin und her gerissen zwischen dem Gefühl, mich einfach mal nett mit den Männern zu unterhalten und sie doch im selben Moment für immer loswerden zu wollen. Außerdem hatte ich das Gefühl, dass ich für Laura und Daniel immer mehr zu einem Anhängsel wurde. Sie hatten eine beneidenswert unbedarfte Freundschaft entwickelt. Ich fand Daniel ja selber superlässig und mich eher nervig. Was würde dann erst Laura von ihm denken. Was sie von mir hielt, wusste ich ja längst.

Ich wartete und hoffte, dass Raymond die Bar schnell verlassen würde. Gleichzeitig hoffte ich auch, dass er den unbeobachteten Moment nutzen und *den Kroaten* fürchterlich verprügeln würde. Als nach einem Augenblick des Wartens nichts geschah, hob ich etwas frisch gefallenen Schnee auf, presste einen Ball zwischen meinen Händen und knallte ihn gegen Daniels Rücken. »Wartet auf mich, ihr Mongos!« – »Ey, du Spasti«, erwiderte Daniel, drehte sich um, rutschte aus und blieb lachend im Schnee liegen.

»Mann, bist du behindert!«, rief ich und rannte los, Laura und Daniel hinterher. Ich versuchte, mich im Rennen nicht mehr umzudrehen, um möglichst no-future-mäßig rüberzukommen, doch konnte ich nicht anders, als mich wieder in Gedankenkreisen zu verstricken.

So wohltuend diese Provokation auch war, so falsch fühlte sie sich an. Ich mochte Raymond sehr. Er war Ire und hatte Anfang der Neunzigerjahre in Irland an mehreren Operationen gegen die IRA teilgenommen. Er war schlank, braun gebrannt, sah eher italienisch als irisch aus und hatte ein Lächeln auf den Lippen, das mir immer gute Laune machte. Er hatte erst 1996 mit dem Skifahren anfangen müssen, als es auf einmal sein Job war, mich, der schon zehn Jahre fuhr, zu bewachen. Es war wirklich ein bemitleidenswerter Anblick, wie dieser starke und sonst so unglaublich smarte und souveräne Mann auf Skiern stand und versuchte, im Schneepflug fahrend die Piste abzusichern. Auf unglaubliche Art und Weise befähigte ihn seine angstfreie Professionalität allerdings dazu, sich innerhalb weniger Tage einigermaßen sicher auf Skiern zu bewegen und mir tatsächlich folgen zu können. Ich bewunderte ihn. Seine Verbissenheit, seinen Humor und seine unglaubliche Coolness. Er war jemand, mit dem man sich sehen lassen konnte. Er trug eng geschnittene Pullover mit V-Ausschnitt, darunter ein Hemd und darüber ein kariertes Jackett aus grobem Stoff. Darunter seine Dienstwaffe. Ein kleiner silberner, fünfschüssiger Revolver mit einem Griff aus Wurzelholz. Raymond war immer freundlich, immer gut gelaunt und höflich und in den richtigen Momenten ernst und diskret. Nicht ein einziges Mal hatte ich in der Vergangenheit Angst gehabt, er könnte sich irgendwo unangemessen zeigen oder verhalten.

Trotzdem erzählte ich meinen Eltern ein paar Tage nach dem Urlaub, was an diesem Nachmittag passiert war.

»Wir haben ja über so was irgendwie noch nie so richtig gesprochen, glaub ich«, startete ich mehr oder weniger souverän das Gespräch. Meine Eltern sahen mich fragend an. »Also, als ich da neulich unten im Dorf war, da war Herr Raymond auch in derselben ...« Ich stockte, *Bar* wollte ich nicht sagen. Das würde vom Thema ablenken. »Im selben Restaurant wie wir. Und einer von den Typen, die mich verprügelt haben, war auch da.« Meine Mutter nickte mir aufmunternd zu. »Und?«

»Also Herr Raymond ist ja eigentlich super, ne? Findet ihr ja auch. Oder?« Ohne auf eine Antwort zu warten, fuhr ich fort: »Ehrlich gesagt glaube ich, dass der angefangen hat, den Typ zu provozieren. Und irgendwie weiß ich nicht, ob das so seine Richtigkeit hat. Ich hab immer gedacht, also wir haben ja nie drüber gesprochen, ist ja auch egal, auf jeden Fall glaub ich, dass das so ja nun auch nicht sein sollte. Also, der soll ja auf mich aufpassen, *falls* was passiert, und nicht dafür sorgen, *dass* was passiert.«

Ich fühlte mich komisch. *Petze.* Das Wort hatte ich im Kopf.

Meine Eltern schauten einander an und seufzten. »Wir sprechen mal mit Herrn Jürgens darüber. Mach dir keine Gedanken. Der regelt das.«

Dann sagten sie nichts mehr, und ich ging verwirrt in mein Zimmer. Meine Absicht, Klarheit in die Situation zu bringen, hatte alles noch komplizierter gemacht.

Am nächsten Tag klingelte es an unserer Haustür. Als ich öffnete, stand Raymond davor, der noch nie geklingelt hatte, und reichte mir seine Hand. Ich gab ihm die Hand, ohne zu wissen, was geschehen war oder was gerade passierte.

»Es tut mir leid, Johann. Ich war so bescheuert.«

Da erst begriff ich. Die Tränen schossen mir in die Augen. Auch seine wurden glasig. Wir drückten uns die Hand noch etwas fester. Mit seinem karierten Jackett über der gebügelten Jeans und den schwarzen Lederschuhen sah er wie ein englischer Lord aus, der gerade mit frischem Teint aus seinem Landhaus heimkehrte. Nur sein Blick passte nicht zu seinem adeligen Look. Was musste ich jetzt sagen? Was war angemessen? Wie verabschiedet man sich für immer? Ich suchte kurz nach den richtigen Worten, doch in meinem Kopf drehte sich alles.

»Okay. Tschüss«, sagte ich und zog meine Hand weg.

Er stand zu weit weg, als dass wir uns hätten umarmen können. »Bye, Johann«, sagte er und senkte den Blick.

Dann schloss ich schnell die Tür, bevor sich unsere Blicke noch ein letztes Mal hätten treffen können.

21.

Mein Vater hatte den Personenschützern und mir einen Abstellraum neben der Waschküche überlassen, um gemeinsam zu trainieren. Anti-Terror-Kampf nannte sich diese Art der Selbstverteidigung, die allerdings eher auf Angriff als auf Verteidigung basierte. Ich hatte mir kürzlich ein paar schwarze Nunchakus mit Kugellager und goldenem Drachenaufdruck und ein Butterflymesser gekauft. Ich sah mir sämtliche Bruce-Lee-Filme mehrfach an und trainierte dabei mit Kopf- und Mundschutz allein im Wohnzimmer. Mein Vater ließ es sich nicht nehmen, ab und zu vorbeizuschauen. Euphorisch erklärte ich ihm, dass ich, wenn ich noch ein bisschen trainieren würde, vermutlich bald in der Lage wäre, wie Bruce Lee Tischtennis mit den Nunchakus zu spielen. Denn Bruce Lee ... es gab so viel, was ich ihm über meinen Halbgott erzählen wollte. Doch mein Vater sah mich nur mit hochgezogenen Augenbrauen an und antwortete nihilistisch: »Bruce Lee, lieber Sohn, gibt es gar nicht.«

Gleichermaßen frustriert wie dadurch motiviert, traf ich mich immer häufiger mit den Personenschützern in der Hoffnung, mir möglichst schnell und effektiv sämtliche Tricks beibringen zu lassen. Und so trafen sich Herr Martens und ich immer montags und freitags nach der Schule im Abstellraum.

Nach schweißtreibenden neunzig Minuten Training waren Martens und ich im Bodenkampf verschlungen. In einer Stellung, die Unwissende als eine Art sadomasochistische Missionarsstellung hätten deuten können, lag ich auf ihm. Seine blond behaarten, nass geschwitzten Oberschenkel um meine Hüften geschlungen, hatte er die Füße hinter mir ineinander verhakt und schrie mich an: »*Feschter! Feschter! Losch! Feschter!*« Ich versuchte es ja! »*Isch kriesch loch Luffft!*« Fester sollte ich meine Hände um seinen Hals schließen und kräftiger zudrücken, was gar nicht so einfach war. Sein Kinn drückte zu seinem Brustbein, und sein verschwitzter, glitschiger Hals war nahezu verschwunden. Sein Aussehen erinnerte mich an Jabba The Hut, und ich überlegte kurz, wo man eigentlich anpacken müsste, wenn man den Hals einer Kröte hätte zudrücken wollen. Seine Nackenmuskeln spannten sich an, er zog die Schultern hoch, um meinen Fingern noch weniger Platz zu lassen, und schrie mich mit zusammengebissenen Zähnen und Doppelkinn an. Ich drückte und drückte, doch sein Hals verschwand zwischen seinen Schultern. »*Schtell dir vor ... dasch macht jemand mit dir ... Du nimmscht deinen Arm so ...*« Als würde ich den Wasserstrahl aus einem Abwasserrohr durch das Zusammendrücken mit bloßen Händen unterbrechen wollen, versuchte ich, ihm die Worte abzuschnüren. Aber mit jedem Atemzug drückten seine Oberschenkel mir mehr die Luft ab und ließen meinen nächsten Atemzug noch weniger Sauerstoff in meine Lunge pumpen.

Plötzlich schlängelte sich sein linker Arm über meinen rechten und packte mich am T-Shirt. Gleichzeitig bohrte sich sein linker Ellenbogen in meine rechte Armbeuge. Ich drückte mich in die andere Richtung, um dem Gewürge zu entkommen. Da ließ er seinen Griff los. Mein eigener

Druck beförderte meinen Oberkörper in die von ihm forcierte Richtung, in der sich sein steinharter rechter Unterarm befand. Meine Nase krachte gegen seinen Ellenbogen. Mir wurde schwarz vor Augen, Tränen schossen mir die Wangen hinunter und Flüssigkeit aus der Nase. Ich löste reflexartig den Griff um seinen Krötenhals und fiel auf die Seite. Martens nutzte den Schwung, um sich mit mir zu drehen, und landete wie in einem leidenschaftlichen Spiel auf mir. Erst als er auf mir sitzend in mein Gesicht sah, erschrak er.

»Oh Gott! Das tut mir leid! Da ist wohl das Adrenalin mit mir durchgegangen. Bleib liegen, ich hole ein Handtuch.«

Er entwirrte unsere Beine und sprang auf. Ich lag auf dem Rücken und hielt mir die Nase. Schweiß, Blut, Schleim und Tränen vermischten sich auf der Matte zu einer roten Pfütze. Mein Kopf pochte von den Augen bis zum Nacken. Sekunden später kam Martens mit zwei Händen voll Küchenpapier aus der Waschküche nebenan zurück. Ein feuchtwarmer Hauch des Geruchs von heiß gemangeltem Bettzeug vermischte sich mit dem metallischen Geschmack von Blut, das mir aus der Nase quoll. Eine olfaktorische Emulsion von wohliger Geborgenheit und unkontrollierter Gewalt. Ich setzte mich auf, nahm ein feuchtes Stück Papier, hielt es mir gegen die Stirn und wischte mit einem weiteren meine Nase und meinen Mund sauber.

Martens kniete vor mir. Schweiß tropfte von seiner Stirn, sein T-Shirt war nass. Die krallenartige halb geschlossene Handfläche einer schwarz-goldenen Faust prangte auf seiner Brust. »ATK SV – Das Original« stand daneben.

Offensichtlich sehr besorgt und dennoch unbeholfendistanziert tippte er mir mit zwei Fingern aufs Knie. Professionelle Distanz stand auf einmal wieder zwischen uns.

Ich lächelte ihn beruhigend an. Martens rieb sich den Ellenbogen, bemerkte das Blut an seinen Fingern, wischte es mit einem Papier ab und lächelte gequält, als ich sagte: »Nicht so schlimm. Meine Nase war ja schon zweimal gebrochen. Der Arzt meinte, da müsse schon viel Druck dahinter sein, dass das noch mal passiert.«

Der Skiurlaub mit meinen Eltern, Laura und Daniel war noch nicht so lange her, meine gebrochene Nase aber schon einigermaßen verheilt. Nur ein kleiner Höcker erinnerte noch an die unrühmliche Situation, die die Motivation für diese Lektion hier gewesen war.

Ich legte den Kopf in den Nacken, versuchte, die Erinnerung an den missglückten Urlaub gar nicht erst aufkommen zu lassen, seufzte und stand auf. Meine Nase hatte aufgehört zu bluten, ich wischte noch einmal und tupfte mit dem feucht-rauen Zellstoff vorsichtig auf meine schmerzende Lippe. Es war wirklich nicht so schlimm. Mein Mund war trocken, alles andere war nass. Ohne ein Wort zu sagen, zog ich meinen schwarzen »Bad Religion«-Kapuzenpulli mit dem durchgestrichenen Kreuz vorsichtig über den Kopf.

»Kommen Sie, gehen wir«, sagte ich zu Martens. Mein Kopf schmerzte noch ein bisschen, als ich mit einer Kopfbewegung zur Tür deutete.

»Ist wirklich alles okay? Soll ich dich zum Arzt fahren?«, fragte er besorgter, als mir lieb war.

»Alles okay. Wirklich!«, beschwichtigte ich ihn. *Bloß kein Mitleid. Schon gar nicht von ihm.*

Wir verließen zügig den Raum, flohen an der Waschküche, dem Faxgerät und dem Weinkeller vorbei. Mehrere Meter dünnes Faxpapier schlängelten sich um einige Dutzend leere Rotweinflaschen, daneben beschriebene Zettel, ein paar leere Flaschen Whisky und Bücher mit Zetteln und Eselsohren drin. Die meisten Seiten an den Rändern eng mit dünnem Bleistiftstrich beschrieben. Ein offener Pelikan-Füller und eine ausgelaufene Tintenpatrone daneben. Ein surreales, mir sehr vertrautes Stillleben.

Martens hatte schnell ein paar Sachen in seine Sporttasche geworfen, Pratzen, Handschuhe und zwei Stöcke ragten noch heraus, und lief mir hinterher. Ich zog mir die Kapuze über den Kopf, drehte mich um und versuchte ihn anzulächeln. Er aber blickte nicht zu mir, sondern hatte besorgt seinen Kopf gen Küchenfenster gedreht, weil er wohl fürchtete, dass mein Vater die Situation mitbekommen hatte. Schnell und doch kontrolliert schloss er die Tür, ohne ein Geräusch zu verursachen. Ich wartete, bis er den Kopf zu mir drehte, und lächelte ihn erneut beruhigend an.

»Das war super!«, sagte ich bestimmt und versuchte ihm zu versichern, dass sein Schlag mit dem Ellenbogen genau das gewesen war, was ich heute erhofft hatte, und er keine weiteren Konsequenzen zu fürchten brauchte.

Er zwang sich zu einem Lächeln. »Beim nächsten Mal drehen wir den Spieß dann um ...«

Ich machte eine Bewegung mit meinem Arm, ließ meinen rechten Ellenbogen in meine linke offene Handfläche klatschen. Die Erschütterung meiner Schulter löste einen unerwarteten Schmerz in Nacken und Nase aus. Ich wusste, dass wir durch die Kameras auf dem Grundstück meines Vaters von den Objektschützern beobachtet wurden, und tat so, als wäre nichts weiter passiert und ich durchaus bereit für eine Revanche. Das Selbstvertrauen, das mir fehlte, versuchte ich Martens in doppelter Dosis beizubringen. *Er hat genau das getan, wofür er gekommen ist. Mir beizubringen, mich selbst zu verteidigen. Was passiert eigentlich mit ihm, wenn ich es letztgültig gelernt habe?*, fuhr es mir durch den schmerzenden Kopf. *Personenschützer unterrichtet Schutzperson in Selbstverteidigung.* Diesen Satz musste man sich mal auf der Zunge zergehen lassen. Eine klarere Art der selbst verschuldeten Jobvernichtung war schwer vorstellbar. Wie selbst verschuldet war sie eigentlich? Hätte er Nein sagen können, als ich ihn gefragt hatte?

Es schien sie, so reimte ich es mir zusammen, irgendwie in ihrer Personenschützerehre zu kränken. So nach dem Motto: Was sollen denn die anderen Personenschützer denken, wenn ich mit einer verletzten Schutzperson rumlaufe? Musste ich also besonders vorsichtig leben, um die Herren nicht zu beschämen? Manchmal hatte ich das Gefühl, den Ansprüchen an eine richtige Schutzperson im Umfeld von professionellen Personenschützern gar nicht gerecht werden zu können.

22.

Wenn es um Pünktlichkeit ging, waren wir alle ein wenig nervöser geworden. Absprachen über zeitliche Abläufe und deren Einhaltung waren durch die fortwährenden Anweisungen der Entführer, als es um die Geldübergaben gegangen war, in einer Art und Weise emotional besetzt, die uns jegliche Lockerheit nahm. Unsere Absprachen waren im Wortsinne minutiös. Viertel nach drei war fünfzehn Minuten nach drei. Eventuell würde ich aber um zehn Minuten nach drei da sein. Später auf keinen Fall.

Auf meiner Digitaluhr, die ich mir gewünscht hatte, seitdem ich sie an Brohms Handgelenk im Urlaub in Portugal gesehen hatte, verglich ich immer wieder die Sekundenanzeige mit dem Sekundenzeiger der Uhr in unserem Wohnzimmer. Seit diese Anzeige der nicht vergehen wollenden Zeit eine so wichtige Rolle gespielt hatte, quälte mich die Befürchtung, es könnten Situationen eintreten, die einen noch genaueren Abgleich der Tages- oder Nachtzeit erforderten. Die Zeit war eine unangreifbar sichere Einheit. Mit dieser Uhr hatte ich *sie* im Griff und nicht sie *mich*.

Der Telefonapparat meiner Mutter stand neben ihrem Bett. Mehrmals in der Woche setzte ich mich, als ich der Genauigkeit der Uhr im Wohnzimmer auch nicht mehr vollends traute, auf die Bettkante, legte meine Casio auf den Oberschenkel und wählte die Nummer der Zeitansage. 01191. Ich kannte sie natürlich auswendig. Jedes

Mal, wenn ich die Nummer wählte, erklang in meinem Kopf das Songfragment des tödlichen Ohrwurms von Das Modul, »*1100101 heißt, ich liebe dich, ich möchte bei dir sein. Die ganze Zeit für immer zu zweit, komm, lass uns wie Binäre sein*«. Till hatte mir mal empfohlen, das beste Rezept gegen einen Ohrwurm sei, den Song im Original extrem aufmerksam noch einmal zu hören, direkt gefolgt von einem anderen Lied, das weniger Ohrwurmpotenzial habe. Das wiederholte Hören, so erklärte er, lulle im Gehirn den Ohrwurm ein, der anschließende Song spüle den alten quasi weg. Wie Rohrreiniger. Erst toxisches Pulver reinkippen, dann spülen. Mir erschien das logisch. Und so hörte ich dieser Tage musikalisch nahezu selbstmörderisch immer wieder Das Modul, gefolgt von Bad Religion, in meinem Zimmer, in ohrenbetäubender Lautstärke. Meine Eltern mussten denken, dass ich mittlerweile unheilbar dissoziierte. Oder weniger dramatisch einfach nur auf einer merkwürdigen musikalischen Reise war.

Beim nächsten Ton ist es fünfzehn Uhr, drei Minuten und ... null Sekunden. Ich drückte den Knopf der Uhr, der die Sekunden auf 00 setzte. Niemals klappte es auf Anhieb genau, immer wartete ich noch eine oder zwei weitere Minuten, bis die 00 auch über mehrere angesagte Minuten nicht aus dem Takt lief. Den Hörer zwischen Schulter und Ohr eingeklemmt, die Uhr in der Linken, den mittlerweile schmerzenden rechten Zeigefinger am oberen silbernen Button der Casio, verharrte ich auf der Bettkante.

Um meinen krampfenden Nacken zu entlasten, stellte ich die Ansage einmal auf Lautsprecher. Die aus den kleinen Löchern des Telefons plärrende verzerrte Stimme der Ansagerin verursachte bei mir unvermittelt ein so heftiges Herzrasen, dass ich den Hörer aufknallte, die Uhr auf den Boden fallen ließ, aufsprang und für ein paar ungenau getaktete Minuten hektisch atmend neben dem Bett meiner Eltern stehen blieb. Aus dem Nichts war mir die Erinnerung an die verzerrten Telefonanrufe während der Entführung meines Vaters ins Gedächtnis geschossen. Die Entführer hatten nachts angerufen und mit einem hochgepitchten Stimmverzerrer gesprochen, der bei uns im Wohnzimmer über Lautsprecher abgespielt worden war. Aus dem gleichen Grund hatte ich den CD-Sampler *NDD Neuer Deutscher Dancefloor – Happy Hardcore Happy Rave* von 1996, den ich von Till als sogenanntes Witzgeschenk zum Geburtstag bekommen hatte, weggeschmissen. Es waren weniger die hysterischen Beats als die hochgepitchte Stimme der Lieder gewesen, die bei mir sofort Herzklopfen und Schweißausbrüche erzeugt hatten.

Heute hatten wir uns zügig geeinigt. 23.17 Uhr musste ich zu Hause sein. *Beim nächsten Ton ist es 23 Uhr, 17 Minuten und NULL Sekunden*. Meine Casio und ich waren bereit.

Kurz vor Erreichen der Party von irgendeinem Typen aus der Parallelklasse hatte ich mich daran erinnert, dass ich noch eine Sprühdose Axe Deo im Kofferraum hatte. Seit einiger Zeit beobachtete ich an mir einen unangenehmen Schweißgeruch in Stresssituationen. Ich bemerkte es immer, wenn ich von meinen Bandkollegen Ärger bekam, weil ich irgendwas nicht gut genug geübt hatte und mir die Ausreden fehlten. Aber auch in meinem sonstigen Alltag merkte ich, dass ich neben meinen Bauchschmerzen, die mich tagein, tagaus begleiteten, immer häufiger kalten Schweiß auf der Stirn hatte, sobald ich in den schwarzen BMW einstieg.

Ich hatte den Personenschützer gebeten, eine Straße weiter um die Ecke zu halten, damit ich nicht direkt vor der Haustür aussteigen musste. Unruhig blickte ich mich um, ob ich schon Freunde, die von der S-Bahn-Station Richtung Party pilgerten, erblickte. Doch niemand war zu sehen. Als der Wagen hielt, stieg ich aus, ging schnell ums Auto, achtete darauf, dass mich keiner meiner Freunde und auch Collins nicht sah, öffnete den Kofferraum und holte meine schwarze Sporttasche heraus, die ich mit den wichtigsten Utensilien bestückt hatte: Deo, Kondome, Plektren, Gitarrensaiten, Sonnenbrille, Haargel, Leatherman. Ich sprühte mir Deo unter mein T-Shirt, bis es mir kalt den Körper hinunterrann, und ich hörte, wie Collins die Scheibe der Fahrerseite hinunterfahren ließ.»Waschen, nicht sprühen!«, rief er aus dem Auto. Ich wurde sofort rot, und mein Herz schlug mir bis in die feuchten Achseln. Dass ich überhaupt Deo benutzte, war mir schon peinlich. Irgendwie zu intim, um es auf der Straße zu machen. Mit Wucht riss ich den Kofferraumdeckel runter, um ihn dann doch beherrscht und vorsichtig zu schließen, aus Angst, der laute Knall könnte mich verraten und mein Anschleichen an die Party zunichtemachen. Verkrampft lächelte ich Collins zu, als ich mich am Auto vorbei Richtung Party in Gang setzte. Mein T-Shirt klebte an den Seiten meines Körpers. Alter und frischer Schweiß mischten sich mit Axe und CK One.

»Bis später!«, murmelte ich noch schnell ins offene Fahrerfenster und rannte die Straße runter zum Haus. Ich stoppte kurz vorm Eingang, atmete durch, versuchte, meinen Bauch zu entspannen, und betrat locker und gut gelaunt die Party.

Als ich die Party wieder verließ, schlief Collins im Auto. Diesmal sogar mit zurückgeklappter Lehne statt wie sonst oft einfach mit nach vorne geklapptem Kopf.

Um uns beiden die Peinlichkeit des Zusammentreffens zu ersparen, ging ich wieder rein und schickte ihm eine Kurzmitteilung. Meine Finger flogen wie ferngesteuert über die T9-gestützte Tastatur. »Komme gleich raus.« Ich lauschte durch die Hecke. Observierte ihn, hoffend, er würde den kurzen Klingelton seines Motorola-Diensthandys ebenso laut hören wie ich in diesem Moment durch sein geöffnetes Fenster. Einen Spalt weit stand es immer offen, damit er eine sich nähernde Bedrohung rechtzeitig bemerkte. *Alter Indianertrick,* erinnerte ich mich an Schmitts Formulierung. Nichts geschah. Nach einer Weile rief ich an. Als er nach dem vierten Mal Klingeln ranging, konnte ich hinter der Hecke hervortreten und einsteigen. Um Punkt 23 Uhr knallte ich die Beifahrertür des BMWs zu, der vor der Tür der Party wartete.

Vom Rütteln des Türgriffs endgültig aufgewacht, richtete sich Collins auf und schaute mich erschrocken an. Ich tat so, als wäre es mir gar nicht aufgefallen, dass er eingeschlafen war, und überspielte meine Wut. Nie traute ich mich, sauer auf die Typen zu sein. Immer hatte ich das Gefühl, sie würden eigentlich am längeren Hebel sitzen. Freund oder Feind – ich hatte die Befürchtung, dass es einzig und allein von ihrer Laune abhing.

Alle meine Freunde und die anderen Besucher der Party hatten den schlafenden Personenschützer beim Betreten des Hauses, in dem die Party stattfand, passieren müssen. Auch wenn die meisten ihn nicht beachteten, sprach es sich natürlich schnell herum. Um kurz vor 23 Uhr war ich froh, dass ich die Party verlassen musste. »Wir haben noch siebzehn Minuten. Schaffen Sie das?«

Dieses Spiel war nichts Neues für uns. Ich stand kurz davor, meinen Autoführerschein zu bekommen. Das Fahren meines frisierten Mofas hatte ich nach einem halben

Jahr wieder aufgegeben. Collins stand bevor, wahrscheinlich die letzten 15 Minuten im Besitz eines Führerscheins zu sein, aber was sollten wir tun? Ich musste pünktlich sein, er musste damit klarkommen.

Collins atmete tief durch, schloss die Fenster und drückte das Gaspedal durch. Wir rasten die leere Elbchaussee entlang und ahnten beide, dass die einzige Gefahr, die auf dieser Strecke lauerte, übernächtigt in einem schwarzen BMW am Steuer saß.

Vor der Biegung in unsere Straße bremste Collins scharf ab. Er schien sich daran zu erinnern, dass ein Kollege vor einiger Zeit unseren Kater in der Einfahrt zu unserem Haus überfahren hatte. Als wir, ohne weiteren Schaden anzurichten, in die Straße der Häuser meiner Eltern einbogen, sahen wir wellenartig aufflammende Blaulichter. Ich erschrak. Mein Bauch zog sich wieder zusammen. Ruckartig wurde ich nach vorn gedrückt, als Collins reflexartig auf die Bremse trat. Er richtete sich auf und fuhr so langsam weiter, dass ich ahnte, er dachte darüber nach, ob er wohl die Nachricht oder den Anruf verpasst hatte, dass wir hier heute nicht hätten einbiegen sollen. Wir näherten uns im Schritttempo dem Haus meiner Mutter. Collins fummelte sein Mobiltelefon von der Ablage neben dem Schaltknüppel. Er klappte es auf, stutzte beim Blick auf das Display, als er meine Nachricht von vor fünfzehn Minuten sah, und blickte kurz zu mir rüber. Ich tat so, als wäre nichts geschehen. Dann rief er in der Zentrale an.

In der Gästewohnung meiner Eltern, die seit einigen Jahren nur *die Zentrale* war, lebte mehrere Jahre lang Egwuatu, ein Nigerianer, der mit Frau und Kind aus der Heimat geflohen und dort irgendwie untergekommen war. Fasziniert davon, wie sie, auf dem Boden sitzend, mit den Händen aßen, ging ich sie oft besuchen. Egwuatu kochte ein Gericht, das ich besonders liebte. Corned Beef mit Kartoffelbrei, Roter Bete und sauren Gurken. Er lud mich ein, mit ihm und seiner Frau zu essen. Die linke Hand auf dem Rücken, aßen wir mit drei Fingern der rechten Hand den lauwarmen Brei.

»It's Labskaus!«, sagte er und grinste. Ich hatte nie davon gehört, ahnte aber, dass es einer guten Portion Weltläufigkeit bedurfte, dieses vermeintlich afrikanische Gericht hier, auf dem Boden sitzend, mit den Händen zu verspeisen.

Jetzt rief Collins in der umfunktionierten Wohnung unserer Dauergäste an, um zu erfragen, was eigentlich los sei. Mein Herzschlag ging schneller, je näher wir unserem Haus kamen. Ich hatte eine Gänsehaut an Armen und im Nacken. Immer wieder wischte ich meine feuchten Handflächen an meinen Oberschenkeln ab.

Umstellt von drei Polizeiautos und einem Krankenwagen, glich das Haus meiner Mutter einem Tatort. Die gelblichen Scheinwerfer der Autos und das Aufleuchten der sich stumm drehenden Blaulichter tauchten ihr altrosa gestrichenes Haus in einen gespenstischen fliederfarbenen Albtraum, in dem ich nur das Knirschen der Reifen auf der schlecht befestigten Sackgasse in Hamburg-Blankenese wahrnahm. Meter für Meter schlichen wir darauf zu.

Als das Telefon am anderen Ende abgenommen wurde, kam Collins gar nicht dazu, etwas zu fragen. Der Objektschützer hatte uns schon über die Kameras kommen sehen und schien sofort etwas mitzuteilen, das Collins dazu bewog, den Wagen noch etwas stärker abzubremsen.

Ich kannte das Gefühl schon, bevor es eintrat. Es war nicht mehr die Angst, die Ungewissheit, die meinen Magen sich zusammenziehen ließ. Es war die Gewissheit, dass es gleich passieren würde, und die Angst vor meinem Unvermögen, es zu verhindern. Ich war mir selbst ausgeliefert. Und da war es auch schon. Mein Magen verkrampfte sich, mein Mund wurde trocken. Ich leckte mir über die Lippen und versuchte, meinen Unterkiefer durch ruckartiges Hin-und-her-Bewegen zu lockern. Es gelang mir nicht. Ich bewegte meinen Kopf langsam, aber mit starkem Druck nach links und rechts, um meine blockierten oberen Halswirbel zu knacken. Meine Handflächen waren feucht und kalt.

Mit dem letzten sandigen Knirschen meiner Knochen stoppten die Reifen des Wagens in einem Schlagloch. Collins klappte das Telefon zu und sah mich an.

Noch bevor er den Mund öffnete, erkannte ich, wie ein Mann hinter einem der Polizeiwagen hervorkam. Sein Gesicht war schmerzverzerrt, mit der rechten Hand umklammerte er das linke Handgelenk. Er ging Richtung Krankenwagen, dessen hintere Tür schon offen stand, und hielt eine rote Schnur in der Hand. *Warum trägt der einen Faden aus unserem Haus?*, wunderte ich mich. Unscharf erkannte ich Collins vor mir, der wie in Zeitlupe die ersten Satzfragmente formte: »Johann, erschrick dick nick« – sein irisch-englischer Akzent beruhigte mich diesmal kaum, sein Timing erinnerte mich an Filmfehler, in denen die Tonspur leicht versetzt zum Bild abgespielt wurde. Sein Satz kam zu spät.

Ich beobachtete den Mann, den ich als einen Objektschützer ausmachte, wie er die oberste Stufe des Krankenwagens erklomm. Der Luftzug der Aufwärtsbewegung ließ den Faden, den er immer noch in der Hand zu halten schien, in die Richtung seiner Beine wehen. Auf seine Hose, auf die silbernen Stufen des Krankenwagens, und nun erkannte ich es: Auf dem Boden verwandelte sich der Faden in das, was er war, ein nicht enden wollendes Blutrinnsal, das eine kleine Pfütze vor dem Krankenwagen bildete, bevor der Mann in seinem Inneren verschwand.

»Da war jemand auf euren Grundstuck.«

Ich biss meine Zähne aufeinander und schaute Collins an. »Was ist passiert?« Ich stellte mir alles Mögliche vor. Ich wusste, dass ich keine umfangreichen Antworten erwarten konnte. »Ist alles okay?«, schob ich hinterher.

»Ja, alles okay. Da war ein Mann auf euren Grundstuck. Die Objektschutzer haben uber die Kameras gesehen, wie er uber den Zaun geklettert ist. Die sind dann hinterher, als der Uberstiegsalarm ausgelost hat. Die Polizei suckt den gerade.«

»Kann ich reingehen?«

Die Frage schien Collins zu überraschen. »Ick weiß nickt. Ick frag die mal. Bleib mal im Auto sitzen.«

Er stieg aus, ging zu einem der Polizeiwagen und klopfte an die Scheibe. Zwei Polizisten stiegen aus. Der auf der Beifahrerseite, an die Collins geklopft hatte, lächelte ihn an, der Polizist auf der Fahrerseite schaute ernst und hatte die rechte Hand an seinem Pistolenholster. Den Arm angewinkelt, sah er ihn skeptisch an. Sie wechselten ein paar Worte, dann griff Collins in die Innenseite seiner Jacke. Quer durch die Fenster des Wagens nahm ich eine kleine, unscheinbare Bewegung der rechten Hand des Polizisten auf der gegenüberliegenden Seite des Polizeiautos wahr, die den Druckknopf des sichernden Lederriemens am Holster löste. Collins zog seine Brieftasche und zeigte seinen Ausweis vor. Dann deutete er auf mich. Der Polizist entspannte sich, beide blickten prüfend durch die Scheiben unseres Wagens. Sie nickten Collins zu. Er drehte sich um und winkte mich lächelnd heraus.

Ich zog am Türöffner. Dann noch mal etwas fester, doch nichts geschah. Die Tür war verschlossen. Ich kannte diese Sicherheitsmaßnahme schon und ahmte mit meinem rechten Daumen das Drücken auf die Funkfernbedienung des Wagens nach. Kurz blitzte in meinem Kopf der Gedanke auf, dass ich in meinem Leben noch nie in einem entriegelten Auto gefahren war. Die Zeit, in der meine Eltern die Kindersicherung der hinteren Türen verriegelt hatten, damit ich nicht versehentlich beim gelangweilten Rumfummeln an den Türgriffen während der Fahrt zum Kindergarten hinausfiel, schien nahtlos in die aktuelle Phase der Sicherung übergegangen zu sein. Ich zog erwartungsvoll die Augenbrauen hoch und formte mit den Lippen »Ist zu!« in der Hoffnung, man würde mich gleich in die Unsicherheit entlassen.

Collins rannte in ein paar Schritten zur Beifahrerseite und öffnete sie. Er erreichte das Auto schneller, als er hätte müssen, und ließ mir keine Zeit, darüber nachzudenken, ob dieses abgeschlossene Auto momentan tatsächlich der sicherste Ort für mich war.

»Danke!« Mit einem scharfen Akzent auf der letzten Silbe stieg ich aus dem Auto. Meine Magenschmerzen waren wackeligen Beinen gewichen, das Unwohlsein hatte sich in meinem gesamten Körper ausgebreitet. Ich atmete tief ein und versuchte, mich von der kühlen Nachtluft beruhigen zu lassen. Ich atmete aus. Dann ging ich in Richtung der roten Telefonzelle, die den Eingang zum Vorgarten des Hauses meiner Mutter bildete.

Ohne eine Verabschiedung oder andere Höflichkeiten öffnete ich die Tür der Telefonzelle. Ein Architekt hatte sie meinen Eltern beim Bau des Hauses aufgeschwatzt, aus

England einfliegen lassen und als schleusenartigen, doppeltürigen Eingang vor das Haus gestellt. Innen befand sich immer noch das Originaltelefon mit einem laminierten Auszug aus dem englischen Telefonbuch, den man studieren konnte, während man darauf wartete, dass einem die Tür mittels Summer geöffnet wurde. Seit ein paar Jahren waren die oberen dreißig Zentimeter der Telefonzelle vollgestopft mit einer langen grauen Kamera, die aussah wie eine Rohrbombe und diese surreale Schleuse wie aus einer anderen Galaxie wirken ließ, wie eine misslungene Requisite aus *Dr. Who*.

Es war besonders die fundamentale Hässlichkeit der Sicherheitsmaßnahmen, die mich immer wieder nervte. Wenn ich nach Hause kam, waren das Erste, was ich sah, graue Kameras und deplatzierte Knöpfe und Schalter, die ihre Umgebung verschandelten. Die bestenfalls wohlgeformten Armaturenbretter der Autos, mein Fahrrad, der Garten oder die schöne englische Telefonzelle, alles wurde verschandelt mit ausschließlich funktionalem technischem Gerät. Ich war fasziniert von der Retro-Future-Optik, wie ich sie aus *Die Reise zum Mond*, *Metropolis* oder *Alarm im Weltall* kannte. Jedes Mal ärgerte ich mich kurz, wenn ich die anthrazitfarbenen Funkgeräte und Kameras, die bei uns benutzt wurden, erblickte. Sie sahen aus, als hätte sie irgendein depressiver DDR-Designer entworfen. Designaffine Jugendliche in einer prekären Sicherheitslage schienen keine relevante Zielgruppe für die Hersteller dieser technischen Gadgets zu sein.

Vielleicht hatte sie mitbekommen, dass ich vorgefahren wurde, vielleicht hatte sie auch hinter der Tür darauf gewartet, dass es endlich 23.17 Uhr wurde, auf jeden Fall öffnete meine Mutter die Tür, ohne dass ich hätte klingeln müssen. Ich ging ihr entgegen, und sie nahm mich in den

Arm. Kurz drückten wir einander, dann schob ich sie weg.
»Was – ist – hier – eigentlich – los?«

»Du, Johann ... da ist irgendein Mann bei uns über den Zaun geklettert. Der war bei uns im Garten. Ich habe den nicht gesehen. Die Objektschützer waren sofort hier und haben ihn vertrieben.«

»Ja, das habe ich gehört.« Den Teil kannte ich ja schon. »Was wollte der denn? Wo ist der jetzt?«

Meine Mutter schüttelte fast unmerklich den Kopf, als müsste sie noch darüber nachdenken, ob dies die angemessene Bewegung sei. »Das wissen wir nicht!«

»Wieso ist hier ein Krankenwagen?« Ich wollte meine Mutter nicht damit belasten, dass ich gesehen hatte, wie ein stark blutender Objektschützer aus unserem Haus in den Krankenwagen geschafft worden war.

»Herr Dillmann hat den Typ noch gesehen, wie er weggerannt ist. Er wollte über den Zaun hinterher.« *Überstiegssicher,* schoss es mir durch den Kopf. Engmaschige dunkelgrüne Metallzäune, die einen Einbruch verhindern sollten. Meine Eltern hatten sich, ohne dass es wirkliche Alternativen gab, für diese Variante entschieden. Alle paar Meter durch eine Kamera mit Infrarotsensor ergänzt, erinnerte mich unser Grundstück an den Innenhof eines Hochsicherheitsgefängnisses.

Diese Assoziation wurde nun noch verstärkt, als meine Mutter fortfuhr: »Ich weiß nicht, wie der Mann von draußen da drübergekommen ist. Aber Herr Dillmann ist von hier drinnen abgerutscht und mit dem Ring seiner linken Hand ganz oben an einer Spitze des Zauns hängen geblieben.«

Mein Bauch, der sich gerade entspannt hatte, zog sich in böser Vorahnung wieder zusammen. Ein paar kleine kalte Schweißperlen bildeten sich auf meiner Stirn. Ich verzog das Gesicht und ballte meine kribbelnden, tauben Hände zu Fäusten, während meine Mutter erzählte, wie Dillmann mit seinem Fuß an den viel zu schmalen rechteckigen Maschen des Zaunes abgerutscht war und ihm die Wucht seines herabfallenden Körpers mit seinem hängen gebliebenen Ehering das gesamte Fleisch von den Knochen seines Ringfingers gerissen hatte. Wie der hochgeschobene Ärmel eines meiner schlabberigen Pullover hatte sich die Haut mitsamt Fleisch in Richtung der Fingerspitze gerafft, um dann wie eine grausige Windhose oben am Zaun zu markieren, dass dieser zwar keinen Einbruch, jedoch den einen oder anderen Ausbruch aus dem Garten verhindern konnte.

Froh um jeden meiner Finger, schlug ich mir die Hände vor den Mund. »Oh Gott! Urgs – wie krass!«

Ein Mann stieg bei uns über den Zaun, um ... was zu tun? Die Polizei hatte uns vor Jahren schon von Trittbrettfahrern erzählt. Sie hatte uns vor Menschen gewarnt, die, inspiriert von einem Verbrechen, versuchten, dieses nachzuahmen. War dies nun geschehen? Hatte jemand versucht ...?

»Wo in unserem Garten war der denn, weißt du das?«, fragte ich meine Mutter.

»Der stand wohl vor deinem Fenster. Er ist dann gleich weggerannt, als er jemanden hat kommen hören.«

Ich öffnete den Mund, ohne zu wissen, was ich erwidern sollte. »Wir wissen aber nicht, was der wollte«, schob meine Mutter hinterher. »Vielleicht hatte der sich auch im Grundstück geirrt. Die Polizei hat gesagt, es könnte auch ein Junkie gewesen sein, der versucht hat, irgendwo ein Fenster einzuschlagen, um Geld für Drogen zu kriegen.«

Meine Mutter und ich standen uns gegenüber, drinnen brannte überall Licht. Ich sah an ihr vorbei, um sicherzugehen, dass keine Polizisten im Haus waren, und ging langsam hinein. Ich versuchte, mir den unglückseligen Junkie vorzustellen, der sich in Hamburg-Blankenese den einzigen vermeintlich überstiegssicheren Zaun aussuchte, um eine Scheibe aus Sicherheitsglas einzuschlagen, hinter der als einziger Wertgegenstand der zentnerschwere alte Röhrenfernseher meiner Mutter stand. Alles nur für den nächsten Schuss.

Meine Mutter schloss die Tür. Das rhythmisch aufscheinende blaue Licht erlosch mit dem Zufallen der Tür, und ich ging Richtung Treppe, die hinab in mein Zimmer führte.

»Oh Mann – na ja – okay«, murmelte ich noch.

»Die Polizei ist dem schon auf den Fersen, Johann. Die kommen gerade von allen Seiten, der kann nicht abhauen. Die kriegen den.«

Meine Mutter lächelte mich an, ich lächelte zurück. Mein Vater kam aus dem Wohnzimmer zu uns, drückte mich und versicherte mir, dass wir nichts weiter tun könnten und rein gar nichts zu befürchten hätten.

»Na gut – ich geh mal schlafen«, sagte ich. »Ich war übrigens eigentlich pünktlich! Ich kam nur nicht rechtzeitig aus dem Auto.«

»Ich weiß. Dann schlaf gut. Wir sind hier oben«, antwortete mein Vater gänzlich ohne Ärger über meine Unpünktlichkeit.

Langsam ging ich die Stufen zu meinem Zimmer hinunter. Vor einiger Zeit war ich vom ersten Stock in ein Zimmer im Untergeschoss des Hauses meiner Mutter gezogen. So lebten wir in der Vorstellung, ich könnte abends nach Hause kommen, ohne dass meine Eltern gestört würden. Ohne minutengenaue Absprachen, ohne einen Telefonanruf vor der Ankunft des Wagens in unserer Straße bei den Objektschützern. Ohne die Sorge, ich würde nicht nach Hause kommen. Die baulichen Gegebenheiten für diese schöne Vorstellung waren gegeben.

Langsam ging ich die Stufen hinunter. Unten war es dunkel. *Hat Dillmann seinen Ring eigentlich zurück?*, fuhr es mir durch den Kopf. *Was wäre passiert, wenn ich nicht jede Minute ausgereizt hätte, Collins nicht eingeschlafen wäre und ich nicht hinter der Hecke darauf hätte warten müssen, dass er aufwacht? Wann genau stand eigentlich dieser Typ vor meinem Fenster? Hätte ich ihn dann sehen können? Wäre sein Gesicht im Schein der Gartenbeleuchtung vor meinem Fenster aufgetaucht, während ich mir die Zähne geputzt hätte? Was wäre passiert, wenn ich am Fenster vorbeigegangen wäre und er plötzlich dagestanden hätte? Ein weißes Gesicht mit starren, großen Pupillen. Mein Schreck und seine Fratze, gespiegelt in derselben Scheibe. Meine Angst in seinen Augen. Wie lange hätten wir einander angesehen, bevor einer von uns geschrien hätte?*

Auf einmal fing mein Herz an zu rasen. Ich rannte zum Lichtschalter, meine Halsschlagader pochte, mein Kopf wurde heiß, meine Hände kalt. Ich drehte mich einmal panisch um mich selbst, stolperte in mein Badezimmer und knallte die Tür zu. Kräftig blähte ich die Backen auf, spannte meinen Bauch an und ballte meine Finger zur Faust. Ich hielt die Luft an, biss die Zähne aufeinander, spannte meine mäßig trainierten Muskeln so lange, bis mir schwindelig wurde. Ich presste mir ein Handtuch vors Gesicht und schrie hinein, so laut ich konnte. Dann ließ ich die Schultern fallen, und mein Herz beruhigte sich. Ich zog mich bis auf T-Shirt und Unterhose aus, putzte mir die Zähne und ging in mein Zimmer, um zu schlafen.

Durch die Fenster erkannte ich den spärlich beleuchteten Garten und die in schummrigem Dunkelrot schimmernden Infrarotkameras. Ich riss die Vorhänge ruckartig zu, sprang zur Tür und kontrollierte, ob sie abgeschlossen war. Dann legte ich mich ins Bett. Ich faltete das untere Ende der Decke wie einen Schlafsack um meine Füße und zog das obere Ende bis zum Kinn.

Leise hörte ich die Stimme Harald Schmidts aus dem Fernseher meiner Eltern im Wohnzimmer. Oberflächlich beruhigt, lag ich sicher eingepackt in meinem warmen Bett. Wut stieg in mir hoch.

»Macht mal den Fernseher aus! Der ist derbe laut!«, schrie ich durch die geschlossene Tür ein Stockwerk nach oben. »Ich will schlafen!!«

Die Geräusche von oben verstummten. Meine Eltern schienen keine Lust auf eine Diskussion zu haben und gehorchten einfach. Wenigstens das konnte ich kontrollieren. Auch die Stimmen im Garten wurden nach und nach leiser. Während ich langsam im Halbschlaf versank, vermischte sich das Klappern der Schlüsselbunde der Objektschützer mit dem Klingeln des Ringes im Wind auf der Spitze des überstiegssicheren Zaunes.

Ich lag in meinem hell erleuchteten Zimmer und schlief schließlich ein.

23.

Ich war in den letzten Wochen des Sommers 1999 öfter auf Partys irgendwelcher Leute aus meiner Stufe gewesen, deren Eltern übers Wochenende in ihre Ferienhäuser gefahren waren. *Lassen Sie mich bitte an der Ecke raus. Gleich hier! Stopp!* Meine Freunde wussten, dass ich immer noch ab und zu gefahren wurde, gefahren werden musste. Trotzdem versuchte ich es weiterhin geheim zu halten, dass ich Tag und Nacht von Bodyguards begleitet wurde.

Bodyguards – so nannte ich sie nie. Nur mit Daniel traute ich mich ab und zu mal über die Herren zu sprechen. Wir sahen uns fast jeden Tag zur Bandprobe, waren gemeinsam an den Wochenenden auf Tour. Spielten auf Stadtfesten, in kleinen Clubs und manchmal auf Festivals oder als Support von größeren Bands. Und seit den gemeinsamen Urlauben der letzten Jahre war es ohnehin unmöglich, es vor ihm zu verstecken. Mangels besserer Worte, denn auch Daniel und die anderen in der Band vermieden das Wort *Bodyguard,* ersannen er und ich immer neue Namen für die Typen. Da der BMW das Kennzeichen HH DJ-5743 hatte, kam Daniel schnell auf die Idee, von den *DJs* zu sprechen. »Musst du noch die DJs anrufen? Oder können wir los?« Auch *Fuzzis* oder sogar *Fuzziputzis* waren Begriffe, die uns leichter über die Lippen gingen als die allzu ernsten und durch schnulzige Filme mit Whitney Houston vorbelasteten Begriffe.

»Lass mal einfach die Fuzzis fragen, ob die uns was von der Tankstelle holen«, scherzte Daniel ab und zu. »Klar. Die sollen sich mal ordentlich eindecken und uns dann gleich das Auto auch noch dalassen. So roadtrip-ins-koma-mäßig.« Daniel und ich lachten.

Ich war froh über die langsam entstehende Lockerheit meiner Band den Sicherheitsleuten gegenüber. Denn sobald ich nur an das Wort *Bodyguard* dachte, befürchtete ich, dass Menschen die Vorstellung hatten, dass ich von Kevin-Costner-artigen Gestalten herumgetragen würde, sobald es nur zu regnen anfangen würde.

Doch statt Mitleid war es eher die Angst der Menschen, die ich zu spüren bekam. *Ist es für mich eigentlich gefährlich, mich mit dir zu treffen?* Es schien bei den Menschen, die mit mir zu tun hatten, die gleiche Angst aufzukeimen, die ich vor Jahren das erste Mal gespürt hatte. Wie groß muss die Bedrohung sein, wenn die Sicherheitsvorkehrungen schon so bedrohlich sind? Anscheinend waren das bloße Wissen um die tatsächliche Existenz von Sicherheitsleuten und die Notwendigkeit, dass sie sich in meinem direkten Umfeld aufzuhalten hatten, genug, um meine Mitmenschen zu ängstigen. *Werde ich jetzt eigentlich auch ständig überwacht, wenn ich mit dir zu tun habe?*

Umso mehr Erleichterung brachten die Unterhaltungen mit meinen Bandkollegen. »Welche Fuzziputzis kommen denn mit auf Tour?«, fragte mich Daniel zum Beispiel, wenn wir mal für ein Wochenende unterwegs waren. Wir hatten einen Tourmanager, Alex, der auch das Auto fuhr und den Sound machte. Zusätzlich noch einen Backliner, der sich um unsere Instrumente kümmerte: Björn, der von uns nur Bumms genannt wurde. Er hatte uns auf den ersten Konzerten erzählt, dass er lange mit einer Band auf Tour gewesen war, bei der der Sänger ihm immer die

Gitarre zugeworfen hatte, wenn er eine neue gebraucht hatte. Direkt von der Bühne, mit einem ausladenden Wurf, in den dunklen Nebenbereich, wo die Techniker standen. Er betonte, dass das exakte Fangen des Instruments nicht viele Backliner beherrschten. Er sei deutschlandweit der Backliner mit der niedrigsten Quote von fallen gelassenen Gitarren, seine sogenannte Bummsquote. Dass ihm diese »niedrigste Bummsquote« auf Tour mit vier Teenagern nicht nur wohlwollende Gags einbrachte, merkte er schnell. Doch Bumms war, wie er selbst immer betonte, »hart im Nehmen«. Und auch darüber lachten wir natürlich.

Alex und Bumms beachteten die Sicherheitsleute nicht weiter. Es gab vereinzelte Überschneidungspunkte, aber die beiden waren durch ihre jahrelange Tourerfahrung *Securitys* gewöhnt. Es fühlte sich so an, als könnte ich mich durch die Musik in eine Szene hochspielen, in der meine Lebensumstände einfach ganz normal wären.

Wenn wir Konzerte spielten, trafen sich die Sicherheitsleute schon im Vorfeld mit den Veranstaltern. Egal, wie klein das Konzert war, sie informierten sich vorher über die Ein- und Ausgänge, erhielten Schlüssel für die entsprechenden Schranken, gesonderte Parkplätze und die Erlaubnis, ihre Waffen mit in den Veranstaltungsraum zu nehmen. Immer und immer wieder stellte ich mir insgeheim die gleiche Frage: Bestand wirklich eine Gefahr, und wenn ja, wie konnte ich garantieren, dass sie nur mich betraf? Und wenn sie nicht nur mich betraf, wieso wurde dann nur ich geschützt? Durch diese Vorkehrungen hatten die Veranstalter keine Möglichkeit, mir unvoreingenommen gegenüberzutreten. Dementsprechend steif und unsicher verhielten sie sich. Wenn wir den Club betraten, nahmen sie mich oft vor den Augen aller »unauffällig«

zur Seite: »Wir haben auch schon mit deinen Herren gesprochen«, raunten sie mir verschwörerisch zu. Die anderen Jungs verdrehten schon immer die Augen. »Alle Vorkehrungen sind getroffen. Ich habe deinen Bodyguards meine direkte Durchwahl ins Büro gegeben. Falls ich gebraucht werde.« Die Veranstaltungsorte, waren sie auch noch so klein, verwandelten sich für mich in kleine Einsatzzentralen, in denen ich mich fühlte wie ein Zivilbulle oder Informant. Je größer die Konzerte waren, bei *The Dome* oder als Supportband von Reamonn vor 15 000 Leuten, die wir direkt nach der Veröffentlichung unserer ersten Single im Frühjahr 2000 spielen durften, weil Sony Music das irgendwie eingetütet hatte, desto normaler war es natürlich für die Veranstalter, sich mit Sicherheitsfragen auseinanderzusetzen.

Unser Plattenvertrag, den unsere Eltern ein paar Monate zuvor in Berlin für uns unterschrieben hatten, regelte, dass Sony Music unsere Nachnamen nicht veröffentlichen durfte. Uns allen war die Gefahr bewusst, dass es mit der Namensänderung der Band von Am kahlen Aste zu Score! im schlimmsten Fall nicht getan war. Zur *Reemtsma-Band* wollten wir nicht werden. Auch Einzelfotos hatten wir der Plattenfirma untersagt. Doch natürlich veröffentlichte Sony in der allerersten Pressemitteilung über Score! unsere vier Vor- und Nachnamen, und natürlich lösten wir den Plattenvertrag nicht wegen Vertragsbruch auf.

Doch in kleinen Clubs vor fünfzig Menschen, was eher die Regel war, waren Pressemitteilungen wie diese zerstörerisch für das Indie-Image der Band. Es war absurd. Wären wir einfach zu viert plus Tourmanager Alex und Backliner Bumms gefahren, hätten wir vermutlich in einen normalen Van gepasst. Da wir aber immer zwei Sicherheitstypen mitnehmen mussten, hatte Alex einen Nightliner gebucht.

Was in den ersten Stunden ein tolles Gefühl war und auch vor größeren Hallen gut funktionierte, war in dem Moment, als der Nightliner größer war als der Club, in dem wir am Abend spielen sollten, unangenehm. Die *Securitys* schliefen in den vorderen Kojen, wir weiter hinten. Vier Kinder, vier Erwachsene und der Fahrer. Sie waren in der Überzahl.

Nur einmal, als wir im Jugendzentrum im Hamburger Stadtteil Rissen spielten, lief es anders. Eine ältere Dame setzte sich zu mir. Die langen weißen Haare zu einem Zopf gebunden, in jeder Ohrmuschel drei Ringe und eine übertrieben dicke Silberkette um den Hals, schaute sie mich freundlich an. Ich hatte mir gerade ein Bier aufgemacht, um meine Nervosität zu betäuben, und erwartete die gleiche Ansprache wie immer. *Alles im Griff. Alles abgesichert. Hier ist meine Durchwahl usw. usf.* Normalerweise hasste ich diese pseudoverschwörerischen Sätze. Als wären der Veranstalter, die Sicherheitsfuzzis und ich ein Team von Geheimagenten oder so. Doch diesmal war es anders. Sie lehnte sich zurück und lächelte mich an. Die Tür zum Konzertraum stand offen, nur Daniel lehnte lässig im Türrahmen, und somit beugte sie sich vor und flüsterte leise: »Wie hältst du das nur aus, Johann?« Sie legte mir die Hand aufs Knie. »Täglich umgeben von diesen Schreckensgestalten? Ich freue mich schon sehr auf das Konzert. Meine Tochter hört eure CD rauf und runter. Sie kommt nachher auf jeden Fall auch mit zwei Freundinnen. Die interessiert das alles nicht. Der geht es nur um eure Musik. Das freut mich für dich.« Sie sah mir lange in die Augen.

Ich wurde auf einmal ganz ruhig. Ja, wie hielt ich das eigentlich aus mit diesen Schreckensgestalten? So konkret hatte ich noch nie darüber nachgedacht. Sie stand auf, holte sich auch ein Bier aus dem Kühlschrank und öffnete den Kronkorken mit einem Glied ihrer silbernen Halskette. »Prost. Auf die Musik und die Freiheit.«

Wir stießen an, und ich trank den Rest der Flasche in einem Zug aus. Die alte Dame verließ den Raum und ging in ihr Büro. Daniel kam jetzt näher und setzte sich auf den frei gewordenen Platz. Er grinste mich an und legte mir übertrieben bedeutungsschwanger auch seine Hand auf mein Knie. Ich grinste zurück. Er sah mir tief in die Augen:

»Alter! Voll der geile Bandname, ahn mal: Schreckensgestalten!«

24.

Ein paarmal hatte ich den unterschiedlichen Gerichtsverhandlungen gegen die einzelnen Mitglieder der Ent-
führerbande in den vergangenen Jahren beigewohnt. Ich
hatte das Bedürfnis, der ganzen Geschichte ein irgendwie
offizielles, geregeltes Ende zu setzen. Als es im Januar 2001
endlich zur Urteilsverkündung kam, ging mein Vater
nicht hin. »Das ist jetzt nicht mehr meine Sache. Das Urteil
zu sprechen ist nicht meine Angelegenheit. Es geht mir
nicht um Vergeltung, sondern um Gerechtigkeit«, erklärte
er mir. Er habe alles getan und gesagt. Die Strafe sei nicht
sein Zuständigkeitsbereich. Er wolle sich nicht daran er-
götzen und im Zweifel sogar verhindern, dass der Eindruck entstehe. Er sei als Nebenkläger aufgetreten, so sei
es in Deutschland geregelt. *Nebenkläger.* Als hätte er dane-
bengestanden und wäre nicht mittendrin gewesen.

Ich begriff nicht, wie mein Vater es schaffte, kühl und
rational zu entscheiden, dass es so *das Richtige* sei. *Wie
man es machen muss.* Ich wiederum wollte das Gesicht des
Verbrechers sehen, über den seine jahrzehntelange Strafe
hereinbricht. Ich wollte Verzweiflung, Entsetzen, wollte
wenigstens ein schlechtes Gewissen beobachten können.
Ich würde auf jeden Fall hingehen.

Als das Urteil dann tatsächlich gesprochen wurde, saß
ich im Deutschunterricht. Mein Handy vibrierte, ich
schreckte auf und blickte mich kurz um. Nur Katharina,

die neben mir saß, hatte es bemerkt. »Entschuldigung, ich muss mal kurz aufs Klo!«, rief ich, während ich den rechten Arm hob und mit dem linken schon mein Ericsson T36 nach unten gebeugt aus meiner Schultasche fummelte. Ich verließ den Klassenraum, knallte die Tür zu und blickte auf das graue Display. »14,5 Jahre. Keine Sicherungsverwahrung«, lautete die SMS, die ich von einem der Sicherheitsleute bekommen hatte, die der Urteilsverkündung beigewohnt hatten.

Meine Angst, einen Fehler zu machen, den mir weder mein Vater noch die Öffentlichkeit verzeihen würden, war zu groß gewesen, und so war ich heute, am Tag der Urteilsverkündung, doch einfach in die Schule gegangen.

Ich öffnete die Tür zum Schulhof, schaute mich kurz um, dass kein Lehrer mich beobachten konnte, und ging nach draußen. Seit Einführung des T9-Systems brauchte es nur noch wenige Sekunden, um eine SMS auf dem Handy zu schreiben. »Warum nicht 15 Jahre?« Es passierte länger nichts, dann vibrierte mein Telefon wieder. Diesmal war es ein Anruf. Ich klappte es auf. »Ja?«, begrüßte ich Brohm so ruhig wie möglich. Ich hoffte, auf dem leeren Schulhof während des Unterrichts nicht weiter aufzufallen.

»Hallo, Johann. Du«, er machte eine Pause und schien nach der passenden Formulierung zu suchen, »der hat nicht die Höchststrafe bekommen, weil er das Opfer nicht umgebracht hat.« Er sagte *das Opfer* und nicht *deinen Vater*. Profis eben. Distanz wahren. »Es soll wohl auch ein Signal an künftige Täter sein, mit Strafmilderung rechnen zu können, wenn sie das Opfer leben lassen. Sicherheitsverwahrung hat er nicht bekommen, weil ...«

»Jaja, ich weiß«, fiel ich ihm ins Wort. »Sie konnten ihm den Überfall auf den Geldtransporter mit einer Panzerfaust, mit dem er gegen die Bewährungsauflagen eines seiner früheren Verbrechen verstoßen hätte, nicht zweifelsfrei nachweisen. Ich weiß schon. Vielen Dank. Ich muss wieder rein. Danke.« Damit klappte ich das Telefon zu, steckte es in die Seitentasche meiner schwarzen Militärhose und ging rein. Ich öffnete die Klassentür und ließ mich wieder auf meinen Stuhl fallen.

Als die Schule zu Ende war, wollte ich nicht gleich nach Hause. Es regnete seit den frühen Morgenstunden in Strömen, und trotzdem war ich wieder mit dem Fahrrad zur Schule gefahren. Seitdem ich den Autoführerschein machte, hatte ich die Lust am Mofafahren verloren und nutzte die Wege immer wieder, völlig unverkabelt, quasi nackt und nur mit Handy in der Hosentasche, um mich mal so richtig durchpusten zu lassen. Nun raste ich mit meinem Fahrrad von der Schule Richtung Schanzenviertel. Auch wenn der Fahrer des Autos hinter mir vermutlich davon ausging, dass ich, wie gewöhnlich, nach Hause fuhr und nur einen anderen Weg einschlug, hatte ich andere Pläne.

Aus den Erzählungen der Männer wusste ich, was Autos in der Lage waren auszuhalten. Beispielsweise würden sie sich nicht plötzlich, wie man es aus Filmen kannte, auf offener Strecke überschlagen. Man konnte noch so scharf und plötzlich einlenken, im Normalfall würde das Auto einfach in der Spur bleiben. Sobald ich meinen Führerschein bestanden hatte, würde ich an einem Sicherheitsfahrtraining teilnehmen. Das hatten sie mir angekündigt. Ich wusste aber auch, was Autos nicht konnten und welche Vorteile ein Fahrrad bot.

Jetzt raste ich die engen Straßen von Othmarschen mit meinem Mountainbike entlang. Immer wieder verwandelte sich das mich beschützende Auto in meiner Vorstellung in ein Fahrzeug, vor dem ich mich schützen musste. Freund und Feind wechselten imaginativ sekündlich die Rollen. *Schreckensgestalten.* Mit jedem Tritt in die Pedale versuchte ich, dem Angreifer zu entkommen. Ich fühlte mich wie in einer James-Bond-Verfolgungsjagd. Mein Herz raste. Nicht nur vor körperlicher Anstrengung. Es war die Aufregung der Vorstellung, ich würde tatsächlich verfolgt. Es fühlte sich so real an, dass ich wirklich Angst bekam. Und verfolgt wurde ich ja auch. Wirklichkeit und Vorstellung verschmolzen zu einem bizarren Gefühl des Gejagtwerdens. Wer war ich? *Woher weiß ich eigentlich,* dachte ich plötzlich, *dass die Typen im Wagen hinter mir wirklich die Guten sind?* Einen Eid hatten sie, soweit ich wusste, nicht geschworen. Wir waren nicht befreundet. Und auch wenn ich sie alle mochte, mit manchen war ich noch nicht mal richtig bekannt. Woher also wusste ich, dass sie ihre umfassenden Kenntnisse darüber, welche Wege ich fuhr, wann ich zur Schule ging, wann zur Bandprobe, welche S-Bahn ich nahm, welche Hunderunde ich für gewöhnlich ging und wo meine Freundin wohnte, nicht *gegen* mich einsetzen würden? Wäre das nicht sogar profitabler als der Job, den sie hatten? Ich erinnerte mich an den Satz meines Großvaters, den mir mein Vater zitiert hatte: »Es gibt keine bessere Investition, als sein Personal gut zu bezahlen.« Plötzlich machte dieser Ratschlag mehr Sinn als je zuvor. Auch Mel Gibsons Film *Ransom,* der vor drei Jahren gelaufen war, kam mir in den Sinn: Ein Kind wird entführt, und der Vater entscheidet sich dafür, das Lösegeld nicht zu zahlen, sondern es stattdessen in einer Fernsehsendung als Kopfgeld auf die Entführer auszusetzen. Die Verbrecher müssen sich nun ausrechnen, ob es für sie vielleicht profitabler wäre, ihre Mittäter zu verraten.

Woher wusste ich, wer gut und wer böse war? Wer stand auf welcher Seite und vor allem, warum? Und wie lange noch? Sie waren bewaffnet und hochmotorisiert. Vielleicht warteten sie nur auf das richtige Angebot.

Hier auf dem Fahrrad war ich Gejagter und Beschützter. Nur Jäger war ich sicher nicht. Die Musik aus meinen Kopfhörern vermischte sich mit den Fahrgeräuschen des BMWs hinter mir. Ein Soundtrack zu einer Verfolgungsjagd. Wann würde die Stoßstange meinen Hinterreifen berühren, um mich von der Straße abzudrängen? Wann würde plötzlich ein Lieferwagen aus einer Seitenstraße auf die Fahrbahn fahren, die Schiebetür sich öffnen und maskierte Männer das Feuer eröffnen? Ich drehte die Musik lauter. Slime dröhnte mir in die Ohren:

Ideen brauchst du nicht viele,
die Lösung dieser Falle,
das ist das neue Spiel, es heißt
»Alle gegen alle«

Würde sich dieses ständige Fangenspielen irgendwann lohnen? Wann dürften die vermutlich gelangweilten Sicherheitsmänner einmal etwas *Richtiges* machen, das ihnen bewies, dass sie auf der richtigen Seite standen? Wann würde ich meinen Eltern zu Hause endlich erzählen können, dass nun auch mir etwas passiert sei?

Todestrieb. Das Wort aus Unterhaltungen mit meiner Mutter echote in meinem Kopf. Was genau der Terminus bedeutete, wusste ich nicht. Es war nur das Gefühl in Verbindung mit meiner rasenden Fahrradfahrt und meinem ebenso rasenden Herzen. Der Sony-Minidisc-Player feuerte eine Playlist ab, die meine innere Zerrissenheit auf den Punkt brachte. Nach Slime kamen Die Ärzte.

*Mein Swimmingpool reicht von Casablanca bis nach
Istanbul.
Das ist ein Mordsmodul.
Und mein Schloss besteht aus purem Gold und ist
gigantisch groß.
Das find ich echt famos.
Ich habe so verdammt viel Geld, ich kauf mir bald den Rest
der Welt.
Ich bin reich.
Ich bin reich, so furchtbar reich.
Japadappadu, ich bin reich!*

Ich riss den Lenker herum, fuhr schräg über die Straße
und dann auf den gegenüberliegenden Bürgersteig, zwischen zwei schmalen Pollern hindurch auf einen Fußweg,
der mit dem Auto nicht zu befahren war. Er verlief parallel zur Straße und war von ihr durch eine dichte Hecke
und vereinzelt stehende Häuser getrennt. »Tunneln und
Schütteln« kannte ich seit Jahren. Nickel, einer der Angehörigenbetreuer im Jahr 1996, hatte es mir gezeigt. Um zu
erkennen, ob man verfolgt wurde, blieb man beispielsweise, wenn die Ampel auf Grün schaltete, noch so lange
stehen, bis sie wieder auf Rot sprang, um dann genau in
dieser Sekunde loszufahren. Ohnehin immer in Alarmbereitschaft, überlegte ich mir täglich neue Varianten des
Schul- und Heimwegs. *Niemals den gleichen Weg mehrmals hintereinander fahren,* lautete der Ratschlag der Personenschützer, den ich jetzt gegen sie verwendete. Ich
sauste den Fußgängerweg entlang, bis ich ans Ende der
Hecke kam. Ich bremste scharf und wartete, dass der
schwarze BMW langsam auf der parallel laufenden Straße
an mir vorbeifahren würde. Ich wusste, dass der Fahrer
des Wagens nach mir Ausschau hielt, und hoffte, dass er

mich nicht entdeckte. Als der BMW hinter den Häusern auftauchte, sah ich, wie der Fahrer den Hals in meine Richtung reckte. Ich duckte mich weg, presste mich an einen Stromkasten und hoffte, dass mein leuchtend rotes Mountainbike, auf dessen Rahmen in großen Runen »ODIN« stand, mich nicht verraten würde.

Während der BMW langsam vorbeizog, lief meine Playlist erbarmungslos weiter.

»Du liebst ihn nur, weil er ein Auto hat
und nicht, wie ich, ein klappriges Damenrad.
Doch eines Tages werd' ich mich rächen.
Ich werd' die Herzen aller Mädchen brechen.
Dann bin ich ein Star, der in der Zeitung steht.
Und dann tut es dir leid, doch dann ist es zu spät.«

Es gab eine Liveversion des Stückes *Zu spät* von Die Ärzte, in dem Farin Urlaub, der ja mittlerweile keine Probleme mehr hatte, sich ein eigenes Auto leisten zu können, den Text entsprechend verändert hatte. Auf einmal hatte sein Antagonist zwar ein Auto, aber er ein goldenes Motorrad. Die Ärzte, die mit wachsender Berühmtheit begannen, ihre eigenen Texte halb selbstkritisch, halb ironisch an ihre Lebenssituation anzupassen, hatten natürlich längst mit Anfeindungen aus der Punkszene umzugehen. Im Musikgeschäft musste man sich mindestens aus einem armen Elternhaus, wenn nicht aus der Gosse hochgespielt haben. Das gehörte zum romantischen Ideal. Zur Erzählung des armen Kreativen, der sein Leid in Musik transformiert hatte und dabei aber mindestens Antikapitalist geblieben oder geworden war. Und unter denen gab es laut Slime sogar noch »linke Spießer«. Selbst in der Musik, die ich hörte, selbst auf dieser Minidisc-Playlist waren die

Zusammenhänge komplex. War es für mich noch okay, diese Lieder zu singen, oder durfte ich nicht? Nicht mehr oder noch nie? Meine Realität war ja, dass ich persönlich nicht nennenswert viel Geld hatte. Es war ja nur mein Vater, der welches hatte. Für mein Empfinden bekam ich nicht mal viel Taschengeld.

Den Rücken an den Stromkasten gepresst, den kalten Fahrradrahmen umklammert, hockte ich hier ein paar Minuten, bis sich meine Gedanken beruhigten und Marianne Faithfull zu einer zarten Akustikgitarre anstimmte:

Havin' bad times, now I'm paying dues,
Got shoes and money, good friends, too.
I always play to win, and always seem to lose,
That's why I think I got a rich kid's blues.
That's why I think I got a rich kid's blues.

Dem BMW folgten zwei genervte Autofahrer, die wild gestikulierend klarmachen wollten, dass das hier keine Tempo-20-Zone war. Als der Wagen aus meinem Sichtfeld verschwand, stieg ich wieder auf und fuhr, so schnell ich konnte, weiter in Richtung Marktstraße im Hamburger Schanzenviertel.

Als ich *Lucky Lucy* betrat, begrüßte mich der Verkäufer mit Handschlag. Seit ein paar Monaten war ich regelmäßig hier, um mir neue Directions-Haarfarben zu kaufen. Ich hatte mit dreizehn Jahren damit angefangen, mir meinen Topfschnitt Apple Green zu färben, und hatte mich zu einem knalligen Mandarin in Kombination mit Weißblond vorgearbeitet.
   Der Verkäufer war ein Typ Mitte dreißig mit blonden,

filzigen Locken, Armeehose, Schnürstiefeln und gebatiktem T-Shirt. Die Wände des Ladens waren mit orangenem Teppich beklebt, und von der Decke hingen knallgelbe Lampenschirme mit Bommeln. Im Regal an der Wand stand neben kniehohen Stiefeln mit Nieten eine ganze Palette mit den buntesten Haarfarben. Der Nebenraum war für Bondage-Zubehör reserviert, und im Tresen, hinter dem der Typ stand, standen Bongs, Pfeifen, Armbänder, Tabak und ausgewählte T-Shirts mit Totenköpfen und Che Guevara.

Sein Handschlag war locker, fast schon schlaff. Der Typ war wirklich ultimativ relaxed. Ich genoss den muffigen Laden, den jedes Mal, wenn ich die Tür öffnete, ein anarchistischer No-future-Sex-Vibe umwehte. Um seinen Hals hatte der Verkäufer ein Hundehalsband geschnallt, auf der Marke stand in Großbuchstaben »LEFTY«.

»Ich b-b-bin Olaf. A-a-a-aber du k-k-kannst mich auch L-Lefty nennen«, hatte er sich stotternd bei meinem ersten Besuch vorgestellt und auf seine Erkennungsmarke gezeigt. Das Stück Fahrradkette, das er sich um sein Handgelenk gewickelt hatte, klimperte im Takt seiner ebenfalls zitternden Hand.

Während ich die Directions-Farben inspizierte, trat er an mich heran: »Guck mal, ich hab hier so ein superneues Shirt reinbekommen.« Er griff in einen der vielen herumstehenden Kartons. Ein modriger Geruch schlug mir entgegen, und Lefty klopfte den schmierigen Staub ab, der sich schon auf dem Shirt gesammelt hatte, obwohl es noch nicht mal richtig ausgepackt war.

»Genau dein Ding!«, sagte er und zeigte mir das schwarze T-Shirt, auf dem in goldenen Großbuchstaben das Wort »PORNOSTAR« stand. »Zieh mal an.«

Sofort fummelte ich in meiner Hosentasche nach einem 20-Mark-Schein. Die Möglichkeit, sein Angebot abzulehnen, kam mir nicht in den Sinn. Ich wollte ihn nicht enttäuschen und traute mich kaum, ihm seine Idee von mir nicht abzukaufen. Lefty holte gleich eine Plastiktüte unter dem Tresen hervor und hielt sie mir hin, um meine nass geregneten Sachen hineinzutun.

Ich nahm sie, verzog mich in die Umkleidekabine und musterte mich im Spiegel.

Von den Personenschützern hatte ich ein paar schwarze Schnürstiefel bekommen, die nach Aussage von einem der Sicherheitsleute auch vom SEK getragen wurden. Schwarze Stiefel mit einem etwa fünfundzwanzig Zentimeter hohen Schaft aus einem leichten, aber unzerstörbaren Synthetikmaterial. Gemacht, um sie niemals ausziehen zu müssen. Die Sohle war verstärkt mit einem Stück Metall. Leicht, aber ebenfalls unzerstörbar, falls sich einmal eine Tür oder ein Kniegelenk im Weg befinden sollten. Ich kannte diese Stiefel seit der ersten Begegnung mit den Männern. Sogar die portugiesischen Polizisten hatten diese, oder sehr ähnliche, Stiefel getragen. Bis auf diesen Typ im weißen Hemd, der irgendeine leitende Funktion gehabt hatte und dessen Name mir mittlerweile entfallen war, weil er genauso plötzlich aus meinem Leben verschwunden, wie er damals aufgetaucht war. Ich hatte das Metall sofort an der kniehohen Steinmauer, die den Parkplatz vor dem Garten meines Vaters eingrenzte, getestet. Mit einem ungebremsten Frontkick trat ich gleich, als ich einigermaßen sicher sein konnte, dass niemand zuschaute, gegen die Steinkante der Mauer. Ich erwartete, dass sich zumindest die obere Platte verschob oder sogar ein Teil absplitterte. Leider hielt die Mauer meinem Tritt völlig unversehrt stand, aber die Metallschiene in der Sohle verbog sich stark nach oben. Als ich meinen rechten Fuß wieder auf die Straße stellte, bemerkte ich schmerzhaft, dass weder mein Körpergewicht noch das Hüpfen auf dem Fuß, als hätte ich Wasser im Ohr, das Metall wieder zurückbiegen konnte. Aus Angst, mich vor den Personenschützern zu blamieren, erwähnte ich dies nie. Neu kaufen konnte ich die Spezialschuhe nicht, da es sie nur auf Bestellung in irgendeinem martialischen Katalog gab. Sie nicht anzuziehen war mir auch unmöglich. Ich befürchtete, dass die Männer sich nicht nur um meine Sicherheit sorgten, sondern auch morgens kontrollierten, ob ich wirklich die geschenkten Schuhe trug.

Hier vor dem Spiegel wuchsen sich die Rückenschmerzen nach ein paar Wochen des unermüdlichen Tragens ins Unermessliche aus. Die Sondereinsatzkommandoschuhe, kombiniert mit einer weißen Jeans, wie sie Farin Urlaub auf einem *Bravo*-Poster anhatte. Darüber das schwarze, muffelige PORNOSTAR-T-Shirt und eine grüne Militärjacke, die zu sauber aussah, um als linkes Statement wahrgenommen werden zu können.

Ich bückte mich, um die Schnürsenkel zu entknoten, und rief durch den Vorhang: »Lefty? Hast du hier auch Stiefel in 42?« Ich hatte schon welche im Auge, aber mich interessierte, welche Lefty mir wohl empfehlen würde. Einen Augenblick später hörte ich, wie er mit einem lauten Wumms ein Paar schwere Lederstiefel vor dem Vorhang abstellte.

Mit ihrem breiten silbern-metallenen Absatz und fünf klobigen Schnallen sahen sie aus wie eine Mischung aus Mad Max, Bondage und Motorradstiefeln. Ich war mit ihnen fast zehn Zentimeter größer und fühlte mich wie ausgewechselt. Genau diese musste ich haben. Stolz und selbstbewusst öffnete ich den Vorhang und streckte Lefty die verbogenen SEK-Schuhe am langen Arm entgegen. »Die kannst du gern wegschmeißen. Ich behalte die hier gleich an, ja?«

Er nahm die Synthetikstiefel mit spitzen Fingern entgegen. »Klaro. Wechselst du jetzt die Seiten, oder was? Die schmeiß ich draußen in den Sondermüll. Pass bloß auf, dass du keinen Ärger kriegst mit deinem Kontaktbeamten.«

Ich schluckte.

»Nu mach dir mal nicht ins Hemd. Ich hab die Schuhe auch mal gehabt, als ich so Türjobs gemacht hab. Tragen doch sonst immer nur V-Männer und Zivilbullen. War nur 'n Witz.« Ich sah ihn an und versuchte ein Lächeln. *V-Männer und Zivilbullen*. Oh Gott, wie recht er hatte. Ich war einfach dauerhaft im falschen Film. Oder, noch schlimmer, tatsächlich im richtigen.

Alles in allem war ich zu einem bizarren Zwitterwesen aus gänzlich konträren modischen und politischen Strömungen geworden.

Auf der einen Seite der Einfluss von Ex-Bundeswehr- und SEK-Beamten und Schießübungen durchführenden Polizisten. Auf der anderen Seite Punkmusiker, linke Marktstraßen-Ladenbesitzer und dazu noch die Fürsorge meiner Mutter, die meine Secondhandklamotten bügelte, wenn ich mal nicht aufpasste. Ich war mehr als gespalten, wenn es zu meiner Einstellung kam. Eher zersplittert. Es tobte ein Dreifrontenkrieg. Nicht nur optisch fühlte ich mich nicht richtig zusammengefügt. Meine Teile passten weder außen noch innen.

Ich stopfte meine nassen Klamotten in die Plastiktüte, ließ das PORNOSTAR-Shirt an, trat im rhythmischen Klonk-Klonk der schweren Stiefel aus der Kabine und zahlte meine neue Verkleidung.

Als ich den Laden verließ und auf mein Fahrrad stieg, kam Lefty noch kurz mit raus. Lässig in der Ladentür lehnend, drehte er sich eine Zigarette. »Ey, Digga. Du weißt schon, dass das 'ne Nazimarke ist, ne?«

Irritiert blickte ich mich zu ihm um. »Hä, was? Was meinst du?«, fragte ich ahnungslos.

»Na, Odin ist der germanische Kriegsgott!«

Ich stand auf dem Schlauch. Ich hatte das Fahrrad mit meiner Mutter in einem Laden in Altona gekauft und einfach nur nach der Farbe ausgewählt. Dass meine Mutter mit in den Laden gekommen war, war mir unangenehm gewesen, und somit hatte ich mich etwas zu sehr beeilt. Odin kannte ich dunkel aus dem Geschichtsunterricht und aus Erzählungen meines Vaters, von denen ich aber nichts behalten hatte. Das erste Mal ärgerte ich mich jetzt darüber.

»Äh«, ich stotterte, »ich weiß das schon, aber ich mein natürlich einfach nur den Chef der Götter«, daran erinnerte ich mich als Einziges, »und nicht das, was die Faschos daraus gemacht haben.«

Lefty verdrehte die Augen. »Alter, kannste nicht bringen. Ein Hakenkreuz würdest du dir ja auch nicht aufs Fahrrad montieren, nur weil die Inder das irgendwann mal benutzt haben. Ist jetzt halt vergiftet. Warte mal ...« Er ging in den Laden, und ich stand draußen und überlegte.

Ich kannte weder die geheimen Codes meines elterlichen Umfelds noch die der Marktstraße. Wer war ich? Wer konnte ich überhaupt sein? Ein Punk mit Personenschutz oder ein ignoranter Reicher, der sich die Codes des Undergrounds zu eigen machte? Konnte ich überhaupt *indie* sein? Würde ich jemals die romantische Erzählung eines Musikers, der sich von irgendwo tief unten nach ganz oben gespielt hatte, verkörpern können?

Indie. Independent. Nichts wollte ich mehr als Unabhängigkeit.

Ich hatte noch nie versucht, jemandem zu erklären, was für eine Belastung die ständige Bewachung durch Personenschutz darstellte. Zu groß war meine Angst, es könnte gegen mich verwendet werden. »Na ja, er ist ja weich gefallen«, tuschelte es nach der Entführung in meiner Schule an jeder Ecke. Menschen, die mich nicht kannten, die nichts von mir wussten außer dieser scheiß Entführungsgeschichte aus der Zeitung, die Fantasien weckte, die ich überhaupt nicht bedienen konnte. Und ja, es war weich, worauf ich gefallen war. So weich wie Treibsand. Knochen hatte ich mir nicht gebrochen, aber ich strampelte und strampelte, um dieser klebrigen Weichheit zu entkommen. Hin zur Unabhängigkeit. Zur Selbstbestimmtheit. Aber was könnte unabhängiger machen als Geld? An diesem Punkt kam ich nicht weiter. Und jetzt saß ich in der Marktstraße auf einem Nazifahrrad, das mir meine Mutter im hausgemachten Stress versehentlich gekauft hatte. Wieso war das vorher nie jemandem aufgefallen? Wenigstens den Sicherheitstypen. Oder hatte sich nur keiner der Männer getraut, mich darauf anzusprechen? Oder dachten die einfach, dass alle »Reichen« sowieso irgendwie Nazis waren?

Eine Minute später kam Lefty wieder raus und streckte mir seine Hand entgegen: »Kleb das mal da drauf, Digga.« Ich nahm den postkartengroßen Aufkleber, der eine Faust abbildete, die ein Hakenkreuz zerschlug. In großen Buchstaben stand darüber: »Überklebt! Du Faschosau!«

25.

Zu Hause angekommen, rief ich ein obligatorisches »Bin daha! Wer noch?« in das leere Haus. Ich hatte es mir aus der Fernsehserie *Die Dinos* abgeguckt. Doch eine Antwort bekam ich nicht und verzog mich runter in mein Zimmer.

Meine Mutter hatte in den letzten Jahren unser Haus komplett umstrukturiert. Sämtliche Möbel waren ausgetauscht und die Wände neu gestrichen worden, die Tür zum Fernsehzimmer gab es nicht mehr. Sie war einem großzügigen Durchgang gewichen. Auch mein Kinderzimmer war nicht mehr im ersten Stock, sondern im ehemaligen Arbeitszimmer meiner Mutter im Keller. Im Obergeschoss war nun ein Arbeitsplatz für meine Mutter eingerichtet worden, und ein Durchbruch zu meinem ehemaligen Kinderzimmer war entstanden. Das Haus war nicht mehr wiederzuerkennen, und immer öfter beschlich mich der Gedanke, dass genau dies die Intention meiner Mutter war. Doch die Veränderungen waren schleichend passiert. Man hätte erwarten können, dass meine Eltern in einem innenarchitektonischen Gewaltakt nach der Entführung ihren Wohnraum, den Tatort, die Einsatzzentrale blitzartig unkenntlich gemacht hätten. So wie man die Kleidung der Ex-Freundin aus dem Kleiderschrank nimmt, um nicht jeden Morgen an die Trennung erinnert zu werden. Wie man ein Auto säubert, nachdem der Hund gestorben ist. Doch es geschah erst einmal nichts. Schleichend, als würde sich die Gewissheit über das Geschehene quälend langsam Tag für Tag, Woche für Woche und Jahr für Jahr von Raum zu Raum vortasten und mit zitternden Fingern immer wieder aufzeigen: Hier ist es passiert. Und hier. Und dort.

Während die Absicherungsmaßnahmen auf dem Grundstück schon vor Jahren abgeschlossen worden waren, fühlte es sich bei uns zu Hause an wie in einem Psychothriller. Wie in einem Geisterhaus wurde jede Woche ein Möbelstück verrückt oder ausgetauscht.

Die fortwährende Umordnung machte mich nervös. Sooft es ging, verließ ich das Haus. Nur wenn meine Eltern mich baten, mit unseren Hunden rauszugehen, versuchte ich alles, damit ich das Haus nicht verlassen musste.

Benni und Franz klackerten oben mit den Pfoten auf dem Parkett herum. Vor ein paar Wochen hatte meine Mutter den Boden abschleifen lassen, und schon waren wieder überall Kratzer der ungestümen Hundepfoten zwischen Napf, Schlafplatz und Tür zu sehen. Mit den Hunden rauszugehen war uns mittlerweile allen unerträglich geworden. Immer öfter brachte ich die Hunde ganz selbstverständlich zu den Objektschützern und bat darum, sie auf deren Runden um das Grundstück mitzunehmen.

Ich entschied mich, diesmal einfach nur die Straße runter und rüber zum Haus meines Vaters zu gehen. Ein kurzer Weg, bei dem sich vielleicht wenigstens einer der Hunde schon mal erleichtern konnte. Hundertfünfzig Meter sollten dafür ausreichen, hoffte ich.

Das Tor öffnete sich, als ich darauf zuging. Gleichzeitig erschien einer der Objektschützer an der Tür der Zentrale. »Soll ich die beiden mitnehmen? Wollte eh grad 'ne Runde machen.«

YES!, dachte ich. »Ähm – eigentlich wollte ich gerade – ach, na gut … warum nicht. Macht ja … Sinn.« Ich lächelte, er klatschte in die Hände, und die beiden Hunde stoben auf ihn zu. Sie freuten sich längst mehr über die Herren als über ihre Herrchen. Stück für Stück schienen wir immer weniger gebraucht zu werden. Allein schlenderte ich auf das Haus meines Vaters zu.

Die Rhododendren, die noch vor ein paar Jahren den Bereich seiner Eingangstür gesäumt hatten und in denen sich die Entführer versteckt hatten, um ihn zu überfallen und zusammenzuschlagen, hatte er ausgraben lassen. An ihrem Platz war nur noch rohes, aufgebrochenes Erdreich, der Blick in den Garten frei. Eine Lampe stand mitten auf dem leeren Platz. Es sah krass aus.

Als sich nach mehrmaligem Klingeln nichts rührte, schloss ich auf und betrat das Haus. Es fühlte sich seltsam an, hier so ungebeten hineinzukommen. Es war selten geworden, dass ich das Haus betrat. Sein »Arbeitshaus«, wie es die Polizei damals getauft hatte, war mehr und mehr zum Arbeitsplatz und mir fremd geworden. Es hatte seine ursprüngliche Geborgenheit, die das einzigartige Zusammenleben zwischen Vater und Sohn an so manchem Wochenende mit sich gebracht hatte, verloren.

Wenn ich das Haus betrat, sah ich die Umrisse meines Vaters oft im Wintergarten. Es schien keine Haltung zu sein, die er einnahm, weil er eine Wahl gehabt hätte. Es wirkte für mich so, als ob mein Vater nicht säße, sondern ganz und gar *Sitzen* wäre. Seine erstarrten Glieder, die völlige Reglosigkeit, in der er wer weiß wie lange schon hier gesessen und nach draußen gestarrt hatte, bevor ich den Raum betrat, machten auf mich den Eindruck der absoluten, menschgewordenen Reglosigkeit. Des nahezu buchstäblichen An-den-Stuhl-gefesselt-Seins.

Was es war, das ihn fesselte, erkannte ich erst viel später. Dass der Gefesselte nicht der Vater war, den ich von früher kannte, machte er mir unfreiwillig, aber unmissverständlich klar. Meistens einsilbig, den Blick in die Ferne gerichtet, holte er dann und wann zu seinen langen, komplizierten und verschachtelten Sätzen aus und erklärte. Ich hatte nicht die Gabe, ihm zuhören zu können. Es schien keinen Grauton zwischen dem Schwarz-Weiß der Einsilbigkeit und den langen Erklärungen zu geben. Fragte ich ihn mal etwas, bügelte er es nicht ab, holte aber zu langen Erklärungen aus, damit sie einen Platz in meinem Kopf bekämen. Doch als würde ich die Informationen auf der immer gleichen Stelle notieren, wurde es in meinem Kopf, sobald er sprach, immer nur schwärzer und schwärzer. Bis für mich nichts mehr zu erkennen war. Für mich fühlte es sich so an, als würde er sich Wort für Wort der Dinge um sich herum immer wieder aufs Neue versichern wollen. Dass alles noch an seinem Platz war. Mein Vater selbst aber war fort. Vor ein paar Jahren war er zurückgekommen, hatte aber einen Teil von sich nicht wieder mitgebracht. Nun suchte er unaufhörlich danach, ohne es selbst zu merken.

Immer schon, das wusste ich aus Zeitungsartikeln, war mein Vater *der Erbe* gewesen. Er konnte das Institut für Sozialforschung aufbauen, die Wehrmachtsausstellung auf die Beine stellen, Fachliteratur und Belletristik-Bestseller schreiben – in den Zeitungen war er *Zigarettenerbe*. Meine Mutter hatte mir mal erzählt, dass er schon als Kind von Erwachsenen so behandelt worden war. Immer schon hatte seine Existenz einen Wert gehabt. Nun suchte er einen Weg heraus aus dem Zustand, ganz zum Ding geworden zu sein. Wenn schon nicht sein Menschenleben, so schien es, könnte doch wenigstens sein Wissen unbezahlbar sein.

Diesmal hörte ich Schüsse. *Pack, pack, pack,* machte es aus dem Wohnzimmer. Ich kannte sein Faible für Actionfilme, doch dass er sie tagsüber schaute, war mir neu. Ich stand noch in der Garderobe und lauschte der ruhigen Stimme, die die Schüsse und Geräusche von quietschenden Reifen unterlegte. Ich trat extra laut auf den Steinboden, um ihn nicht zu überraschen, und ging langsam und geräuschvoll Richtung Wohnzimmer. Als ich ihn sah, winkte ich ihm kindlich zu. »Hallihallo!«, sagte ich unbeholfen. Er bemerkte mich nicht. Er saß, den Kopf ungesund nach vorn gestreckt und dennoch merkwürdig schlaff in sich zusammengesunken, vor dem Fernseher und starrte auf den Bildschirm. Sein Körper schien jede Spannung verloren zu haben, doch seine Gesichtszüge schienen erstarrt zu sein. Als hätte er nur seine Hülle in diesen Sessel gesetzt. Eine Szene aus *Men In Black,* in der am Anfang des Films ein Außerirdischer den Bauern Edgar aussaugt und sich seinen restlichen Körper anzieht, schoss mir in den Kopf. Von den MIB befragt, erklärt eine Zeugin später, dass ihr Freund Edgar irgendwie anders war als sonst. *I know Edgar and that wasn't Edgar. It was like something was wearing Edgar.*

Er sprach in letzter Zeit wenig mit mir. Seine Erklärungen waren knapper geworden. Ich hatte mich damit abgefunden. Eine zu spät erkannte Diabeteserkrankung, gepaart mit Alkohol und dem allgegenwärtigen Gefühl, den Boden unter den Füßen verloren zu haben, hatte die Nerven in seinen Füßen absterben lassen. Seine Sprachlosigkeit hatte in den Füßen begonnen und sich langsam nach oben gefressen. Oder andersherum? Der Grund, auf dem er lief, war trittfest wie eh und je, aber die Kommunikation zwischen Fußsohle und Erdboden war gestört. Jeder Schritt schien ihm tausend Fragen zu stellen. Kein Auftreten gab ihm die Gewissheit der Festigkeit. Als würde er bei jedem Schritt eine Stufe erwarten, stakste er durch die Welt, die für ihn nicht mehr fassbar war. Eine haltlose Unebene. Skifahren war ihm seit einigen Jahren unmöglich, fühlte sich doch schon in Hamburg jeder Schritt glatt und unberechenbar an.

Ich hatte meinen Vater nie rennen gesehen. Wenn ich ihn früher mal aufgefordert hatte, schneller zu laufen, sah es aus, als ob seine Knie aneinander festgebunden wären. Und jetzt schien er die Möglichkeit, dies noch zu lernen, gänzlich verloren zu haben. »Ein Gentleman«, pflegte er zu sagen, »rennt nicht.«

Kürzlich hatte eine Krankheit von ihm Besitz ergriffen, war in seine Knochen gekrochen, in seine Muskeln vorgedrungen. Ließ sie dann und wann erzittern. Und war bis in die kleinsten Äderchen und Nervenenden seiner Füße gesickert, sodass sie abstarben und keine Kommunikation mehr zuließen. Seine Wahl der extremen Selbstmedikation im Glas tat ihr Übriges.

Als er mich dann doch bemerkte, richtete er seinen Körper ruckartig und dennoch behäbig, wie aus einer Hypnose erwachend, auf. Er bewegte sein Gesicht, was ich als Lächeln deutete. Dann sagte er eindringlich: »Komm mal her und guck dir das an.«

Ich trat ein paar Schritte auf ihn zu und beugte mich in Richtung Fernseher. Auf dem Bildschirm parkte ein Auto auf einem großen Platz im Nirgendwo. Davor stand ein Herr im Anzug und sprach mit einer Stimme, die den Zuhörer ganz offensichtlich von irgendetwas überzeugen sollte, in die Kamera. Die Art, wie er sprach, erinnerte mich an die amerikanischen QVC-Teleshopping-Programme, die nachts im deutschen Fernsehen schlecht synchronisiert liefen. »Es ist wirklich *unglaublich*!! Sie werden es nicht glauben, aber ich zeige es Ihnen ... und wenn Sie jetzt bestellen, bekommen Sie noch ein American-Blade-Steakmesser und ein dazugehöriges Tranchiermesserset dazu. *Einfach so!*«

Doch der Mann in diesem Film bot keine Messer feil. Er hatte ein Maschinengewehr in der Hand, das er einem anderen Mann, der gerade ins Bild trat, übergab.

»Ich habe die zugeschickt bekommen«, fing mein Vater an. »Ungefragt!« Durch seine Rechtfertigung verpasste ich, was der Mann sagte, bevor er die Autotür öffnete und sich auf den Fahrersitz setzte. »Die DVDs«, er zeigte auf einen kleinen Stapel neben seinem Sessel, auf dem verschiedene Embleme von Autofirmen aufgedruckt waren, »habe ich von so Autoleuten zugeschickt gekommen. Einfach so. Die stellen da ihre gepanzerten Dinger vor.«

Langsam verstand ich. Mein Vater war, ohne es zu wissen oder zu wollen, ein potenzieller Kunde von gepanzerten Autos geworden.

Der Mann im Fernsehen schloss die Tür, und augenblicklich feuerte der andere mit einem Maschinengewehr auf die Seite des Wagens. Der Mann im Inneren lächelte. Das Feuer wurde eingestellt, und der bewaffnete Mann, der ganz in Schwarz gekleidet war, stieg mit sicherem Schritt auf die Motorhaube. Ich meinte zu erkennen, dass er die gleichen Stiefel trug, die ich von den Personenschützern geschenkt bekommen hatte. Er legte an und feuerte eine Salve auf die Frontscheibe. Mein Vater verzog das Gesicht, runzelte die Stirn und drehte sich kopfschüttelnd zu mir. »Total irre ist das, oder?« Er versuchte ein Lächeln. Seine rechte Hand umklammerte das fast leere Whiskyglas. »Die spinnen doch, die Knalltüten. Als ob einem so was wirklich passieren könnte.« Er schaute mich mit einem Blick an, der mir wohl klarmachen sollte, dass er sich da sehr sicher war, der mich aber ahnen ließ, dass es anders war. Ich schaute ihn an, zuckte mit den Schultern und sagte, wie so oft, wenn wir zusammen waren, einfach nichts.

Er drückte die Stopptaste der Fernbedienung.

Dann fragte ich doch: »Willst du dir die alle noch angucken?« Ich deutete vorsichtig auf den Stapel DVDs.

Mein Vater entkrampfte sein Gesicht, leerte sein Glas und behielt die Flüssigkeit einen Moment im Mund, umspülte seine Zähne, als wäre es Mundwasser. Er schaute mich an und dann zum Fernseher, auf dem das Standbild einen lächelnden Anzugmann in einem völlig kaputt geschossenen Auto zeigte. Er schluckte hörbar runter. »Nein. Sicherlich nicht«, sagte er bestimmt und goss sich das Glas noch einmal voll, »nicht noch ein zweites Mal.«

Ich atmete tief durch und klopfte ihm auf die Schulter. »Ich geh wieder rüber. Kauf dir mal so eins. Kann ich dann den Volvo haben?«

Er schaute mich nicht an, als er mir antwortete: »Du kannst dir auch ein Loch in die Kniescheibe bohren und heißes Blei reingießen. Natürlich *kannst* du den haben. Die Frage ist, ob du ihn haben *darfst*.«

Ich hatte mittlerweile vergessen, warum ich überhaupt herübergekommen war, stand auf und begann, ziellos durchs Haus zu wandern. Der Fernseher war aus. Das einzige Geräusch war der kratzige Ton des Füllers, mit dem mein Vater wieder und wieder auf Manuskripten und auf Buchseiten Sätze anstrich. Das Haus war so hellhörig, dass ich das Geräusch sogar im ersten Stock noch wahrnahm. Mein Vater war nahtlos von dem bizarren Autovideo zu seiner Arbeit zurückgekehrt. Wie konnte er sich danach sofort wieder konzentrieren? Während ich durch sein Haus tigerte, zwischen den meterhohen Bücherwänden hindurchlief, vorbei an den Bildern und Wandteppichen, an dem lebensgroßen Plastikskelett in seiner Bibliothek, vor dem ich als Kind immer solche Angst gehabt hatte und das mich trotzdem oder gerade deshalb so in seinen Bann zog, dachte ich die ganze Zeit an dieses merkwürdige Werbevideo. Welche Zielgruppe wurde hier eigentlich angesprochen? Und viel wichtiger noch: Gehörten wir tatsächlich dazu? Bestand die Gefahr, dass auf meinen Vater geschossen wurde? Einfach so, während er in einem Auto saß?

Ich erinnerte mich an seine Erzählung, wie er vor ein paar Jahren einmal von Skinheads angegriffen worden war. Im Rahmen einer Eröffnung der Wehrmachtsausstellung verließ er den Ausstellungsort und stieg ins Auto ein, als plötzlich eine Gruppe glatzköpfiger Neonazis mit Springerstiefeln und Baseballschlägern dem Auto den Weg versperrte. Er war damals mit einem Auto der Sicherheitsfirma gefahren worden. Der Fahrer verriegelte die Türen, so erzählte es mir mein Vater ein wenig später, trat aufs Gaspedal und lenkte den Wagen professionell über den Kantstein und auf den Bürgersteig. Er fuhr einen Begrenzungspfahl um und entkam so der Bedrohung. Mein Vater war sich nicht sicher, ob der Schlag, den er hörte, vom umgemähten Pfosten oder von einem Nazi-Baseballschläger auf den Kofferraum kam. Ich empfand die Geschichte zwar als abstrakt gefährlich, doch beruhigte ich mich damit, dass die Bedrohung wenigstens aus einer Richtung kam, die man einschätzen konnte. Dumme Nazis halt.

Deine Gewalt ist nur ein stummer Schrei nach Liebe.
Deine Springerstiefel sehnen sich nach Zärtlichkeit.
Du hast nie gelernt, dich zu artikulieren.
Und deine Eltern hatten niemals für dich Zeit.

Als ich darüber nachdachte, was das nun bedeutete, fand ich meinen Vater fast schon cool, weil er von Nazis angegriffen worden war. Wäre natürlich noch cooler gewesen, wenn er sie selbst mit seinem Volvo überfahren hätte. Er schien sich um diese Geschichte, nachdem er sie mir erzählt hatte, einfach nicht mehr zu kümmern. So Lawrence-von-Arabien-mäßig. *The trick is not minding that it hurts.* Nahtlos und ohne irgendeine Regung erkennen zu lassen, widmete er sich wieder dem, was er da tat. Von dem ich nichts verstand.

Langsam schlurfte ich die Stufen runter in Richtung Ausgang. Auf einem riesigen Papierstapel vor der Eingangstür erkannte ich den Plattenvertrag, den unsere Eltern für uns unterschrieben hatten. Schwarz auf weiß stand dort, dass auch mein Leben einen Sinn hatte. Dass ich etwas machte, von dem ich etwas verstand. Auch wenn ich nicht mit einem Füller auf Papier kratzte, jaulte meine Gitarre doch seit einiger Zeit von Sony Music Entertainment Germany offiziell legitimiert. Ich nahm den sechzig Seiten dicken Vertrag vom Stapel, vergewisserte mich noch einmal, dass er echt war. Blätterte die Seiten durch. Ich bewegte mich ein paar Schritte auf meinen Vater zu, der noch immer konzentriert, Strich für Strich, Kratz für Kratz, die Worte durcharbeitete. Vielleicht würde er ja kurz einmal aufblicken und erkennen, dass nun auch ich etwas Wichtiges zu tun hatte. Vielleicht würde er anerkennend rübernicken. Vielleicht würde er mich fragen, ob ich nicht in mein Zimmer gehen müsse, um zu komponieren? Ich hatte schließlich einen hoch dotierten Vertrag zu erfüllen. Man zählte auf mich und man zahlte an mich.

Meine Augen flogen über den sechsstelligen Vorschuss, der uns zugesichert wurde, wenn wir zwölf Songs ablieferten. Und über den noch höheren, den es beim nächsten

Album geben sollte. Ich wollte mich noch einmal verge-
wissern, dass das alles echt war.

»Ich hatte das Gefühl, dass ich meinen Sohn verkaufe«,
hatte mein Vater gesagt, nachdem wir aus dem Büro von
Sony Music am Potsdamer Platz in Berlin zurückgekommen waren. Vier Elternpaare und vier minderjährige
Jugendliche. Eine surreale Situation. Und doch fühlte es
sich gut an, das von meinem Vater zu hören. Es schien ihm
etwas auszumachen. Einerseits. Andererseits gefiel mir
die Vorstellung, ich könne nun mehr zu Sony Music gehören als zu meinen Eltern. »Künstlerexklusivvertrag«. Ich
war ein Künstler. Endlich. Endlich war ich etwas.

Ich hörte das helle Rascheln der DIN-A4-Blätter und das
stumpfe Absetzen des Glases auf dem Holzfußboden des
Wintergartens. Ich drehte mich kurz zu meinem Vater
und wartete auf seine Reaktion, die nun bestimmt kommen würde. Künstlerexklusivvertrag. Sony Music. Entertainment. Epic!

»Jetzt hör endlich mal auf, dir vor dem Vertrag einen
runterzuholen!«

Es fühlte sich so an, als ob mein Herz sich ruckartig auf
die doppelte Größe aufpumpte, um dann in sich zusam-
menzufallen. Hitze, oder war es Kälte, stieg in mir hoch.
Ich drehte mich langsam um, sah meinen Vater mit zitternden Händen starr im Sessel sitzen. Der Körper angespannt, den Kopf leicht gedreht, sein Blick starr auf mich
gerichtet. Ich suchte die richtigen Worte und fand sie
nicht. Überlegte kurz, ob es sein konnte, dass ich etwas
missverstanden hatte. Ob sein Mund Worte freigegeben
hatte, die er nicht so meinte. Ob sein Gesicht eine Mimik
darstellte, die nichts mit seinem Gefühlsleben zu tun
hatte. Es war mir unwahrscheinlich peinlich, diese Worte
aus seinem Mund zu hören. So heftig, wie es mich unter

du rufst mich immer nur an, wenn irgendwas gerade scheiße ist. Das ist zwar irgendwie häufig bei dir der Fall, aber du könntest dich ja mal melden, wenn was Schönes passiert ist, oder einfach mal fragen, wie es mir geht. Haste daran mal gedacht?«

Hatte ich tatsächlich nicht. Meine Cousine war in unseren Gesprächen, die in den letzten Jahren tatsächlich nur noch am Telefon stattfanden, immer cool. Und ich hatte das Gefühl, dass es ihr irgendwie immer gleich ging. Sie wirkte aufgeräumt und ernst, und ich hatte mich nie gefragt, warum.

»Hä, klar hab ich das!«, versuchte ich mich zu verteidigen, doch sie fuhr fort: »Hast du dich mal gefragt, wie es sich anfühlt, wenn man immer diejenige ist, die für den anderen da ist, aber nie was zurückkommt? Und dann sind deine Probleme«, nun war sie nicht mehr so ruhig, klang aber nicht weniger bedrohlich, »tut mir leid, dir das so sagen zu müssen, aber deine Probleme sind einfach keine!«

Ich fühlte mich wie ein kleines Kind, das von seinen Eltern ausgeschimpft wird. Entsprechend unbeholfen versuchte ich eine Antwort: »Ach nee ...?« Meine Stimme klang weniger souverän, als ich es geplant hatte. »Aber deine, oder was?«

»Du weißt nichts über mich, Johann.« Dass sie auf einmal meinen Vornamen nannte, ließ die Unterhaltung noch viel dramatischer wirken, als sie ohnehin schon war. »Du hast mich in den letzten Jahren kein einziges Mal gefragt, wie es mir geht. Immer geht es nur um dich und deine Probleme oder was du Probleme nennst. Ahn doch einfach mal, dass du im Gegensatz zu allen anderen einfach in einer megakomfortablen Situation bist. Du hast nämlich in Wirklichkeit überhaupt keinen ernst zu nehmenden Stress mit deinen Eltern. Du hast keine Sorgen, die irgendwie relevant wären für irgendjemand sonst hier draußen und ... Achtung, Spoiler!« Sie machte eine Pause, die aber nicht lang genug war, um zu ahnen, was nun kommen würde. »Achtung, Spoiler für dein Leben: Du bist in Sicherheit und musst dir keine Sorgen machen. Alles wieder normal. Kannst dich wieder entspannen.«

Ich presste die Lippen aufeinander und suchte nach Worten. Die Befürchtung, dass meine Sorgen, Gedanken und Ängste einem echten Realitätscheck nicht standhalten würden, trug ich täglich mit mir herum. Daraus wiederum entstand ein Gedankenkarussell, was sich, einmal in Bewegung gesetzt, immer schneller drehte. Als könnte sie Gedanken lesen, holte Julia zum nächsten Satz aus: »Du drehst dich seit Ewigkeiten nur noch um dich selbst. Es ist echt unerträglich. Nee, anders: Es ist unerträglich langweilig geworden mit dir.«

Ich spürte, dass es keinen Sinn machte, gegen sie anzureden, und ahnte, dass sie recht hatte. Ich wusste nicht, wie ich aus dieser Situation herauskommen könnte, ohne das nun vergiftete Wort *ich* zu benutzen.

»Du ...«, ich versuchte einen Einstieg durch die Hintertür, der sofort misslang, »du hast mich, glaub ich, falsch verstanden.«

»Klar«, sie klang jetzt richtig hart, »liegt natürlich an mir. An wem sonst. An dir kann es ja nicht liegen. Sind ja immer die anderen, ne?«

»Ja, nein«, ich schlingerte, »ich«, *schon wieder das Wort,* »ich wollte dich nicht benutzen. Ich dachte, du findest meine Themen irgendwie auch interessant.«

Julia seufzte hörbar und mit Nachdruck in den Hörer. »Ja. Sicher. Aber nicht nach der zwanzigsten Runde mit den immer gleichen Themen. Das ist einfach nur noch ein

Ritt um dich selbst. Runde um Runde und du immer in der Mitte und auf deinem hohen Ross.«

»Ey, weißt du«, ich suchte und suchte nach Formulierungen und noch viel wichtiger: nach Inhalt. »Fuck you!«, schrie es unvermittelt aus mir heraus. »Du bist einfach genau wie alle diese Arschlöcher. Du denkst auch, ich bin an allem selbst schuld und soll mich nicht so anstellen, oder was? Scheiß auf dich. Echt mal.«

»Ja, klar. Scheiß auf *mich*. Genau, Mann, Johann, du bist echt eloquent und souverän. Alter, du bist fast erwachsen. Benimm dich doch einfach auch mal so. Fang an, deine ›Probleme‹«, sie machte mit ihrer Betonung die Anführungsstriche, in die sie das Wort setzte, klar, »zu lösen und nicht zu umkreisen. Ich weiß, du hast dafür keine emotionalen Kapazitäten, aber *ich* habe auch meine Sorgen und laber dich nicht ungefragt damit voll, sondern versuch halt, einfach damit klarzukommen.«

»Das versuch ich doch auch!«, antwortete ich. »Ich versuch es ja, und ich schaffe es auch. Ich bin ja nicht hilflos ohne dich. Ich dachte nur ...«, die vier *Ichs* hintereinander klingelten mir selbst in den Ohren, »ach, weißt du was ... vergiss es doch einfach.« Ich hatte schon längst keinen Bock mehr auf das Telefonat.

»Mach ich«, sagte sie nur noch.

»Okay, dann viel Spaß dabei. Und tschüss.« Ich wollte einfach auflegen, doch Julia schob noch einen Satz hinterher: »Lass mal bei Gelegenheit treffen und nicht immer telefonieren, ja?«

Ich kochte zwar innerlich noch vor Wut und Verzweiflung, war aber dankbar für diesen versöhnlichen Satz, der so unerwartet kam. *Blut ist dicker als Wasser,* schoss es mir in den Kopf. »Tut mir leid, dass ich dich so genervt hab. Ich versuch mal klarzukommen.«

»Mach das. Kriegste schon hin. Lass mal Abi fertigma-
chen und dann treffen, ja?«

»Okay«, sagte ich leise und legte auf. Unsicher, ob der
Satz eine Bitte war, mich jetzt achtzehn Monate lang nicht
mehr zu melden, oder einfach nur eine versöhnliche
Geste, schaute ich aus dem Fenster. Ich blickte auf den
Zaun und die Kameras, dachte an den Überstiegsalarm
und die Lichtschranken. Dahinter floss die Elbe. Ein großes
Containerschiff der Hapag-Lloyd fuhr langsam vorbei. Ich
blickte ihm hinterher, bis es hinter den Bäumen verschwand. Als Kind hatte ich immer versucht, in den wenigen Minuten, die Schiffe vor unserem Fenster auftauch-
ten, die Container zu zählen. Wie lange war das eigentlich
her?

27.

Unsere Plattenfirma wollte es internationaler haben. Unser
Name Am kahlen Aste war denen zu deutsch. Sie hatten so
etwas schon bei unserem ersten Treffen angedeutet, aber
nun war es uns noch einmal unmissverständlich klarge-
macht worden. Wir hatten schlicht sieben Tage Zeit, einen
neuen »international klingenden« Namen zu ersinnen,
oder es würde einer für uns ersonnen werden. Wir waren
alle so beeindruckt von der professionellen Maschinerie,
die seit einiger Zeit um unsere Band herum ablief, dass
wir vergessen hatten, uns darüber auszutauschen, ob ein
Majorlabel wie Sony Music der richtige Ort für eine ver-
meintliche Indie-Punkband war. Die andauernden kleinen
oder größeren Equipmentgeschenke, das *Drum Endorse-
ment* von Yamaha für Lenny. Das viele Geld von Plattenfirma und Verlag.

Geblendet vom Glanz dieser unwirklichen Veränderungen, machte es uns überhaupt nichts mehr aus, unseren
Namen ändern zu müssen. Es dauerte nicht lange, da fanden wir Am kahlen Aste selbst bescheuert. Das Argument,
dass der Name international nicht optimal vermarktbar
wäre, erschien uns irgendwann selbst logisch, obwohl wir
ausschließlich auf Deutsch sangen.

»Rammstein haben es auch auf Deutsch geschafft,
international erfolgreich zu sein.«

Ich verdrehte die Augen. »Ja, toll. Hitler auch«, blaffte

ich Dennis an und fuhr fort: »Digger, wir sind so wenig international, wir benutzen noch nicht mal Fremdwörter.«

Es war schwierig, auf Kommando das Image, das ja bestenfalls vom Namen ausgehen sollte, zu bestimmen. »Im Grunde ist es doch egal, wie wir heißen«, sagte ich, »Die Ärzte, Die Toten Hosen, Die Prinzen, Echt, Selig, Blumfeld. Mal ehrlich: Das sind doch alles totale Scheißnamen, und die sind alle erfolgreich.« – »Aber eben nicht international!«, legte Daniel den Finger in die Wunde.

»So was wie *Tocotronic* wäre geil. So 'n ausgedachtes Wort. *NOFX* oder so was ... Halb gaga, halb cool«, versuchte ich einen Anfang, doch Daniel erstickte ihn im Keim: »Lieber komplett cool und gar nicht gaga. *Halb gaga*, Digga. Deine Mudder is halb gaga.«

Schließlich, nach ein paar diskussionsreichen Tagen, gesellte sich einer der Produzenten zu uns. »Ich hab 'nen richtig geilen Namen für euch!«, fing er an. »Die perfekte Mischung aus cool, *international* und Punk.« Sogar *international* sprach er *international* aus. Wir waren gespannt. »Ich hab euch gleich mal was mitgebracht.« Er rollte ein drei Meter mal ein Meter fünfzig großes Transparent aus, auf dem in Großbuchstaben »SCORE« stand. Dahinter ein »!«, und das O war eine Zielscheibe.

Wir waren enttäuscht. Der Name war irgendwie lahm.

»Nur echt mit dem Ausrufezeichen!«, rief er. »Das klappt immer! So kriegt man Aufmerksamkeit und bleibt im Gedächtnis. Checkt doch mal: *NSYNC, East 17, A24 ... alles geile Namen und alle mit 'nem geilen Gimmick.«

»Gimmick gibt's nur im YPS«, nuschelte Dennis leise.

»Was meinst du? YPS? Neenee ... das funktioniert nicht. Da kriegen wir Ärger mit der Zeitschrift«, quasselte der Produzent gleich los.

Wir verdrehten die Augen. Die Bands, die er nannte,

waren alles Boybands. Superuncool. Gleichzeitig fand ich
das Fadenkreuz im O gut. Immer noch hielt er erwartungsvoll das Transparent. Es stand schon »Sony Music« unten
rechts in der Ecke.

»Hey, das Fadenkreuz ist cool«, versuchte ich die unangenehme Stimmung im Raum zu entkrampfen. »So
schieß-doch-bulle-mäßig.«

Der Produzent nickte zustimmend mit dem Kopf und
grinste. Die anderen sahen mich an.

Daniel stimmte als Erster zu. »Okay, ja, cool«, sagte er,
ohne eine besondere Regung zu zeigen.

»Cool!«, rief der Produzent sichtlich erleichtert. »Wo
soll ich es aufhängen?«

Während der zweiten Session der Albumproduktion im
Hamburger GAGA Studio mussten wir dann die Hälfte der
Rechte unserer Texte an den Tontechniker abtreten. Er
hatte bei manchen Songs bei der Musikkomposition geholfen, und obwohl der Tontechniker nur Englisch sprach,
erklärten sie, dass seine Ideen für die Kompositionen so
zielführend gewesen seien, dass sie die Textidee mit der
Musik sozusagen schon in unsere Hirne gepflanzt hätten.
Wir hatten so große Angst, diesen Deal zu verlieren, dass
wir einfach allem zustimmten. Wir sagten sogar nichts, als
wir eines Morgens ins Studio kamen und das komplette
Play-back, das wir am Vortag eingespielt hatten, durch
Musik ersetzt worden war, die der Engineer Jeff in der
Nacht selbst eingespielt hatte. Es war mein Stück *Wenn du
gehst*, das nun tatsächlich ganz toll klang, ohne dass
irgendeiner von uns etwas zur Aufnahme beigetragen
hatte. Die Bandmaschinen und Computer, das riesige
Mischpult und die vielen Geräte im GAGA Studio raubten
uns den Atem und die Energie, irgendetwas kritisch zu

hinterfragen. Wenigstens mein Stück *Ich liebe dich nicht* war so geblieben, wie wir es eingespielt hatten. So hatte ich zwei Stücke über das Ende meiner Beziehung mit Laura auf dem Album und konnte es nicht erwarten, der Welt da draußen endlich zu zeigen, dass es etwas gab, was ich konnte. Was meine Existenz und den ganzen Trubel rechtfertigte. Dass ich aus jeder auch noch so verworrenen Situation einfach Kunst machen konnte. Weder Julia noch sonst einer würde sich darüber noch beschweren können. Das Kreisen um sich selbst war hier ja quasi Programm.

Wenn du gehst, werd ich nicht weinen
Wenn du gehst, werd ich nicht schrein
Wenn du gehst, ist eines sicher:
Ich werde nur nicht mehr
(nur nicht mehr)
so glücklich sein

28.

Jasmin war eine sogenannte Komparsin beim ersten Videodreh von score! Ende 2000 gewesen. Vom Callsheet der
Stylistin Simone, die uns für das Cover alle in schwere
schwarze Mäntel steckte, die sie selbst gern trug, hatte ich
heimlich ihre Handynummer abgeschrieben und sie ein
paar Tage später kontaktiert. Nun war sie das erste Mal bei
mir in Hamburg zu Besuch. Ich hatte ihr vorab unsere fertige CD *Das ist erst der Anfang* geschickt, die gerade erschie-
nen war. Auch eine Autogrammkarte und einen Artikel
über uns aus der *Bravo* mit Poster hatte ich ganz beschei-
den in den Umschlag gelegt. Wenigstens war auch Jasmin
auf einem Foto unseres Videodrehs im Hintergrund zu
sehen, und somit hatte das Fanpaket an einen Nichtfan
zumindest ein kleines verbindendes Moment.

Jasmin war noch cooler, als ich es gehofft und erwartet
hatte. Ich wusste nicht, was sie meinte, als sie mich mit
starkem Berliner Akzent am Hamburger Dammtorbahn-
hof begrüßte: »Ick hab ma nich abschrecken lass'n von
dener Post. Hier bin ick.«

Sie sah noch atemberaubender aus als auf der Sedcard
ihrer Modelagentur, die ich ebenfalls der Stylistin entwen-
det hatte. Ihre langen roten Haare umwehten ihr makello-
ses Gesicht. Sie grinste mich selbstbewusst an. Ich wusste,
dass sie einige Jahre älter war als ich und dass ich mich

würde anstrengen müssen, mit ihrer Souveränität mitzu-
halten. Mit Herzklopfen nahm ich ihr den schweren Koffer ab und schleppte ihn ins Kino. Ich hatte mir keine Gedanken darüber gemacht, ob der Film, den ich sehen wollte,
auch etwas für sie oder sogar für *uns* war. Umso mehr
freute ich mich, als ich begriff, dass es keine Selbstver-
ständlichkeit war, dass sie *Fight Club* auch unbedingt ein
weiteres Mal sehen wollte. »Na jut. Denn kiek'n wa heute
eben 'nen Jungsfilm. Keen Problem. Ick mag Jungens.«

Wir setzten uns auf unsere Plätze in der letzten Reihe
des großen Saals, der nur mäßig gefüllt war, da der Film
schon ein paar Monate lief. Herr Vincek betrat kurz vor
Beginn des Films den Kinosaal. Ich ärgerte mich, dass ich
keinen Einfluss darauf hatte, welche der Schreckensgestalten mich wann begleitete. Ihre Fluktuation verlief irgendwie im Hintergrund. Es waren so viele, und alle waren so
unterschiedlich in ihrer Art und ihren Verhaltensweisen.
Ich musste mit dem vorliebnehmen, der gerade Dienst
hatte, und hatte keine Chance, mich im Vorhinein auf die
neue Person einzustellen. In der Zentrale hatte ich mal
einen Dienstplan hängen sehen. Ausgedruckt auf DIN A3,
ähnelte er der Schautafel in unserem Chemieraum, die
das Periodensystem zeigte. Ich hatte damals kurz über-
legt, ob ich nach einer Kopie fragen sollte, um sie mir
neben meine Die-Ärzte- und KISS-Poster zu hängen, nahm
aber davon Abstand, als ich mir vorstellte, wie das auf
Freunde wirken würde, die mich besuchen kamen.

Vincek allerdings war cool. Und es machte die Situation
nicht einfacher, dass ich ihn mochte. Er war ein sehr breit-
schultriger, äußerst gewissenhafter Mann mit kurzen,
glänzend zurückgegelten schwarzen Haaren. Dass *gewissenhaft* für mich überhaupt eine Kategorie war, in der ich
Mitmenschen beurteilte, nervte mich, doch konnte ich es

nicht mehr ändern. Er hatte immer dieses freundlich ver-
schmitzte Lächeln um die Mundwinkel, und seine ironi-
sche Art zu reden amüsierte mich jedes Mal, wenn ich mit
ihm im Auto saß. Als hätte er ein Geheimnis, das er mit
sich herumtrug und das ihm eine unangreifbar souveräne
Lebensfreude ermöglichte. Regelmäßig nahm er an Selbst-
verteidigungswettkämpfen teil und zeigte mir Videos davon auf seiner DV-Kamera, die er immer in seiner obligatorischen schwarzen Sporttasche bei sich trug. Er gewann
nie, weil er immer disqualifiziert wurde. Regelmäßig warf
er seine Kontrahenten in ansatzlos-unerwartbaren, äußerst
schmerzhaft aussehenden Moves von der Matte, kniete
sich auf sie und schlug sie dann außerhalb der begrenzten
Kampfzone bewusstlos. Die Videos, die er mir davon
zeigte, waren sehr kurz. Es dauerte meist nur wenige bru-
tale Sekunden, bis er und sein zweifelsfrei unterlegener
Kontrahent aus dem Ausschnitt des Videos flogen, ohne
auch nur einen Tropfen Schweiß verloren zu haben.

Ich hatte eigentlich Lust, noch mal mit ihm zu zweit
Fight Club zu gucken und mir ein paar fiese Tricks erklären
zu lassen. Aber natürlich ignorierte ich ihn wie immer, als
er den Kinosaal betrat. Frei nach dem Motto: *The first rule
of Schreckensgestalten is: You do not talk about Schreckensgestalten. The second rule of Schreckensgestalten is:
You do not talk about Schreckensgestalten.*

Der Eisverkäufer zog seine Runden durch die Sitzreihen.
Es hoben sich ein paar Hände. Köpfe verdrehten sich. Es
fiel nicht weiter auf, dass sich unsere Blicke für den Bruchteil einer Sekunde kreuzten. Ein unauffälliges Lächeln,
dann setzte Vincek sich, ohne seine schwarze Jacke mit
den vielen Taschen auszuziehen, auf den Platz am Gang,
auf Höhe des Ausgangs. Das Licht erlosch. Nur die Notaus-
gang-Schilder schimmerten grün im Dunkel des Saals.

Dass Jasmin den *Jungsfilm* so mochte, fand ich wahnsinnig aufregend. Ob es an Brat Pitts Oberkörper lag? Ich zog meinen Bauch ein, schob den Gedanken zur Seite und lehnte mich vorsichtig zu ihr hinüber. Unsere Knie berührten sich schon. Irgendwann auch unsere Schultern und Hände, und als sich im Film einen Moment lang nicht geprügelt wurde und Bratt Pitt mal ein Hemd trug, beugte sie sich zu mir rüber und küsste mich.

Nach anderthalb Stunden hingen Jasmin und ich gefesselt voneinander und von der überraschenden Wendung des Films auf unserem *Lovechair* im CinemaxX, über dessen Namen wir schon beim Kaufen der Karten hatten schmunzeln müssen. Wir küssten uns noch mehrmals, während ich, als sie ihre Hand unter meinen Pullover schob, meinen Bauch so fest anspannte, dass ich kurz keine Luft mehr bekam und husten musste. Erwartete sie etwa, dass ich einen Körperbau wie Tyler Durden, Bratt Pitts Filmfigur, vorweisen konnte?

Sie reichte mir den 1,5-Liter-Becher mit Spezi, in dem noch ein letzter Schluck war. »UWE is jut gegen Husten.«

»Uwe?«, fragte ich und räusperte mich.

»U. W. E. – Unten Wird's Eklig«, grinste sie mich an. Sie hatte mir anscheinend einiges voraus und ich viel aufzuholen.

Mit dem festen Vorsatz, ab sofort mehr Sport zu treiben, verließ ich mit Jasmin das Kino. Ihr Gepäck ruckelte ich die Stufen hinunter und über das Kopfsteinpflaster zur Straße.

»Woll'n wir noch was machen?«, fragte mich Jasmin.

»Klar! Woll'n wir in Altona noch was trinken gehen?« Ich stand kurz vor meinem achtzehnten Geburtstag. In den Film hatten sie uns gelassen, weil Jasmin ihren Ausweis vorgezeigt hatte und die Frau an der Kasse nicht auf die Idee kam, dass eine Dreiundzwanzigjährige mit einem Minderjährigen ins Kino gehen würde. Im Aurél oder in der Duschbar in Altona kannte ich ein paar Leute und würde somit auch etwas zu trinken bekommen. Bier und Wein mochte ich nicht, und Screwdriver oder Long Island Ice Tea waren ab achtzehn.

Wenn man durch den Park Planten un Blomen ging, waren es von Dammtor aus nach Altona ungefähr fünf Kilometer. Es dämmerte schon, und wir hatten beide Lust zu laufen. Jasmin hatte noch eine Tüte Popcorn in der Hand, die wir während des Films völlig vergessen hatten. Sie trug das Popcorn, und ich zog den Koffer, an dem eine Rolle fehlte, mühsam hinter mir her. Wir alberten rum, unterhielten uns über den Videodreh vor ein paar Wochen, an dem es natürlich geregnet hatte.

Ich kam auf die bescheuerte Idee, einen unserer Songs, unsere erste Single *Du kannst mich mal*, zu zitieren:

»Du kannst mich mal – ohohoh –

Du bist mir so was von egal.

Du kannst mich mal – ohohoh –

Da mach ich mir's doch lieber selbst.«

»Wow!«, sagte Jasmin beeindruckt. »Dit is echt deep, wa? Schreibt ihr dit eigentlich allet selba?« Sie grinste mich an.

Tatsächlich hatten wir die Musik für die ersten drei Singles von den Produzenten irgendwann komplett vorgegeben bekommen. Wir durften nur noch die Albumtracks selbst schreiben.

»Na klar schreiben wir alles selbst! Denkste, wir singen Lieder von anderen Leuten? Das wäre ja total irre. Würd ich niemals machen«, log ich und bereute sofort, dass ich ihr eine CD geschickt hatte, in der man die Credits nachlesen konnte.

So gut es mit dem ramponierten Koffer ging, schlender-
ten wir Arm in Arm verschlungen, immer wieder die Seite
wechselnd, wenn mir von dem wackeligen Gepäckstück
die Hand wehtat, durch den Park in Richtung aufregende
Nacht. Ich erzählte ihr über die anstehende Deutschland-
tournee mit einem Nightliner und sie mir von ihrem Job
als Model und Barfrau und wie sie zufällig vom Casting für
unser Video erfahren hatte. Sie arbeitete im Cookies in Berlin, was sie noch aufregender, mysteriöser und bezaubern-
der für mich machte. Ich malte mir schon unsere Beziehung aus. Rockstar und Model. Jeden Abend entweder in
einem Club, in dem ich spielte, oder in der Bar, in der sie
arbeitete. Ich müsste nur noch achtzehn werden. Aber
das war absehbar. In den verbleibenden Monaten würde
sicherlich immer einer von uns die Türsteher kennen.

»Wie finden deine Eltern dit eigentlich, dass du Musik
machst?«, fragte Jasmin mich unvermittelt. Ich bekam
einen Schreck. Was wusste sie über meine Eltern? Deutete
ihre Frage darauf hin, dass es irgendwie ungewöhnlich
war oder sie es ungewöhnlich fand, dass ich Musik machte?
Was hatte sie für eine Vorstellung von mir? Was für eine
Vorstellung hatte sie von meinem Leben? Hatte sie mich
nur getroffen, weil sie von meinen Eltern wusste? Als ich
vor Schreck, dass sie das Wort *Eltern* ausgesprochen hatte,
nicht antwortete, fuhr sie fort: »Ick mein ja nur, meine
Eltern sind richtig ausjeflippt, als ick denen verklickert
hab, dass ick nich studieren will.« Ihre Frage schien doch
harmloser zu sein, als ich befürchtet hatte.

»Ach so – meine Eltern«, begann ich, ohne zu wissen,
was ich sagen wollte. »Meine Eltern lassen mich einfach
machen, was ich will«, vereinfachte ich meine Situation.

»Wow! Dit is cool. Ich wünschte, meene Alten wären so
easy jewesen.«

»Ja«, stimmte ich ihr zu, ohne zu wissen, ob ich fühlte, was ich sagte. »Die sind easy. Superentspannt sind die. Die ...«, ich suchte nach der richtigen Formulierung, »die sind mit ihren eigenen Sachen beschäftigt.«

Jasmin nickte verständnisvoll. »Und deene Freunde? Arbeitet ihr alle nebenbei?« Ich atmete tief ein. »Warte mal, ich muss mal eben die Hand wechseln. Was hast du eigentlich in dem Koffer drin?«, versuchte ich von der Tatsache abzulenken, dass wir alle noch zur Schule gingen.

»Meine Plattensammlung – wollte ick dir späta ma vorspielen. Zur Jeschmacksoptimierung.« Wieder grinste sie mich an. »Sach ma! Lebt ihr alle von der Musik, oder malocht ihr noch nebenher?«

Ich streckte meinen Arm und rieb meine schmerzende Hand, um etwas Mitleid von ihr zu bekommen. Dann brachte ich es einfach hinter mich: »Wir? Also ... ich ... Nur Musik. Quasi. Ich mach eigentlich nur Musik. Ja.« Ich räusperte mich und nuschelte hinterher: »Nach'm Abi – nur noch Musik.«

Jasmin sah mich ungläubig an. »Schule? Dit is ja 'n Hammer! Ick dachte, du bist schon groß?!« Sie zuckte mit den Schultern. »Na ja – da kriegen wa dich auch noch durch, Kleener.« Erleichtert atmete ich tief durch. Sie schien mich einfach so zu nehmen, wie ich war.

Nach zwei geschlagenen Stunden waren wir endlich in Altona angekommen. Das Popcorn war alle und ich vom Ziehen des ramponierten Koffers ebenfalls am Ende. Ich atmete einmal tief durch, nahm die Tüte, pustete sie auf und ließ sie platzen. Wenn Jasmin mich schon »Kleiner« nennen musste, hatte ich ja jetzt Narrenfreiheit. Die restlichen Maiskörner schossen uns in die Haare, wir kreischten und küssten uns. Mir lief der Schweiß ins Gesicht, ein paar Popcornreste hatten sich dort verfangen. Sie sammelte sie mir aus dem Gesicht und schnipste sie auf den Boden. »Siehst blendend aus.« Dann betraten wir die Duschbar und bestellten jeder zwei B52s, zündeten den Sambuca an und kippten uns die Flammen in den Mund.

Nach einigen brennenden Drinks verließen wir wankend und sehr angetrunken die Bar. Ich fühlte mich großartig. Das war das Leben, von dem ich immer geträumt hatte. Zeitungen berichteten über meine Musik, ich schrieb souverän einen Song nach dem anderen, ging in Bars ein und aus, wie es mir beliebte, und trank brennende Shots mit einem Model. Den Mantel, den Simone mir beim Fotoshooting angezogen hatte, hatte ich behalten dürfen und trug ihn auch jetzt. Mit dem strubbeligen Haarschnitt, Mantel, Stiefeln und einem T-Shirt mit der Aufschrift »PORNOSTAR« drauf fühlte ich mich wie die perfekte Mischung aus Farin Urlaub, Tyler Durden und Neo aus *Matrix*.

Als uns die kühle Nachtluft beim Verlassen der Bar entgegenschlug, nahm ich Jasmin in den Arm, öffnete meinen Mantel und machte Anstalten, sie, eingewickelt in meine wallenden Gewänder, zu küssen. Da erblickte ich den schwarzen BMW auf der anderen Seite der Bahrenfelder Straße. Vincek saß auf dem Fahrersitz und sah uns aus den Augenwinkeln an. Mein Selbstbild schrumpfte augenblicklich in sich zusammen. Die Selbstständigkeit, die ich eben noch fühlte, die mich in Form eines wehenden Mantels umhüllte, die immer noch leicht in meiner Kehle brannte, verpuffte sofort, als mir wieder einfiel, dass ich alles andere als *indie* war. Ich kam mir vor wie ein verkleidetes Kind auf einer Nichtkostümparty. Belächelt und geduldet von sämtlichen Partygästen. Der Kleine weiß es ja nicht besser. Plötzlich erinnerte ich mich an das Kuhzimmer von Laura und wie das auf einen Schlag mein gesamtes Bild von ihr verändert hatte. Mein Augenbrauenpiercing war durch die kühle Nachtluft beim Verlassen der Duschbar so schnell kalt geworden, dass ich etwas Kopfschmerzen hatte, die sich jetzt, als mir die Röte langsam ins Gesicht schlug, deutlich bemerkbar machten.

Als ich den Koffer in die Hand nahm, spürte ich die sich ausbildenden Blasen an meiner rechten Hand. Ich wechselte den Griff, doch auch an der linken Hand schmerzte es. Es bedurfte einiger mentaler Anstrengung, mich für den verbleibenden Abend weiter zu motivieren.

»Wollen wir zu dir?«, fragte mich Jasmin. Nun umfasste sie meine Hüfte und zog mich entschlossen zu sich. Ich ließ den Griff des Koffers los, der mit einem Rumms auf den Boden knallte.

»Ja!«, hauchte ich in ihr Ohr. »Aber wollen wir noch ein bisschen laufen?«

Ich hatte das Bedürfnis, meinen Kopf aufzuklaren. Es war mir unangenehm, nicht vollständig Herr meiner Sinne zu sein. Das Handy in meiner Tasche erinnerte mich daran, dass ich zumindest noch in der Lage sein musste, irgendwann eine SMS zu schreiben.

»Warte mal kurz«, sagte Jasmin plötzlich mit einem Lachen. »Ich bin gleich wieder da.« Immer noch grinsend, ging sie wieder rein.

Mit Herzklopfen richtete ich den lästigen Koffer wieder auf und legte meine Hand auf meine Augenbraue, um den metallenen Stab aufzuwärmen. Plötzlich schwang die Tür der Bar auf, und Jasmin kam mit zwei Longdrinks in der Hand nach draußen. »Lauf!«, rief sie freudig erregt und rannte, vorsichtig, dass die Gläser nicht überschwappten, schnell die Straße runter. »Jetzt ham wa 'ne Wegzehrung. Wo lang?«, rief sie mir zu, während sie zu mir und dem Koffer zurückblickte.

Ich fasste den Griff des hassenswerten Gepäckstücks, und mit einem Ruck in meiner schmerzenden Schulter begann ich, hinter ihr herzulaufen. »Warte mal! Eine Sekunde!«, rief ich ihr zu.

Jasmin stoppte, drehte sich um und verzog sich in einen Hauseingang. Am Strohhalm ihres Orangensaft-Mixgetränks saugend, blickte sie um die Ecke zu mir. Ich steuerte auf den BMW zu, der zwischen uns stand, und winkte Vincek mit einer kurzen Handbewegung aus dem Auto. »Ich muss das Ding mal bitte eben in den Kofferraum tun«, sagte ich und zeigte auf den Koffer, der von unserem mehrstündigen Spaziergang an einer Seite schon leicht aufgerissen war.

»Klar, kein Problem«, erwiderte er, ging hinter das Auto und öffnete die Heckklappe. Ich wuchtete den Koffer hinein.

»Wir laufen noch ein bisschen«, flüsterte ich ihm noch schnell zu.

Er nickte. »Viel Spaß.«

Ich lächelte ihm zu, und er schloss die Klappe des Kofferraums.

Als ich, leicht schwankend, auf Jasmin zuging, starrte sie mich verdutzt an. »Was ist das für ein Auto?«, fragte sie mich. Ihr Blick war sofort unangenehm ernst geworden. Ich griff nach einem der Gläser in ihrer Hand, nahm einen großen Schluck und grinste ihr zu. Dann bedeutete ich ihr mit einer Kopfbewegung, dass wir weitergehen sollten. »Hey ho – let's go!«, rief ich albern.

»Ernsthaft«, sagte sie mit besorgtem Blick. Und fragte mit Nachdruck noch einmal: »Warum hast du meinen Koffer in das Auto jetan? Was ist dit für 'n Macker?«

Sofort bereute ich meine durch den Alkohol etwas zu unbedarfte Aktion. Wäre ich bloß nüchtern geblieben. Ich hatte nicht nachgedacht. Nur irgendwie gehofft, Jasmin würde es einfach geschehen lassen und nicht weiter nachfragen, warum ich ihr Gepäck in den Kofferraum irgend eines unbekannten Autos packte.

»Ach, der Typ«, ich sagte, was ich schon öfter mal versucht hatte, »das ist einfach ein Freund von mir, der zufällig hier in der Gegend war. Der fährt uns den Koffer mal schnell nach Hause.« Ich log wieder, sobald ich den Mund aufmachte, sah sie mit einem Blick an, der im besten Fall unschuldig aussehen sollte, und betete, dass sie nicht weiter fragen würde. »Der ist einfach supernett«, ergänzte ich und nahm noch einen großen Schluck. »Trink mal was«, sagte ich und hielt ihr mein Glas hin.

Sie hob ihr Glas und prostete mir mit gerunzelter Stirn zu. Sie glaubte mir kein Wort. Dann bewegten wir uns langsam vom BMW weg, der schon den Motor angelassen hatte und gerade wendete. Irritiert blickte sie sich noch einmal um. Ich versuchte, ihren Kopf mit meiner flachen Hand liebevoll, bestenfalls leidenschaftlich zurück in meine Richtung zu drehen, aber sie ließ es nicht zu.

Jasmins angetrunkene Aufregung war plötzlich abgeklungen. Immer wieder kam unser Gespräch in den nächsten Minuten unseres Fußweges auf das ominöse schwarze Auto und den unbekannten Typ in schwarzer Jacke, der in ihren Augen gar nicht »einfach supernett« aussah. Fortwährend versuchte ich auszuweichen, dachte mir immer hanebüchenere Geschichten aus. Ich feuerte alle Ausreden und Pseudoerklärungen ab, die ich mir in den vergangenen vier Jahren zurechtgelegt hatte. Jasmin schüttelte nur den Kopf. Irgendwann näherte ich mich der Wahrheit langsam an. »Der Freund von mir ist Türsteher. Deshalb ist der hier in der Gegend gewesen. Und deshalb sieht der auch so aus. Der kam grad von der Arbeit.«

257

»Welcher Türsteher hat denn vor Mitternacht Feierabend?«, fragte Jasmin ungläubig.

Mist! Ich hatte vergessen, dass sie sich mit Türstehern natürlich aufgrund ihres Jobs viel besser auskannte als ich, und geriet ins Schleudern.

»Der ist *Chef* der Türsteher«, log ich weiter. »Der hat heute nur den Dienstplan geschrieben und fährt jetzt nach Hause. Der wohnt ganz in meiner Nähe. Deshalb kann der die Koffer locker mitnehmen.« Ich begann zu schwitzen und feuerte weiter aus allen Rohren: »Dienstpläne kennst du, ne? Die sehen so aus wie so 'n Periodensystem aus'm Chemieunterricht. Wir machen das superhäufig so, dass der meine Sachen mal mitnimmt.«

Jasmin guckte mich an, als wäre ich komplett bescheuert. »Ja, Johann. *Dienstpläne* kenne ich. Ich gehe schließlich nicht mehr zur Schule.«

Ich spürte, dass ich ihren Fragen nicht mehr lange standhalten würde. Wir standen direkt vor meinem Kuhzimmer. Gleich würde ich die Tür öffnen müssen.

Irgendwann, wir waren vielleicht eine Dreiviertelstunde gelaufen und hatten unsere leeren Gläser längst auf einem Stromkasten abgestellt, konnte ich nicht mehr. Mein dämlicher Fehler, aus purer Faulheit mein Geheimnis zu verraten, hatte mir den Abend sowieso schon versaut. Jasmins Laune war auch stetig schlechter geworden, und ich spürte, dass sie merkte, dass irgendwas nicht stimmte. Nach unendlichen Minuten des Schweigend-nebeneinander-Hergehens durchbrach ich die Stille:

»Sagt dir der Name Jan Philipp Reemtsma etwas?« Sie sah mich unberührt an und zuckte nur mit den Schultern. »Der ist ja vor ein paar Jahren entführt worden. Hast du das mitbekommen? Ich bin sein Sohn. Und der Typ, der da im Auto war, das ist ein ...« Ich suchte die richtige, die beiläufigste Bezeichnung: »Sicherheitstyp.«

Ich beobachtete sie. Ihr Gesicht bewegte sich schon seit einer Weile nicht mehr. Ohne die Gläser wussten wir beide nicht, was wir mit unseren hilflos im Rhythmus des Spaziergangs schaukelnden Händen anstellen sollten. Es waren nur noch wenige Autos auf der Straße. Zu zweit gingen wir, ohne uns zu berühren, im gelblich fahlen Licht der Straßenlaternen nebeneinander auf dem Bürgersteig. Sie sah nur noch nach vorn.

»Der passt auf, dass so was nicht noch mal passiert«, ergänzte ich leise. Nicht mehr lügen zu müssen fühlte sich gut an. Doch auch die Wahrheit schmerzte.

Wir gingen noch ein paar Schritte, dann blieb sie stehen und drehte sich abrupt zu mir: »So ein Blödsinn. Erzähl mir keenen Scheiß. Wieso solltest du dann mit deener Band Musik machen? Und warum laufen wir dann hier einfach so durch die Gegend? Das ist doch 'ne Story.« Sie setzte an, einfach weiterzugehen, und blieb dann wieder ruckartig stehen. »Willste mich beeindrucken, oder wat?«

Ich atmete tief ein. Ich fühlte mich überhaupt nicht mehr betrunken. Wo sollte ich anfangen zu erklären? Wie absurd war der Gedanke, ich könnte diese »Story« erfinden, um sie zu beeindrucken, und wie sehr schämte ich mich für alle anderen Storys, mit denen ich versucht hatte, sie tatsächlich zu beeindrucken. »So gefährlich kann dit hier dann ja nicht sein, wenn wa hier aleene langlaufen.«

Wie recht sie hat, dachte ich. Wie gern hätte ich gesagt, dass alles nur ein Scherz gewesen sei und der Mann und ich einfach nur ein ausgeklügeltes System entwickelt hätten, wahnsinnig attraktiven Frauen ihr Gepäck zu stehlen.

»Ich weiß nicht, wie gefährlich es ist. Keine Ahnung. Aber – doch, es ist alles so, wie ich gesagt habe.«

»Wenn ich dir jetzt eine knallen würde, würde der Typ mich dann überwältigen?« Jasmin war aufgebracht. Sie schaute mich mit funkelnden Augen an.

»Ich denke nicht«, antwortete ich beschämt. »A-aber ich vielleicht«, versuchte ich stotternd einen Scherz.

Jasmin lachte nicht. »Dann ruf den mal an. Ich will wissen, wo mein Koffer ist.« Sie war unerbittlich ernst. »Und dann kannste mich mal am Arsch lecken.«

Ich zog mein Nokia 3210 aus der Hosentasche und schickte reflexartig eine vorab gespeicherte SMS ab. Wenige Sekunden später fuhr der Wagen mit etwas überhöhter Geschwindigkeit von hinten an uns heran, und Vincek öffnete mit ernstem Gesichtsausdruck die Fahrertür und stieg aus. Ich ließ Jasmin stehen, ging auf ihn zu und streckte ihm die Hand entgegen. Verwundert schüttelte er sie. »Ich brauch mal eben den Koffer bitte«, sagte ich bestimmt und so laut, dass Jasmin es hören konnte. »Kein Problem«, erwiderte Vincek. Er ging um das Auto herum und öffnete den Kofferraum. Ich blickte zu Jasmin, die die Szene skeptisch beobachtete und jetzt langsam zu mir kam. »Schon gut«, sagte sie, nahm meine Hand und drückte sie. »Ich glaub dir. Lass mal nach Hause.«

Meine Beine taten weh. Ebenso mein Rücken und meine Hand sowieso. »Sollen wir einfach einsteigen?«, fragte ich sie. Jetzt war mir das auch egal.

»Okay«, antwortete Jasmin leise. Ich fürchtete sogar, ein leichtes Zittern in ihrer Stimme hören zu können.

Ich wendete mich wieder zu Vincek: »Fahren Sie uns nach Hause?« Er lächelte mich kurz an, schloss den Kofferraum und reichte Jasmin die Hand. »Ich bin Mark. Freut mich.«

»Jasmin. Tach.« Er öffnete uns die Tür, und wir stiegen ein.

Als wir alle im Auto waren, bog Vincek den Rückspiegel nach oben, sodass er uns nicht mehr sehen konnte. Ich dankte ihm lautlos für seine Feinfühligkeit. Die erste Zeit sagten wir nichts. Dann versuchte ich, die unangenehme Situation aufzulockern, und fragte Vincek, wie er den Film gefunden habe.

»War der auch mit im Kino?«, flüsterte Jasmin mir zu. Ich nickte.

»Das Ende war der Hammer, oder?«, sagte ich in Richtung des Fahrersitzes.

»Ich bin vorher raus. Hab das Ende nicht gesehen«, antwortete Vincek. Verdammt, das hatte ich ganz vergessen. Die Typen verließen das Kino ja immer vor Ende des Films, um sich draußen einen Überblick zu verschaffen, bevor ich rauskam. Ich seufzte. Er tat mir leid. So ein Scheißjob.

Jasmin war schockiert. »Sollen wa den noch mal kieken, und du bleibst einfach sitzen?«, schoss es ihr aus dem Mund.

Ich atmete tief und möglichst lautlos.

Vincek lächelte. »Ich schaue Filme eigentlich nie zu Ende. Ich geh immer früher raus. Ich mag keine drängenden Menschenmassen. Is wohl 'ne Berufskrankheit.«

Doch Jasmin gab nicht nach. Sie bestand darauf, dass wir in den nächsten Tagen noch mal ins Kino gehen sollten, damit er auch auf seine Kosten kam. Dabei duzte sie ihn die ganze Zeit. »Dit kann doch echt nicht sein, dass du dit Ende nicht jesehen hast. Dit is dat beste am janzen Film. Die jesamte Story wird da umjedreht!«

»Du, danke dir, aber das ist wirklich nicht nötig. Ihr habt doch sicherlich anderes zu tun. Außerdem bin ich die nächsten Tage gar nicht im Dienst. Vielleicht leihe ich ihn mir in der Videothek aus, wenn er auf DVD rauskommt.«

261

Ich fand es unangenehm, dass die beiden sich duzten. Es war, als gäbe es da etwas zwischen ihnen, was ich nicht bekommen konnte. Ich spürte fast ein wenig Eifersucht auf die unbedarfte Nähe der beiden. Sosehr ich sie immer versteckte, waren es doch meine Schreckensgestalten und nicht ihre.

Endlich beließ es Jasmin dabei. Und im Auto wurde es wieder still.

Wir fuhren am Haus meiner Mutter vor. Der Sand knirschte. Vincek nahm den Koffer aus dem Kofferraum und schob ihn mir hin, als Jasmin sich umsah und fragte: »Sag mal – ohne Scheiß –, wohnst du etwa noch bei deinen Eltern?«

Ich nickte und bemühte mich, nicht vollends in mich zusammenzusacken. Sie seufzte unüberhörbar, nahm mir den Koffer aus der Hand und bedeutete mir mit einem forschen Kopfnicken vorzugehen. Vincek verzog keine Miene und setzte sich wieder ins Auto ohne ein Wort des Abschieds. Es war mir vor ihm alles einfach nur wahnsinnig peinlich. Ich öffnete die rote Telefonzelle, wir quetschten uns nebeneinander hinein, ich schloss die Tür auf, und wir betraten den Garten meiner Mutter. Langsam und leise schleppten wir den Koffer die Gartenstufen hinab zum Eingang meines Zimmers. Meinen Versuch, ihr den Koffer abzunehmen, wies Jasmin forsch zurück. Mein Mantel fühlte sich an, als würde er hundert Kilo wiegen. Das PORNOSTAR-T-Shirt klebte mir am Leib.

Als wir das Haus umrundet hatten und ich die Tür zu meinem Zimmer aufschloss, sah mir Jasmin das erste Mal seit Verlassen des Autos wieder in die Augen. »Wieso hast du mir das nicht alles gleich gesagt?«

»Was hätte ich denn sagen sollen?«, fragte ich zurück. »›Ich wohne übrigens bei meinen Eltern, gehe noch zur

Schule und hab jemanden, der mich da täglich hinfährt!‹?
Was wäre das denn für ein erbärmlicher Satz?«

»Ach, keene Ahnung. So is auf jeden Fall ooch blöd jewesen«, sagte sie und zuckte mit den Schultern. »Nu mach schon auf.«

»Weißt du – ich bin der Typ, der ich bin. Für alles andere kann ich nichts.« Sie nickte. Dann öffnete ich die Tür, und wir verschmolzen endgültig mit der Realität meines Kinderzimmers.

29.

Sosehr Jasmin und ich uns auch bemühten, sosehr wir versuchten, unsere Beziehung, die es nach ein paar Tagen in Hamburg schnell wurde, auf die nächste Ebene zu bringen, so schwierig gestaltete es sich. Da sie weiterhin in Berlin lebte und ich wegen der Schule nicht aus Hamburg wegziehen konnte und es wegen unserer Bandproben auch nicht wollte, pendelte ich an freien Wochenenden mit dem Auto meiner Mutter nach Berlin und zurück.

Meine Führerscheinprüfung war noch nicht lange her. Wenige Wochen nach meinem achtzehnten Geburtstag hatte ich den Führerschein bestanden, doch die Fahrstunden waren unglaublich nervig gewesen. Natürlich war mir auch hier der schwarze BMW gefolgt. Abgesehen von der Peinlichkeit meines ruckeligen Anfängerfahrstils, war ich während der Fahrstunden noch deutlicher den unterschiedlichen Arbeitsstilen der Personenschützer ausgeliefert. Ein paar von ihnen hielten so viel Abstand, dass man sie im Rückspiegel, nur als Profi, der ich mittlerweile war, als Verfolgerfahrzeug wahrnehmen konnte. Andere wiederum fuhren so dicht auf, dass ich sogar ihre Gesichter im Rückspiegel deutlich erkennen konnte. Mehrmals kam es vor, dass ich, um rückwärts einzuparken, langsam an einer Parklücke vorbeifuhr, den Blinker setzte und der BMW entweder zurücksetzen musste, damit ich einparken

konnte, oder – sogar noch schlimmer –, als er an den weißen Rückleuchten des Fahrschulautos erkannte, dass ich
den Rückwärtsgang einlegte, selbst in einem souveränen
Schwung, Schnauze voran, in die freie Parklücke fuhr.
Mein Fahrlehrer schüttelte den Kopf über so viel wieder-
kehrendes Pech und unfreundliches Verhalten im Straßenverkehr. Er war sichtlich erleichtert, als ihm irgendjemand in der Fahrschule erzählte, wie meine familiären
Lebensumstände waren. Als ich am nächsten Tag zu ihm
ins Auto stieg, erwartete er mich schon mit glänzenden
Augen: »Mensch, Johann, ich hatte mich schon gewundert, dass dauert jemand in deine Parklücken fährt. Jetzt
weiß ich endlich, dass die zu dir gehören. Ich dachte schon,
ich werd verrückt. So viel Pech kann ein Einziger ja gar
nicht haben.« Ich zwang mich zu einem Lächeln und sagte
nichts. *So viel Pech wäre wirklich ungewöhnlich.* Ich legte
schnell den ersten Gang ein und ließ die Kupplung so
ruckartig kommen, dass der Golf sofort einen Satz nach
vorne machte, gegen die Hauswand krachte und absoff.
Gleichzeitig blickten mein Fahrlehrer und ich in die Rückspiegel. Collins, der im Auto hinter uns wartete, war der
Einzige, der noch so tat, als wäre er nicht da.

Auf der Rückfahrt von Berlin nach Hamburg fuhren Jasmin und ich manchmal zusammen, und sie blieb dann
noch ein, zwei Tage in Hamburg. Doch die dreistündige
Autofahrt wurde zur Belastungsprobe für unsere Beziehung. Jasmin war so versessen darauf, die Typen hinter
uns im Auto genauestens über unsere Manöver im Straßenverkehr zu informieren, dass sie mich ständig anhielt,
länger zu blinken, nicht so plötzlich die Spur zu wechseln,
die Geschwindigkeitsbegrenzung zu beachten oder nicht
so ruckartig zu bremsen. Alles mit dem Argument, es sei
für die *Sekus,* wie sie sie nannte, sonst zu anstrengend.

Manchmal war ich von ihren ständigen vermeintlichen Verbesserungen so genervt, dass ich rechts ranfuhr und ihr sagte, sie könne nun ja einfach selbst fahren, was sie dann auch tat. Als wir die Plätze wechselten, erklärte sie unseren Verfolgern mit einem wirbelnden Handzeichen den Vorgang des Fahrerwechsels und ergänzte jedes Setzen des Blinkers mit einem zusätzlichen Handzeichen aus dem Seitenfenster oder gar dem Schiebedach und zog so im Stadtverkehr die gesamte Aufmerksamkeit auf den hellblauen Volvo meiner Mutter.

»Du kannst die Sekus doch nicht eenfach so hinterherfahren lassen«, sagte sie. »Das sind doch ooch nur Menschen. Du musst denen ihren Job ja nich extra schwer machen.« Es war nicht einfach für mich, ihrer Argumentation zu folgen, versuchte ich doch seit Jahren, diese Typen möglichst zu vergessen. »Ick kenn dit von den Sekus im Club. Manche behandeln die wie Inventar und manche eben wie die Menschen, die se halt sind. Musste dich halt entscheiden, was für ein Mensch *du* sein willst.«

Ich erinnerte mich an Julias Standpauke vor ein paar Jahren. Dass es in meiner Hand läge, was ich aus meinem Leben machte. Aber irgendwie fühlte es sich nicht so an, als hätte ich wirklichen Einfluss auf mein Leben. Eher sogar im Gegenteil. »Ich glaub, dann entscheide ich mich dafür, mir nicht so viele Gedanken über die zu machen.« Ich suchte die Konfrontation. Ich hatte keine Lust mehr, mich immer von irgendwem belehren zu lassen. »Die können doch nicht beeinflussen, wie ich mein Leben lebe.« Jasmin hatte allerdings überhaupt kein Verständnis für meine Argumentation. »Allet beeinflusst dein Leben, Johann. Darum jeht es nicht. Es jeht darum, wie du mit denen Mitmenschen umjehen willst. Es jeht darum, ob du ausnutzen willst, dass die machen müssen, wat du sagst, oder eben nüscht.« Meine Gedanken rasten. Ging es wirklich darum? Hatte ich wirklich eine Wahl? Nutzte ich die Sicherheitsleute wirklich aus, indem ich mich einfach normal benahm? »Ich glaube nicht, dass die das so empfinden«, antwortete ich. »Ich glaube, dass die ganz gut damit klarkommen, dass ich einfach mein Leben lebe und nicht so superviel Rücksicht nehme. Ich glaub, dass ist auch einfach Teil von deren Job.« – »Allet Mögliche ist Teil von irgendenem Job.« Jasmin war richtig in Rage. »Dat ist doch keen Argument. Wenn du in dener Position die Möglichkeit hast, etwas daran zu verbessern, dann biste halt schlicht ein Arschloch, wenn du's nicht machst.«

Da waren wir jetzt. Fuhren wild gestikulierend im Auto meiner Mutter durch den schleppenden Hamburger Straßenverkehr und beschimpften uns. »Ich finde ja, dass man auch ein Arschloch sein kann, wenn man nicht schnallt, dass es in meiner Position auch nicht einfach ist.«

Jasmin sah mich gespielt mitleidig an. »Du hast es schon verdammt schwer, Johann, in *dener Position*. Wie iss'n die Luft da oben?«

»Jetzt hör mal auf, mir die Worte im Mund umzudrehen und mich darzustellen, als wäre ich ...« Da war es wieder. Ich wusste weder, wer ich war, noch, was andere dachten, wer oder was ich war. Zum Glück fiel mir Jasmin ins Wort. »Als wärst du irgendein reicher Typ, dem seine Anjestellten egal sind? Nee, schon klar ... völlig abwegig.«

»Also«, Wut stieg in mir hoch, »*egal* sind die mir bestimmt nicht, Jasmin. Ich kann mich nur nicht nach denen richten. Also mein Leben nach deren Vorstellungen *aus*richten. Das wäre doch total bekloppt.«

»Boah.« Jasmin schnallte sich ab und griff in den Fußraum nach ihrer Tasche. »Ich kann dein Gejammer echt nicht mehr ertragen. Lass mich mal hier raus.«

»What?!« Ich erschrak fürchterlich. »Ernsthaft? Und dann?«

»Dann darfst du dir 'ne neue Freundin suchen, die Bock auf dene engstirnigen Arbeitjeberallüren hat.« Damit stieg sie aus, knallte die Tür zu und ließ mich, den Volvo meiner Mutter und den schwarzen BMW dahinter im Stau stehen.

Reflexartig blickte ich in den Rückspiegel. Collins saß am Steuer und hatte die Augenbrauen hochgezogen. Er sah nicht weniger erschrocken aus, als ich mich fühlte. Mein Handy vibrierte. »Alles okay bei dir?«, fragte Collins mich in einer Kurzmitteilung. Ich sah noch mal in den Rückspiegel. Collins verzog das Gesicht zu einer Miene, die ich als eine Mischung aus Bestürzung und Mitleid deutete. »Yo. Alles okay. Sie hatte noch 'n Termin.« Ich schickte die Nachricht ab, fühlte noch den Streit in meinen Gliedern. *War ich wirklich ein Arbeitgeber?* Schnell schickte ich noch eine SMS hinterher. »Geht's Ihnen auch gut?«

30.

Die Reifen des Mercedes drehten durch, und Schlamm spritzte an die Seitenscheibe, als der Wagen in einem irrsinnigen Tempo den kleinen, aber sehr steilen Hang hinaufraste. Ich presste beide Arme gegen die Rückenlehne des Beifahrersitzes und mich dadurch fester in die Rückbank, um nicht noch mehr herumgeschleudert zu werden. *Fast schon eine Schanze,* dachte ich. Meine Füße stemmten sich in den Boden. Der Anschnallgurt schnitt schmerzhaft in meine Hüfte. Immer fester drückte ich meinen rechten Fuß auf die Matte auf dem Boden, die langsam nach vorne rutschte, lockerte den Druck und imitierte mit dem linken Fuß beschwörend tappend das Kuppeln des Fahrers, um mich weniger ausgeliefert zu fühlen. Einen Gang runter. Der Motor heulte auf, das Heck brach aus. Gleichzeitig mit der Übelkeit schoss mir das Wort *Heckantrieb* durch den Kopf. Ohne zu wissen, was das genau war, wusste ich, dass es einen Unterschied gab zwischen Front-, Heck- und Allradantrieb. Irgendeine Auswirkung hatte das wohl darauf, wie das Auto in Extremsituationen reagierte, und dieses Wissen über das Fahrverhalten sollte die Reflexe des Fahrzeugführers bestenfalls beeinflussen. Alles, was ich gerade tun konnte, war, mich festzuhalten. Egal, woher der Antrieb kam. Durch die Geschwindigkeit des Wagens wurde ich in die Polsterung der Rückbank gedrückt.

Es knallte. *Pack!! Pack!! Pack!!* Vor uns, hinter der

Schanze versteckt, sprang jemand hinter einem Busch hervor. Ganz in Schwarz gekleidet, verschmolz sein ebenso schwarzes Schnellfeuergewehr mit seiner Silhouette. Etwas knallte gegen die Frontscheibe, ich duckte mich, zog den Kopf ein und warf mich quer auf die Rückbank. Der Fahrer bremste scharf, das Lenkrad wurde herumgerissen, das Auto schlitterte ein paar Meter zur Seite, das Heck rutschte fast über die Kuppe des Hügels. Einschläge auf der Seite. Ich hörte sie genau, am Scheitel meines Kopfes. Unangenehm nah wurde die Außenseite des gepanzerten Wagens scheinbar eingedrückt. Der Fahrer schaltete. Die Kupplung krächzte. In meiner Erinnerung hörte ich meinen Fahrlehrer mich vom Beifahrersitz anschnauzen: »Junge – nicht die Kupplung schaumig schlagen!« Ein kreischendes, metallenes Geräusch zerschnitt die Luft im Wagen, der Fahrer legte die rechte Hand hinter die Kopfstütze des Beifahrersitzes, spannte die Muskeln seines Arms an und krallte die Finger in das Leder. Den linken Daumen in der Verstrebung des Lenkrads, riss er den Arm im Halbkreis herum, und der Mercedes folgte, wirbelnd um die eigene Achse, seinen routinierten Bewegungen. Die Fliehkräfte beugten die Spannung in meinen Armen. Ich konnte mich nicht mehr abstützen, hörte Treffer der Geschosse am Heck des Wagens und rutschte fast in den Fußraum. Mein Schuh und meine Wade verdrehten sich unter dem Beifahrersitz, während meine ohnehin schon schmerzende Nase heftig gegen den Fahrersitz stieß. Ich stöhnte. Mir war schlecht. Das Auto bremste scharf hinter einer Kurve. Meine Beine in einem Teil des Wagens, mein Oberkörper im anderen, lag ich auf der Seite und stützte mich mit einem Arm im Fußraum hinter dem Fahrer ab. Ich spürte das sandige, geriffelte Gummi unter meinen Fingern.

Plötzlich öffneten sich beide Türen. Ich kniff die Augen reflexartig zusammen und zog die Schultern zu den Ohren. Mit einem routinierten Handgriff wurde mein Anschnallgurt gelöst, zwei Männer zogen mich aus dem Auto und stellten mich auf die Beine. Ich öffnete die Augen wieder. Vor mir stand einer von ihnen. Ich blickte mich um. Beide wiesen mir den Weg, und ich stolperte in den bereitstehenden Wagen. Der Mann, der eben noch gefahren war, blickte sich in die Richtung um, aus der wir gekommen waren. Mein Blick folgte seinem. Durch die Seitenscheibe des neuen Autos erkannte ich in der Ferne die schwarze Silhouette eines Mannes auf dem Hügel. Das Gewehr unter den Arm geklemmt, sprach er etwas in ein Funkgerät. Ich schnallte mich an, fasste mir an die Nase und kontrollierte, ob ich blutete. Türen knallten, und der Audi, in den ich eben verfrachtet worden war, raste davon. Hin und her im Zickzack. Wieder wurde ich durchgeschüttelt. Ich blickte nach hinten. Wir rasten zwischen Hindernissen hindurch, während ich mich an den Griffen der Tür festklammerte. *Stabil bleiben.* Der Mercedes folgte uns, als würde seine Motorhaube magnetisch von unserem Heck angezogen. Die Frontscheibe des Verfolgerautos, in dem ich mich eben noch auf dem Rücksitz befunden hatte, war verschmiert mit bunten Farbklecksen, gegen die der Scheibenwischer vergeblich, in rasendem Hin und Her, ankämpfte. Ich atmete tief durch und versuchte, mich nicht zu übergeben.

»*50 km/h halten!*«, krächzte es aus dem Funkgerät in der Mittelkonsole des Audis.

Unser Wagen bremste, und als wären die Magneten plötzlich umgepolt worden, bremste auch der Wagen, der uns verfolgte. Ich atmete wieder und blickte noch einmal zurück. Rechts und links neben der Fahrbahn des ehemaligen Militärflughafens beregneten Rasensprinkler den Asphalt und die heranrasenden Autos. Die Scheibenwischer des Mercedes ließen die bunten Einschläge des Paintball-Schnellfeuergewehrs auf der Windschutzscheibe für einen Moment wie einen Regenbogen aus einem Splatterfilm aussehen. Es beruhigte mich, dass der Fahrer, der mit seinem Auto nur Zentimeter hinter uns war, endlich wieder klar sehen konnte. Ich erkannte sein Gesicht. Es war Martens, mit dem ich regelmäßig im Keller meines Vaters Kampfsport trainierte. Er lächelte mir freundlich, aber konzentriert durch die Heckscheibe zu. »*Tacho 50!*«, antwortete Schmitt ins Funkgerät, und plötzlich wurde das Heck des Autos, in dem ich auf der Rückbank saß, mit einem Ruck zur Seite gestoßen. Der Audi brach nach links aus, und ich sah den Mercedes im rechten hinteren Seitenfenster auftauchen. Auch er steuerte auf eine silberne Stelle aus Metall mitten auf der nassen Fahrbahn zu. Die sogenannte Rüttelplatte stieß das Fahrzeug, sobald es mit der Hinterachse darüberfuhr, schlagartig zur Seite, was bei dem nassen Untergrund zur Folge hatte, dass das Heck ausbrach und ein Rammen durch ein Verfolgerfahrzeug simuliert wurde. Der Fahrer meines Autos wirbelte die Arme herum, lenkte nach links, dann nach rechts, brachte das Fahrzeug schnell wieder unter Kontrolle, um dann ruhig zwischen zwei orange-weißen Pylonen hindurchzufahren und in einem ehemaligen Flugzeughangar zum Stehen zu kommen.

Die Motorhaube dampfte, als er die Handbremse anzog. In einer Abfolge von professionalisierten Handgriffen drehte er den Schlüssel, zog ihn aus dem Schloss, legte ihn auf das Armaturenbrett und blickte sich um. Der Mercedes kam in diesem Moment neben uns zu stehen. »Alles okay bei dir?« – »Klar! Alles gut. Und bei Ihnen?«, antwortete ich, ohne meinem Bedürfnis, für ein paar Sekunden die Augen zu schließen, nachzugeben. Ich schnallte mich ab, stieg aus, streckte mich und lächelte in die Gesichter der zwölf Männer, die am Hangar standen.

Als ich kurz nach meinem achtzehnten Geburtstag die Führerscheinprüfung bestanden hatte, wurde die Idee umgesetzt, dass ich für ein Wochenende mit den Personenschützern zum Sicherheitsfahrtraining in den Hunsrück fahren sollte. Gefahren werden sollte. Wir waren den Tag über verschiedene Parcours gefahren: scharf links, scharf rechts um aufgestellte Pylonen, erst mit 30, dann mit 50 km/h. Verfolgungsfahrten. Mal wurden aus dem Kofferraum des vorausfahrenden Autos orangene Plastikhütchen geworfen, denen der Verfolger ausweichen musste, mal galt es, den Gejagten mittels Stoßstangenkontakt an der Seite ins Schleudern zu bringen.

Auch eine sogenannte Rundfahrt in rasender Geschwindigkeit sollte gemeistert werden. Mit durchdrehenden Reifen stellten sich die mattschwarz lackierten Fahrzeuge irgendwann, vorausgesetzt, man machte es richtig, quer zur Fahrtrichtung. Das Auto sollte, so erklärte man es uns, als wäre es mit einem Seil in der Mitte des Kreisverkehrs befestigt, quer zur Fahrtrichtung herumgeschleudert werden. Ich hatte nicht die geringste Ahnung, wie das physikalisch oder mechanisch herzustellen war, und so hatte ich als Einziger die Kontrolle über das Fahrzeug verloren und war in vollem Tempo in die begrünte Mitte der kreisrunden Fahrbahn gerast.

»Immer so wenig wie möglich bremsen!« Die Worte des Trainers hatte ich noch im Ohr, und somit gab ich weiterhin Gas, während das Gras spritzte und sich die Reifen des Autos in die Erde gruben. *Allrad,* schoss es mir in den Kopf, da es sich anfühlte, als ob sich alle Räder gleichermaßen in die Erde graben würden. Mein Auto hinterließ immer tiefere Spuren, drehte sich um sich selbst, bis sich irgendwann nur noch die Reifen drehten und der Rest stillstand. Die Miene des Trainers verfinsterte sich. Die schreiende Stimme im Funkgerät meines Wagens wurde übertönt vom Kreischen des Motors. Mir war schwindelig. Ich blickte aus dem Fenster und sah den Trainer mit hochrotem Kopf ins Funkgerät schreien: »Bremsen!! Wieso hast du nicht gebremst?! Scheiße!!« Ich wurde ebenfalls rot. Niemand lachte, alle schauten betreten zu Boden und verkniffen sich ein Lächeln. »Ich dachte: nicht bremsen?!«, erwiderte ich irritiert, als ich torkelnd das Auto verließ. Der Trainer hielt es wohl für einen arroganten Spruch, nicht für eine einfache Frage, die es hatte sein sollen, und schmiss seine schwarze Kappe wütend in eine von den Reifenspuren entstandene Pfütze. »Scheiße!«, rief er wieder. Das schwarzweiße Emblem der Firma, die das Fahrtraining ausrichtete, saugte sich mit Dreck voll. Ich ging an der Kopfbedeckung und am Fahrtrainer vorbei und reihte mich in die Gruppe der Personenschützer ein. »Sorry, ich habe meinen Führerschein ja noch nicht so lange«, sagte ich leise, aber nicht zu geknickt. Ich fand meine Fahrt gar nicht so schlecht.

Die letzte Übung war nun ebenjene *Verfolgungsjagd mit Schutzperson unter Beschuss* gewesen. *Training unter realen Bedingungen* hatte der Trainer es genannt, und so hatte ich, ohne dass es vorher besprochen werden musste, die Rolle der Schutzperson und die Personenschützer die der Personenschützer übernommen. Real eben. Den Gedanken, dass man mich einfach nicht mehr auf einen Fahrersitz lassen wollte, schob ich zur Seite. Auch wenn dies natürlich ebenso zu den *realen Bedingungen* gehörte.

Jetzt gingen wir gemeinsam in das provisorisch aufgebaute Büro, in dem uns am Morgen etwas über das allgemeine Fahrverhalten von Autos erzählt worden war. Ich ahnte, dass es die Leistungen des heutigen Tages zu rekapitulieren galt.

Ich nahm mir einen Kaffee, setzte mich in die letzte Reihe, schwieg und versuchte, unsichtbar zu werden. Fehl am Platz war ich sowieso, egal, wo ich saß. Meine missglückte Fahrt saß mir noch in den Knochen. Mein Herz schlug heftig, der Kaffee beschleunigte es noch ein wenig. Ich hatte mein Abi geschrieben und wartete auf die Noten. Hier auch noch auf Beurteilungen warten zu müssen war mir zuwider.

Sie besprachen die einzelnen Stationen mit ihren speziellen Gefahren und Schwierigkeiten, dann kam es zur Vergabe der Punkte.

»Ich habe hier vorne eine Liste hingelegt. Wer möchte, kann seine Platzierung einsehen. Kommen Sie gern nach vorn, falls es keine weiteren Fragen mehr gibt.«

Es gab keine Fragen, und einer nach dem anderen erhob sich von seinem Platz. Ich blieb sitzen und überlegte. Wollte ich wissen, welchen Platz ich geschafft hatte? Bedeutete es mir etwas? Ich hatte meinen Führerschein erst ein paar Monate, und dennoch hatte ich mich, abgesehen von dem Fauxpas, bei dem ich wohl hätte bremsen sollen und stattdessen einen immensen Schaden im Grün angerichtet hatte, für den ich wohl nie zur Rechenschaft gezogen werden würde, nicht schlecht geschlagen. Der eine oder andere, dachte ich, war vielleicht auch mal langsamer oder unkontrollierter gefahren als ich. In einem Offroadparcours war ich als Einziger nicht von der Strecke abgekommen. Vermutlich, weil ich langsam fuhr. Ich wusste es nicht. Ebenso wenig, wie genau es sich auf die

Gesamtpunktzahl ausgewirkt hatte. Überhaupt hatte ich, wie so oft, keinen Vergleich oder irgendeine imaginäre Messlatte für meine Situation und musste auf mein Bauchgefühl vertrauen. *Wie eigentlich immer,* schoss es mir in den Kopf. Und gleich danach der Gedanke: *Was, wenn ich nicht der Schlechteste war?* Mein Bauch begann zu kribbeln. Was bedeutete das für den Schlechtesten? Gehörte es sozusagen zu meinem Job, dass ich dies dem Chef der Sicherheitsfirma mitteilen musste? Gar meinen Eltern? Mir saß der Abschied von Raymond, den ich verpetzt hatte, noch in den Knochen. Was er wohl jetzt machte? Was würde diese Bewertung mit der Beziehung zwischen den Sicherheitsleuten und mir machen? Ich war ja irgendwie darauf angewiesen, dass sie mich mochten. Dennoch war ich keiner von ihnen. Eher eine Art V-Mann. Ein Maulwurf, von dem alle wussten. Und hier waren wir auf einmal Konkurrenten. Plötzlich hatte ich das Gefühl, dass niemand in diesem Raum etwas anderes dachte als: *Was bedeutet es für uns, wenn Johann nicht der Schlechteste ist?*

Ich nahm meinen noch heißen Kaffee im braunen Plastikbecher, schlängelte mich aus der letzten Reihe nach vorn und verließ, ohne jemanden anzuschauen, den Raum. Es war kalt draußen. Aus dem Becher dampfte es. Ich zog die Schultern hoch, versuchte mit einer Hand, meine Jacke zu schließen, und vergoss etwas Kaffee auf meinen Ärmel. Ich war zittrig, wischte den Arm an meiner Hose ab, schob den Plastikbecher zwischen meine Schneidezähne und vergoss, als mir der Becher aus den Zähnen rutschte, noch einen Schluck zwischen Reißverschluss und Pulli. Dann platschte der Kaffee auf den Boden. Ich sprang breitbeinig zurück und begann, an mir herumzuwischen. Die ersten

Männer verließen den Raum und kamen zu mir nach draußen. Freundlich standen wir in der größer werdenden Runde um die Kaffeepfütze.

Ich brauchte ein Thema, das allen zeigte, dass ich gedanklich schon längst nicht mehr bei der Punktevergabe war. Ich wollte den Eindruck vermitteln, dass ich mich natürlich sowieso nie dafür interessiert hatte und es mir überhaupt gar nicht in den Sinn gekommen war, die Liste anzuschauen. Deshalb war ich schließlich rausgegangen. Weil es so egal war. Es gab Wichtigeres im Leben.

»Boah – mir ist richtig schwummerig.« Mehr fiel mir nicht ein. »Ja«, nahm Martens die Vorlage an, »auf der Rückbank ist es immer schlimmer, als wenn man selbst fährt. Die werden hier noch einige Freude haben, dein Muster im Rasen wieder glatt zu ziehen. Wenn sie die Karre überhaupt heben können. Vielleicht bleibt sie da ja stehen, als eine Art Denkmal.« Alle lachten. »Hast dich so richtig reingegraben«, lachte Martens und schaute mich an. »Wie so 'n amtlicher Maulwurf.« Beim Wort *Maulwurf* zuckte ich kurz zusammen und witzelte schnell: »Mir ist schon der Kaffee runtergefallen, so zittrig bin ich.« Ich zuckte und ruckelte übertrieben mit den Armen, als hätte ich einen epileptischen Anfall. Er lachte. Ich lächelte zurück, schaute auf den Boden und wischte mit der Fußspitze, wenig motiviert, den Kaffee in die Ritzen der Gehwegplatten und tastete auffällig an meinen Hosentaschen, als würde die Möglichkeit bestehen, irgendwo dort ein Taschentuch zu finden. Ich drehte mich zur Tür. »Ich hol mal einen Lappen von drinnen.«

Martens schaute mich an, zog die Augenbrauen zusammen und schüttelte in kurzen, unauffälligen Bewegungen den Kopf. *Lass mal. Da solltest du jetzt nicht reingehen,* schien er damit sagen zu wollen.

Vor mir lag der schwarze Plastikbecher in einer hellbraunen Pfütze. Der Wind blies ihn langsam um sich selbst rotierend im Kreis. Die Bewegung erinnerte mich an das Auto, das ich so ungelenk in den Rasen gefahren hatte. *Maulwurf,* dachte ich. Wieso wollte Martens nicht, dass ich noch mal reinging? Ging es wirklich um die Bestenliste, die drinnen auslag? Oder wollte er mir nur bedeuten, dass ich in *meiner Position* hier nicht wischen sollte? Eine Frage echote in meinem Kopf wie so oft: *Welche Position hatte ich?*

Dann verabschiedeten wir uns, und unsere ungleiche Gruppe setzte sich in Bewegung.

Als ich mich noch einmal umschaute, erkannte ich den Chef der Fahrtrainer. Meinen Becher in der Hand, wischte er mit einem Lappen die Pfütze auf. Wie er sich so bückte, erkannte ich die erdigen Rasenreste auf seiner schwarzen Mütze, die er vor mir in den Dreck geworfen hatte. Der Aufdruck »Schwarz, schnell und sicher« war kaum noch zu erkennen.

31.

Einen Spitznamen hatte ich nie gehabt.

Ich war immer nur Johann gewesen. Ich befürchtete, dass dies auf eine fehlende Nähe zwischen meinen Freunden und mir hinweisen könnte, und traute mich somit auch nicht, die Spitznamen der anderen zu benutzen. Don, Nasi, Turbo, Tiger, Tascha und Sibbi waren für mich einfach Dennis, Tim, Torben, Helena, Natascha und Sandra. Die erste Ausnahme war Speedo.

Speedo besuchte ein norddeutsches Internat, auf das auch andere Jungs gingen, die ich kannte. Jedoch stach er mit seinem dünnen, sehnigen Körper aus der Internatsmasse von braven Jugendlichen aus gut betuchten Familien hervor. Er trug immer einen blauen Adidas-Trainingsanzug mit schwarzer Lederjacke darüber, und seine Haare waren knallrot gefärbt und steinhart hochgegelt. Ich war vor einem halben Jahr achtzehn Jahre alt geworden, Speedo war etwas älter, aber schon mal sitzen geblieben und ging deshalb immer noch zur Schule. Ich hatte meine Abiklausuren bereits geschrieben und wohnte seit Mai 2002 allein in einer Wohnung im Hamburger Schanzenviertel. Die Sicherheitsleute standen, wie schon vor sechs Jahren, als alles begonnen hatte, in ihren Autos vor meiner Wohnung. Ich hatte mich mit meinen Eltern darauf geeinigt, dass ich für die Klausuren noch zu Hause lernen, dann aber sofort ausziehen würde. Sie hatten die Vorstellung, dass unser Zuhause mir eine Art ruhigen Schutzraum zum Lernen bieten würde, den ich woanders nicht würde finden können. Dass mein Schutzraum mir auf Schritt und Tritt folgte und ich den elterlichen Raum als wenig ruhig empfand, befeuerte mich in der Idee, so schnell wie möglich auszuziehen.

Die schulischen Leistungen von allen aus unserer Band waren zusehends schlechter geworden. Der internationale Erfolg war ausgeblieben, und auch der nationale ließ auf sich warten. Unser Album war auf Platz 97 gechartet und eine Woche später schon wieder aus der Bestenliste verschwunden. Die Deutschlandtour war, bis auf wenige Ausnahmen, nicht einmal ausverkauft gewesen, und so sahen wir uns schon mit achtzehn Jahren mit einer bröckelnden Majorlabel- und Schulkarriere konfrontiert. Lenny musste aufs Internat und lernte dort Speedo kennen. Da Lenny nun für Proben nicht mehr wirklich zur Verfügung stand, Speedo auch trommelte und es mit der Schule noch weniger eng sah, ersetzten wir kurzerhand Lenny durch Speedo, mit dem ich mich nun nahezu jeden Tag traf.

Ich hatte den 8-Spur-Minidisc-Recorder aus meinem Kinderzimmer mit in meine Wohnung im dritten Stock genommen und mir ein paar Yamaha-NS-10-Lautsprecher gekauft. Außerdem besaß ich diverse Mikrofone, die wir nach und nach entweder geschenkt bekommen oder die ich mir, Ratschlägen folgend, gekauft hatte. Von clubeigenen Gesangsmikrofonen konnte man schließlich mindestens Herpes bekommen.

In einer kleinen Abstellkammer, die wohl eigentlich für eine Waschmaschine gedacht war, die ich nicht besaß, richteten Speedo und ich einen Aufnahmeraum ein. Auf sechs Quadratmetern konnten wir sein Drumset aufbauen und die umliegenden Wände mit Sofakissen isolieren. Auf einem wackeligen Gestell aus Bierkisten, Mikrofonstativen und Wäscheständer installierten wir meine Matratze über dem Drumset und hängten ein paar Mikrofone an die Stellen, von denen ich dachte, dass es Sinn machen würde.

Ich stellte die Mikrofonvorverstärker am Mischpult des Minidisc-Recorders nach Gefühl ein, und Speedo begann, nachdem ich die Tür geschlossen hatte, in einer ohrenbetäubenden Lautstärke zu spielen. Es dauerte nur wenige Minuten, da klingelten die Nachbarn an meiner Wohnungstür Sturm und schrien mich an, ob ich noch alle Tassen im Schrank hätte. Bei ihnen seien sie nämlich gerade rausgefallen.

Nach ein paar Wochen fanden wir dann einen Proberaum in einem Baucontainer auf dem Platz des Gartenkunstnetz e. V., den uns ein Bekannter überließ.

Mehrmals die Woche holte mich Speedo mit seinem roten Fiat von der Schule ab, und wir fuhren in die Schanze, um zu proben.

Hatte ich in den vergangenen Jahren eine tiefe Abneigung gegen das Beifahrersein entwickelt, genoss ich es, mit Speedo Auto zu fahren.

Die Geschichten, die er auf unseren Autofahrten über das Internatsleben erzählte, interessierten mich mehr als alles andere. Die räumliche Abgeschiedenheit, gepaart mit hormonellen Umschwüngen und Experimentierfreude im wortwörtlichen Freiraum, führte an den Wochenenden zu einer Melange aus Alkohol, Drogen, Einsamkeit, einsamer Zweisamkeit und Sex. Die Jugendlichen, die am Wochenende nicht nach Hause fuhren, ergaben sich in völliger Ziellosigkeit und Langeweile so ziemlich jeder Droge, die man durch ein Erdloch, einen Apfel oder über einem Blech rauchen konnte. Es gab weder Rauchmelder in den

Zimmern noch Feuerlöscher auf den Feldern, und somit entbrannte in den Mädchen und Jungen, die diese Schule besuchten, an den Wochenenden ein Feuer, das Speedo bis in meine Wohnung in der Susannenstraße transportierte.

The stain in the carpet, this drink in my hand
The strangers whose faces I know
We meet here for our dress rehearsals to say
I wanted it this way

Speedo war mehr Beschreibung als Name. Sein Nachname klang nach osteuropäischer Herkunft, hatte aber anscheinend nicht das Potenzial, ihm auch nur eine einzige Anekdote über seine Familie entlocken zu können. Mehr als das. Speedo schien vollkommen abgekoppelt von seiner Herkunft zu sein. Er war einfach nur der, der er heute war. Ein Mensch, der vollkommen in der Gegenwart existierte. Vielleicht eine Summe aus den einzelnen vergangenen Teilen, dennoch aber ein vollends freier, ungebundener Geist. Seinen Nachnamen konnte ich mir nie merken. Speedo war einfach nur Speedo. Ohne Herkunft. Ohne Nachnamen. Ohne Vergangenheit.

Der Mann ohne Vergangenheit zog mich in seinen Bann. Am Wochenende trafen wir uns im Schanzenviertel in der Nähe meiner Wohnung mit unserem gemeinsamen Bekannten Martin, einem kokainabhängigen Goldschmied. Als wir ihn das erste Mal vor seinem Laden trafen, sprach er uns gleich auf Speedos knallrote Haare an. »Mörder-Haare« war das Erste, was wir von ihm hörten. Wir mussten lachen, weil uns der Ausdruck irgendwie antiquiert vorkam. Mit ausladenden Armbewegungen ahmte Speedo sofort einen Axtmord an mir nach, und wir setzten uns zu ihm. »Nee, echt, ey«, begann Martin sofort ein Gespräch,

»Mörder-Haare. Find ich super. Und Mörder-Outfit, eh!«
Er sah auf Speedos Lederjacke und seine abgewetzten Converse, in denen seine Füße in dicken, knallbunten Woll-
socken steckten. Er streckte uns seine Hand hin. Seine Fingernägel waren die dreckigsten, die ich in meinem Leben
je gesehen hatte. »Ich bin Martin.« – »Mördermartin, oder
was?«, grinste ihn Speedo an. Martin grinste leicht irre
zurück.

An einem Freitag brachte uns Martin, der ab jetzt nur noch
Mörder hieß, das erste Mal einen mehrfach verdauten
Plastikball in der Größe eines Kirschkerns aus dem Schanzenpark mit. Speedo und ich hatten schon mehrfach gesehen, wie Mörder die Bälle mit den Zähnen aufbiss und
das weiße Pulver unter seinem Goldschmiedetisch auf
einer Steinplatte verteilte. Mit einer gammeligen EC-Karte
hackte er es klein und zog es sich durch einen 10-Mark-
Schein in die Nase, den er, wie auch sein restliches rumlie-
gendes Bargeld, noch nicht in Euro eingetauscht hatte.

»Entweder ich kauf mir jetzt was zu essen, oder ich geh
in den Park«, war ein Satz, der dem dürren Mörder häufiger über die Lippen kam und der zwischen Speedo und
mir zu geflügelten Worten wurde. »Entweder ich leg mich
jetzt schlafen, oder ich geh in den Park«, »Entweder ich
fahr gleich los, oder ...« und so weiter.

Immer häufiger saß ich in meinen letzten Schultagen
und später während des Zivildienstes am Nachmittag mit
Speedo vor Mörders Laden. Sehr schnell fanden sich
Speedo, Mörder und ich in einer angenehm aufgekratzten
Gleichförmigkeit wieder. Morgens fuhr ich ins Diakonische
Werk, und nachmittags trafen wir uns vor Mörders Laden.
Neben den beiden dürren, junkiehaften Gestalten Mörder
und Speedo fühlte ich mich ein bisschen zu zahm. Doch

Speedo hatte irgendwie einen Narren an mir gefressen und war die ganze Zeit so positiv energiegeladen und fast schon hysterisch, dass ich in der Runde ein nie da gewesenes Zugehörigkeitsgefühl entwickelte. Das erste Mal hatte ich das Gefühl, dass ich von zwei Menschen einfach nur gemocht wurde. Ich war Teil eines mördercoolen Trios.

Speedo war der erste Schlagzeuger, den ich kennenlernte, der *einen Song* spielte und nicht nur Takte. Unsere Band allerdings driftete nach der Schule schnell auseinander. Daniel war direkt nach dem Abi nach Berlin gezogen und erzählte mir, dass Jasmin jetzt nur noch mit irgendwelchen superalten Berliner DJs abhing. Wohl sogar mit einem von denen zusammen war. Der Gedanke an Jasmin, irgendwelche Berliner DJs und Daniel, den es ebenso dorthin zog, deprimierte mich, und somit brach ich nach und nach den Kontakt zu allen alten Bandmitgliedern ab.

Speedo hatte einen absolut unmittelbaren und treibenden Trommelstil, der vielleicht nicht perfekt, dafür umso mitreißender war. Unsere neue Band, Psychodiskothek, fußte auf seinem radikal wackligen Schlagzeugstil, gepaart mit meinem Gitarrengeschrammel, deutschen Texten und der Unfähigkeit, irgendein Solo zu spielen. Meine Texte zu unserem neuen Musikprojekt waren Programm:

Du drehst dich langsam um und versinkst.
In Gedanken.
Ob's vorbei ist oder gerade erst beginnt.

Um nichts in der Welt kann etwas heilen, das zerstört.
Um nichts in der Welt kann einer reden, der nichts hört.
Im War, im Ist, im Sein,
nichts zu vergeben, nichts annehmen, den Rest verneinen.

Dennoch verblasste das Musikmachen gegen alles andere, was wir zu zweit unternahmen. Konzerte spielten wir nie, aber Psychodiskothek gab uns einen weiteren Grund, zusammen abzuhängen. Speedo und ich wollten ungestört sein. Jammen, Alkohol trinken, unser neues Bandmerchandise entwerfen. Ein in Stein gemeißelter Schriftzug aus graffitiartigen Großbuchstaben, mit angedeuteten Flammen aus den Rissen der bröckelnden Steine.

Wir gingen regelmäßig, immer öfter einen kleinen harten Ball in der Hosentasche, nach dem, was wir Bandprobe nannten, in meine Wohnung.

Jeder ein Beck's in der Hand und zwei weitere auf dem Couchtisch, ließen wir uns auf meiner türkisfarbenen Kunstleder-Sofagarnitur nieder, die schon lange nicht mehr als provisorischer Schallschutz herhalten musste. Ich holte sofort den Ball aus meiner Tasche und begann, an ihm herumzubeißen, um an das Kokain zu kommen. Unvermittelt erinnerte ich mich an die Momente in meiner Kindheit, in denen ich verzweifelt an der verschweißten Plastikfolienverpackung von Lollis herumgebissen hatte, um endlich an den runden Zuckerball zu kommen. Mit klebrigen Fingern schaffte ich es damals nach ein paar Minuten, die nass gesabberte und zerkaute Plastikfolie so weit nach unten zu schieben, dass ich schon mit dem Lecken anfangen konnte, auch wenn das Plastik noch zerfleddert am Stiel hing. Auch diesmal konnte ich es nicht erwarten, an den vielversprechenden Kern der Verpackung zu kommen. Meine Hände waren schwitzig und das Plastik gut verschweißt. Mehrfach biss ich mir auf die Lippe. Meine unteren Schneidezähne schmerzten schon ein bisschen.

Mörder war am Nachmittag erst nach einer knappen Stunde aus dem Park zurückgekommen. Normalerweise dauerte es nur wenige Minuten, aber heute war etwas anders gelaufen. Mörder wirkte nervös, als er wiederkam. Der Mann, von dem er die Bällchen kaufen wollte, hatte erzählt, dass es kurz zuvor eine Razzia im Park gegeben hatte. Die Polizei hatte den Park abgeriegelt und die Personalien sämtlicher Farbigen, und somit potenziellen Drogenverkäufer, im Schanzenpark aufgenommen. Der Dealer hatte alle Plastikbälle runterschlucken müssen. Er stand also buchstäblich mit leeren Händen vor Mörder, als dieser wie gewöhnlich gegen 17 Uhr seine Runde um die Hecken des Parks drehte. Er müsse, hatte der Dealer gesagt, und genau dies erzählte uns nun Mörder etwas außer Atem, erst mal kurz in den Busch gehen, um ihm die ein paar Stunden zuvor verschluckten Plastikkugeln zu überreichen.

»Er meinte ganz entspannt«, jetzt fuhr Mörder mit einer leicht verstellten Stimme fort, »kommsu in einer Stunde zurruck. Dann is durch.« Er fuhr den Weg vom Magen in Richtung seines Hinterns mit seinen dreckigen Händen nach. »Der hatte wohl morgens schon was geschluckt und kennt seinen Verdauungskreislauf so in- und auswendig, dass er meinte, inner Stunde kackt er mir meine Bestellung vor die Füße.« Speedo und ich verzogen das Gesicht. »Na ja«, fuhr Mörder fort, »is ja auch sein Kapital, der Kreislauf.«

Dann hatte Mörder mir eine der Kugeln in die Hand gedrückt, und jetzt saß ich mit schwitzenden Fingern damit auf meiner Couch und liebkoste, ohne weiter darüber nachzudenken, mit Zunge, Lippen und Zähnen die feinen Rillen der Plastikverpackung.

Die Wirkung des Pulvers überzeugte uns beide so nachhaltig, dass wir in den kommenden Monaten eine wunderbare Wochenendbeschäftigung gefunden hatten. Die »Depressionen«, die sich irgendwann zum Wochenstart einstellten, versuchten wir fachmännisch mit MDMA, dem Reinstoff von Ecstasy-Tabletten, ebenfalls in kristalliner Pulverform, abzufedern. Auch an MDMA kamen wir mühelos heran, da ein ehemaliger Klassenkamerad aus dem Internat nebenberuflich Drogendealer geworden war.

Als es uns nach zu vielen Wochenenden des Zu-zweit-Drogennehmens und Band-Merch-Entwerfens zu zweit langweilig wurde, luden wir Mörder und Svenja zu mir ein. Svenja war Mörders unwahrscheinlich gut aussehende Freundin. Weder Speedo noch ich verstanden, was sie mit diesem abgehalfterten Drogenabhängigen wollte, aber wir freuten uns natürlich trotzdem, wenn sie ihn begleitete.

Wenn es uns auf meinem Kunstledersofa zu ruhig und Speedo und ich zu frustriert wurden, weil Svenja weder mit Mörder noch mit einem von uns knutschen wollte, verließen wir die Wohnung und zogen durch die Bars von St. Pauli. Die Freundin vom Drogendealer arbeitete im Zoë, einer Bar, in der unzählige Sofas standen und in der wir günstig oder manchmal sogar umsonst trinken konnten. Auch diese Freundin war bezaubernd, und da alle außer Speedo und mir wunderschöne, schlaue und aufregende Freundinnen zu haben schienen, fingen wir irgendwann an, uns zu später Stunde nur noch aufeinander zu konzentrieren. Irgendwann brauchte es nicht mehr als eine Nase Kokain und ein paar Bier, und wir fingen an, übertrieben leidenschaftlich miteinander zu knutschen. Mit weit aufgerissenen Mündern zungenküssten wir uns durch die Hamburger Bars. Es war nicht das Gleiche, wie eine Frau zu küssen, aber irgendwie unkomplizierter und mit weniger Missverständnissen verbunden. Die Einfachheit, mit der so ein Kuss zwischen uns funktionierte, reizte mich, und von der Aufmerksamkeit, die dies in unserem Freundeskreis erregte, ließen wir uns nur noch mehr anspornen. Ich genoss es sehr, Speedo zu küssen und dabei angestarrt zu werden. Ich musste ihn weder überzeugen noch darauf achten, wie ich aussah oder was ich vorher sagte. Mit ihm schien alles einfacher zu sein. Wir mussten keine Worte wechseln, ein Blick genügte, und unsere Lippen berührten sich. Keiner von uns war beleidigt, wenn sich einer von uns einen Drink nahm und den anderen deshalb lachend wegstieß. Unsere männlichen Freunde fanden es zwar etwas befremdlich, doch gerade diese Sonderrolle gefiel mir. Mehrfach die Woche fielen wir stark angetrunken und aufgeputscht übereinander her. Ab und zu öffnete ich ein Auge und beobachtete die Menschen um uns herum. So angestarrt zu werden, weil ich etwas machte, nicht weil ich etwas war, gefiel mir. Es war, wie auf einer Bühne eine Show zu spielen. Nur ohne die mühsamen Bandproben vorher.

Einmal waren wir an einem Nachmittag schon so durchgefeiert, dass uns in meiner Wohnung langweilig wurde und wir uns, da noch keine Bar geöffnet hatte, entschieden, gemeinsam in die Badewanne zu gehen, um ein bisschen runterzukommen. Oder rauf. Eins von beidem. Hauptsache, keine tödliche Langeweile. Ich ließ das Wasser ein und kippte etwas Shampoo rein. Ein benebeltes Grinsen auf den Gesichtern, zogen wir uns, als die Wanne voll war, aus und stiegen ein. Speedo saß mit dem Rücken zur Wand und schaute in Richtung meiner Waschmaschine, auf der ein paar leere Flaschen standen und darüber ein Emailleschild einer Fünfzigerjahre-Werbung der Firma Schlitz, die ich vor Kurzem auf einem Flohmarkt gekauft hatte. Das Schild zeigte eine Küche. Etwas auf dem Herd war angebrannt. Eine verzweifelte Hausfrau warf sich in die ausgebreiteten Arme des Mannes, der gönnerhaft sagte: »Don't you worry, darling, you didn't burn the beer.«

Ich kniete mit eingezogenem Bauch auf der anderen Seite der Wanne. Der runde Drehknauf, mit dem man den Abfluss öffnen und schließen konnte, drückte mir unangenehm in den Rücken, und ich versuchte, mir etwas mehr Badeschaum zwischen die Beine zu spülen. Mir war obenrum zu kalt und untenrum zu heiß. Keiner von uns traute sich, die Beine auszustrecken, aus Angst, man könnte irgendwas des anderen berühren. Schnell verpuffte auch der Shampooschaum zu einer durchsichtigen Bläschenschicht auf dem langsam immer kälter werdenden Wasser. Ich sah Speedos Schamhaare durch den Schaum. Seinen dunklen, schlaffen Penis und seinen gänzlich untätowierten weißen, hageren Körper, der kein Gramm Fett an sich hatte. Ich sah seine Füße, die ungewöhnlich dreckig waren und langsam immer sauberer wurden. An der Wasseroberfläche erkannte ich nasse bunte Wollfussel, die sich von seinen Zehen gelöst hatten und langsam nach oben trieben. Seine Hände mit den schlanken, langen Fingern oberhalb der Wanne, die so stark durchblutet waren, dass sie selbst im faden Dämmerlicht des Badezimmers fast so rot wie seine Haare leuchteten. Ich ließ meinen nackten Po nach hinten gleiten, der Drehknauf drückte sich mir jetzt unangenehm zwischen die Schulterblätter.

Speedo grinste mich an. Ihm schien die Situation zu gefallen. Er schien ohnehin an Situationen, die ins Unangenehme zu kippen drohten, einen gewissen Gefallen finden zu können. *Livin' On The Edge* von Aerosmith fiel mir immer mal wieder ein, wenn ich mit Speedo zusammen war. Er schien ständig die Gefahr zu suchen. Immer wieder gefährlich nah am Abgrund balancierend.

Livin' on the edge
You can't help yourself from fallin'
Livin' on the edge
You can't help yourself at all

Die Augen weit aufgerissen, lehnte sich Speedo auf einmal in meine Richtung und lachte laut. Wie ein Maschinengewehr knallten die Silben aus seiner Kehle: »*HA HA HA!*« Ich kannte dieses Lachen zu gut. Jedes Mal, wenn er so lachte, schien irgendwas in seinem Hirn überraschend verdrahtet worden zu sein. Den Mund weit aufgerissen, schien er auf die Absurdität der Situation hindeuten zu wollen. Wenn er so in einer Bar lachte, drehte er sich mit nahezu rotierenden Kopfbewegungen sofort nach allen Seiten um, da er wusste, dass sein stakkatoartiges Lachen sofortige Aufmerksamkeit bedeutete. Auch hier im Badezimmer schaute er kurz zur Tür, als bestünde die Möglichkeit eines spontan erscheinenden Publikums. »*HA HA HA HA!!*« Er lehnte sich weiter nach vorne, seine rechte Hand bewegte sich wie in Zeitlupe auf mich zu. Speedo hatte mittlerweile diesen leicht irren, latent übernächtigten Blick, den ich schon von Mörder kannte. Ich zog reflexartig meinen Bauch noch fester ein und versuchte ein Lächeln. Es sah wohl sehr dämlich aus, denn ich sah in Speedos blitzenden Augen, dass er meinen Schreck erkannt hatte. Seine Hand änderte die Richtung und griff nach der Flasche Bier, die auf der Waschmaschine stand. Er nahm sie, führte sie zum Mund und ließ sich, während das Bier in seinen Mund lief, so heftig nach hinten fallen, dass das Badewasser in einer großen Welle über den Rand schwappte.

Ich grinste verstört, stand schnell auf und drehte mich um. Ein Bein schon aus der Wanne. Im Spiegel über der

Waschmaschine sah ich Speedo mit eingefrorenem Gesicht im lauwarmen Wasser sitzen. Sein Gesichtsausdruck hatte sich innerhalb von Sekundenbruchteilen geändert. Von total irre zu fast schon depressiv. Ich nahm mir ein Handtuch und schmiss ein weiteres auf die riesige Pfütze auf dem Boden. »Entweder trockne ich mich jetzt ab, oder ich geh in den Park.« Ich lachte Speedo an, und als hätte sich wieder ein Schalter in seinem Hirn umgelegt, lächelte er mit müden Augen zurück und ließ, ohne eine weitere Regung zu zeigen, das Bier in die Badewanne fallen. »Ich komm gleich. Muss nur noch den Zuber austrinken.«

Als wir wieder trocken und high waren, verließen wir die Wohnung. Die ganze Badewannenaktion war mir irgendwie peinlich, und ich wusste überhaupt nicht mehr, was beziehungsweise ob wir uns überhaupt etwas davon versprochen hatten.

Vor der Tür trafen wir Svenja. Wir begrüßten uns freudig, und sie erzählte, dass Mörder gerade zu nichts zu gebrauchen war und sie Lust hatte, mit uns auszugehen.

Speedos Lippen öffneten sich. Er grinste mich an und nahm mich mit einer Hand bei der Hüfte, um unsere Knutschshow abzufahren. Normalerweise hätte ich mitgemacht. Ich war von der Badewanne, dem Bier und dem abklingenden Kokainrausch sowieso völlig rammdösig und hatte Lust, dass etwas passierte. Allerdings hatte ich gleich beim Verlassen meiner Wohnung den schwarzen 7er BMW an der Straßenecke stehen sehen. Auch durch den Auszug bei meinen Eltern hatte ich sie nicht abschütteln können. Die Personenschützer hatten hier im Schanzenviertel keinen Ort, an dem sie sich aufhalten konnten, und somit saßen sie Tag und Nacht in ihren Autos vor meiner Tür. Wie damals. Der einzige Unterschied war, dass ich gänzlich das Interesse verloren hatte, in eines der Autos einzusteigen.

Obwohl das Licht aus war, erkannte ich im Innenraum die Umrisse von Martens. Sein Gesicht bläulich kühl beleuchtet von einem Handydisplay.

Ruckartig und mit steifem Rücken drehte ich mich zu Svenja und ließ Speedos Versuch, mich zu küssen, ins Leere laufen. »Dann lass doch zu dir gehen, bisschen Musik hören und überlegen, was wir dann machen«, schlug ich vor. Ein Besuch bei Svenja, die mit Mörder zusammenwohnte, fühlte sich für mich wahnsinnig aufregend an.

Speedo, der fast an meine Schulter gestoßen war, schaute mich überrascht an. Ich ignorierte seine aufkeimende schlechte Laune, die sich in einem merkwürdig verzerrten Gesichtsausdruck manifestierte. Er wirkte ernst und schlagartig schlecht gelaunt. Gleichzeitig grinste er irgendwie steif und eingefroren. Ein bisschen erinnerte er mich mit seinen gefärbten Haaren an den Joker aus *Batman*. Ich drehte mich von ihm weg, um nicht schlecht drauf zu kommen, und sah zu Svenja. Sie lächelte mich an. In Speedos Hirn schien sich wieder ein Schalter umzulegen: »Ich habe sowieso noch 'n Date in der City.« Er grinste. »Ssssssitttyy.« Er betonte das Wort noch einmal so affektiert, dass wir alle lachen mussten.

»Holy Jesus! What are these goddamn animals?« Er schlug unvermittelt mit einer imaginären Fliegenklatsche um sich und zitierte damit eine Szene unseres derzeitigen Lieblingsfilms *Fear And Loathing In Las Vegas*.

»No point in mentioning these bats!«, antwortete ich wie aus der Pistole geschossen und hoffte, wir könnten so gut auseinandergehen. Tatsächlich schien die unangenehme Situation von eben bei Speedo wie gelöscht. Wir umarmten uns, und Speedo schloss die schwarze, mittlerweile abgewetzte Lederjacke über seinem blauen Trainingsanzug. Noch einmal näherte sich sein Kopf schnell dem meinen, er zog mich ruckartig zu sich heran und flüsterte mir ins Ohr: »Alter! Die hat bestimmt ein Kuhzimmer, du wirst schon sehen!« Genauso ruckartig ließ er mich los. Stieß mich fast weg. Ich machte einen Schritt zurück und lachte. Ich zwinkerte ihm zu, doch Speedo schaute mich ganz ernst an, um den Bruchteil einer Sekunde später wieder Herr der Lage zu sein. Seine aufflackernde Eifersucht war anscheinend genauso blitzartig verflogen, wie sie gekommen war. Als ob zwei gänzlich unterschiedliche Seelen in seinem Körper wohnten. *Wie in so einem Kasperletheater,* fuhr es mir in den Kopf. *Plötzlich taucht der Kasper auf dem Boden auf, taucht wieder ab, und der Seppel erscheint genauso unvermittelt und zappelt rum. Nur wer steuert hier eigentlich?*

Svenja und ich blickten ihn an. Er grinste zurück, drehte sich um, ging schnell ein paar Schritte, um dann noch einmal herumzuwirbeln. »Did you see what God just did to us?«, schrie er fast, die Hände affektiert gen Himmel und dann auf Svenja gerichtet. Für einen kurzen Moment musste ich über den dramatischen Abgang lachen. Speedos Mundwinkel flackerten in Sekundenschnelle von einer Position in die andere. Dann drehte er sich um und verschwand im Sog der den Abend beginnenden Menschen, in den Lichtern des Viertels.

Ein mulmiges Gefühl des Abschieds machte sich in meinem Körper breit. Speedo war für mich ein Neuanfang gewesen. Zumindest die Chance für einen Neuanfang. Nie hatte ich Speedo irgendetwas von den Sicherheitsleuten oder sonstigen Dingen, die mit der Entführung zusammenhingen, erzählt. Obwohl es so breit in der deutschen

Öffentlichkeit bekannt war, fühlte es sich für mich immer noch wie das Privateste an, was ich mitzuteilen hatte. Und wie er mich jetzt so stehen ließ, wie ich ihn so hatte abblitzen lassen, beschlich mich ein komisches Gefühl. Hatte ich die Chance auf einen Neuanfang verpasst? Hätte ich ihn halten sollen?

Ich blickte zu Svenja. Sie kannte Speedo schon ein paar Monate und ließ sich inzwischen viel weniger von seiner Exaltiertheit beeindrucken, als ich es noch tat. Wir sahen einander an. Ihre Haare verdeckten einen Teil ihres linken Auges. Die rechte Seite ihres Kopfes war fast kahl rasiert, wobei das nur auffiel, wenn sie ihr Haar mit einer routinierten Handbewegung im Nacken bündelte und ein paar Zentimeter über ihre linke Schulter fallen ließ. Ein Undercut, der versinnbildlichte, dass etwas Verstecktes in dieser ohnehin schon aufregenden Frau ruhte, was ich nur zu gern kennenlernen würde, machte sie für mich noch spannender. Ohnehin zeugte ihre Frisur von einer selbstbewussten Eigenständigkeit, die mich nachhaltig beeindruckte. Sie erinnerte mich an Juliette Lewis aus dem Film *Natural Born Killers*. Mallory hatte in dem Film unzählige Frisuren. Svenja musste sich für eine komplette Veränderung ihres Typs nur einmal drehen. Ein paar blonde Strähnen durchzogen ihre dunklen Haare. Lang fielen ihr weich gelockte, vorsichtig gedrehte Haarsträhnen über die Schultern, bis eine Handbewegung oder nur ein Windstoß den Blick auf ihren Undercut oder den angedeuteten Bob auf der anderen Seite ihres Gesichts freigab. Trug sie ihr Haar offen, sah sie aus wie eine zeitlos schöne Frau, band sie es sich zu einem Zopf, hatte sie etwas Verwegenes, etwas Aufregendes, das mich unwiderstehlich in ihren Bann zog. Wenn sie lachte und den Kopf dabei überschwänglich zur Seite warf, fielen ihr ein paar Haare ins Gesicht, verdeckten ihre Augen, gaben aber den Blick auf ihren perfekten Hals frei, in dem ihr Kehlkopf zart auf und ab hüpfte. Um ihren fragilen Nacken trug sie eine von Mörders schweren silbernen Ketten mit einem brennenden Totenkopf dran. Wenn sie mich ansah, fühlte ich mich, als würden mir ihre braunen Augen jeden Moment mein Herz durch die Augenhöhlen aus meiner Brust saugen. Sie wäre die perfekte Komplizin für ein Verbrechen gewesen. Kein Zeuge hätte sich bei einer Aussage auf eine Frisur festlegen können. Wir gegen den Rest der Welt. Mickey und Mallory.

Erst als wir vor der Tür des Hauses standen, in dem sie anscheinend wohnte, merkte ich, wie aufgeregt ich war. Svenja allerdings suchte ganz entspannt den Haustürschlüssel und schaute ab und zu zu mir, wobei sie mich anlächelte. Irgendwann hielt sie mir ihre lederne Handtasche hin: »Kannst du mal suchen bitte?« Überrascht nahm ich die Tasche an mich. Noch nie hatte ich in die Handtasche einer Frau schauen dürfen. Ich nahm meine Taschenlampe aus der Gürteltasche, die ich trug, und leuchtete hinein. »Ernsthaft?«, kommentierte Svenja sofort. »Du hast ernsthaft 'ne Taschenlampe in deiner supermodernen Gürteltasche? Wir sind doch nicht im Dschungel! Mein Opa hatte immer so ein Survival Bag dabei. Der war aber auch früher im Krieg.« Ich schluckte. Ich hatte meinen Zivilbullenlook noch nicht gänzlich ablegen können.

Neben diversen Schminkutensilien, Haarspray und zwei Reclam-Heften hatte ich den Haustürschlüssel mit meiner 20 000-Lumen-Leuchte in der Tasche sofort gefunden. Ich sah Svenja verunsichert an. Was war falsch an der Gürteltasche? War ich wirklich so uncool? Warum stand sie dann überhaupt hier mit mir? Hatte sie irgendwelche anderen Gründe? »Im Krieg warste wohl nicht, oder?«, fragte Svenja schnippisch. Ich überlegte kurz, was ich sagen sollte. Irgendwas Souveränes hätte es sein müssen. Irgendwas, um sie zu beeindrucken. Stattdessen schluckte ich nur, steckte meine Taschenlampe zurück in meine Bauchtasche, drehte sie nach hinten, sodass Svenja sie nicht mehr sehen konnte, und reichte ihr den Schlüssel. Sie nahm ihn, schloss auf, und ich bedeutete ihr mit einem ausgestreckten Arm hineinzugehen. »Nach dir. Alte Schule. Hab ich im Krieg gelernt.« – »Damit ich dann als Erste erschossen werde?« Svenja schaute mich mit funkelnden Augen an. »Immerhin könnte ich dich dann auffangen, und du könntest in meinen Armen ausbluten«, antwortete ich und bemühte mich, keine Miene zu verziehen. Gleichzeitig machten wir einen Schritt in den Hausflur, drängten uns aneinander vorbei, schauten uns in die Augen und küssten uns.

Svenja war deutlich älter als ich. Acht oder neun Jahre. Genau wusste ich es nicht. Mitte, eher Ende zwanzig. Alles an ihr schien zu betonen, dass sie wusste, was sie wollte. Eine Mischung aus Christiane F., Pippi Langstrumpf und Mallory Knox. Ich hatte den Eindruck, dass, wenn man mit ihr zusammen war, jederzeit alles passieren konnte. Ich war schlagartig verliebt und hatte das Gefühl, dass Mörder und sie ohnehin nicht mehr so viel füreinander übrighatten. Er nahm weiterhin immer größere Mengen Kokain zu sich, und Svenja schien etwas anderes für ihr Leben zu wollen.

Während wir bald jeden Tag und jede Nacht miteinander verbrachten, schien Speedo die Nächte immer länger auszudehnen. Die wenigen Male, die wir uns am Tag noch trafen, wurden immer komischer. Er war die meiste Zeit verkatert, und ich hatte irgendwann keine Lust mehr, mir seine Frauengeschichten aus irgendwelchen Diskotheken anzuhören. Irgendwie psycho fand ich das auf einmal. Unsere Band legten wir auch auf Eis. Merchandise produzierten wir nie und spielten noch nicht mal ein einziges Konzert. Für mich waren die Ausläufer von Score! und der Anfang von Psychodiskothek der Weg aus der versehentlich erworbenen Popidentität und den ätzenden *Gala*- und *Bravo*-Artikeln. Aber die Aussicht, dass ich mich schon wieder aus irgendeiner bekannten Vorgeschichte würde herausspielen müssen, deprimierte und demotivierte mich zusehends, und somit beschränkte sich mein Musikmachen, wie schon vor Beginn von Am kahlen Aste, auf Gitarre spielen und Songs schreiben und gelegentliche Aushilfsjobs in Hamburger Tonstudios.

Ich kann nicht fühlen, was du denkst,
Wie kann ich wissen, was du tust,
Wenn ich mit geschlossenen Augen
Nach dem rätsel, was du suchst?

Wie kann ich wissen, was du meinst,
Wie kann ich ahnen, was du willst,
Wenn du mir nicht erzählst,
Was deinen Hunger stillt?

Wie kann ich dir schenken, was du willst,
Wenn du es selbst nicht weißt,
Bist du verwirrt oder verlegen
Oder »nur schüchtern«, wie es heißt?

Wie es heißt, ist mir egal,
Ich mach mich selber auf den Weg
Nach der Wahl der besten Qual,
Die ich dann irgendwo versteck'.

Und du kannst suchen, wo du denkst,
Nur finden wirst du nichts –
Weil du nicht weißt, wonach du suchst,
Und dein Verstand lässt dich im Stich.

Und du fragst: »Johann, kann es sein,
Dass du ständig müde bist?
Und ist es möglich, dass kein Schlaf hilft,
Und du irgendwas vermisst?«

32.

Svenja studierte Politikwissenschaften in Hamburg und stand kurz vor ihrem Diplom. Sie engagierte sich auf Demonstrationen und in der Roten Flora, einem autonomen Zentrum im Hamburger Schanzenviertel. Sie machte mir schnell deutlich, dass sie auf keinen Fall Kinder haben wollte. Obwohl ich niemals darüber nachgedacht hatte, selbst Kinder zu bekommen, verwunderte mich die Klarheit ihrer Position bei diesem Thema. Mein Frauenbild war geprägt von meiner Mutter, meinem Vater und mehreren Dutzend Männern, mit denen ich meine Pubertät durchlebt hatte. Ich erinnerte mich zwar daran, wie anstrengend der erste große Streit mit Laura gewesen war und wie wenig ich ihrem Vorwurf, ich würde einfach nur mein Ding machen und sie stehe daneben, entgegenzusetzen gehabt hatte. Auch die Erinnerung an das abrupte Ende mit Jasmin und ihre Vorwürfe, die immer noch in meinem Kopf widerhallten, hatten mich in meiner Selbstsicherheit Frauen gegenüber verunsichert. Doch darüber, was das über mein Frauenbild aussagte, hatte ich mir noch nie Gedanken gemacht. Weder hatte ich Geschwister noch weibliche Freunde. Freundinnen schienen zu kommen und zu gehen, und ich hatte nicht den Eindruck, dass es in meiner Macht lag, dies zu ändern.

Erst seit ich mit Svenja zusammen war, waren unsere Rollenbilder immer wieder Thema. Sie beschäftigte sich politisch intensiv mit Gender Studies, den Stereotypen von Mann und Frau. Die Sprüche, die ich mir von den Männern in meiner Umgebung abgeschaut hatte, stießen bei Svenja auf Unverständnis. Speedos Frauengeschichten, die meistens damit endeten, dass er sich heimlich aus irgendeiner Wohnung schlich und nicht mehr ans Telefon ging, wenn die Mädchen ihn am nächsten Tag anriefen, fand Svenja nicht etwa lustig, sondern einfach nur ätzend. Sie hatte schnell keine Lust mehr, sich mit mir und diesem »infantilen Auswuchs des Pseudopatriarchats«, wie sie ihn bezeichnete, zu treffen. Nach und nach musste ich alles infrage stellen, was ich gelernt hatte.

Im Auto der Sicherheitsleute und in den Songs, die ich hörte, waren Frauen *Babys* oder *Girls*. *Wow, hast du die Alte da gesehen? Ganz schön süß, die Kleine.* Sie kamen vor als Eroberungen oder, schlimmer noch, als lustige Anekdote vom Wochenende. Peinlich berührt erinnerte ich mich an das Überreichen der Kondome mit den Worten, dass diese von den »Nutten auf'm Kiez« benutzt würden. Als wäre es so eine Art Kondom-Adelung. Ich hatte damals gar nicht weiter darüber nachgedacht, was in dieser Formulierung für ein Männerbild mitschwang. Ich genoss den intellektuellen Austausch mit Svenja, auch wenn es oft anstrengend war und mich ihre Sammlung von ausgelesenen und angestrichenen Reclam-Heften an meinen Vater erinnerte. Auch wenn es sich so anfühlte, als wäre ich meilenweit von meinen Eltern entfernt, war es schwierig, den Mittelweg zwischen Muttersöhnchen und Macho zu finden. Woher sollte ich wissen, wie man mit Frauen richtig umging? Ich war schließlich unter ausschließlich heterosexuellen, martialisch männlichen Typen aufgewachsen. Härte, Selbstsicherheit und eine gewisse Einzelkämpferidee prägten mein Selbstbild, bis ich mit Svenja zusammenkam. Bis sie mich pikiert auf meine Gürteltasche und kurz danach auf mein Augenbrauenpiercing ansprach und sie die Rolle, die damit für sie übrig blieb, klar von sich wies. Sie erschütterte alles, was ich mir bislang für mich zurechtgelegt hatte. Die atemberaubende Fahrt, die unsere Beziehung gleich zu Anfang aufgenommen hatte, ihre unkonventionelle, souveräne Weiblichkeit, die mich schon bei Jasmin so angezogen hatte, erweiterte meinen Horizont, verwirrte mich aber gleichermaßen.

33.

Svenja und ich waren ein Jahr später, etwas außerhalb von Hamburg, mit ein paar Freunden von ihr in ein größeres Wohnprojekt gezogen. Spätestens als wir uns einen Hund anschafften, brach der Kontakt zu Speedo endgültig ab. Einen eigenen Hund zu besitzen war für ihn die sichere Vorstufe zur absoluten Spießigkeit.

Bald wusste ich nicht mal mehr, ob er noch in derselben Stadt lebte wie wir.

Und sosehr ich die Zeit mit Svenja genoss, die Trennung von Speedo belastete mich, und immer häufiger fand ich mich in Gedanken darüber, wie es wäre, mal alleine wegzufahren. So richtig allein. Der Volvo meiner Mutter, den sie mir mittlerweile komplett überlassen hatte, ein Stapel meiner Lieblings-CDs auf dem leeren Beifahrersitz und kein Auto hinter mir. Am besten gleich tausend Kilometer. Je länger ich darüber nachdachte, je unmöglicher es sich anfühlte, umso größer wurde mein Wunsch.

Wir saßen gerade im Garten mit den Kindern unserer Mitbewohner, als mein Handy klingelte. Ich nahm den Anruf entgegen, obwohl es eine unbekannte Nummer war. »Ja, hallo?«, sagte ich, wie immer, ohne meinen Namen zu nennen. »Hallo, hier ist Sebastian.« Ich atmete ein und überlegte. *Sebastian?* »Welcher Sebastian?«, antwortete ich kurz. »Sebastian Labinsky.« – »Labinsky?«, ich stand

302

auf dem Schlauch. »Noch nie gehört. Sorry. Kennen wir uns?« – »Hier ist Speedo! Du Esel!«, tönte es mir entgegen. Gefolgt von einem lauten »Ha!«.

»Ach! Speedo. Hi!«, sagte ich und entfernte mich aus der Runde.

Ich hatte Speedo seit über einem Jahr nicht mehr gesehen. Svenjas Haare waren mittlerweile gleich lang und in einem hellen Rehbraun gefärbt. Ihre engen Jeans waren fließenden Kleidern gewichen. Ein befreundetes Paar, mit dem wir zusammenlebten, hatte mich gefragt, ob ich nicht Patenonkel für deren Kind werden wolle. Sie erklärten mir, dass ich ja schon mit unserem Hund so liebevoll umgehen würde, so zuverlässig sei wie niemand sonst, den sie kennen würden, und das, obwohl ich ja viel jünger als sie sei. Die SMS, die ich schrieb, wenn sich abzeichnete, dass ich ein paar Minuten zu spät kommen würde, fanden sie »super«, und eines der Kinder habe mal gesagt, Johann würde »viel besser Auto fahren als Papa«. Nach einer kurzen Pause ergänzten sie dann noch: »Außerdem sehen wir das ganze Patenonkel-Thema auch im traditionellen Sinne. Also, wenn uns mal was passieren sollte, wäre Jakob bei dir ja abgesichert.« Ich schluckte. *Abgesichert.* Ich traute mich nicht zu fragen, was sie genau damit meinten. Ebenso verbot ich mir das Gedankenspiel, ob Jakob in meiner Gegenwart vielleicht eher unsicherer war als bei seinen Eltern. Sozusagen *entsichert* anstatt *abgesichert.*

»Sebastian! ... Hi. Wie, äh, geht's denn so?« Ein »Speedo« kam mir nach der langen Zeit, in der wir einander nicht gesehen hatten, nicht mehr über die Lippen, obwohl ich seinen echten Vornamen nie gekannt, geschweige denn benutzt hatte. Er war mir fremd geworden, die gemeinsame Zeit war verblasst.

»Ja, danke. Gut. Ich studiere Medizin jetzt. Mir geht es super. Ja, wirklich richtig super. Ha!« Er lachte, wie er früher gelacht hatte. Eine Mischung aus ehrlicher Freude, gemischt mit Unsicherheit und dem Drang, diese möglichst lautstark zu überspielen. Ich sagte erst mal nichts. »Medizin? Das ist ja super«, antwortete ich lang gezogen und überlegte, ob ich eine Anspielung auf *Fear And Loathing* machen sollte. »Ah! Medicine! Medicine!« – »Watch out, this man has a bad heart, angina pectoris, but don't worry we have a cure.« – »Aahh ... and now for the doctor.« Ich sparte es mir. Zu verunsichert war ich durch Sebastians unerwarteten Anruf. »Das ist ja ... lustig ..., dass du anrufst. Was gibt's denn? Alles okay?«

»Jaja, alles okay! Alles ... Du ... wir müssen uns mal treffen.« Er lachte wieder, als fände er es auch ein wenig absurd. Als könnte er sich von außen beobachten und seine eigene Absurdität spüren. Ich sah ihn förmlich nach einem Publikum Ausschau halten. »Pass auf: Ich muss dringend mal was mit dir besprechen. Bist du in Hamburg?«

»Treffen?« Ich atmete durch. »Wir können doch auch jetzt hier reden, oder?« Ich kannte Anmoderationen wie diese zur Genüge. Es meldete sich öfter mal ein alter Freund per Telefon und fragte explizit nach einem *Treffen*. Oberflächlich freundlich, aber doch sehr bestimmt erläuterte er mir dann, dass es um etwas gehe, was man nicht so gut am Telefon werde besprechen können. Es ging dann immer um Geld.

»Treffen?«, wiederholte ich widerwillig. »Ich hab viel zu tun grad. Außerdem kümmere ich mich um mein Patenkind. Wir leben ja nicht mehr in der City, sondern in Bergedorf. Ich kann irgendwie nicht.« Ich wusste nicht, warum ich das erwähnte. Irgendwie wollte ich, dass er wusste, dass ich ein anderes Leben führte, und doch bereute ich es sofort, als ich es aussprach. Speedo war zu Sebastian geworden. Ein Fremder. Ich wollte gar nicht, dass er wusste, wo ich wohnte.

»Ah« Er stockte für einen kurzen Moment.

»Du, worum geht es denn? Ich bin grad so viel unterwegs«, was ich da faselte, war mir peinlich, »ich mach viele Studiojobs und so. Ist ja auch egal – sag doch mal bitte, worum es geht.«

Sebastian ließ nicht auf sich warten: »Kennst du Geocaching?« Er fing sofort an, wie ein Wasserfall zu reden.

»Geocaching? Kennst du das?«

»Nein, noch nie gehört. Geo Catchen?« Hulk Hogan erschien vor meinem inneren Auge mit einem Naturreportage-Magazin.

»Geocaching! Cache, nicht Catch! Hat nichts mit fangen zu tun. Das ist so ’ne Art weltumspannende Schnitzeljagd. Man veröffentlicht geografische Koordinaten im Internet und kann die dann mit GPS-Empfängern aufspüren. Wer zuerst da ist, dokumentiert online, dass er oder sie den Cache«, er holte keine Luft, »also den Schatz quasi, gefunden hat. Niemand bekommt davon etwas mit, außer die Spieler. Das gibt es mittlerweile in jedem Land der Welt.« Er lachte wieder kurz. Es klang eher wie ein harter, trockener Husten. »Ich mache das seit einiger Zeit und habe da neulich jemanden kennengelernt.« Er stoppte. Kein Husten, kein Lachen. Kein Laut in der Leitung. Ich hörte noch nicht mal mehr seinen Atem. Als wäre die Leitung tot.

»Hallo?«, fragte ich, irritiert vom abrupten Ende des Wortschwalles.

»Ja! Hallo!! Hallo!!« Sebastian äffte mich nach. Wieder dieser Husten. Während ich mich fragte, was diese Information wohl mit mir zu tun hatte, schoss mir die Erinne-

305

rung an eine Situation im Urlaub vor ein paar Jahren in den Kopf.

Ich wollte damals gerade unser gemietetes Ferienhaus verlassen, als mein Telefon klingelte. Das Display meines Handys zeigte »aaaaaaaaaaaaa«, den Namen, unter dem ich die Sicherheitsleute abgespeichert hatte. Es war ungewöhnlich, dass sie mich anriefen, wir kommunizierten gewöhnlich nur über SMS. Ich ließ das winzige vibrierende Objekt aufklappen. Handys waren mittlerweile nur noch wenige Zentimeter klein. »Ja?« – »Johann, entschuldige bitte, dass wir dich stören müssen.« Dem *Du* hatte ich auch im Erwachsenenalter nicht entwachsen können. »Was gibt's denn?«, erwiderte ich leicht genervt. »Wir hätten nicht angerufen, wenn es nicht wichtig wäre.« Die Männer hatten die Angewohnheit, *wir* anstelle von *ich* zu sagen. »Uns geht's gut«, hatte sogar mal einer geantwortet, als ich vom Beifahrersitz aus gefragt hatte, wie es ihm gehe. Er war gänzlich zu seinem Job geworden. *Es gibt kein* »i« *in* »Team«, schoss es mir damals durch den Kopf. Ein dämliches Zitat aus einem noch dämlicheren Kriegsfilm.

»Wir möchten dich bitten, das Haus für einen Moment nicht zu verlassen. Wir haben hier vor dem Tor eine Situation, die wir klären müssen.« Blut schoss mir in den Kopf, mein Gesicht wurde heiß. Anstatt auszuatmen, hielt ich die Luft in meiner Lunge und fragte kurz: »Was genau?« Während ich dachte, was denn überhaupt *eine Situation* sein sollte. War das nicht einfach nur falsch und mit Bedeutungsverlust aus dem Englischen *a situation* eingedeutscht? Sagte man das überhaupt im Deutschen so? In Gedanken klang ich schon wie mein Vater. So schlecht gelaunt war ich in dieser Situation auf jeden Fall schon.

»Wir melden uns gleich wieder. Bleib bitte noch einen Moment drinnen.« Ich klappte das Telefon zu. Der kurze Moment des Schreckens war schon wieder verflogen, und ich fing an, mich zu ärgern. In Wirklichkeit war nie irgendwas. Die antrainierte Paranoia der Sicherheitsmänner ging mir mittlerweile tierisch auf die Nerven. Alles war eine potenzielle Gefahr, doch es passierte nie etwas. Eigentlich war alles einfach nur normal. Ein Van mit schwarzen Scheiben beherbergte eine normale Familie. Ein Auto, das mir hinterherfuhr, bog irgendwann ab und tauchte nie wieder auf. Oder es war ein Nachbar. Oder Besuch vom Nachbarn. Eine Frau, die vermeintlich mich fotografierte, machte ein Bild vom Haus hinter mir. Ein Mann, der zielstrebig auf mich zuging, fragte mich einfach nur nach dem Weg oder ging einfach vorbei. Doch immer waren diese Situationen flankiert von Männern, deren Brust sich spannte, deren Schritt sich beschleunigte, die schon die Jacke geöffnet hatten, sobald sich auch nur der Hauch einer *Situation* andeutete. Alles nach dem Motto »Dass man paranoid ist, bedeutet nicht, dass man nicht verfolgt wird«. Und was sollte ich ihnen schon sagen: »Entspannen Sie sich mal. Es ist nie was!«? Stimmte ja bewiesenermaßen auch nicht.

Ich wartete eine Minute. Sah auf mein Handy. Die Zeit verging nicht. Was sollte schon sein? Mein Herz begann wieder heftiger zu schlagen. Ich wusste nicht, ob es Ärger oder Angst war. Ob ich genervt oder in Panik war. Auf jeden Fall ließ mich das Gefühl nicht länger innen vor der Tür stehen. Ich klappte das Telefon auf und schrieb eine SMS. »Komme raus.« Ich spannte den Bauch an, atmete gepresst durch die Lippen aus, um mich zu fokussieren, und öffnete die Tür. Ich ging die paar Schritte zum blickdichten Gartentor, legte die Hand auf die Klinke. Ich spürte das kalte Metall und merkte, dass meine Handflächen feucht waren. Ich wischte schnell beide Hände an meiner Jeans ab. In diesem Moment bewegte sich die Klinke herunter, das Tor öffnete sich, und Brohm stand vor mir. Seine Jugendlichkeit, die mich im ersten gemeinsamen Urlaub in Portugal noch so beeindruckt hatte, war in den vergangenen fünf Jahren verflogen. Ihn schien das ständig aufgeregte Nichtstun irgendwie auch mitzunehmen. »Alles okay. Kannst gern rauskommen.«

»Was war denn los?«, fragte ich und versuchte, so ernst und abgebrüht zu schauen, wie es mir meine unklare Gefühlslage erlaubte.

»Wir hatten hier zwei unbekannte Personen. Die haben hier in der Mauer rumgefummelt. Wir dachten erst an BTM, aber dann haben die so handygroße Sender rausgeholt und sich am Tor zu schaffen gemacht. Da sind wir dann mal raus und haben die angesprochen. Das sind vielleicht ein paar Verrückte gewesen, sag ich dir. Die haben sich richtig verjagt!« Er lachte mich an.

Ich lachte zurück, wusste aber nicht, warum.

»Kennst du Geocaching?«

»Nein«, antwortete ich wahrheitsgemäß. *Und es interessiert mich einen Scheißdreck. Wieso kann nicht wenigstens irgendwas Gefährliches passiert sein? Nie ist irgendwas*, sparte ich mir zu sagen und erhielt in etwa die gleiche Beschreibung, wie Speedo aka Sebastian sie mir jetzt am Telefon gegeben hatte.

Geocaching. Ich hatte auch wirklich zu jedem noch so bescheuerten Männerhobby irgendeine noch bescheuertere Erinnerung.

Immer noch stand ich abseits von unseren Freunden im Garten und telefonierte mit meinem Ex-Freund.

»Ach so. Ja. Das. Ja, schon von gehört.« Ich war mir relativ sicher, dass er mich nun fragen würde, ob ich ihm einen Flug zu irgendwelchen weit entfernten Koordinaten bezahlen würde, damit er die nächste Plastikbox erreichen könnte. Oder vielleicht hatte er sich in irgendwelche komplizierten Zusammenhänge verstrickt, und ich müsste ihm nun aus einer selbst verschuldeten finanziellen Patsche helfen. »Lass mal bitte gleich treffen. Ich habe im Game jemanden kennengelernt, der mit Thomas Drach zusammen im Gefängnis gesessen hat. In Santa Fu. In seiner Nachbarzelle. Ich hab morgen Zeit. Kommst du in die City?« Ich fühlte mich von einer Sekunde auf die nächste irgendwie ungesund. Als hätte ich mich seit langer Zeit schon schlecht ernährt. Ein pappiges Gefühl breitete sich in meinem Mund aus. Ich wurde schlapp. Eine bleierne Müdigkeit übermannte mich augenblicklich. »Okay?«, antwortete ich verstört. »Und was erzählt der so?«

»Dafür müssen wir uns treffen. Das kann ich nicht am Telefon erzählen«, antwortete Sebastian eindringlich. Der Garten begann sich langsam um mich zu drehen. Ich überlegte nicht lang: »In Ordnung. Morgen geht klar. Wo?« Als ich die Frage aussprach, kam mir in den Sinn, dass es bei einem Treffen, wie sich dieses abzeichnete zu werden, wohl besser war, selbst derjenige zu sein, der den Treffpunkt auswählte. Ein öffentlicher Platz musste es sein. Das kannte ich aus Filmen. Oder war es meine Erinnerung an die Entführung? Es war schon so lange her. Langsam verschwamm alles.

»Mir egal, sag du«, erwiderte Sebastian und beruhigte mich damit ein wenig. Er hatte anscheinend keinen weitergehenden Plan, mich in einen Hinterhalt zu locken.

»Lass mal morgen Mittag auf dem Holstenspielplatz treffen. Ich hab da aber mein Patenkind dabei. Morgen ist

Mittwoch. Das kann ich nicht absagen.« Ich wusste, dass mittags immer ein paar Muttis auf dem Spielplatz waren. Es würde voll genug sein, um nicht unbeobachtet zu sein, und trotzdem leer genug, um in Ruhe sprechen zu können.

»Alles klar. Dreizehn Uhr?«

»Okay, bis morgen.«

Ich legte auf und schaute zu den Menschen in unserem Garten. Der Schwindel legte sich. Was konnte ich ihnen erzählen? Ich hatte keine Lust, so wahnsinnig weit auszuholen.

Svenja sah mich fragend an: »Wer war das?«

»Einer aus dem Studio. Ich muss den morgen kurz in der Stadt treffen. Ich mach das, wenn ich eh mit Jakob auf dem Spielplatz bin«, spulte ich automatisch eine Lüge ab. Alle nickten, und ich ging rein. Auf dem Weg nach drinnen drehte ich mich kurz um. »Will sonst noch jemand ein Bier?«, rief ich in die Runde. Alle lachten. Es war noch vorm Mittagessen. Sie hielten es für einen Scherz.

Was, um Himmels willen, war hier auf einmal in mein Leben eingebrochen? Was konnte ich tun? Oder besser: Was musste ich nun tun? Wieso hatte ich den Spielplatz vorgeschlagen? Das Kind mitzunehmen erschien mir plötzlich wie die dümmste Idee. Als würde ich es als eine Art menschlichen Schutzschild zur Abwehr der surrealen Situation benutzen. Meine Gedanken begannen zu rasen. Was erwartete mich morgen auf diesem Spielplatz? Ich wusste, dass Thomas Drach im Gefängnis saß und sein Antrag auf vorzeitige Haftentlassung gerade abgelehnt worden war. Bei der gerichtlichen Anhörung hatte er meinem Vater einen Betrag von 450 000 US-Dollar als »Wiedergutmachung« angeboten. Den Rest der 30 Millionen wollte er lieber behalten. Was ging in seinem kranken Hirn vor? Irgendwem musste ich von diesem morgigen Treffen erzählen. Aber wem? Ich ahnte, dass, wenn ich meinen Vater anrufen würde, er spätestens beim Wort *Geocaching* das Interesse verlieren würde. Ich sah förmlich sein vom Klang des Wortes angewidertes Gesicht am anderen Ende der Leitung. Dann schon eher Johann Schwenn? Er war der Anwalt meines Vaters. War er der richtige Ansprechpartner? Zu ihm hatte ich aber seit den Gerichtsverhandlungen überhaupt keinen Kontakt mehr. Ihn anzurufen traute ich mich nicht. Meine Mutter? Was sollte sie machen? Ich wollte weder ihr noch sonst jemandem das Gefühl, das ich gerade hatte, weitergeben. Weder den Menschen im Garten noch meinen Eltern noch sonst jemandem. War ich wirklich so allein, wie ich mich gerade fühlte?

Dann öffnete ich das Bier mit einem rumliegenden Feuerzeug und wählte die erste Nummer in meinem Telefonbuch. »aaaaaaaaaaaaa«.

Endlich, dachte ich, passiert bei denen mal was.

34.

In roter Plastik-Regenhose und gestreiftem Wollpulli bud-
delte Jakob im Sand. Ich saß auf der Bank daneben. Er hatte
sein Sandspielzeug um sich herum verteilt, seine Nase lief,
er wischte sie ab und zu ab, Sand klebte ihm an Nase und
Mund. Der Kaffeebecher in meiner Hand zitterte ein bisschen. Ich wartete. Ich hatte versucht, mit Jakob zu spielen,
war aber zu nervös und saß unbeteiligt neben dem Kind
und starrte zu einem der Eingänge des Spielplatzes. Ich
war zu früh. Wie immer.

Als Speedo aka Sebastian den Spielplatz betrat, seine
Arme, wie ich es kannte, gegenläufig zum Takt seiner stak-
sigen Schritte schwingend, den Reißverschluss seiner
Lederjacke, die er immer noch trug, bis zu seiner schmalen
Brust geschlossen, richtete ich mich ruckartig auf und
blickte mich um. Um uns herum hatten sich drei Sicherheitsleute in Zivil verteilt. Einer lehnte mit einer Dose
Cola-Rum, die er mit Wasser gefüllt hatte, und schlabberi-
gem Holzfällerhemd an der Tischtennisplatte. Ein abgeris-
senes Cap hatte er ins Gesicht gezogen. Ein weiterer saß
auf einer Bank und tat so, als ob er ein Buch läse, und zwischen den Bäumen erkannte ich einen der Männer, der
telefonierend wieder und wieder langsam den Spielplatz
umrundete. Wenn man es wusste und genau hinsah, erkannte man, dass sich die Umrisse einer Pistole unter seiner Jacke abzeichneten. Für mich war es unverkennbar:

Endlich passierte mal was. Endlich lohnte sich der ganze Apparat.

Sebastian lachte mich an. Ich stand auf. Wir umarmten uns, etwas steif. Ich spürte etwas Hartes in den Taschen seiner Lederjacke. Beide Seiten beulten sich nach außen. Ich ließ ihn los und entfernte mich eine Armlänge. Ich schloss die linke Hand und fasste in meine Jackentasche, in der mein Schlüssel war. Ich umfasste das Bund und ließ einen Schlüssel zwischen Zeige- und Mittelfinger meiner Faust hindurchstechen, wie ich es tausend Mal mit Martens im Keller meines Vaters geübt hatte. Ich war vorbereitet, Sebastian den kantigen Schlüssel unvermittelt ins Gesicht zu stoßen. Ich schaute mich um. Die auf dem Spielplatz verteilten Herren waren ebenso angespannt wie ich.

Sebastian griff sofort in seine Jacke, ich spannte den Bauch, atmete ein, doch er zog nur eine Dose Beck's hervor. Gleich danach aus der anderen Tasche eine weitere. Er hielt sie mir hin. »Bitte sehr!«

Ich zwang mich zu einem Lächeln und griff nach der Dose. »Ausnahmsweise«, sagte ich und deutete auf das Kind im Sand und tippte dann auf meine imaginäre Armbanduhr. Sebastian sah kurz zu Jakob und dann sofort wieder zu mir. In seiner Miene erkannte ich keinerlei Regung. Dann öffnete er die Dose mit einem Zischen und trank den heraussprudelnden Schaum mit übertrieben lautem Schlürfen ab.

Mit einem Kopfnicken deutete ich zur Bank, und wir setzten uns. Ich öffnete meine Dose ebenfalls. Ein paar Eltern, die das Zischen der Dosen gehört hatten, drehten sich pikiert zu uns um, doch Sebastian beachtete sie nicht. Er schien die ungeschriebenen Spielplatzregeln nicht zu kennen.

»Also«, ich konnte das Warten, die Ungewissheit, nicht mehr ertragen, »jetzt erzähl mal!«

Jakob war bisher ruhig gewesen, aber nun schien er zu spüren, dass *ich* immer unruhiger wurde. Die Geschichte, die Sebastian mir erzählte, entwickelte sich völlig unerwartet. Nach einer Abhandlung über das Geocaching erzählte er mir noch mal, dass er in Bremen jemanden kennengelernt hatte, der mit Thomas Drach gesessen hatte. »Der war sein Zellennachbar in Santa Fu«, erklärte er mir zappelig und mit verschwörerischer Miene. »Aha«, antwortete ich, ohne eine Idee, was ich nun sagen sollte. Meine Gedanken kreisten zu schnell um alles und nichts. Plötzlich fiel mir eine Frage ein. »Und wie zum Teufel seid ihr beide eigentlich auf dieses Thema gekommen?« Es schien mir irre, dass man durch Zufall beim Geocaching völlig Fremden gegenüber auf einmal seine ehemaligen Knastbrüder zur Sprache brachte. »Es ist ja nicht so«, fuhr ich fort, »als wären die Themen irgendwie artverwandt.« *Abgesehen von der Suche nach Verstecktem,* dachte ich noch. Sagte aber nichts mehr, sondern schaute Sebastian fragend an. »Der Bremer hat Ernte23 geraucht. Darauf hab ich ihn angesprochen, weil ich die ja auch rauche.« Sebastian blickte mir direkt in die Augen mit einem Gesichtsausdruck, der vermitteln sollte, als wäre dieses gemeinsame Rauchen die perfekte Überleitung gewesen.

Es erinnerte mich daran, wie ich früher in der Schule als einziger Nichtraucher mit meinen rauchenden Freunden vorm Schulhof stand und immer mal wieder jemand vorbeikam und mich blöd anquatschte: »Ey, Reemtsma, warum rauchst du eigentlich nicht? Du bekommst doch bestimmt so viel Zigaretten, wie du tragen kannst«, oder: »Rauchst du eigentlich nicht, weil du ein schlechtes Gewissen hast, dass wir bald alle an Lungenkrebs sterben?«

Ich überlegte, wie es mit dem Bremer und Sebastian wohl abgelaufen war: »Ernte23? Funfact: Ich war mit dem Typ im Knast, der den Reemtsma entführt hat.«

Mir wurde ein wenig übel, als ich mir diese Unterhaltung vorstellte. Sie kam mir leider absolut realistisch vor. Genau diese Gespräche waren es, die so vieles um mich herum immer so anstrengend gemacht hatten. Ich versuchte zu erkennen, wohin die Geschichte führen würde. Weil ich nichts erwiderte, fuhr Sebastian einfach fort: »Er meinte, dass die zusammen ein paar Monate die Zelle geteilt haben. Die haben sich wohl super verstanden.« Sebastian senkte die Stimme und beugte sich ein paar Zentimeter in meine Richtung: »Der Drach hat dem Bremer dann erzählt, wo das Lösegeld ist.«

Ich zog die Augenbrauen hoch. »Ah. Oha! Und wo ist es?«, fragte ich konsequent die einzig sinnvolle, noch bleibende, Frage.

»Das hat er mir noch nicht gesagt!« Sebastian lachte wieder hustig und lehnte sich ruckartig zurück. Er nahm einen Schluck Bier und schaute mich an, als hätte ich den Intellekt eines der im Sand spielenden Kinder. »Das hat er mir natürlich noch nicht gesagt«, wiederholte er.

Jakob schrie mittlerweile. Er hatte sich den Sand in die Augen gerieben und war dabei, immer mehr reinzuschmieren. Ich stand auf. Mir war übel, und ich war genervt. »Wieso hat der dem das denn überhaupt erzählt und dann dir weitergesagt, wenn er jetzt so ein Geheimnis draus macht? Worum geht's hier denn eigentlich?«

Sebastian antwortete sofort: »Der braucht doch dringend jemanden, der das alles wäscht, bevor der D-Mark nicht mehr überall in Euro tauschen kann.« Auch das erschien mir sofort logisch, und ich kühlte etwas ab. »Ach so«, antwortete ich und kam mir auch irgendwie dämlich vor. »Okay, kannst du den denn jetzt mal fragen, wo das Geld ist?« – »Jaja, immer sutsche«, sagte Sebastian fast schon beschwichtigend, und es fühlte sich wieder so an, als würde er denken, ich hätte die ganze Situation irgendwie noch nicht durchdrungen. »Ich darf da jetzt natürlich sein Vertrauen nicht verspielen. Momentan bin ich ganz nah dran an dem Bremer. Aber wenn ich jetzt gleich so direkt frage, dann kann der sich genauso schnell auch wieder zurückziehen.« Sebastian redete wieder, ohne Luft zu holen. »Diese Gangster sind ja alle total paranoid, weißt du. Also zu Recht ja auch. Also eigentlich gar nicht paranoid. Beziehungsweise kann man paranoid sein, wenn auch wirklich was ist. Dann ist man ja eigentlich einfach rational. Die Gangster ...«, er lachte wieder kurz und unangenehm laut, »sind also rational genug, nicht gleich auszupacken. Da muss ich mit Augenmaß ran.« Ich nickte. Immer noch kreisten meine Gedanken. Die Typen in Zivil um den Spielplatz herum hatte ich das erste Mal in meinem Leben für zwei Minuten vergessen. Doch wusste ich nicht, ob ich diese neuen Gedanken besser fand. Langsam bewegte ich mich, halb zu Sebastian gewendet, halb zum verschmierten Kind, von der Bank weg. Meine Gedanken überschlugen sich. Was bedeutete das? Was musste ich tun? Mir war ein wenig schwindelig. Ich wusste nicht, ob es vom Bier kam, das ich in wenigen Schlucken geleert hatte, oder von dieser unerwarteten Wendung des Gesprächs. Ich nahm Jakob auf den Arm und wischte ihm das Gesicht mit den Ärmeln meines Pullovers sauber. Jetzt kreischte er noch mehr, bog seinen Rücken nach hinten durch, sodass ich ihn fester, als ich es wollte, festhalten musste. Die ganze Situation war nur noch schrecklich. Wie könnte denn jetzt irgendwer noch *mit Augenmaß* vorgehen?

»Du, ich muss los«, sagte ich unvermittelt.

»Ich sehe den Typ in der nächsten Woche vermutlich bei einem neuen Cache. Dann kann ich ihn noch mal drauf ansprechen.«

» Speedo ...« Ich wollte nur noch weg. Irgendwohin, wo ich das Kind beruhigen konnte. Wo ich selbst Ruhe finden konnte. »Ich mein, Sebastian ... dann lass uns doch kurz vorher noch mal telefonieren. Ich muss das mal mit ein paar Leuten besprechen.« Jakob schrie, als würde er mein Gefühl im direkten Körperkontakt aufsaugen und über die Lunge wieder abgeben. Ich blickte mich noch einmal um. Es fühlte sich so an, als ob die drei Sicherheitsleute, die mittlerweile alle etwas näher gekommen waren, den Spielplatz wie ein einziger kontrahierender Muskel umspannten. »Ich muss echt los!« Ich deutete auf das schreiende Kind, das Sebastian gar nicht wahrzunehmen schien. »Lass uns nächste Woche telefonieren!«

Wir versuchten, einander zu umarmen, was aber nicht funktionierte, da sich Jakob auf meinem Arm gegen jede weitere Bewegung lautstark sträubte. Ich formte meine zusammengepressten Lippen zu einem verkrampften Lächeln in Sebastians Richtung und ging, so schnell ich konnte, zum Ausgang des Spielplatzes Richtung Holstenstraße, wo ich geparkt hatte. Langsam beruhigte sich Jakob durch das zügige Wippen meiner Schritte. »Sshhh«, flüsterte ich ihm ins Ohr. »Alles gut. Es ist nichts passiert. Aaaales guut.«

Wir wollten beide nur noch nach Hause. Ich drehte mich nicht mehr um, fummelte nur mein Handy aus der Hosentasche. Blind tippte ich »Komme jetzt mit Jakob heim. Hier alles super« in mein Telefon und schickte es an seine Eltern. Dann »Fahre heim. Alles okay« an die andere Nummer.

35.

Zu Hause angekommen, ließ ich mich erschöpft aufs Sofa fallen. Mein Gemütszustand war eine unangenehme Mischung aus Aufgeregtheit und totaler Erschöpfung. Ich fühlte mich ausgezehrt. Ich unterdrückte das Bedürfnis zu gähnen, schloss aber kurz die Augen. Meine Augäpfel flirrten hinter meinen Lidern. *Rufe ich den Anwalt meines Vaters an? Meine Mutter? Meinen Vater? Die Sicherheitsleute? Gleich die Polizei? Wählt man da 110 oder irgendeine andere Nummer? Ist die Zentrale für so was zuständig?* Ich merkte, wie wenig ich, trotz der ständig oszillierenden, theoretischen Bedrohung, in Wirklichkeit auf so eine außergewöhnliche Situation vorbereitet war. Als ich mich etwas beruhigt hatte, griff ich zum Telefon und wählte die einzige Nummer, die mir sinnvoll erschien.

»Hallo, Jan Philipp. Na, wie geht's?«, begann ich vorsichtig das Gespräch. »Johann. Ach«, begann mein Vater überrascht, aber freundlich das Gespräch. »Das ist ja schön, von dir zu hören. Wir haben uns ja lange nicht gesprochen.« – »Ja. Ist grad viel los bei mir in den letzten Monaten«, murmelte ich mit klopfendem Herzen. Ich wollte direkt zum Punkt kommen: »Ich hab da eine total verrückte Geschichte erlebt …« Geduldig und ohne ein Wort zu sagen, hörte sich mein Vater die Geschichte an. »… und jetzt hat er angeboten, nächste Woche noch mal mit dem

Bremer zu sprechen. Natürlich *mit Augenmaß*«, endete ich meine Erzählung, indem ich mir Sebastians Worte zu eigen machte. Mein Vater sagte erst mal nichts und atmete nur. Dann antwortete er ruhig und konzentriert: »Ich rufe mal einen Anwalt an. Wir brauchen eine realistische Einschätzung der Lage. Könntest du Herrn Jürgens anrufen und ihm das Gleiche erzählen, was du mir gerade berichtet hast?« Es fühlte sich toll an, dass mein Vater *wir* sagte. Und dass er mir zutraute, dem Sicherheitchef selbst und direkt zu berichten. »Klar. Kein Problem. Machen wir so«, erwiderte ich stolz. Die unangenehme Aufregung war einer Aufregung gewichen, die sich super anfühlte.

Ich legte auf und wählte die Nummer von Jürgens. Weder mein Vater noch ich wussten, was der aktuelle Stand zum jetzigen Zeitpunkt eigentlich war. Wir wussten nicht, ob es eine Bedrohung darstellte. Wir wussten nicht, ob wir unser Verhalten ändern mussten oder diese Information überhaupt irgendwas mit unserem täglichen Leben zu tun hatte. Als ich Jürgens alles erzählt hatte, bat er mich, einmal mit Sebastian persönlich sprechen zu dürfen. »Besteht die Möglichkeit, dass ich mit diesem Herrn Labinsky einmal persönlich spreche?«, hatte er gefragt. Dass er ihn ganz ernsthaft *diesen Herrn Labinsky* nannte und nicht *Sebastian* oder gar *Speedo*, gab der Situation eine unumstößliche Ernsthaftigkeit. Plötzlich war ich ein ernst zu nehmender Erwachsener in einer richtigen Erwachsenenwelt, in der Handlungen Konsequenzen hatten und in der ich absolut ernst genommen wurde. »Vielleicht kann ich so an detailliertere Informationen kommen«, fuhr er fort. »Außerdem müssen wir mehr über diesen *Bremer* erfahren. Der hat sicherlich noch mehr Informationen.« Gleichzeitig zeigte er sich besorgt über die Verbindung, die nun hergestellt war. Er hielt es »unter sicherheitstechnischen Gesichtspunkten nicht für optimal«, dass es eine Verbindung zwischen Ex-Knastkollegen und mir gab. Auch er stellte die Frage, wie Herr Labinsky überhaupt auf dieses Thema zu sprechen gekommen war. Auf einmal beschlich mich das ungute Gefühl, dass ich einen Fehler gemacht hatte. Hätte ich mich nicht mit ihm treffen dürfen? Hätte ich das gleich Profis machen lassen müssen? War ich unbedacht vorgeprescht und hatte uns alle in Gefahr gebracht? Was war, wenn jemand Sebastian gefolgt war? Was war, wenn die ganze Geschichte nur eine Falle war, um an mich heranzukommen? Oder an meine Eltern? Alle Abläufe wurden auf einmal wieder sehr technisch, und ich hatte nur emotional gehandelt. War ich das einzig nicht geölte Rad in einer perfekt laufenden Maschinerie? Meine Gedanken begannen wieder zu rasen. »Gib mir doch mal seine Nummer. Eventuell kann ich darüber auch an Sebastian Labinskys Adresse kommen«, sagte Jürgens ruhig. »Eventuell macht es Sinn, ihn eine Weile zu überwachen, bevor und nachdem ich mich bei ihm gemeldet habe. Eventuell können wir ein verändertes Bewegungsmuster erkennen.« – »Klar«, antwortete ich, »das macht Sinn.« Auf einmal bekam ich einen Schreck. Ich bemerkte, dass ich gar keine Telefonnummer von Sebastian hatte. Als er angerufen hatte, war die Nummer nicht angezeigt worden. Das hatte ich in der Aufregung völlig vergessen. Ich hatte gar keine Möglichkeit, ihn zu kontaktieren. *Werde ich jetzt warten müssen, bis er anruft?,* schoss es mir in den Kopf. *Bitte nicht.* Ich hoffte sehr, dass ich die nächsten Tage nicht noch einmal damit verbringen müsste, auf einen Lösegeldanruf warten zu müssen. »Kleinen Moment. Ich muss die Nummer eben raussuchen. Ich rufe gleich wieder an.« Mit zitternden Händen klappte ich das Handy zu und wählte Daniels Nummer.

»Yo, was geht?«, begrüßte ich ihn und fuhr sofort fort: »Sag mal, hast du die Nummer von Speedo?« Daniel reagierte erstaunt: »Von Speedo? Nee. Was ist denn los? Wieso brauchst du die? Der ist doch mal wieder total von der Rolle.« – »Von der Rolle? Was meinst du?«, fragte ich verwirrt.

»Mann, du kriegst ja auch gar nichts mehr mit, seit du auf deinen Bauernhof gezogen bist. Da bin ich ja aus Berlin näher dran. Speedo hat doch voll die heftige Psychose. Der ist so manisch oder so.«

In diesem Moment knickten mir die Beine unter dem Körper weg, und ich setzte mich auf den Boden der Küche. Es fiel mir wie Schuppen von den Augen. Ich blickte auf den Napf mit dem Hundefutter und die Reinigungstabs unter der Spüle. Reste vom Frühstück klebten am Boden und am Spülstein. *Wieso haben wir eigentlich keine Putzfrau?*, fragte ich mich. *Wir brauchen dringend eine. Es müsste hier alles mal so richtig geschrubbt werden. Mit so einem toxischen Reiniger, der den ganzen alten Dreck aus der Vergangenheit wegätzt.*

»Der hat sich neulich erst in ein Medizinstudium eingeschrieben und monatelang gebüffelt wie so ein Irrer, und dann hat er Dennis angerufen und ihm erzählt, dass er herausgefunden hat, dass sein Vater im Internet heimliche Organgeschäfte abwickelt«, fuhr Daniel lachend fort. »Irgend so eine irre Story. Weißt du, Dennis' Vater hatte seiner Mutter doch 'ne Niere gespendet. Irgendwie ist das in seinem Kopf mutiert.« *Vielleicht sollte man hier gleich mit so einem Desinfektionsreiniger ran*, dachte ich. *Nicht, dass sich hier überall so Keime bilden und aus dem alten Dreck dann neuer wird. Die Keime verschleppen sich ja sonst wohin. Da verliert man dann völlig die Kontrolle.*

»Sag mal – warum willst du denn seine Nummer? Ist

irgendwas passiert?«, durchschnitt Daniel meinen rasenden Gedankenwust.

»Passiert?«, wiederholte ich seine Frage. »Nö. Einfach nur so. Es ist nichts passiert. Ist auch egal. Ich rufe später noch mal an.« Müde ließ ich mein Handy zuschnappen. Es klingelte sofort wieder. Mein Vater war dran. Von seinem Anwalt hatte er erfahren, dass Drach in letzter Zeit gar nicht in Santa Fu gesessen hatte, sondern verlegt worden war. »Ja, ich weiß«, antwortete ich. »Und da ist noch etwas, was ich dir sagen muss.«

Ich erwartete, dass mein Vater vor Wut schäumen würde. Ich erwartete, dass er mich beschimpfen und mein Verantwortungsbewusstsein infrage stellen würde. Aber er ließ mich die ganze irre Geschichte zu Ende erzählen, ohne auch nur ein Wort zu sagen. Ab und zu entfuhr ihm ein Lufthauch, den ich als unterdrücktes Lachen deutete. Oder war es ein Schluchzen? Als ich fertig war, sagte mein Vater erst mal ein paar Sekunden nichts. Ich hörte nur seinen Atem durch den Hörer, dann begann er zu sprechen. Es klang, als würde er die Geschichte schon lange Zeit mit sich herumtragen, denn die Worte, die er benutzte, klangen mehr wie die Nacherzählung eines Märchens als eine Antwort auf meine Frage.

EPILOG

»Weißt du, Johann, sie hatte sich damals noch nicht mal die Mühe gemacht, die kalte Asche aus dem Brennraum zu fegen. Es muss ganz schön gestaubt haben, als sie ein ganzes Bündel hineinwarf. Reflexartig hat sie sich die Hand an ihrem Oberschenkel abgewischt, als hätte das Papier unangenehm auf sie abgefärbt. Sie hat zum Eimer mit den gewachsten Spänen gegriffen, die man braucht, um den kleinen Kachelofen anzuheizen. Wahrscheinlich ähnliche, wie wir zu Hause haben. Der Ofen hat schlechter gezogen als sonst. Vielleicht hatte sie sich geärgert, dass sie den Termin mit dem Schornsteinfeger schon so lange vor sich hergeschoben hat. So was ist ja auch immer lästig. Hastig hat sie das Feuerzeug an den Anzünder gehalten, dann aber zu kurz gewartet. Sie hatte die Befürchtung, dass alles nicht schnell genug ging. Sie hat Bündel in Gänze auf den Anzünder gelegt, in der Hoffnung, dass es sofort Feuer fängt. Weißt du noch, wie wir früher immer Feuer im Kamin gemacht haben? Man muss ganz ganz fein anfangen, um ein großes und solides Feuer zu bekommen. Mit Zunder, erinnerst du dich? Da ist man im Normalfall schon nervös, weil es so lange dauert. Man kann sich gar nicht vorstellen, wie fein und ruhig man für ein großes Feuer anfangen muss. Es braucht Geduld. Das Große beginnt im Allerkleinsten. Schnell hat sie über ihre Schulter geblickt, als bestünde die Möglichkeit, dass plötzlich jemand hinter ihr, mitten im verschlossenen Raum, auftaucht. Als sie den Kopf zurückgedreht hat, ist ihr Blick auf die Kellertür gefallen. Sie ist aufgestanden, drei, vier Schritte zur Tür, und hat ein zweites Mal kontrolliert, ob sie abgeschlossen ist. Vorsichtig hat sie den Vorhang des Windfangs zugezogen. Dann hat sie sich wieder vor den Ofen gekniet. Das Feuer war natürlich aus. Das Bündel hatte den Anzünder erstickt. Es gibt echt wenig, was so deprimierend ist, wie wenn das Feuer gleich wieder erstickt, oder? Sie hat die Zähne aufeinandergebissen, kräftig durch die Nase ausgeatmet. Weißt du noch, wie du den Blasebalg früher genannt hast, Johann? ›Gib mir mal den Püsterich‹, hast du immer gesagt. Würde sie wirklich jeden Schein einzeln anfassen müssen? Kurz überlegte sie, ob es nicht besser wäre, Handschuhe zu tragen.

Sie hat immer wieder zu der Sporttasche neben sich geblickt. So eine, wie du dir vor ein paar Jahren mal gekauft hast. Ich weiß gar nicht, ob du damals mitbekommen hast, wie irritiert ich über deine Idee war, damit deine Schulsachen zu transportieren. Ich fand diese schwarzen Sporttaschen immer so unangenehm funktional. Ihr ganzes Leben lang war das Geld immer schneller weg, als es ihr lieb war. Ihr großspuriger Bruder war der Einzige in der Familie gewesen, der sich teuer kleidete. Du kennst ihn, Johann? Weißt du, wer es ist? Woher das Geld kam, hatte sie ihn die Jahre über nie gefragt. Sie begann zu rechnen, weil sie eine Zeitangabe brauchte, an der sie sich festhalten konnte. Die sie beruhigte, dass es irgendwann vorbei sein würde. Fünfzig Scheine hatte sie in dem ersten Bündel gezählt. Sie war zu nervös gewesen, um die einzelnen Bündel in der Tasche auch noch zu zählen. Was würde passieren, wenn er jetzt wiederkäme? Mir hat er ja einmal fast den Schädel eingeschlagen. Wer weiß, zu was der noch fähig wäre? Auch wenn es hier um seine Schwester geht. Hundert Bündel waren es sicherlich. Sie hat den unversehrten Packen Geld aus der Asche genommen, das Gummiband gelöst und die 50-D-Mark-Scheine vor sich auf dem Steinboden aufgefächert. Jetzt hat sie dann erst mal die Asche beiseitegeschoben. Noch mal, diesmal hat sie sich richtig zur Ruhe gezwungen, falls das überhaupt geht. Sie hat den Anzünder erneut angezündet und ihn in die entstandene Kuhle gelegt. Noch mal von vorn. Im Allerkleinsten. Während sie gewartet hat, dass er stabil brennt, hat sie den ersten Schein in kleine Streifen zerrissen. So machte sie es sonst mit dem Zeitungspapier. Weißt du eigentlich, warum man Zeitungspapier besser längs als quer reißen kann? Das liegt an der Ausrichtung der Papierfasern. Die ordnen sich während der Herstellung in den Papiermaschinen selbstständig an. Etwa achtzig Prozent sind im Papier in einer Richtung angelegt. Das nennt man Laufrichtung. Die restlichen zwanzig Prozent gegenläufig. In den meisten Zeitschriften und Büchern verläuft die Laufrichtung parallel zum Bund, also senkrecht. Wie das bei Geldscheinen ist, weiß ich nicht. Auf jeden Fall aber funktionierte es jetzt besser. Zarte bläuliche Flammen haben sich an den Rändern des gelb-bräunlichen Scheins entlanggezüngelt. 100 x 50 Scheine, hat sie gerechnet. 5000 x 50. Ihr Kopf hat geschwirrt. Sie hat die einfachsten Rechnungen nicht mehr gekonnt. Sie hat auch einige Bündel mit 100-D-Mark-Scheinen, ein paar mit Zwanzigern gesehen. Wenn jeder Schein dreißig Sekunden braucht, um zu verbrennen – ihre Gedanken begannen zu rasen, als sie den zweiten Schein, diesmal ohne ihn zu zerreißen, in den Brennraum gleiten ließ –, sitze ich hier den ganzen Tag und verbrenne Geld im Wert meines Hauses. So was in der Art hat sie vielleicht gedacht. Erinnerst du dich daran,

dass Kathrin mal erzählte, dass sie damals, um die Löse-
geldsumme zu erfassen, mit dem Finger über die Nullen
hatte fahren müssen?

Die Frau hat dann 250 000 Mark durch den Schornstein
gejagt.

Die Schwester wusste mittlerweile, was ihr Bruder Wolfgang getan hatte. Sämtliche Zeitungen hatten ja darüber
berichtet. Du, Johann, das ist tatsächlich eine wahre Geschichte. Wolfgang Koszicz hatte sich nach meiner Freilassung bei seiner Schwester gemeldet. Ob er ein paar Tage in
ihrem Gästezimmer, im Keller ihres Hauses in der Nähe
von Köln, wohnen könnte. Er bräuchte mal einen Tapeten-
wechsel. Damals hat sie sich nichts dabei gedacht. Morgens hat er wie immer das Haus durch die Kellertür verlassen. Wenige Minuten nachdem sie die Tür ins Schloss
fallen hörte, tauchte sein Gesicht auf dem Fernseher in der
Küche auf. Wie ferngesteuert ist sie aufgestanden und in
den Keller gegangen. Halb unter dem Bett versteckt hat sie
die Sporttasche gesehen. Das hat sie damals alles der Polizei erzählt, und ich habe diese Geschichte in den Verneh-
mungsprotokollen gelesen. Es war alles so nah an einer
viel zu oft gezeigten Filmszene, dass sie sich gar nicht gewundert hat, als sie den Inhalt der schwarzen Sporttasche
das erste Mal sah, hatte sie damals gesagt. Genau damit
hatte sie gerechnet. Was sie überraschte, war nur die Heftigkeit der Angst, die sie überfiel, als sie die Tasche öffnete.
Angst, die sie in dieser Eindeutigkeit nicht kannte. Angst
in Kombination mit Wut oder Verzweiflung, Angst, gemischt mit Panik oder Trauer. Die vermischten Gefühle
waren ihr bekannt. Ihr Bruder hatte ihr ja schon oft Kum-
mer bereitet. Du warst ja beim Prozess dabei, Johann. Du
weißt ja, dass diese Typen ihr Leben lang nur Verbrechen
begangen haben. Aber diese Reinform der Angst war ein

neues Gefühl, das, wie eine viel zu heiße Dusche, ihren gesamten Körper umspülte. Sie öffnete die Tasche rasch. Es würde sich wohl für sie nicht anders anfühlen, fuhr es ihr durch den Kopf, wenn sie hier im Keller eine Leiche gefunden hätte. Etwas, das sie, die sie selbst ja unschuldig war, nachweislich mit einem Verbrechen in Verbindung bringen würde. Die Spur zweifelsfrei zu ihr legte. Sie beschloss, dass die Tasche wegmusste. Sie zweifelte nicht eine Sekunde. Noch nicht mal, als sie daran dachte, dass sie es Wolfgang würde erklären müssen. Diese neue Angst entfachte einen Mut, eine Selbstsicherheit, die sie von sich bislang nicht kannte. Sie kannte die Formulierung, dass Angst einem den Blick vernebelt, einem die Sinne nimmt, einen blockiert. Doch diese Angst schien alles klarer zu machen. Als würde jeder einzelne ihrer Sinne scharf gestellt werden.

Schein für Schein hat sie stoisch in den Ofen geworfen, weil sie sich nicht anders zu helfen wusste. Irgendwann wurden die Flammen immer größer. Mit einer kleinen Schaufel, die immer neben dem Ofen liegt, hat sie die heiße Asche nach und nach in einen Eimer geschaufelt. Sie hat Bündel für Bündel geöffnet, jeden einzelnen Schein zusammengeknüllt. Die Gummibänder hat sie sich ums Handgelenk gestreift. Vielleicht kann sie die ja später noch gebrauchen. Bloß nichts verschwenden, denkt sie vielleicht, während sie Hunderttausende von Mark in ihrem Ofen verbrennt. Als die Flammen schon aus dem Ofen schlagen, schmeißt sie drei weitere Anzünder hinein. Auf dass auch ihre Angst verrauche. Als sie aufsteht, hallt das Knacken ihrer Knie im Raum wider, als wäre Holz im Ofen. Sie ist dann in die Garage gegangen, um einen Kanister Benzin zu holen.

Erinnerst du dich daran, Johann, wie wir alle einfach nur das Geld loswerden wollten, damit alles ist wie früher? Ihr hier und ich dort. Deine Mutter hat sich ja damals gegen eine Markierung, die das Geld und die Menschen, die damit in Kontakt kamen, verfolgbar gemacht hätte, entschieden. So eine Art blaue Farbe an den Geldscheinen. Wir kannten das ja auch nur aus Filmen. Und wie du ja weißt, wurden wir das Geld ja letztendlich los. Doch in Momenten wie diesen, Johann, denke ich manchmal, dass es diese Markierung trotzdem gegeben hat. Obwohl wir sie nicht haben wollten. Irgendwie hat sie auf uns alle abgefärbt. Wir gehen durch die Welt und sind irgendwie markiert. Oh Gott, erinnerst du dich noch an deine Lederjacke, auf deren Rücken du mal ein Fadenkreuz draufgemalt hattest? Ich habe damals nichts dazu gesagt, weil ich es so schrecklich passend fand. Nur eben vielleicht anders als du, oder? Dieses Geld hat uns verfolgbar gemacht. Und sosehr du in deinem Alltag versuchst, die Spuren zu verwischen, wird es immer wieder Menschen geben, die während einer noch so wichtigen Unterhaltung nur auf deine blauen Hände schauen. Und nicht in deine Augen.«

Als er aufhörte zu sprechen, war es lange still am anderen Ende. Ich hatte meinen Vater noch nie weinen gesehen. Und auch jetzt wusste ich nicht sicher, was das Geräusch am anderen Ende der Leitung war. Aber nur der Gedanke daran entspannte auf einmal meinen ganzen Körper. Es war, als ob sich eine jahrelang gehaltene Spannung mit wenigen Atemzügen löste. Meine Bauchdecke wölbte sich langsam nach vorn. Ich blickte auf mein T-Shirt, unter dem sich auf einmal eine kleine Beule abzeichnete, und ich merkte, wie das krampfige Gefühl im Magen nachließ, das mich schon den ganzen Tag verfolgt hatte. Ganz unerwartet fühlte ich mich meinem Vater näher als je zuvor. Und während ich seinen Atemzügen im Telefonhörer lauschte, dachte ich an all die Momente der vergangenen Jahre, in denen ich mich von Menschen entzweit hatte. Ich hatte Probleme in Beziehungen immer als einen Endpunkt gesehen, und nun erkannte ich, dass es auch immer die Chance für einen Neuanfang sein konnte und dass diese Möglichkeit schon zu jedem vergangenen Zeitpunkt versteckt in mir schlummerte.

»Ich ruf später noch mal an«, sagte ich leise und legte auf.

Behutsam legte ich das Telefon auf den Küchentisch und schaute nach draußen. Lachende Stimmen drangen herein, die Sonne schien. An der Straße stand der hellblaue Volvo meiner Mutter. Ich hatte ihn vor ein paar Wochen aus der Werkstatt geholt und den geplanten Trip dann doch nicht angetreten. Die tausend Kilometer, die ich mir vorgenommen hatte, hatten sich auf einmal lang und mühsam angefühlt. Ich schaute noch einmal in den Garten und dann auf den Küchentisch, auf dem mein Telefon lag. Ich griff es und schmiss es in die Plastiktüte mit meinen neusten CDs, die schon seit ein paar Wochen neben der Küchenbank lag, und verließ damit die Wohnung. Im Volvo war es heiß. Ich kurbelte die Fenster herunter und öffnete den Kofferraum, um die CDs in den Wechsler zu schieben. Die Erklärungen von Martens in der Werkstatt waren leicht zu verstehen gewesen. Mit meinem Spyderco-Taschenmesser durchtrennte ich die Stromversorgung des GPS-Geräts und schloss den Kofferraum.

Bevor ich den Akku aus meinem Handy nahm, schrieb ich noch eine Nachricht an meine Cousine: »Wir wollten doch nach dem Abi sprechen? Ist schon 'ne Weile her. Ich wurde aufgehalten. Fahre jetzt los. Komme allein.«

Zitiert wurde aus:

S. 77 Zeile aus »Happiness is a warm gun« von The Beatles, Album *The Beatles*, Text: John Lennon/Paul Mc Cartney

S. 92 Zeilen aus »Hurra« von Die Ärzte, Album *Planet Punk*, Songwriter: Farin Urlaub

S. 126/127/128, Zeilen aus »Don't Speak« von No Doubt, Album *Tragic Kingdom*, Songwriter: Eric Matthew Stefani/ Gwen Renee Stefani

S. 152, Zeilen aus »Mama« und »Zensiert die Tagesschau« von Am kahlen Aste, Songwriter: Johann Scheerer, Daniel Koch

S. 156 Zeilen aus »Don't leave me« von Blink-182, Album *Enema of the state*, Songwriter: Mark Hoppus/Tom DeLonge/Travis Barker

S. 167 Zeilen aus »Eppendorf« von Samy Deluxe, Album *Samy Deluxe*, Songwriter: Oliver Ress/Samy Sorge/Jochen Niemann

S. 216 Zeilen aus »Alle gegen alle« von Slime, Album *Alle gegen alle*, Songwriter: Robert Görl/Gabi Delgado-Lopez

S. 217 Zeilen aus »Ich bin reich« von Die Ärzte, Album *Die Ärzte*, Songwriter: Dirk Felsenheimer/Jan Vetter

S. 218 Zeilen aus »Zu spät« von Die Ärzte, Album *Debil*, Songwriter: Farin Urlaub

S. 219, Zeilen aus »Rich Kid Blues« von Marianne Faithfull, Album *Rich Kids Blues*, Songwriter: Terry Reid

S. 230, Satz aus dem Film *Men in Black*, Drehbuch: Ed Solomon

S. 234 Zeilen aus »Schrei nach Liebe« von Die Ärzte, Album *Die Bestie in Menschengestalt*, Text: Dirk Felsenheimer/ Jan Vetter

S. 235 Satz aus dem Film *Lawrence of Arabia*, Drehbuch: Robert Bolt/Michael Wilson

S. 245 Zeilen aus »Ich liebe dich nicht« von score!, Album *das ist erst der anfang!*, Songwriter: Johann Scheerer

S. 249 angelehnt an Sätze aus dem Film *Fight Club*, Drehbuch: Jim Uhls

S. 251 Zeilen aus »Du kannst mich mal« von score!, Album *das ist erst der anfang!*, Songwriter Johann Scheerer, Daniel Koch, Dietmar Punte, Christian Berman, Frank Berman

S. 382 Zeilen aus »Left and Leaving« von The Weakerthans, Album *Left and Leaving*, lyrics: *John K. Samson*

S. 290 Zeilen aus »Livin' On The Edge« von Aerosmith, Album *Get a grip*, Songwriter Steven Tyler/Joseph Perry/ Mark Hudson

S. 297/298 Zeilen aus »Sag mal, Johann« von Karamel, Album *Schafft Eisland*, Songwriter: Johann Scheerer

»Brillant und berührend geschrieben.«

Markus Lanz

Johann Scheerer
Wir sind dann wohl die Angehörigen
Die Geschichte einer Entführung

Piper Taschenbuch, 240 Seiten
€ 11,00 [D], € 11,40 [A]*
ISBN 978-3-492-31499-2

Die dramatische Geschichte der Reemtsma-Entführung – wie der damals dreizehnjährige Sohn sie erlebte.

Johann Scheerer erzählt auf berührende und mitreißende Weise von den 33 Tagen um Ostern 1996, als sich sein Vater Jan Philipp Reemtsma in den Händen von Entführern befand, das Zuhause zu einer polizeilichen Einsatzzentrale wurde und kaum Hoffnung bestand, ihn lebend wiederzusehen. Eine dramatische Erfahrung, die das Leben Johann Scheerers für immer veränderte. Spannend, berührend und von einer überraschenden Komik, die der Verzweiflung abgetrotzt ist.

»Es waren zwei Geldübergaben gescheitert und mein Vater vermutlich tot. Das Faxgerät hatte kein Papier mehr, wir keine Reserven, und irgendwo lag ein Brief mit Neuigkeiten.«

Leseproben, E-Books und mehr unter www.piper.de

»Pausenlos gelacht und immerzu gelitten«

Christian Ulmen

Timon Karl Kaleyta
Die Geschichte eines einfachen Mannes
Roman

Piper, 320 Seiten
€ 20,00 [D], € 20,60 [A]*
ISBN 978-3-492-07046-1

Ein junger Mann aus einfachem Hause will nach oben. Mit unerschütterlichem Vertrauen in sein Schicksal treibt es ihn an die Universität und weiter. Er erobert die Welt der Popmusik, er begegnet der Liebe und schaukelt sich höher und höher über den Abgrund. Ein Leben, das beinahe zu viel ist für einen wie ihn und das er sich schöner nicht hätte ausdenken können. Radikal komisch und tränentieftraurig.

»Timon Karl Kaleyta ist ein so überragend guter Liedtexter – muss der jetzt wirklich auch noch ein Buch schreiben? Ich meine: JA!« – Benjamin von Stuckrad-Barre

Leseproben, E-Books und mehr unter www.piper.de